아이가 없지만
행복하게 살아요

아이가 없지만
행복하게 살아요

이수희 지음

아이 없는 삶에 대해 고민하는 이들에게

더 많은 이야기를 담고 싶었습니다.

2년 전 대한민국에서 아이 없이 살아가는 여성들의 목소리를 담은 책《엄마가 아니어도 괜찮아》를 쓰며 하고 싶은 말들이 참 많았습니다.

'아이 없이 살아요.'

이 한마디에 쏟아지는 많은 질문에 하나하나 답하고 싶었습니다.

그러나 아직 우리나라에서 이런 주제로 나온 책이 거의 없었고, 그런 현실이 걱정스러웠습니다. 무자녀 부부로 살고 계신 분들에겐 수많은 계기가 존재합니다. 심적인 고민이든, 건강이든, 경제적인 부분이든, 주변을 둘러싼 상황 때문이든….
그 수많은 계기가 자칫 저 한 사람의 이야기로 일반화될까 봐 고민이 컸습니다. 그래서 이런 선택을 하게 된 계기들에 대해 먼저 이야기해야겠다고 마음먹었습니다. 아이 없이 살아가는 여러 여성분들을 인터뷰하여 다채로운 계기들을 들었습니다. 그렇게 《엄마가 아니어도 괜찮아》를 시작했습니다.

제가 만난 분들은 '아이 없이 사는 사람들은 그저 편하게 살려는 사람들'이라는 편견을 전부 깨주었습니다(그리고, 편안하게 살고 싶다는 바람이 잘못된 건 아니잖아요). 진지하게 삶을 바라보는 분들이 대부분이었습니다. 저 또한, 아이를 낳지 않겠다고 마음을 정하기까지 남편과 아주 많은 대화의 시간을 가졌습니다. 고통스러운 순간도 있었지만, 저희 둘이 훨씬 단단해진 과정이었다고 생각합니다.

지금부터는 아이가 없어도 덤덤하게 살아가는 한 사람의 일상을 담아보려 합니다.

'왜 그런 선택을 했는지는 알았고, 그래서 어쩌라고?'라는 질문을 주신 분들께 별스럽지 않은 제 이야기를 해보겠습니다. 그분들께 답이 될는지는 모르겠지만, 비슷한 고민을 하고 계신 분들께 참고가 된다면 더없이 기쁠 것 같습니다.

차
례

1부

넘어졌다 다시 일어서다

넘어졌다

출근길에 출발하려는 버스를 따라잡으려 달리다 보도블록에
걸려 꽈당! 하고 넘어진 기억, 부끄러움에 벌떡 일어나 아무렇
지 않은 척했지만, 구두는 저만치 날아갔고 찢어진 스타킹 사이
로 피가 방울방울 맺혔다. 옆에 서 있던 분이 안쓰러운 듯 휴지
를 내민다. 젠장, 더 넘어져 있어야 했나. 사람들이 사라지면 일
어날걸. 아픔보다 부끄러움이 큰 '넘어짐'이었다. 최대한 남들
이 내 무릎을 보지 않도록 가방으로 가리고 벽으로 게걸음 치
며 회사에 도착했다. 무릎은 온통 까지고, 발목이 접질렸는지
부어올라 걸음을 제대로 걷기 힘들었다. 회사가 아니라 병원으

로 가야 했다.

누구에게나 예상치 못했던 순간에 힘껏 넘어진 경험이 있을 것이다.

학창시절 그토록 소중했던 우정을 지키느라 했던 삽질, 땡땡이의 대가로 '빵꾸' 났던 학점, 오랫동안 짝사랑했던 선배가 내 친구랑 CC(캠퍼스 커플)가 되었을 때의 절망, '자소설'로 취업하느니 신춘문예가 빠르겠다며 낙담했던 겨울밤, 미친 상사에게 4시간 동안 회의실에서 들었던 욕설, 몇 날 며칠 밤새며 만들었던 프로젝트가 종이쪼가리가 되던 순간…. 돌이켜보면 넘어진 횟수는 셀 수 없었다. 그때마다 아팠다. 그러나 졌다는 사실을 인정하고 싶지 않아 아무렇지 않은 듯 일어나 다시 달렸다.

임신도 그러한 과정 중 하나였다.

이미 노산인 나이에 결혼을 했다. 점점 짧아지는 퇴직, 당장

3년, 5년 후도 보장할 수 없는 직장생활을 하고 있었다. 전세보증금을 위해 2년은 더 바짝 모아야 했다. 콘돔을 쓰면서도 생리가 늦어지면 불안한 마음에 임신 테스트기를 샀다. '아직은 안 된다.'

그렇게 2년을 버티고 36살이 되던 해, 이번엔 하루 빨리 임신을 해야 한다는 초조함이 밀려왔다. 그래, 낳을 거면 올해 안에 반드시 임신을 해야 해. 농담이 아니라 지금 낳더라도 나와 남편은 칠순에 출근을 하고 있어야 할 판이었다. 그때까지 일을 할 수 있을지도 커다란 불안 요인이었지만….

"요즘은 의료 기술이 좋아서 병원 몇 번 갔더니 임신 되더라. 별거 아니었어."

지인의 말에 가까운 난임병원을 예약했다. 임신을 하기 위해서는 '산부인과'가 아닌 '난임병원'에 가야 한다는 사실도 처음 알았다. 다행히 우리나라에서 손꼽는 난임병원이 직장 근처였다. 그러나 몇 달이 지나도 임신은커녕, 건강은 악화되고 스트레스만 커져갔다.

결혼 초반, 혹시라도 임신이 될까 봐 피임을 했던 노력들을 떠올리면 헛웃음만 나왔다. 배란일에 섹스하면 임신은 당연한 줄 알았는데 아니었다. '스쳤는데 임신', '덜컥 허니문 베이비', '배란일도 아니었는데 임신'이 얼마나 대단한 일인지 비로소 감탄이 나오더라.

임신이 생각처럼 되지 않자 조급함이 밀려왔다. 병원문을 여는 순간부터, 내 삶은 병원 스케줄에 맞춰 돌기 시작했다. 매일 시간을 맞춰 스스로 찔러야 하는 배 주사, 먹어야 할 약과 음식들, 부부관계 날짜, 초음파 보는 일정 등 순식간에 한 달이라는 시간이 쑥쑥 사라졌다. 조금씩 지쳐가던 나는 열이면 열 명이 하는 말에 철석같이 동화되었다.

"애만 낳아봐. 얼마나 예쁜지 그간의 고생은 하나도 생각이 안 난다니까!"

출산은 모든 것이 다 함께 해결되는 숭고하고도 유일한 길이었다. 나는 마치 눈 옆을 가려놓은 경주마처럼 일정대로 달려나갔다. 몸과 마음 어딘가가 망가지고 있다는 걸 깨닫지도 못한 채.

그래서, 임신으로 넘어졌을 땐, 다시 일어나려야 일어날 수가 없었다. 난임 시술 하다가 자궁에 유착이 생겼고(흔히 일어나는 부작용이다), 그 유착 제거 시술로 수술방 들어갔다가 회복실에서 말 못 할 공포와 통증을 경험한 날이 내겐 또 한 번 넘어진 순간이었다.

있는 힘껏 뛰었는데, 그 힘 그대로 넘어졌다. 정말 옴짝달싹도 할 수 없었다. 일어나고자 하는 의지조차 생기지 않았다. 아무것도 할 수 없었다. 그래서 그냥 넘어져 있었다. 고통이 사라질 때까지, 스스로 걸을 수 있을 때까지. 모든 것을 놓아버렸다.

왜 멀쩡하게 다니던 회사를 그만두냐고, 왜 좀 더 난임 시술을 받지 않냐는 질문에 "쉬고 싶다" 답했다. 주변 사람들은 "회사를 그만뒀으니 이제 아이가 생길 것이다. 마음 편히 기다려라"며 날 다독였다. 하나도 위로가 되지 않았다. 더 이상 아이는 내게 위로를 주는 존재도 아니었고, 내가 달려나가야 할 목표도 아니었다. 나는 그냥 난임병원 문을 열기 전의 나로 돌아가고 싶었다.

건강을 희생한 대가는 컸다. 몸의 기능과 면역력이 떨어져 산 송장과 같은 상태가 지속되었다. 조금만 걸어도 지쳤다. 평생 느껴본 적 없는 빈혈로 주저앉기도 여러 번, 무릎에서 바람 나온다는 어머님들의 말씀이 무슨 느낌인지 알게 되었다. 모기에만 물려도 소염제와 항생제를 먹어야 하는 웃지 못할 상황이 날 기다리고 있었다. 잘 걸리지 않던 감기는 떨어지기 무섭게 다시 걸리고, 난생처음 보는 알러지로 잠 못 드는 밤이 늘었다.

오랜 단골 한의원의 한의사는 맥을 잡자마자 걱정스러운 얼굴로 "혹시 최근에 유산하셨어요?"라고 물어왔다. 눈물이 핑 돌았다. 호르몬이 요동치며 감정 기복으로 인해 천국과 지옥을 왕복했다.

나는 멈추기로 했다. 난임병원도, 직장도,
지금까지 달려왔던 모든 걸 멈추기로 했다.

오늘
괜찮았어?

남자친구가 동굴을 파고 들어가 열흘간 나와 연락을 끊었던 적이 있다. 감기 기운이 있어서 컨디션이 안 좋다고, 나중에 연락하겠다는 문자가 마지막이었다. 그는 회사 동료에게 사기를 당해 심적으로, 금전적으로 큰 손해를 입었다. 돈을 벌고 싶었던 욕심만큼 그가 치른 대가는 컸다. 연애 초반 여자친구에게 사실대로 털어놓기 어려웠던 그는 '잠수'를 택했다. 열흘쯤 지나자 그에게 연락이 왔고, 나는 이별을 통보했다.

"사람이 살다 보면 동굴에 들어가는 순간이 올 수도 있죠.

그러나 소중한 사람에게 일방적으로 연락을 끊는 방식까지는 받아들일 수 없군요. 적어도 동굴에 들어가니 찾지 말라고 하는 편이 가까운 사람에 대한 최소한의 배려라고 생각해요. 그것이 아니라면 제가 그 정도의 존재는 아니란 뜻이겠지요. 다음 연애는 동굴로 들어가는 걸 온전히 이해해주는 사람과 하길 바라요. 저는 아니에요. 아프다 해서 감기약을 사 왔는데, 얼굴 보니 괜찮은 것 같군요. 이건 먹든지 버리든지 알아서 하세요."

남자친구는 그제야 자신의 상황을 털어놓았고, 다시는 '잠수를 타지 않겠다는 맹세'(?)와 함께 사과했다. 후에 우리는 만남을 이어갔다. 생각해보니 그 후 연락 없이 잠수하는 모습을 보지 못했다. 흠…. 오늘 밤에 칭찬 좀 해줘야겠다.

내가 '넘어져 있던 기간'의 대부분은 집에서 잘 수 있을 때까지 자고, 배가 고파지면 먹고, 다시 졸리면 자는 '동굴 생활'의 연속이었다. 마치 마늘을 먹으며 인간이 되길 기다리는 곰 같지 않은가? 사실 병원을 다닌 건 몇 달이었지만, 직장에서의 스트레스, 결혼을 하면서 누군가와 함께 살아간다는 것에 대한 스트레스도 상당했다.

당시 회사는 상황이 좋지 않아 분기별로 권고사직을 실시하고 있었다. 평소 다정했던 팀장이 사직을 권했다.

"너는 이제 애도 낳아야 하고, 남편이 일을
하고 있으니 그만둬도 괜찮지 않아?"

당장 다음 달 일이 있을지 없을지 불투명한 프리랜서 개발자였던 남편을 생각하면 그만둘 수가 없었다. 제발 회사에 남게 해 달라고 팀장에게 간곡히 부탁했다. 이번 분기엔 남았지만, 다음 분기에 권고사직 1순위는 당연히 나였다. 버텨야 했다.

남편은 대기업 하청업체 직원으로 들어가 매일 밤 12시가 넘어서 들어왔다. 집안일은 전부 내 차지였다. 하청업체 직원에게까지 흰색 긴팔 와이셔츠를 꼭 다림질한 상태로 입고 출근하라는 그 '갑님 회사' 덕분에 익숙지 않은 집안일에 다림질이 추가되었다. 회사도 집안일도 버티기 급급했다. 여기에 병원 스트레스까지 버무려져 한순간에 재가 된 느낌이었다.

결혼 3년차, 나는 많이 지쳐 있었다. 마음이 지치면, 제대로 판단을 할 수 없게 되고 이상한 선택을 한다. 그런 선택들이 이어지며 악순환을 불러온다. 그저 상황이 원망스러웠고, 내가 모든 걸 망쳐 버린 것 같아 스스로를 탓했다. 약해진 신체는 정신마저 흔들어 놓았다. 이래선 안 되겠다 싶어 잠시 생각을 멈추기로 했다.

난임병원 다니며 그야말로 멘탈이 붕괴되고, 육신은 내 말을 듣지 않고, 사람들에 상처받고, 직장까지 그만두고 나자 몇 개월간 아무런 생각도 할 수 없어 멍하게 시간을 흘려보냈다. 인터넷을 하거나 하루 종일 홈쇼핑 채널을 틀어놓고 쇼호스트의 말에 혼자 끄덕이며 대꾸를 하기도 했다.

"어딜 좀 나가봐. 어떻게 그렇게 몇 날 며칠을 집에만 있니?"

남편은 집에서 매일 씻고 옷은 갈아입으면서도 단 한 발자국도 나가려 하지 않는 나를 신기해했다.
"어디로 나가란 말이야?"
"그냥 좀 나가서 걷고, 서점 같은 데도 가보고, 뭘 배워 보든가…."

그냥 현관문을 연다고?

목적지 없이 신발을 신는다고?

여태껏 그런 행동을 해본 적이 없었다.

늘 어딘가 목표가 있는 삶이었다.

뭘 어떻게 해야 할지 모르겠다.

말 그대로 공황상태였다.

공부해야 하고, 좋은 직장 들어가야 하고,
돈 벌어야 하는 그런 목표가 다 사라진 인
생은 참 당황스럽기만 했다.

내 삶을 주도적으로 살아왔다고 생각했는데, 나는 늘 누군
가 정해놓은, 가본 길을 따라 부지런히 걸었을 뿐이다.

내가 하고 싶은 건 뭘까? 모르겠다.

난 뭐 하는 사람일까? 모르겠어.

방구석 유랑을 하며 아무리 고민해보아도 모르겠다.

"그냥 가볍게 나가 보라고."

남편은 의아하게 날 바라보았다.

다음 날 집에서 낙성대역까지 걸어보기로 했다. 남편의 한마디로 나갈 명분이 생기자, 현관문을 열 수 있었다. 뛰어가면 10분 남짓의 거리지만, 느릿느릿 걸었다. 어? 저기 김밥집이 없어졌네? 치킨집이 생겼구나. 청과물가게 사장님은 늘 저런 '난닝구' 차림이지, 저 피부관리실 아직도 하는구나, 시속 2킬로미터 즈음으로 걸으며 낙성대역에 도착했다. 더 이상 어디로 가야 할지 모르겠다.

역 앞을 서성이다 결국 다시 집으로 왔다. 이젠 지역구 빵집이 된 쟝블랑제리 팥빵 다섯 개 사 들고. 잠깐 돌아본 동네 한 바퀴였지만 분명히 기분이 좋아졌다. 거울에 비친 내 표정도 밝아져 있었다. 퇴근을 하고 돌아오는 남편에게도 해 줄 이야기가 생겼다. 흠, 그래, 나가야겠다.

'며칠 지나면 괜찮겠지?'라는 생각으로 쉬었는데 정신을 차렸더니 석 달 가까이 지나 있었다. 비로소 눈에 들어온 창밖의 초록색 풍경이 아직도 선명하다. 처음 해본 동굴 생활 덕에 나는 조금씩 회복되었다.

남편은 동굴에 살고 있는 내게 매일 비상식량을 전하러 들어오는 나무꾼 역할을 자청했다. 퇴근하고 들어오면 현관문에서 나를 부드럽게 안아주었다. 그는 나를 재촉하지 않았다. 그저 머리를 쓰다듬으며 "오늘 괜찮았어? 밥은 먹었고?"라고 다독였다. 비록 얼굴을 맞댈 시간은 길지 않았지만, 그는 늘 나를 걱정하고 있었다.

파란 하늘을 올려다보며 '오늘 날씨가 정말 좋구나'를 느낄 정도로 회복이 되자, 우울한 감정들이 하나둘 사라졌다. 나를 괴롭히던 '왜', '무엇 때문에'라는 질문은 저 멀리 던져 버렸다. 그저 열심히 먹고 몸을 움직였다. 구민센터 수영장을 오갈 만큼 체력이 돌아오면서 나는 차츰 우울의 늪에서도 벗어났다.

다시
걸어볼까

누구나 한 번쯤 자신이 목표했던 그곳 앞에서 넘어지는 순간을 맞이할 것이다. 당신도 나처럼 옆이나 뒤를 돌아볼 여유 없이 달려왔다면 비슷한 감정을 느끼지 않을까 한다.

몇 개월간의 '동굴 생활'은 내게 아주 귀중한 시간이었다. 스무 살 무렵부터 자취를 하며 독립한 이후, 먹고살기 위해, 다음 달 월급을 위해 끊임없이 달려왔다. '별거 없는 스펙에 이 정도면 괜찮다'고 스스로를 칭찬하며 버텨온 시간이었다.

그러나 결혼을 하고, 남편이라는 타인과 함께 살아가는 삶은 전혀 다른 생활이었다. 사람들이 말하던 '핑크빛 신혼'과는 차이가 너무 커, 매 순간이 당황스럽고 때로 좌절했다. '그 나이에 그 정도 연애했으면 결혼해야지' 라는 말만 듣고 달린 결과였다.

왜 결혼을 하는지, 결혼을 하면 어떤 것이 달라지는지, 결혼을 위해 무슨 준비를 해야 하는지를 생각하지 않았다. 그냥 그 오빠가 좋았고, 저 사람이라면 나이가 들어도 소박하게 수다를 떨며 살 수 있을 거 같았다. 하지만 조금 더 많은 것들을 다양한 시각에서 고민했어야 했다.

그런 의미에서 요즘 '비혼'에 대한 고민을 진지하게 하는 이들에게 응원을 보내고 싶다. 고민을 여러 방향으로 할수록, 넘어졌을 때에 일어날 요령을 쉽게 터득한다.

임신 역시 마찬가지.

우리는 아이를 정말로 원하는지에 대한 기본적인 고민이 없었다. '결혼 다음은 임신' 정도로 쉽게 생각한 내가 바보였다.

남편과 진지하게 임신과 출산에 대해 여러 가지를 놓고 생각하게 되었다. 낳는다면 적어도 20년은 책임져야 할 생명이다. 우리는 아이를 원하고 있나? 내가 일이 끊기면 어떻게 하나, 아이가 몸이 약하면 어떻게 하나, 아이의 교육비를 비롯해 비용은 얼마나 될까? 아이를 어떻게 키울 것인가? 맡길 데가 있나? 대출상환액이 얼마 남았지? 언제까지 일할 수 있을까? 아니, 그보다 가족이란 뭐지?

여러 가지 질문을 놓고 대화를 나누면 나눌수록 우리의 대답은 '낳지 않는 편이 좋겠다'로 귀결되었다. 어떤 상황을 가정하더라도 결론이 그리로 갔다.

지금 우리는 둘이 나이 들어가는 데 드는 비용도 겨우겨우 맞출 수 있을 거 같은데, 여기서 아이가 생기면, 우리의 일상은 또다시 버티기 급급할 것이다. 지나가는 사람들은 '철없는 소리 한다', '다 감당하게 되어 있다'라고 하는데 그 말이 참 무책임하게 들렸다. 다들 그렇게 산다고, 모두가 그렇게 살 필요는 없다. 막상 아이 키우시는 가까운 분들에게 이 고민을 털어놓았다. 조금 다른 대답들이 돌아왔다.

"아이는 사랑스럽지만, 그에 따른 책임과, 희생이 말 못 하게 커. 감수할 여력이 없다면 둘이 사는 것도 괜찮은 선택이야. 우리도 같은 이유로 둘째는 포기했어"라는 조언을 들었다. 실제로 낳아서 키워봤더니, 개인의 상황과 사회 제도가 만나 예상치 못한 힘든 상황들이 곳곳에서 튀어나온다는 것.

남편과 나의 대화는 점차 바뀌었다. '왜 아이가 생기지 않았는가?'가 아니라 '앞으로 어떻게 살아야 하는가?'로, 미래에 초점을 맞추기 시작했다.

우리 조금 가볍게 살아보자. 어디까지 갈 수 있을지는 모르겠지만, 힘든 일도 있겠지만, 한번 해보자. 우리의 대화는 그렇게 끝을 맺었다.

넘어져 있던 시간 덕분에 비로소 나는 내 앞에 있는 남편이란 존재를 다시금 생각하게 되었고, 결혼이란 무엇일까? 출산이란 무엇일까? 그리고 살아간다는 것은 무엇일까를 고민할 수

있었다. 고통스러웠지만 그만큼 얻은 것도 많았던 시간이라,
이제 와선 넘어졌던 그 일이 인생 전반을 놓고 보았을 땐 나쁜
것만 같지 않다(당시엔 정말 너무 힘들었다).

누군가, 나와 비슷한 이가 있다면. 나보다는 덜 아프게 넘어
지길 바라는 마음에서 이 이야기들을 풀어볼까 한다.

2부

아이 없이 홀로서기

후회는
하지 않습니다

인터넷에서 '딩크'을 검색하면 '히딩크'가 1페이지에 뜬다. 나는 딩크보다 '무자녀'라는 표현을 더 선호하지만, 타인에게 내 상황을 빨리 이해시키기엔 딩크만한 단어가 없다. 여기에 '자발적 딩크', '비자발적 딩크', '싱크', '딩펫' 등 다양한 단어들이 출현했지만, 그들만의 리그에서 사용될 뿐 일반적으로 사용되지는 않는다.

아이 없이 살기로 하고, 뭐 도움이 되는 것들이 있을까 싶어 여기저기 검색을 할 때의 일이다. 국내 포털이나 커뮤니티에서 딩크를 검색하면 연관 검색어로 늘 '후회'가 따라나왔다.

무자녀를 고민하고 있는 사람들의 글에는 늘 '그러다 후회한다'라는 댓글들이 수도 없이 달렸다. 딩크족이거나 딩크이길 희망하는 이들이 모인 커뮤니티에서도 후회라는 단어는 자주 등장한다.

후회 없는 선택이 있을까? 어떤 선택이든 가보지 않은 길에 대한 아쉬움이 남는다.

후회는 아이를 낳지 않아서 온다기보다, 충분히 고민하지 않아서 오는 거라 생각한다.

둘이서 열심히 고민해서 내린 선택이라면, 그 선택에 따른 즐거움을 누리면 된다. 그리고 감당해야 할 부분은 감당하면 된다. 그 어떤 선택도 만족만 존재할 수 없다. 우리의 삶이 늘 그렇게 기쁨과 그에 합당한 무거움을 함께 주니까.

아이가 주는 기쁨은 익히 들어 알고 있다. 오랜 시간에 걸쳐 많은 사람들이 말해 주었다. 그에 따른 무거운 책임에 대해 말하는 사람은 많지 않았다. 분명히 힘들어 보이는데, 감당할 무

게의 이야기가 나오면, 그건 아이의 존재가 다 잊게 해준다고
한다. 낳아본 사람들의 말이니 그런가 보다 하고 있다.

아이가 행복의 '절대반지'일까?

그들의 주장대로라면 급증하는 이혼율, 비혼 인구, 무자녀
부부의 증가는 어떻게 설명을 해야 하나. 또 가정폭력, 산후우
울증 역시 아이라는 행복의 '절대반지' 아래서 존재할 수 없을
텐데 이런 현상은 어떻게 설명해야 할까? 결국, 인간의 행복은
결혼하느냐, 출산을 하느냐(옛날 같으면 아들을 낳았느냐도 포함)
로 결정되지 않는다는 사실. 한 번뿐인 인생을 어떻게 꾸려갈
것인지 스스로 고민할 때 삶은 의미를 가지고, 행복에 조금 가
까이 갈 수 있지 않을까?

아이가 있다가 없으면 그 빈자리를 느낄 것이다. 그러나 애
초부터 아이가 없었기에, 그들이 말하는 그 '기쁨'을 느낀 적이
없기에 고통스럽지 않다. 아이가 있어서 감당해야 할 그 '무게'
가 없기에 그저 다행이다 하고 가슴을 쓸어내리는 순간이 있을
뿐이다.

결혼이든 비혼이든, 출산이든 비출산이든, 이혼이든, 재혼이든 비슷하지 않을까? 그 어떤 선택을 하든 장점만 취할 수 없는 법. 남들이 말하는 장점의 매력을 모르겠다면, 선택에 따라오는 책임감에 내가 어떻게 감당할지를 생각해보면 내게 맞는 길을 찾기 조금 더 쉬워질 것이다.

꼭 남들이 먼저 그려 놓은 대로 살 필요는 없으니까.

지금 누군가 내게 아이 없는 삶을 선택한 것을 후회하냐고 물으면, 다행히 만족하며 살고 있다고 말한다. 때로 혼자 될 수 있겠다는 생각에 외로워지긴 하지만, 인간은 누구나 혼자가 될 수 있으니 이것이 나에게만 국한된 일이라고는 생각하지 않는다. 나는 그저 남아 있는 앞으로의 시간을 어떻게 잘 채워나갈 수 있을지를 고민하는 편이 훨씬 생산적이라 생각하고 있다.

다음 생이 있다면 이번엔 비혼으로, 세계 여러 도시를 옮겨다니며 살고 싶다. 틀에서 벗어난 무자녀의 삶이 꽤 괜찮아서, 더 자유로운 삶의 방식을 경험해보고 싶다. 이 성격 그대로 태어난다면, 집순이가 되어 어딘가 한구석에서 집과 회사만 왔다 갔다 하고 있을 테지만….

외롭지 않냐는
질문

"남편 출근하면 혼자잖아요. 외롭지 않나요?"

"나중에 혼자 될 텐데 외롭지 않겠어요?"

흠…. 혼자 있는 시간은 내가 가장 사랑하는 시간.

청소하는 동안 세탁기 돌리고, 집안 환기시키며 조금 진한 아메리카노 한 잔을 가지고 앉는다. 창밖을 보며, 라디오에서 흘러나오는 음악을 듣는 시간이다. 재미있는 책 한 권, 보송보송한 바닥과 파란 하늘을 보고 있자면, 마음이 편안해지고 따스한 감정이 올라온다.

직장을 다니고 있을 때엔 느껴본 적 없는 평화로움이다. 분명, 이렇게 비슷한 루틴으로 커피를 마신 시간들은 많았다. 그러나 난임 시술로 인해 한 번 호되게 넘어지고 나서, 많은 변화가 있었다. 나는 그저 아무 일 없이 커피를 마실 수 있는 아침이 오늘도 왔다는 사실에 감사하고 행복하다.

'외롭지 않냐'는 질문에 '괜찮은데?'라고 답할 수 있는 건 혼자서도 잘 노는 '프로 사브작러'의 기질도 한몫하겠지만, 더욱 큰 이유는 원래부터 아이가 없었으니, 아이가 없는 빈자리를 모르기 때문이다. 물론, 내겐 지금 남편이 있으니 먼 훗날 혼자 남으면 어떻게 하나 하는 상상에 아주 슬퍼진다. 그러나 그 슬픔은 내가 이 사람과 결혼하기로 마음먹었을 때부터 마음속 어딘가에 준비하고 있는 부분이다. 누구나 부모님과의 이별을 맞게 되듯, 그 과정이 고통스럽지 않기만을 기도하고 있다.

게다가 내가 먼저 떠날 가능성도 있다. 분명 가장 가까운 사람을 잃는 순간은 괴롭겠지. 그렇지만 시간이 흐르면 남겨진 사람은 서서히 일상을 회복할 것이다. 우리는 함께 살고 있지만, 각자 서 있는 법을 아는 사람이니까.

《혼자 산다는 것은》의 저자 요시자와 히사코는 66세에 남편과 사별하고 96세까지 30여 년을 혼자 살고 있다. 나이를 먹고 몸이 약해지는 것을 순순히 받아들이며 주변에 의지하지 않고 자신의 삶을 꾸려가고 있다. '내리막의 풍경을 즐길 수 있게 된' 그녀의 이야기를 읽으며 나 역시 막연한 불안감을 상당 부분 내려놓을 수 있었다.

결혼했다고 인간이 지닌 외로움이 사라질까? 아이 낳았다고 고독함이 사라질까?

바쁘면 잠시 잊을 수도 있겠지. 그렇다고 고독감을 느끼지 않으려 죽을 때까지 바쁘게 살아야 하나? 결국 그 감정들은 기쁨, 즐거움, 슬픔과 함께 내 주변을 떠다니고 있다. 외로움을 느끼지 않는 방법보다, 외로움을 다루는 방법을 터득하는 편이 삶을 좀 더 안락하게 만드는 길이 아닐까 한다.

외롭지 않냐고요?

즐거울 때도 있고 외로울 때도 있어요.

경단녀에게
생기는 일

난 직장이 없다. 아이도 없다.

많은 일이 있었다. 회사에서 받은 스트레스가 컸다. 노산이라는 조바심도 컸다. 임신을 해보겠다고 병원을 다니다 건강을 망쳐 회사를 그만두게 된 것이 경력단절을 불러왔다. 그러나 이런 말을 해 봐야 이해할 사람은 많지 않다. 대부분 나에게 '결혼했으면 애를 낳거나', '사람이면 일을 해야' 한다고 말한다. 그러면 나는 웃으며 답한다.

"괜찮아요, 남편이 잘 버니까요."

정확히 말하면 '잘'은 빼야겠지만, 안타까움으로 포장한 오지랖에 백치미로 답한다. 약발이 잘 먹힌다.

다시 일을 하고 싶어 한 업체에 면접을 보러 갔을 때의 일이다. 일본어를 하는 직원을 뽑고 있어서 이력서를 냈고, 사장 면접을 보러 갔다. 실무자 면접에선 서로 업무 스타일에 호감이 있어서 좋은 느낌이었던 걸로 기억한다. 사장은 비교적 젊어 보였고, 전무라는 나이 지긋한 사람도 배석했다. 이것저것 경력을 묻고 업무 내용을 물을 때까지는 별일 없다가 갑자기 영어에 대한 질문이 시작되며 분위기가 이상해졌다.

"영어도 할 줄 아시나요? 우리는 영어로 바이어 상대하는 직원도 필요한데."

"영어는 읽는 것이 가능하고, 짧게 이메일 소통까지는 되지만, 그걸로 영업은 어렵습니다. 영어를 사용해서 영업을 하는 직원을 원하신다면 제가 아니라 그쪽으로 특화된 사람을 뽑으시는 편을 추천합니다."

"말을 참 듣기 불편하게 하네요? 회사에서 요구하면 공부정도는 할 수 있는 거 아닙니까? 그렇게 노력하는 모습이 있어야지요."

"사장님께서 외국어를 잘 사용하시니 아시겠지만, 언어를 구사하는 것과 그 언어로 상대국 사람들과 대화하는 것은 엄연히 차원이 다른 문제입니다. 일본어라면 가능합니다. 그러나 제 영어 실력은 공부를 한다 해도, 그 정도 수준이 되지 않을 것입니다."

"해보지도 않고 어떻게 그렇게 말을 할 수 있죠? 지금 이수희 씨 같은 상황이면 뭐든 열심히 해야 하는 거 아닌가요?"

'나 같은 상황'이란 뭘까.

"노력해서 가능한 범위는 읽고 쓰는 것까지입니다. 그 이상은 노력해도 안 될 것임을 제가 가장 잘 알고 있습니다. 해서 안 되는 것을 할 수 있다 말하는 것만큼 무책임한 일은 없습니다."

사장과 전무의 표정이 동시에 일그러졌다. 그러면 구인공고에 일본어와 영어를 둘 다 유창하게 쓸 수 있는 사람을 써두서야죠. 영어 이야기는 어디에도 없었다고요. 게다가 1명 뽑아서 2명분의 일을 시키려 하다니. 면접을 볼 때마다 우리나라 회사들은 왜 이럴까 한숨이 나왔다. 월급이나 두 배로 주면서 말을 했으면 듣는 시늉이라도 했을 텐데….

퇴근한 남편에게 면접 후기를 이야기했더니 박장대소했다.

"푸하하하! 그렇게 속내를 있는 대로 다 읽어대니 사장이 화를 내지. 내 속이 다 시원하다."

또 다른 업체와 계약직으로 3개월간 일을 하게 되었다. 사장은 '당신의 실력을 봐서 3개월 후에 정직원으로 계약을 바꿀수도 있다'며 나를 고용했다. 그리고 나는 일주일에 한 번씩 사장실에 불려가 '아이가 생기면 어떻게 할 것인가'라는 질문에 같은 대답을 되풀이해야 했다. 정확하게 3개월을 채우고 그만 뒀다.

편의점 알바를 해볼까 했지만 떨어졌다. 카페 알바를 해볼까 했지만 떨어졌다. 아르바이트를 할 수 있는 나이도 아니었다. 대개 나이가 내 또래거나 지긋하신 분들은 점주이셨고, 그분들은 늘 20대 알바생을 원했다. 그렇지 않으면 야간조로 일을 해야 하는데, 수면욕이 가장 강한 내가 밤을 새는 건 아무래도 불가능했다. 한 업체에선 출근시켜 줄 테니 신입사원 급여를 받으며 다니라기에, 웃으며 거절하고 나왔다.

'결혼을 했지만 아이가 없다'는 사실은 완벽한 약점이었다.

몸이 안 좋아 잠시 쉰다고 회사를 그만뒀는데, 재취업을 하려니 '서류 광탈'만 나를 반겼다. 어쩌다 본 면접도 왜 아이가 없느냐, 애를 왜 안 낳느냐, 애를 싫어하다니 이기적이구나, 국가에 기여해야지 뭐하는 짓이냐, 생기면 어쩔 거냐는 질문세례를 받으며 다 떨어졌다. 면접마다 같은 질문이 반복되어 자존감이라는 게 무너지다 못해 분노가 되어 하늘을 찌르던 시간이었다. 면접만 보고 오면 애꿎은 남편에게 화풀이를 해댔다. 한동안 듣기만 하던 남편이 입을 열었다.

"나는 네가 돈을 벌어오는 걸 바라지 않아. 네가 행복한 걸 바라지. 취직 안 해도 돼. 그냥 놀아."

응?

그냥 놀아?

그냥?

노는 게 뭔데?

여행 다니는 거?

브런치 먹으며 인증샷 올리는 거?

남편의 말에 나는 한동안 멍해 있었다. 그리고 내가 노는 법을 모른다는 사실을 깨달았다. 일은 어떻게 해야 하는지 잘 아는데.

전업주부라는
새로운 직업

이제 뭘 하지? 나는 누구? 여기는 어디?

'좋은 대학을 가던가, 남들이 알 만한 회사에 취업을 하던가' 가 나의 목표였다. 매달 통장에 찍히는 액수가 나의 가치라 생각했다. 출근을 할 수 없는 상황이 오자, 나의 가치는 0원이 되었다.

0원.

천하에 쓸모없는 사람 같았다. 나라는 사람은 남편에게 빨대 꽂고 살아가는 빈대 같다는 생각에 우울해졌다.

사실 나는 스무 살 무렵부터 결혼보다 졸업이나 취업이 먼저였고, 친구들이 다 결혼을 한 30대 초반에도 결혼에 관심이 아예 없었다. 빨리 결혼하고 싶다는 친구들이 잘 이해가 되지 않았다. 결혼해서도 엄마나 주부라는 타이틀은 한동안 머릿속에 없었다. 그러던 내가 백수라니… 주부라니….

바뀐 상황에 적응이 되지 않아 당황하고 있을 때, 갑작스럽게 이사가 결정되었다. 남편은 늘 그렇듯 회사에 늦은 시간까지 붙잡혀 있었다. 나 혼자 뭐라도 해야 했다. 나는 벌써 몇 번의 이사를 해왔던가. 사실 이것보다 더 손 많이 가는 프로젝트도 혼자 해오지 않았던가? 어디 한번 해볼까? 정식으로?

컴퓨터를 켰다. 회사에서 하듯 일정을 만들고, 해야 할 일들을 쓰기 시작했다. 대중교통 출퇴근이 가능한 지역을 지도에서 찾고, 지역별로 전세 가격을 비교하고, 그날 보고 온 집들의 상황을 자세히 쓰고, 이사에 관련된 사항들도 차근히 정리했다. 잘 모르는 부동산 용어나 법률도 틈틈이 찾아보았다. 재밌었다.

시간이 많다는 점이 이렇게 마음 든든하구나. 매일처럼 여러 부동산을 들러 실장들과 잡담을 가장한 서로 간의 정보 캐기 눈치 작전도 할 만했다. 늘 주말이나 밤에 몰아서 봐야 했던 집들도 평일 낮 시간에 여유롭게 다닐 수 있었다. '안 되면 다른 집 보러 가야지' 하는 태도가 중개인과 매도자에게 고스란히 전해져 협상에서도 유리했다.

회사 프로젝트 때문에 머리 쥐어뜯으며 일하던 때와 완전히 다른 즐거움이 있었다. 남의 회사 돈 벌어주는 일과 우리가 실제로 살게 될 집을 알아보는 일은 동기부터가 전혀 달랐다. 덕분에 대출 서류 준비며, 이삿짐 센터 견적까지 매일을 신나게 보냈다.

두 번의 이사를 무사히 끝내며 나는 스스로를 칭찬했다.

내가 백수였기에 훨씬 좋은 환경의 집을 구할 수 있었다. 주거 환경이 좋아지니 생활 만족도가 올라갔다. 일에 치여 이사 당일에야 겨우 휴가를 낸 남편도 이삿짐 정리를 끝내고, 동네 한 바퀴를 돌며 '우와'를 반복했다. 늘 '쉬고 싶은 집'을 입에 달고 다녔던 그는 지금의 집에 꽤나 만족한 듯, 요즘도 산책할 때면 '너무 좋다'를 입에 달고 있다.

우리 집은 북한산이 막힘없이 보이는 뷰가 더없이 사랑스 럽다. 이번만은 꼭 시야가 확 트인 집에 살고 싶었다. 건널목 하 나 건너면 도서관이 있고, 조금만 더 걸으면 있을 거 다 있는 상 가 단지가 있다. 집 옆으론 깨끗한 공릉천이 흐르고 있다. 서울 이 아니라서 인근이 전부 초록에 둘러싸여 있고, 산책을 할 때 마다 귀뚜라미 소리와 풀내음과 함께하고 있다.

처음엔 막막했다. 그러나 발품을 팔며 조금씩 원하는 환경 에 가까워져 갈 때의 짜릿함이란…. 게다가 발품, 손품을 팔면 팔수록 많은 비용이 절약되었다. 새삼 시간은 금이란 사실을 실감했다.

비로소 주부라는 직업에 흥미를 느꼈다. 어렸을 때 엄마가 해주던 당연한 가사노동이, 학교 다녀오면 끝나 있었던 몇 번의 이사가, 직장인 시절에는 엄두가 나지 않았던 요리며, 청소며, 세탁이며, 가계부 관리며 그 모든 것들이 새롭게 보였다. 스무 살부터 독립해 살았지만, 가사 일에 관심을 가져본 적이 없었다.

물론, 지금도 요리에는 전혀 소질이 없다. 본격적(?)으로 주방에 선 지 5년이 되어가고 있지만, 여전히 나의 레시피는 보잘것없다. 일주일 식단을 짜는 건 참으로 머리 아프다.

힘들지만, 재미를 붙이고 있다. 지금의 직장(=우리 집)에는 지랄 맞은 상사가 없으니. 이처럼 마음 편한 직장이 어디 있겠는가? 직장의 모든 일이 즐겁지 않듯, 나에게 요리는 까다로운 업무일 뿐. 그러나 해내고 나면, 나도 그도 맛있는 한 끼를 맞이할 수 있으니 이보다 더 즐거운 프로젝트가 있었던가? 그동안 일해서 남을 퍼줬다면, 집안일은 온전히 나에게 돌아온다.

주부라는 새로운 직업이 난 꽤 맘에 들었다.

아이가 없어서
다행이야

우리가 신혼집을 마련한 동네는 인헌동이었다. 예전에 '봉천동'이라 불리던 낙성대역 인근의 다세대 주택이 즐비한 언덕배기 지역. 한강 남쪽에 있지만, 예전부터 개발이 더딘 지역이라 집값이 저렴했다. 1.5층의 20평이 조금 안 되는 오래된 빌라가 우리의 첫 집이었다.

　4년을 거기서 살고, 이제는 반전세(월세)가 아닌 전셋집으로 옮기고 싶어서 예금 통장을 탈탈 털었다. 월급쟁이 둘이서 천만 원을 모으기까지 꽤 오래 걸리는데, 전세보증금은 삼천, 오천이 우습게 오르는 상황이었다. 집값이 저렴하다는 동네는 다

다녀봤지만, 대출을 받아도 감당하기 벅찬 가격이거나, 동네가 너무 외곽이어서 출퇴근이 힘들어 보였다.

어떻게 해야 하나 한숨만 나오던 때에 지인이 일산이 어떠냐 조언해주었다. 하루 휴가를 내고 일산까지 집을 보러 다녀왔다. 서울과 비교해서 확실히 저렴한 전셋집이 많았고, 깨끗한 거리며, 반듯한 도로며, '아, 신도시란 이런 곳이구나' 하고 눈이 휘둥그레졌다. 돌아오는 길에 들린 호수공원은 다른 세상 같았다. "이런 곳에 살고 싶다!" 우리는 동시에 그렇게 외쳤다.

이 무렵, 재취업하겠다고 면접을 열심히 보러 다녔다. 매번 "왜 아이가 없냐"는 질문에 이리저리 답을 해봤지만, 결론은 "언젠가 아이가 생겨 회사를 그만둘 여성"이라는 편견에 부딪혀 '경단녀'(경력 단절 여성)라는 타이틀을 실감하고 있을 때였다.

백수의 장점을 알게 되었다. 평일에 마음껏 집을 보러 다닐 수 있다는 점! 직장에 매이면 저녁 늦게 집을 보거나 주말만 집을 볼 수 있어서, 시간 제약이 많았다. 예전 같으면 휴가를 며칠이고 쓸 수 없으니 그 지역은 포기했을 것이다. 아마도 살던 곳 인근 어딘가로 이사를 했겠지.

출산 예정이 없다는 사실도 장점으로 작용했다. 주변 지인
들이 이사를 할 때 가장 먼저 염두에 두는 건 어린이집과 학군,
학원가, 그리고 아이들 방학 시즌에 맞춘 이사 시기였다.

내게는 해당사항이 하나도 없었기에 선택
지가 넓어졌다.

경단녀라는 타이틀의 백수가 되어, 살짝 자존감이 떨어지
고 있었으나 내게 펼쳐진 거대한 미션에 저절로 힘이 솟았다.
나는 일산의 여러 동네를 돌아다녔다. 저녁에 집에 와선 오늘
봤던 집들의 장단점을 정리하고, 인터넷 검색으로 동네별, 단지
별 특징도 꼼꼼하게 살폈다. 그리고 내일 보고 싶은 집을 골라
부동산에 미리 전화를 해두고 잠이 들었다. 덕분에 우리 예산
에도 맞고, 남편 출근도 가능하며, 인근에 편의 시설도 충분히
갖추어진 깨끗한 아파트를 계약할 수 있었다.

처음 받아보는 전세자금대출에 서류를 챙기기도 서툴렀지
만, 내겐 '시간'이라는 강력한 무기가 있었다. 차근히 목록을 살

피며 동사무소, 세무서, 은행을 오간 끝에 대출 심사도 무사히 끝냈다. 부동산 용어부터 서류 이름들도 생소했지만, 친절한 민원상담 창구를 이용할 시간적 여유가 있다는 사실이 참 감사했다.

백수였던 탓에 좋은 집을 구할 수 있었다고 셀프 칭찬도 잠시, 얼마 못 가 사건은 벌어졌다. 갭투자자가 집주인이라는 사실에 큰 신경을 쓰지 않고 계약해버린 것을 인지한 것은 4개월이 지난 후였다. 초보 갭투자자였던 당시 집주인은 우리와 전세 계약을 하며, 비슷한 매물을 3개나 더 사들였다. 그러다 세금과 잔금 문제로 돈이 막히자 우리가 사는 집을 먼저 내놓았다. 이유는 우리 집이 가장 깨끗했기 때문이다. 오랜만에 아파트에 산다고 방산시장에서 발품 팔아 벽지를 새로 하고 들어온 데다가, 아이가 없으니 집이 아주 넓고 깨끗해 보였다. 그게 나에게 독이 되었을 줄이야.

그다음 집주인도 지방에 사는 갭투자자였다. 집을 보지도 않고 계약을 한 그는 갑자기 방문하여 집 구석구석을 트집 잡아 변상하라고 하더니, 계약 갱신 기간이 되자 막무가내로 전세금을 올려받으려고 했다. 안 그래도 지속적으로 돈을 뜯어내려던 집주인 때문에 마음고생을 했는데 전세금까지 크게 올리자 집에 오만 정이 다 떨어졌다. 그래서 전세금을 올리는 대신 이사를 가기로 했다. 그러자 집주인은 갑자기 태도가 돌변하여 갑자기 나가지 말라고 말리기 시작했다. 무려 나를 사모님이라 지칭하면서 자신은 전세금을 돌려줄 만한 돈이 없으니 정 나가고 싶거든 세입자를 구해놓고 나가라고 한 후 연락을 끊었다.

집 없는 설움과 전세금을 날릴 수 있겠다는 공포가 동시에 몰려오는 순간이었다. 집주인과 나는 계약 관계일 뿐, 그가 전세금을 올려달라고 해서 무조건 들어줄 의무도 없고, 계약 기간이 끝나면 그는 내게 전세금을 돌려줘야 한다. 내가 알고 있는 법은 그러하지만, 집주인은 "누가 전세금을 현금으로 들고 있나, 다음 세입자 받아서 주는 거지"라며 버티면 그만이었다. 너무나 화가 났지만, 그렇다고 싸우면 내 손해. 겨우 세입자를 구해 이사 나오는데 이삿날에도 집주인이 약속 시간을 지키지 않아 애를 먹었다.

그래서 우리는 집을 샀다. 그러니까 집 없는 공포 때문에, 은행과 30년 우정을 만들었다. 집을 반반씩 소유하면서 말이다.

아이가 없어서 다행스러웠던 것 또 하나.

집을 매매하려고 공부를 하면서 알게 된 '역세권+초품아'라는 공식. 초등학교가 가까이에 있느냐, 큰길을 건너느냐 아니냐에 따라 비슷한 집 가격이 큰 차이를 보였다. 내게 아이가 있었다면 어떻게 해서든 '초품아'를 가기 위해 발버둥쳤겠지. 대출도 훨씬 많이 받아야 했을 것이다.

다행히 지하철역이나 초등학교와 멀어도, 상가와 다소 거리가 있어도 우리 둘 생활에는 아무런 지장이 없다. 오히려 겸사겸사 걸을 수 있어 좋다. 운동을 극도로 혐오하는 둘이라 이렇게 일상생활 안에 걷는 시간을 넣어두어야 그나마 산책 삼아 움직인다. 뭐, 투자자의 입장에서 보자면 수익률은 떨어지겠지만.

아이가 없어서 큰 평수의 집을 고려하지
않아도 되는 점도 좋았다.

부동산에서도 작은 평수를 보러 다니는 내게 "이제 아이가 생기면 방도 늘려서야 하고", "이 아파트가 초등학교랑 바로 연결이 되는데"를 반복하며 34평형의 아파트를 계속 권했다. 늘

부동산 문을 열며 "저희는 두 식구고, 아이는 없을 거예요."라고 말했지만 보람은 없었다. 부동산 실장님들을 실망시키긴 했으나 작은 평수의 아파트를 사도 되는 입장이라 좋았다.

서울에서 일산으로 이사를 할 때, 일산에서 갭투자자를 만나 불안감에 집을 사야 했을 때, 다행스럽게도 나는 백수였고, 아이도 없었다.

작은 평수의 집을 보러 다니노라면 아이를 업고 땀을 뻘뻘 흘리며 집을 보는 내 또래의 여성들과 자주 마주쳤다. 아이는 계속 칭얼대고 엄마는 조급하다. 빨리 어디든 계약금을 걸고 집으로 돌아가야 하는 다급함이 내게도 전해져왔다. 아마도 첫째의 귀가 시간이 가까워져 오고 있을 테지. 연신 시계를 보던 아이 엄마는 그날도 집을 구하지 못한 채 집으로 종종걸음을 했다.

시간이 없다는 조급함은 선택의 폭을 줄이고, 때로 다급한 마음이 잘못된 선택을 부르기도 한다. 내게는 시간의 여유가 있다는 사실에 감사했다. 더운 날씨에 집을 보러 다녀야 해서 조금 지치긴 했지만, 간간이 카페에서 아이스라떼 한 잔씩 마서가며 그날그날의 일정을 소화했다. 뭐랄까, 마치 팀장님 일찍 퇴근하시고 나 혼자 외근 도는 기분이랄까.

두 번의 이사를 하며 부딪힌 우리나라 주거 현실은 내 또래뿐 아니라 젊은 층에게 참 힘겨운 벽임을 여러 차례 실감했다. 부동산에 앉아 있으면 많은 사람들이 오가고, 나와 비슷한 상황인 사람들은 좀 더 눈여겨보게 된다. 아무 생각 없이 부모님들 따라와 계약서에 도장만 찍고 사라지는 사람들, 사기 칠 생각에 작당 모의하는 투자자들, 헉헉대며 더운 날씨에도 몇 군데씩 집을 보러 다니며 심각하게 의논하던 부부, 표정을 잃은 얼굴로 현관문을 열어주던 내 또래 주부….

부모님의 도움 없이 자립하는 것이 참 힘들다고 느낀 몇 년간이었다. 둘이서 열심히 아껴 마련한 1억이 하루 사이에도 치솟는 집값 앞에서 무가치하게 느껴졌던 순간, 평생 월급을 모아도 손에 닿지 않는 아파트를 부모님 찬스로 계약하고 좋아하던 신혼부부, 누군가가 말한 '부모 잘 만난 것도 실력'이라는 말이 떠오르며 서글펐던 날도 있었다.

그러나 이사를 두 번 치르며 바닥을 쳤던 자존감이 올라오기 시작했다. 직장만이 사회생활의 전부인 줄 알았다. 경단녀라는 타이틀을 얻으며 나는 사회와 격리되었다는 착각을 했다.

하지만 일상에 또 다른 사회와 관계가 존재하고 있었다. 세무서와 등기소 문을 혼자 열고 들어갔다 나온 순간, 큰 산 하나를 넘은 뿌듯함에 혼자 맥주 한 캔을 땄다(어리바리 아줌마에게 인내심을 가지고 상담해 주신 상담원분, 감사합니다!). 바짝 긴장했던 이사 당일도 작은 사건은 있었지만 그만하면 순조롭게 진행되었다. 처음 먹어본 이삿날 짜장면과 탕수육이 그렇게 맛있을 수가 없었다.

발품을 팔아 꽤나 큰 비용을 아낄 수 있었던 덕에, 남편에게 가계부를 들이밀며 자랑했다. "제가 이걸 해냈습니다!" 적어도 몇 년은 생색을 낼 수 있을 거 같다.

남편은 이사 한 번 하는 것이 얼마나 큰일인데 덕분에 집 같은 집에 살게 되었다며 백수 나부랭이로 방바닥 유랑을 하고 있던 나를 한없이 추켜세웠다. 그리고 본인이 야근하면서 대출 서류 챙기는 게 너무 힘드니, 다음번부터 집은 전부 네 명의로 하란다.

하아, 너란 남자….

나 여기다 써 놨다. 나중에 다른 말 하지 마.

저는
못하겠어요

"그 동네는 애들 학원비 얼마야?"

"애 엄마가 잘 알겠죠. 대충 백만 원은 들어가고 있는 거 같아요."

"와이프가 다음 달부터 첫째, 영어 학원을 보내고 싶다고 하네. 오십만 원은 드나 봐."

"……."

전날 과음한 탓에 동네 쌀국수집까지 기어갔다. 주문하고 의자에 쓰러져 있자니 옆 테이블 남성 둘의 대화가 들렸다. 아이 학원비 이야기를 하며 점점 말수가 줄어든다. 결국, 그들은 묵묵히 쌀국수만 먹었다. 내 또래의 아이 아빠들로 보였다.

아이 없이 살면서 자녀 양육 비용과 교육 제도에 대한 부분에 관심을 쓸 필요가 없어졌다. 처음엔 나만 아이가 없다는 사실에 외로움이란 감정에 빠져 있었다. 그러나 해가 갈수록 안도감이 올라온다. 육아 중인 친구들에게 듣는 우리나라 교육의 현실은 도무지 별나라처럼 느껴진다. 몇 년을 버티지 못하고 바뀌는 교육 제도, 그 제도가 한 번 바뀔 때마다 나오는 찬반 격론, 공교육기관의 문제와 사교육 시장에 대한 흐름, 나빠지는 미세먼지, 코로나19같이 혼란했던 상황을 보고 있자면… 학부형님들, 정말 대단하시다. 나는 도저히 엄두가 나지 않는다.

"그냥 한 명당 백만 원씩이라고 생각하면 돼."

아들 셋 엄마가 심플하게 말했다. '우와, 두 명이면 이백? 정말? 아니 내 주변 사람들 다 그렇게 생계를 꾸려가는 건가? 다들 나만 빼고 부자야? 순간, 정말 발걸음이 떨어지지 않는다며 울먹이던 이웃이 떠올랐다. 작은 회사에 다니는 남편의 급여로 아이들 어린이집과 학원비를 감당하긴 어렵겠지. 우는 아이를 억지로 어린이집에 밀어넣고 그녀는 최저임금을 주는 직장으로 향했다. 그나마 재취업이 되어 다행이라 했다.

"애들이 너무 예뻐. 보고 있으면 하루하루가 아까워. 내 손으로 키우고 싶지. 그런데….."

그녀는 화제를 다른 곳으로 돌렸다. 나도 더 묻지 않았다.

올해 초 학군이 좋은 지역으로 이사 간 지원 씨의 고민을 들었다. 10년 된 국산 SUV로 아이들 픽업을 다니는 사람이었다.

"큰 애가, '엄마 우리 차만 이상하대. 우리도 BMW 사면 안 돼? 하는데 말문이 막하더라니까, 애들 픽업 오는 차들이 죄다 수입차들이더라고. 처음엔 나도 별생각 없었지. 근데 날이 갈수록 너무 신경이 쓰여. 같은 반 엄마들의 시선도 그렇고, 애들이 저러니 바꿔야 하나 싶어."

지원 씨의 얼굴이 어두워졌다. 영혼까지 끌어 대출 받고 진행한 이사였다. 그런데 이번엔 차가 발목을 잡았다. 차는 굴러만 가면 되는 게 아닌가 했는데 아이들이 엄마 차로 놀림을 당한다는 사실이 충격이었다. 게다가 아이들이 나보다 차 브랜드에 해박했다. 학원비에서 끝나는 문제가 아니구나. 차도 문제가 될 수 있구나. 얼마 전 TV에서 본 '아빠 월급 물어보는 초등학생' 이야기를 직접 듣노라면 '아…. 난 절대 못 버틸거야'란 마음만 올라온다.

　　며칠 전 만난 이웃은 내게 아이 픽업 알바를 해보지 않겠냐 제안했다. 맞벌이 부부의 퇴근 시간이 일정치 않으니 유치원에 엄마 대신 픽업을 가달라는 것. 반드시 차량을 이용해서 가야한다고도 덧붙였다.

　　"바로 한 블록인데 차로요? 제 차는 10년 넘은 국산입니다만?"
　　유치원까지는 아직 아이들이 수입차 구분을 못한다고 한다.

"요즘 어린이집은 아이를 늦게까지 봐주기도 한다면서요?"

한마디 물어봤지만, 모르는 소리 하지 말라며 이웃이 손사래 쳤다. 유치원과 어린이집의 차이, 시립과 병설, 민간의 차이를 들으며 머릿속이 하얘졌다. 그러나 이게 시작이란 말이지?

아, 이 땅의 부모님들을 존경합니다!
그런데 저는 못하겠어요.

알면 알수록 점점 할 말을 잃게 되는 지금 대한민국의 교육 현실. 결혼과 출산을 눈앞에 둔 청년들은 어떻게 받아들이고 있을까? 가파르게 상승하는 비혼, 무자녀 부부 증가 원인에 이런 현실도 반영되고 있지 않나 싶다. 나야 우여곡절(?) 끝에 이런 선택을 했다고 하지만, 실제로 아이를 낳고 싶은 이들에게는 경제력이 얼마나 큰 벽으로 다가올까.

당분간 우리는 급격히 늘어나는 비혼·비출산의 현실을 지켜보아야 한다. 정부가 여러 대책을 내놓겠지만 출산율을 올리기엔 역부족일 것이다. 최근 나오는 통계자료가 이를 뒷받침한다. 비혼이거나 비혼을 희망하는 인구가 30퍼센트에 육박하고 있다. 게다가 결혼한 지 5년 된 부부 중 무자녀 인구도 10명당 1명에서 10명당 3명으로 늘었다.

저출산으로 나라가 망한다며 온갖 정책이 쏟아지지만, OECD 상위 국가의 출산율은 그리 높지 않다. 그리고 그들은 이미 예전부터 동거를 사회 구성의 한 형태로 받아들이고 있다.

최근 비혼·비출산의 인구가 급속도로 늘고 있는 현상은 어느 정도 시간이 흐르면 점점 안정화 단계로 갈 것이라 예상한다. 하지만 현재의 급격한 변화는 분명 의미하는 바가 있다. 청년들이 결혼과 양육을 하기에 지쳐 있다는 신호이다. 정부와 사회는 그들을 향해 이기적이라고 손가락질할 것이 아니라, 우리 사회 시스템이 정상적으로 굴러갈 수 있게끔 바꿔가야 한다.

사람들의 인식이 변하고, 사회가 변하면, 멀지 않은 시기에 적어도 낳고 싶은데 낳을 수 없는 이들은 사라지겠지.

안 낳은 사람도, 한 명 낳은 사람도, 세 명 낳은 사람도 불편을 느끼지 않고, 상대의 삶에 간섭하지 않으며, 스스로의 삶에 집중

하는 날이 언젠가 오길 바란다.

그런 의미에서 결과론적인 변명일 수 있으나,

낳지 않아 다행이다.

휴….

나는
나의 인생을

"우와아~ 이게 어찌 가능한 거죠?"

얼마 전 지인 집들이를 다녀왔다. 마치 갤러리에 온 듯한 인테리어에 일행들은 현관부터 감탄사 외엔 말을 잇지 못했다. 가구과 거대한 화분 배치만으로 마치 화보 속에 들어와 있는 듯했다. 새 아파트 입주를 축하하는 인사를 건네자, 예상 밖의 말이 돌아온다.

"아직 이사 한 번 더 남았어. 호호호."

"또요?"

다정 씨를 알게 된 건 3~4년 남짓인데 이번이 내가 본 두 번째 이사였고, 또 한 번의 이사가 남았다고 한다. 미분양된 아파트 모델하우스 구경이 취미라는 다정 씨는 경기도를 좌우로 가로지르며 이사를 하고 있었다. 직장 문제로 다급하게 구했던 첫 번째 집, 우연히 들른 모델하우스가 너무 맘에 들어 계약해버린(?) 집, 이번엔 제대로 찾아보자 해서 열심히 발품을 판 집 등 그녀의 이사 히스토리에 입이 딱 벌어졌다. 이사 한번 할 때마다 큰 스트레스를 받았던 나는 간단히 이사하는 그녀가 신기하기만 했다.

우리는 그녀가 집을 옮길 때마다, 혹은 가구 배치를 바꾸었다고 말할 때마다 "저요! 저요!"를 외치며 그 집을 방문했다. 30대 후반부터 40대 후반이 모인 무자녀 모임. 다양한 사람들이 모여 있지만, 그 안에서 그녀의 탁월한 미적 감각은 독보적이었다. 이것저것 인테리어 팁을 물어보다 우리의 화제는 자연히 집, 부동산으로 흘렀다.

"우리 중에 청약 신청되는 사람이 있었나?"

　앤티크한 원목 테이블에 앉은 4명이 동시에 고개를 흔들었다. 부양가족이 없는 2인 가구의 경우, 사실상 신혼부부 특별공급이나 행복주택과 거리가 멀다. 특히 서울은 자녀가 둘은 있어야 신혼부부 특별공급의 가능성을 점쳐볼 수 있다. 우리처럼 부부 양쪽에 수입이 있다면, 각종 혜택이나 가산점에서 제외된다. 민간 아파트 분양 역시 그러하기에, 우리는 부동산 실장님과 함께 발품을 파는 것이 최선이다.

　상황이 이렇다 보니 경제적인 문제로 출산을 고민하는 후배들에게 "그래도 청약은 넣어봐"라고 허무한 조언을 하며 맘한편이 씁쓸해지곤 한다. 나보다 아랫세대들이 결혼이나 출산을 꺼리는 이유로 주거 불안정, 경제적 여유를 우선으로 꼽는다는 통계가 나왔다. 최근 몇 년 추세를 보면 1인, 2인 가구가 빠른 속도로 늘어나고 있고 그 원인이 날로 뚜렷해지는 중이다. 저출산 대책으로 주거 문제가 빠른 시일 안에 해결되어야 하는 이유다.

자녀를 결혼시켜야 하는 연령대의 어르신 중에 이러한 상황을 잘 모르는 분들이 계신다. 간혹 "부모들이 집 한 채 해줄 능력도 없다니. 없으면 전세라도 해주던가, 아니면 손주들 데려다 봐줘야지"라는 막말을 쏟아내시는 분들도 있다. 그분들의 삶이 어떠했는지는 모르나, 1990년대 후반 IMF 금융위기를 견딘 부모님들 세대의 경제 격차는 클 수밖에 없다. 당시 파산을 했던 기업이나 자영업자는 셀 수 없을 정도였고, 극단적 선택을 하신 분들도 연일 뉴스에 보도되곤 했다.

70대의 한 사업가 분이 내게 일장연설을 하신 적이 있다. '왜 애도 안 낳고 사느냐, 돈 없으면 애를 할머니 할아버지에게 맡기고 부부 둘이 나가서 일하다 보면 돈은 모인다, 나는 우리 자식들 집도 사주고 손주도 다 봐줬다, 부모라면 그 정도는 해야 하는 거 아니냐'며 우리 부모님은 뭐 하고 있는지를 물었다. '너도 애 낳아서 내게 데려오면 키워주마'라는 오지랖도 잊지 않으셨다.

나는 아직도 자신이 겪은 것들만이 세상의 절대적 이치인 양 썰을 푸는 이들을 만나면 욱한다. 그날도 참지 못했다.

"사장님 참 부럽네요. 저희 부모님은 그때 집에 빨간딱지 안 붙게 하려고 잠도 못 주무시면서 일하셨어요. 자식들한테 재산은 못 물려줄지언정, 빚을 물려줄 수는 없으시다고요. 지금도 같은 마음으로 일하고 계시고요. 그 당시에 사업이 잘된 분들보다, 저희 부모님처럼 갑자기 길에 나앉은 분들이 훨씬 많잖아요. 지금 하신 말씀은 그런 분들과 저한테 큰 상처가 됩니다."

어르신은 입을 다무셨다. 경제적인 성공이 인간 내면의 성장을 전혀 이끌지 못하는 경우를 간혹 본다. 그분의 성공을 원망하는 것이 아니다. 적어도 그 시절 힘들었을 수많은 이웃에 대한 이해가 있다면, 상대의 상황에 함부로 가타부타해선 안 된다.

부모님이 자수성가와는 거리가 먼 사람들은 불행한가? 그래서 애가 없나?

오늘 모인 네 명은 각자 다른 계기로 2인 가구가 되었다. 건강상 문제로 포기한 사람, 어쩌다 보니 세월이 벌써 이렇게 흘러서 군이 의학의 힘은 빌리지 않겠다 한 사람, 결혼 초반 남편과 합의로 사는 사람, 그냥 이 삶에 익숙해진 사람…. 계기가 달랐지만, 결혼 초반 자금이 넉넉지 않았다는 점은 비슷했다. 넷다 부모님의 큰 원조 없이 작은 월셋집, 지방의 오래된 아파트에서 신혼을 시작했다. 남들이 봤을 땐 분명 초라한 시작이었을 것이다.

그러나 네 명 중 아무도 부모님을 원망하거나, 자신의 상황을 부끄러워하는 이가 없었다.

"그땐 분명히 힘들었지. 바퀴벌레가 나오는 오피스텔을 탈출하기 위해 얼마나 짠순이 생활을 했는지 몰라."

셋이 고개를 끄덕였다. 나 역시 시작은 봉천동의 오래된 빌라 월셋집이었다. 거기서 몇 년간 돈을 모아 전세로, 다시 매매로 집을 마련하기까지 꽤 허리띠를 졸라매야 했다. 그러나 그 시간이 고통스럽지 않았다.

매달 쌓이는 예금 잔액에 서로를 칭찬했다. 월급날이면 서로에게 '감사합니다'라는 인사를 잊지 않았다. 가끔 소주 한 잔씩 하며 우리의 재정상태에 관한 토론으로 밤을 지새우기도 했다. 평소 관심이 없었던 경제 뉴스를 찾아보고, 이사 철이 아니지만, 부동산 소식에 귀를 쫑긋 세웠다. 그 모든 과정이 우리에겐 소중한 자산이다. 이러한 과정이 쌓일수록 미래에 대한 두려움이 조금씩 걷혀갔다.

솔직히, 처음부터 다 가지고 시작한 사람들과 경제적 격차는 부럽다. 하지만 내 것이 아닌 걸 샘내봤자! 시간 낭비, 감정 낭비다. 아이러니하게도, 대가 없이 주어진 것에 대한 소중함을 모르는 사람이 더 많더라. 하나만큼은 분명하게 얻었다.

"남편이랑 함께하는 시간이 너무 좋아. 예전보다 점점 더 좋아지는 거 같아."

네 명의 SNS에는 남편과 산책하며 들린 카페나 공원 사진이 자주 올라온다. 별것 아닌 작은 일상에 감사할 줄 아는 것.

허름한 신혼집에서 조금씩 생활 터전이 나아지는 것에 감사했
던 마음. 어려웠기에, 그럴수록 함께 다독이며 걸어왔다. 우리
가 만들어낸 돈독함은 큰 자산이다.

집이란 무엇일까? 옆에 있고 싶은 사람과 함께 만들어가는
공간이 아닐까? 간혹 경제적인 문제로 자신을 한없이 작게 여
기는 이들이 있다. 나 역시 그런 초라함을 느낄 때가 있었다. 그
러나 거기서부터 무엇을 채워가고 있느냐는 다른 차원이란 생
각이 들었다. 기왕 둘이 살아보기로 했으니, 둘이서 만들어갈
수 있는 것들을 찾고, 함께 이뤄가는 과정에 집중해보려 한다.

누가
진짜 친구일까

오랜 친구가, 아니 오랜 친구라고 생각했던 이가 말했다.

"너는 애를 안 낳아봐서 몰라."

그래. 안 낳아봤으니 네 맘을 어떻게 찰떡같이 알아듣겠니. 그렇지만 그 말을 들으니 네 딸이 왼쪽으로 뒤집을 때와 오른쪽으로 뒤집을 때의 차이를 들으며 하루 종일 맞장구쳐 준 내 시간이 참 아깝구나.

친구가 많았으면 좋겠다고 생각한 적이 있다. 내게 친구들이 꽤 있다고 생각했던 적도 있다. 그러나 학교를 졸업하고, 이사를 하고, 직장을 옮겨 다니며, 결혼을 하고, 또는 여러 상황에 처하면서 '친구란 어떤 존재일까?'라는 생각을 하게 되었다. 학교 같이 다닌 사람? 나랑 밥 같이 먹는 사람? 내 하소연을 받아주는 사람?

직장생활을 하면서까지는 어떻게든 유지되었던 친구들과의 만남이, 출산을 계기로 뚜렷이 갈라지게 되었다. 더러는 그 친구들이 아이를 다 키우면 다시 돌아올 거라고 기다린다는 이들도 있다. 군대 간 남자친구 기다리는 것도 대단하다 여겨지는 마당에, 출산 여부 하나로 소원해진 친구를 십수년(입시 끝내고 본다고 하면 20년)씩 기다릴 가치가 있을까? 간혹 연락이 된다 해도, 밀린 육아 괴로움을 계속 토로하다 마지막엔 '너도 빨리 낳아라'라는 한마디를 남긴 후 가버리는 사람을? 십수년이 지난 후 그 친구는 시시콜콜하게 울고 웃던 같은 반 친구도, 소주 한잔에 회사 한탄을 받아주던 동료도 아닌, 학부형으로 돌아올 것이다. 과거의 추억만으로 '그 옛날 그 아이'가 돌아올 거라는 헛된 기대는 버리는 편이 좋다. 나 역시 현재를 살며 사람을 보는 눈도, 상황을 대하는 태도도 달라지고 있지 않은가.

육아를 하지 않으면 그동안 친구라 불렀던 이들과의 관계 유지가 어렵다는 사실을 깨달았다. 그들의 삶은 물리적으로도 바쁠 뿐 아니라 어려운 선택지가 산재해 있어 아이들에게 닥친 문제들을 해결하기에도 급급하다. 시간이 있더라도 비슷한 상황에 놓인 사람들과의 정보 교류가 그들에겐 더 절실하겠지. 이런 상황에 관계를 붙들고 있어봐야 서로 손해다.

아이가 없어서 그간 친하게 지내던 사람들과 하나둘 멀어져 가는 과정이 쓸쓸하긴 했다. 누군가의 임신 소식에 축하를 하면서도 '이제 너와 볼 일은 없겠구나' 하는 서운함이 올라온다. 어쩌랴. 아직 대한민국에서 아이를 낳고 기르는 모든 과정이 엄마의 절대적인 희생을 바탕으로 하고 있는 현실을. 먼 미래엔 좋아지리라 믿지만, 지금 당장은 그저 그들의 노고를 응원해주는 수밖에 없다.

그렇게 아이 엄마들은 '맘들의 세계'로 떠나고 나만 남았다. 여태껏 친구를 찾아 움직여본 경험이 없기에 한동안 주저앉아 있었다. 학창시절엔 일 년에 한 번씩 학교에서 원하든 원하지 않든 새로운 사람을 만나고, 비슷한 사람들을 찾아 친구라 칭했다. 직장생활도 비슷했다. 회사가 바뀌거나 부서가 바뀌면, 새로운 사람 중에 식사를 같이할 사람을 찾았다. 이제껏 내가 찾아가지 않았다. 상황이 내 주위 사람들을 바꾸어주었을 뿐이다. 덕분에 나는 친구에게 다가가는 일에 서툴렀다.

어떻게 해야 할까? 그냥 이대로 쭉 혼자 있기는 싫었다. 내가 아무리 집순이라 해도, 퇴근하는 남편만 바라보는 삶도 아닌 것 같다. 앞으로 펼쳐질 인생을 생각하면, 돈이나 건강 외에 편하게 차 한잔할 수 있는 이웃이 필요했다.

'친구'는 잠시 접고 그저 마음 편히 만나 시시껄렁한 잡담을 나눌 수 있는 '이웃'부터 만들어보자 생각했다. 이웃을 알아가는 방법은 굉장히 단순했다. 바로 근처 주민센터에서 취미 생활을 시작해보는 것. 공통된 취미로 모인 사람들이기에 '육아 토크'의 늪에 빠지기 전에 환기시킬 주제가 존재한다. '맘토크'로 빠지기 전에 적절하게 취미 생활에 대한 정보를 나누면 되었다.

직접적으로 지역 커뮤니티에 무자녀 부부를 찾아보는 방법도 있다. '아이 없이 사시는 분 계신가요? 같이 차나 한잔해요'라는 글을 올렸더니 상상을 초월할 정도로 많은 연락을 받았다. 출근을 하든 아니든, 외향적이든 내향적이든, 아이가 없는 이들의 태반이 혼자였다. 반가우면서도 씁쓸했다. 그 인연을 계기로 몇 년이 지난 지금까지 관계들을 유지하고 있다.

내가 먼저 다가가야 한다는 점은 어렵다. 모르는 사람을 만나 알아가는 과정이 지금도 고역이다. 누군가에게는 참 쉬운 일일 텐데, 나는 아직도 새로운 사람을 만나는 자리가 어색하고 불편하다.

그럼에도 불구하고 자꾸 그런 자리를 늘려나가고 있다. 산책하다 마주친 이웃과 밝게 안부를 물을 수 있는 관계들이 늘어난다면, 나의 중년, 노후 역시 그리 외롭지는 않을 것이란 생각이 들어서다.

다시, 친구란 어떤 존재일까?

나는 서로의 선택을 존중해주는 사이라 생
각한다.

설령 그 선택이 내가 보기에 틀렸다 해도, 모험을 하는 친구
를 응원해줄 수 있는 존재. 그리고 내가 실패하고 돌아왔을 때,
괜찮다며 술 한잔할 수 있는 사이가 진짜 친구라 생각한다.

다른
삶에 대한 태도

아이를 가지지 않기로 결정하고 나서, 매의 눈으로 주변을 살폈다. 나와 비슷한 선택을 한 이들이 얼마나 있을까? 그들은 어떻게 살고 있을까? 하는 궁금증에서 말이다. 그러나 생각보다 무자녀 부부를 일상에서 만난다는 건 쉽지 않았고, 그 사실은 내게 불안감과 외로움으로 다가왔다.

한 여성을 만났다. 아이가 없는 내 선택에 굉장한 관심을 보인 그녀와 대화 중에 결혼 유무를 물었더니 고개를 저었다. "그래도 결혼은 하는 게 좋지 않겠어요?" 라고 말하자 그녀는 나를 똑바로 보고 말했다.

"똑같은 말씀을 하시네요."

아차차… 이놈의 주둥이.

내가 그토록 듣기 싫었던, '아이는 하나 있는 게 좋지 않아?'
와 뭐가 다른가! 그날 이후 나는 남들과의 대화에서 대답을 한
템포 늦추기로 했다. 성질이 급한 데다 건망증 때문에 말이 더
욱 빨라지고 있는 중이라 스스로에게 힘든 미션이다. 그러나
내가 듣기 싫은 말을 내 입으로 뱉는 실수를 또 하고 싶지 않다.
처음 만나거나, 아직 서로 잘 모르는 상태에선 말을 조심하려
노력한다. 상황 파악이 잘 안되면 무조건 3초 기다리는 규칙을
만들었다. '그게 아니라' 보다 '그렇군요!'를 자주 쓰려 애썼다.
되도록 상대의 이야기를 들으며, 그들의 입장에서 생각해보려
했다.

역지사지라는 말이 있듯이 그들의 입장에서 듣다 보면, 상
황이 이해가 된다. 가끔 내 의견을 말하기도 하지만, 어디까지
나 상대가 내게 의견을 구했을 때다. 그리고 '이건 단지 내 생각

일 뿐, 너와 다를 수 있다'는 단서조항을 꼭 첨부한다. 예전같이 친구 연애사에 등짝을 때려가며 "당장 헤어져, 이 지지배야!"라는 식의 대화는 하지 않게 되었다.

들으면 들을수록 한 사람의 히스토리에 재미를 느끼게 되었다. 내가 다른 사람으로 사는 건 불가능하니, 이수희로서만 살아왔던 삶에 다른 사람들의 삶을 들음으로써 간접 체험을 해본다. 그리고 거기에 나를 대입해 보기도 한다.

같은 무자녀 부부로 살고 있다 해도 계기는 천차만별이었다. 아이를 원하지만 건강상의 이유로 포기한 사람, 과거의 어떤 일을 계기로 가치관이 바뀐 사람, 바쁘게 살았더니 시간이 너무 흘러버려 이젠 이 생활에 익숙해진 사람…. 만나는 사람마다 마음을 열고 대화하면 전혀 다른 세상 이야기가 펼쳐졌다.

다양한 사람들이었지만, 한번은 깊게 자신을 돌아보고, 배우자들과 끊임없이 대화를 한다는 공통점이 있었다. '그래서 저들의 얼굴이 저렇게 편안해 보이는구나' 생각하며 나도 그리 늙고 싶다고 생각했다.

언젠가 작가 두 명과 함께 하는 인터뷰에서 한 작가가 말했다.

"2인 가족, 그 형태가 꼭 부부로 국한되지 않아요. 우리 주변엔 모자 가정도 있고, 조부모와 사는 아이들도 있으니까요."

머리를 한 대 맞은 거 같았다. 내가 당하는 불편함과 불합리에 잔뜩 날이 서 있었는데, 일순간 전투 의지가 사라졌다고 해야 하나.

아, 전혀 다른 삶이 있구나, 그 삶에 관심
을 가져야겠다고 생각했다.

2인 가구가 남편과 나라고만 생각했다. 무자녀 부부라고만 생각했다. 그래, 조부모와 사는 아이들도 있고, 한부모 자녀들도 있고, 재혼 가정도 있다. 어떤 형태든 4인 가구가 아닌, 조금 다른 형태의 가족이 존재하고 있고, 이들은 대부분의 커뮤니티에서, 제도권에서 소외되어 있다. 나와는 또 다른 형태의 어려움에 직면하고 있을 터이다.

무자녀 부부, 2인 가구가 된 이후, 나는 조
금 자랐다.

적어도 형태만으로, 밖으로 보여지는 모습만으로 사람을
평가하려던 습관을 의식적으로 내려놓는 중이다. 10여 년이 넘
는 직장생활 동안, 나는 초면인 사람들을 빨리 파악해야 했다.
적인가, 동료인가? 그 습관이 계속해서 남아 있었다. 사람을 편
가르는 이분법적인 판단에서 벗어나고 나니 한 사람의 삶이 보
였다.

어떤 사람이든 굴곡 없는 인생이 없었다. 지금까지 나의 시
야는 나 한 사람에 맞춰져 있었다. 그러나 이 삶을 계기로 남의
삶도 들여다볼 여유가 생겼다. 내게는 그들의 이야기를 들을
수 있는 시간이 있으니까. 새로운 사람을 만날수록 내가 조금
둥글어지는 걸 느낀다.

다양한 삶이 있다. 한 사람의 인생과 만나는 건 작은 여행을
떠나는 느낌이다. 더 많은 사람들을 만나고 싶다. 첫인사는 여

전히 어색하겠지만.

계획대로 되는 건
인생이 아니잖아요

혜림이는 유쾌한 대학 룸메이트였다. 늘 사람을 만났고, 무언가 사부작대며 하고 있었다. 노는 걸 좋아하지만, 일터에서도 부지런을 떠는 성격이라 사람들의 호감을 사는 아이였다. 20대의 혜림이는 늘 바쁘게 연애하고, 직장을 다녔다.

"결혼? 글쎄? 지금은 바빠서…"

30대의 혜림이는 여전히 바빴다. 쉼 없이 동호회 사람들과 어울렸고, 작은 공방을 열며 거기에도 많은 공을 들였다. 이곳

저곳에서 신랑감을 소개했고 시간이 허락하는 한 만났지만, 결혼으로 이어지지 않았다. 그러던 어느 날 대뜸 결혼하겠다는 소리를 했을 때 난 너무 놀라 소리를 질렀다.

"뭐라고? 대체 어떤 남자야? 얼마나 만난 거야? 결혼식이 언제라고? 뭐? 다음 달? 어? 만난 지 3개월? 뭐라고???"

여러 가지 질문을 쏟아냈다. 혜림이는 소개로 만난 사람이고 심성이 참 착하다고, 나이 때문에 양가에서 서두르는 바람에 이렇게 되었다며 웃었다.

"혹시 임신했어?"
"임신은 무슨! 기왕 늦게 가는 거 신혼생활 실컷 즐기다가 애는 좀 늦게 가질 거야."

혜림이는 남편과 연애가 짧았던 것을 아쉬워했다. 그리고 얼마 지나지 않아 임신했다는 소식을 전했다.

"이렇게 임신이 잘될 줄은 몰랐지 뭐야. 하하."

계획에 없던 아이라 다소 당황한 듯했지만, 혜림이는 특유의 씩씩함을 내보이며 웃었다. 늘 자신의 앞에 있는 사람에게, 자신을 둘러싼 환경에 최선을 다해 살아온 녀석이었다. 그렇게 엄마로서의 삶도 잘 꾸려나가리라 생각했다. 한동안 연락이 뜸해졌지만, 아이 엄마라면 다들 그렇듯 바쁜 삶을 살고 있는 것으로만 생각했다.

2~3년쯤 지났을까? 우연히 혜림이네 동네를 지나게 되어 연락을 했다. 혜림이는 꼼짝 말고 기다리라며 소리를 질렀고, 우리는 근처 카페에서 만났다. 그간의 안부를 묻는 데만 한참 시간이 걸렸다. 아이 소식을 묻는 혜림이에게 내 생각을 털어놓았다.

"나는 아이 없이 살려고 해. 남편과도 이야기가 되었어."

친구에게 이 말을 하는 것이 생각처럼 쉽지 않았다. 당시에 내가 사람들로부터 많은 편견과 오해에 시달리고 있었기 때문이다. 혜림이는 한동안 말없이 나를 바라보더니 깊은 한숨을 내쉬었다.

"그래, 아이를 낳는 것이 정말 쉽지 않더라. 사실 나, 산후우울증이 굉장히 심했어. 아이를 낳고 일 년 동안 아이를 보지 않았어. 내 아이는 다 예쁘다고 하잖아? 그런데 예쁘지 않았어. 그냥 매일이 너무 힘들고 고통스러웠어. 매일같이 울었던 거 같아. 하면 안 되는 생각까지 계속하게 되더라고. 정말 사는 게 사는 것 같지 않은 1년이었어."

그 시간 동안 혜림이의 남편은 묵묵히 아이를 돌봤다고 했다. 혹시나 아내에게 무슨 일이 생길까 직장이 끝나면 부리나케 집으로 달려오고, 쌓인 집안일을 하고, 아이를 돌보는 것이 전부 남편의 몫이었다.

"일 년을 지옥에서 보냈어. 겨우 밖으로 나올 수 있었지. 가족들이 없었다면 불가능했을 거야. 남편도 얼마나 고생을 많이 했는지 몰라. 정신이 온전히 돌아오고 나니 아이가 보였어. 여전히 아이는 예쁘지 않았어. 그렇지만 책임감이 올라오더라고. 내가 낳았으니 책임을 져야지. 이 아이가 행복하게끔 엄마로서 역할을 해야지…. 그렇게 조금씩 노력하는 중이야. 이제는 제법 아이가 예뻐."

전혀 예상치 못했다. 혜림이는 아이를 무척 좋아했다. 학습지 교사를 하던 시절에도 일은 힘들지만, 아이들이 너무 예쁘다며 담당 아이들을 품에서 놓지 못했다. 그런 친구에게 정작 자신의 아이가 예쁘지 않았을 때의 충격이란…. 가늠이 잘 안된다.

"TV에 산후우울증으로 자살하는 뉴스들이 나오잖아. 사람들은 그러지, 애를 봐서 참아야지 왜 저러냐고. 아니야, 우울증이라는 것이 그렇게 간단한 문제가 아니야. 나는 그 사람들을 이해할 수 있어. 이제 내 주위에 사람들은 나한테 둘째 이야기를 해. 둘째 언제 가질 거냐고. 엄마 나이가 있으니 빨리 가지라고. 난 절대 더 이상 아이를 낳지 않을 거야."

인구보건복지협회의 '2015 저출산 인식 설문' 조사에 따르면 기혼 여성의 30퍼센트가량이 산후우울증으로 자살 충동을 느낀 적이 있다고 답했고, 그중 2퍼센트는 실제 시도를 한 것으로 나왔다. 한국보건사회원구원에서 밝힌 '2017년 산후 정신건강 증신을 위한 지원방안 연구'에 따르면 전체 산모 중 산후우울증으로 의료서비스를 이용한 산모는 1.4퍼센트에 불과했다. 처참한 결과다.

산후우울증이 호르몬의 변화에서만 기인하지는 않을 것이다. 데이터는 사회의 변화와 여성들이 처한 환경이 아이를 낳는 데 얼마나 열악한가를 적나라하게 나타내고 있다. 그럼에도 불구하고, 왜 사람들은 '누구나 겪는 것', '아이를 생각해서 참으면 되는 것', 그러니 '어서 둘째를 낳으라'라고 하는 걸까.

내가 만나본 무자녀 여성들의 대답은 간단했다. '아무리 생각을 해봐도, 낳을 수 있는 상황이 아니다.' 거기에 대해 어르신들은 이렇게 말한다. '애는 생각하고 낳는 게 아니다'. 어르신들을 비난할 생각은 없다. 그들 세대에선 그것이 가능했으니까. 그러나 지금 21세기의 대한민국은 당사자가 아이를 낳고 키울 수 있는 여건인지를 아주 꼼꼼하게 따져봐야 한다.

"내가 산후우울증이란 걸 몰랐으니 아이를 낳을 수 있었던 거지. 그 고통을 두 번 반복하고 싶지 않아. 그땐 정말 못 견딜 거야."

이야기를 하는 동안 혜림이의 눈가는 촉촉해졌다. 산후우울증을 한 번 겪은 여성은 다음 출산에서도 산후우울증이 올 가능성이 높다고 한다. 그러나 주위에서 둘째 때는 괜찮을 거라며 빨리 둘째를 가지라고 성화인 모양이었다. 지금까지 자신 앞에 닥친 일에 '싫어', '절대로'라는 말을 꺼내지 않는 아이였다.

"나는 혹여라도 네가 나와 같은 경험을 하지 않아도 되어 다행이라고 생각해."

그즈음 혜림이의 남편이 아이와 함께 카페에 들렀다. 혜림이를 보는 남편의 눈은 한없이 따스했다. 아내가 친구를 만나는 동안 아이를 돌보느라 얼굴에 땀이 맺혀 있었다. 혜림이는 남편을 친구 앞에서 한없이 추켜세웠고 나도 열심히 맞장구를 쳤다. 말수가 없어 보이는 그의 얼굴이 벌겋게 달아올랐다.

혜림이는 운이 좋은 편이었다. 산후우울증을 앓았을 때, 남편과 부모님이 온 힘을 다해 혜림이를 위해 뛰었다. 그럼에도 혜림이는 일 년을 앓아누워 있었다고 한다.

얼마 전 가까운 곳에서 산후우울증으로 아이와 함께 베란다에서 뛰어내린 여성의 소식을 들었다. 얼마나 힘들었을까? 본인에게 그런 일이 닥칠 줄은 꿈에도 생각 못 했을 텐데…. 주변에 그 손을 잡아줄 사람이 없었던 걸까? 그렇다면 얼마나 더 외로웠을까? 나와는 일면식도 없는 이웃이었지만 마음이 찢어질 듯했다.

한동안 산후우울증 뉴스가 연일 보도되던 때가 있었는데 이젠 뉴스거리도 아닌가 보다. 그날 저녁 뉴스 검색을 해보았으나 어디에도 뉴스는 없었다. 저출산 시대에 그런 뉴스가 나오면 출산에 대한 부정적인 생각을 하게 될 테니 다루지 않는 건가 싶기도 하다(지역 카페에선 우울증으로 병원을 찾는 '맘'들이 자주 보이는데 말이다).

아이로 인해 생기는 크고 작은 어려움들, 생길 수 있는 가능성들을 찬찬히 떠올린다.

사람들은 아이를 낳으면 끝인 것처럼, 아이만 있으면 모든 것이 해결될 것처럼 말한다. 그 책임에 대해, 감당해야 할 무게에 대해 말하는 이들은 적다.

나는 과연 감당할 수 있을까? 자신이 없다. 적어도 나 스스로를 지키며 아이를 키워낼 자신은 없다. 확실하다. 게다가 그렇게까지 아이를 바라지 않는다는 점이 더 선명하다.

돌아오는 길에, 사람을 어떻게 알고 3개월 만에 결혼을 할 거냐 펄쩍 뛰었던 사실을 혜림이가 남편에게 말하지 않았으면 좋겠다고 생각했다. 만나보니 그는 그냥 얼굴에 좋은 사람이라고 쓰여 있다. 왜 그런 사람들 있잖은가. 한 번만 봐도 내장 구석구석까지 다 보이는 사람. 혜림이가 사람 보는 눈 하나는 좋았다니까.

전

어머님이 아니에요

"어머님, 반납은 ○○일까지입니다."

거슬린다, 어머님이라는 호칭.

고객님, 회원님, 손님이라는 일상적으로 쓸 수 있는 호칭이 존재한다. 도서관에서 나와 비슷한 연배의 자원봉사자에게 도서 대여를 할 때마다 굳이 어머님이라는 말을 들어야 하는 이유가 뭘까? 나는 당신의 어머님이 아니에요. 게다가 아이도 없다고요. 이곳 도서관은 기혼 여성에겐 어머님, 남성에겐 아버님을 호칭으로 쓴다. 그럼 아이들에겐 학생이라고 부르나? 학교를 졸업한 사람들은 어떻게 부르지? 호칭이란 상대와 나의 관계에서 성립하는 거 아닌가? 회원님이 싫다면 아주머니가 차라리 낫겠다. 조만간 이야기를 해야겠어. 투덜거리며 동네 상가로 향했다.

상가 모퉁이에 학습지를 홍보하는 파라솔이 있고 두세 명의 사람들이 행인들에게 전단을 나눠주며 학습지 홍보를 하고 있었다.

"어머님, 저희 빨간펜 학습지 잘 아시죠?"
"아니요, 전 괜찮아요. 아이가 없거든요."
"아이, 어머님. 그런 말 마시고 들어보세요. 저희가 이번에 새로운 이벤트를 하는데요."

아이가 없다는 말을 거짓말로 들은 것 같다. 떨어질 것 같지 않았다. 뜨거운 여름날 이 블록을 걷고 있는 사람은 나 하나뿐이었으니까. 놓치고 싶지 않겠지.

"저는 아이가 없어요. 그러니까 제게 이러셔도 소용없어요."

"어머나, 세상에!!! 왜요?"

지나가던 아줌마에게 애가 없다는 사실이 그렇게 놀랄 일인지는 모르겠지만, 여하튼 손사래를 치고 다시 걷기 시작했다.

"어머니, 교회 나오세요. 저희 교회가 유초등부가 잘 되어 있답니다."

오늘은 무슨 날인가? 이번엔 교회 전도팀이 길을 막았다.

"교회에 관심 없어요. 죄송합니다."

"왜요. 저희 성경 학교 얼마나 잘 되어 있는데요."

"저는 아이가 없어요. 죄송합니다. 지나갈게요."

"아…. 저희가 같이 기도해드릴게요."

탄식의 표정을 짓는 그 여성. '무슨 기도? 난 아무것도 요청

할 생각이 없는데….' 하고 걸음을 옮기는데 한마디가 더 날아온다.

"교회 나오시면 축복(=아이) 생긴답니다."

제게 좋은 일이란 로또 1등입니다만…. 그냥 고개를 저으며 걷는다.

"교회 나오시면 저희가 기도해드려요!"

그녀는 내 뒤통수에 대고 간절히 외쳤다.
필요 없어요.

하아… 동네 상가 한 블록 사이에 두고 이게 무슨 일인가.
그분들은 자신의 목적을 이루려 웃으며 말을 거셨다. 나는 웃으며 거절했으나 한 번에 먹히지 않았다. 어지간하면 그냥 웃으며 "괜찮습니다, 관심 없습니다." 하고 지나지만, 적극적인 영업맨들을 만나면 피곤해진다.

"21세기 대한민국에서 애 없이 사는 팔자 좋은 여자가 뭘 그런 걸로 성질을 내고 그러나? 그러니 애가 안 생기지"라고 할 수도 있겠지만⋯. 불편한 건 불편한 거고, 듣기 싫은 건 듣기 싫은 거다.

요즘은 비혼 이슈가 뜨거워서 덕분에 사람들의 시각도 많이 바뀌고 있다. 이제 남의 삶에 대해 비난하는 건 매너가 아니라는 인식이 퍼지고 있어서 다행스럽다. 그러나 이렇게 일상에 뿌리박힌 습관들은 언제쯤 바뀌려나 싶다. 어렵겠지. 자신만의 세계에서 살고 있는 사람에겐 특히 더 어려운 일이겠지.

얼마 전, 지역 모임에 참석했을 때의 일이 떠올랐다. 한 아주머니께서 집에서 멋지게 쿠키를 구워오셨다. 종종 집에서 간식거리를 가져오시는 분이었다. 그날도 사람들이 옹기종기 모여앉아 그분의 솜씨를 칭찬했다. 그중 아이가 없는 다른 아주머니가 말했다.

"어머, 내 정신 좀 봐. 나 원래 쿠키 안 먹는데 벌써 네 개나 먹었네. 다른 분들도 드셔야 하는데 이렇게 나만 안다니까, 호호."

그러자 쿠키를 만들어 온 아주머니가 느릿하게 입을 열었다.

"응, 애가 없으면 그렇더라고."

순간 화기애애했던 공간에 어색한 침묵이 흘렀다. 나는 사람들의 눈빛이 방금 아이 없는 아주머니와 나 사이로 모이는 걸 느꼈다. 이제 막 하나 입에 문 쿠키가 퍽퍽했다.

쿠키는 아직도 충분히 남아 있었다. 사람들의 먹는 속도도 더뎠다. 그리고 그녀는 이기적인 사람이 아니었다. 평소에도 다른 분들보다 부지런히 뒷정리를 하셨고, 베풀기를 좋아하는 사람이었다. 그러나 다른 사람들은 그녀나 나를 '나만 아는 사람'으로 여기고 있었다. 내가 그 모임에서 제대로 된 활동이나 하고 있으면 억울하지 않다. 늘 조용히 사람들의 이야기를 듣고 오는 것이 전부였는데 아이가 없다는 이유로 이런 시선을 받는구나.

며칠 후 아들 셋 엄마인 이웃에게 이 이야기를 했더니 그녀는 나보다 더 화를 냈다. 너는 그걸 참고 있었냐, 대판 싸우지 그랬냐, 내가 대신할까 하고 화를 버럭버럭 내주는 바람에 나는 며칠간 마음에 담고 있던 답답함이 풀렸다. 이웃이라는 약이 이렇게 좋다.

도서관에 가서 호칭을 바꿔 달라 말해봐야겠다. 몰라서 그렇게 부르고 있는 것일 수도 있으니, 웃으며 말해봐야지. 학습지를 권하는 사람들에겐 '우리 애는 졸업했어요'라고 해야겠다. 전도하시는 분들껜 절에 다닌다 해야지. 그리고 그 모임은 가지 말아야겠다.

오지랖은
차단합니다

몇 년 전의 일이다. 계속되는 이력서 광탈에 가까스로 잡은 면접도 아이가 없다는 이유로 이기적인 사람 취급 받거나, 곧 있으면 임신해서 회사 그만둘 것처럼 손사래를 치며 면접실에서 밀려다니던 그때. 지인 부탁으로 잠깐 일을 도와준 회사가 있었다. 업체 사장님과 회의를 하던 중에 느닷없이 임신 질문이 튀어나왔다.

"…이수희 씨는 지금 나이가 서른아홉인데 아직 아이가 없다고?"

방금 전까지 업무 이야기를 하다가 훅 들어오는 질문.

"네, 안 생기기도 하고, 저희 둘 다 아이를 그렇게까지 원치 않아서요."

'노력은 했으나 안 생겨서 우리 둘이 살거야' 라는 뜻으로 웃으며 또박또박 전달했으나,

"애는 있어야지. 요즘 의학 기술 알지? 마흔둘까지 시험관 되는 거? 계속 해봐야지. 부부가 애가 없으면 쓰나."

"애가 없으니, 내가 지금 이 회사 와서 쥐꼬리 같은 알바비를 받고 일을 거들고 있는 거잖아요? 그리고 낳고 말고는 내가 정할 문제인데, 오늘 나 처음 본 사장님이 왜 내게 시험관을 하라 마라 하는지…. 시술비 오백만 원쯤 챙겨 주실 거면 들어보기라도 하겠지만, 비용은 알고 그러시나 모르겠네"라고 쳐주고 싶었으나, 지인 소개였던 업체라 지그시 미소만 지었다.

"남편 나이도 있고, 대출도 있고 지금 생겨도 큰일이에요. 그냥 둘이 살기로 했습니다."

그 후로도 아이는 반드시 낳아야 한다, 여자로 태어났으니 애는 낳아봐야 하는 거 아니냐는 등등의 오지랖을 들었다. 어째 사람은 바뀌는데 다들 하는 말은 이렇게 하나같이 같을 수 있을까? 웃음만 나왔다.

"내가 지금 당신 업체에 와서 일을 하는 것과, 여자로 태어나 애를 낳는 것이 무슨 관련성이 있는지 모르겠으나, 이제 그만 닥쳐주세요" 하고 나오고 싶었다. 그러나 당시 나는 비슷한 경험을 숱하게 했던 터였고, 그런 말을 해봤자 아무것도 바뀌는 것이 없이, 나만 "거봐, 성격이 저러니 애가 안 생기지" 같은 말이나 듣는다는 걸 알아버렸기에 계속 업무 내용으로 말을 돌리며 30분이라도 일찍 그 회사를 박차고 나오기 위해 애썼다.

업무 내용으로 평가받는 것이 직장이라 알고 있었는데, 아이가 없다는 사실이, 앞으로 출산 노력을 하지 않을 거라는 의지가 사회생활에서 큰 마이너스로 작용한다는 사실이 놀랍고 절망적이었다.

나보다 나이가 좀 더 위에 있는 사람들은 "입양이라도 해요. 애는 키워봐야지. 좋은 일 한다고 생각하고" 라는 말도 쉽게 던진다. 내 또래 사람들이 "그래도 애는 하나 있어야죠."라고 하는 것처럼. 그럼 대답한다.

"생활 여유도 있으시고 늦둥이 보시면, 저도 입양 생각해볼 게요."
"그렇게 좋으니, 둘째는 언제쯤 가질 예정이세요?"

이 정도 하면 상대편에서 '실수했다'는 표정이 나온다.
열 명 중 일고여덟은 생각 없이 던지는 말이다. 그러니 나역시 깊이 생각할 필요가 없다. 그 말을 되새기며 자신을 탓할 필요도 없다.

처음엔 내 상황을 설명하려 애썼다. 그러나 이런 식의 오지랖을 반복하는 사람이 상대의 말을 귀담아 들을 리 없다. 시간 낭비였다.

혹시 누군가 이런 식의 질문을 하면 그냥 무시한다. 웃으면서. 그냥 "네~ 그러게요~" 하면 된다. 괜히 설명하려 애써봤자 싸움만 되더라. 그냥 웃으며 튕겨버리는 것이 좋다.

"이번엔 합격되겠니?"

"결혼은 언제 하려고?"

"첫째는?"

"둘째는?"

이런 질문에 굳이 대답하지 말자. 시간 아깝다. 나이 들면 꼭 배워야 하는 기술이 있지 않은가. 한 귀로 듣고 한 귀로 흘리기. 오지랖에 대처하는 방법이 바로 이거다. 신경 쓰지 말자. 내 인생에 단 하나도 도움이 안 되는 말들이니까.

헛소리를
구별하는 방법

"아들은 있어야지."

"둘은 있어야지."

"애는 낳아야지."

"결혼은 해야지."

시대에 맞춰서 그들의 오지랖도 변하고 있다.

명절을 며칠 앞둔 평일, 염색을 하러 미용실에 갔다. 친가
부모님께 새치가 많은 머리를 보여주기 싫어서 명절을 앞두고

꼭 새치 머리 염색을 한다.

손님들에게 헤어 제품을 권한다거나 쓸데없는 수다를 떨지 않는 사장님이 좋아 자주 찾게 되는 미용실이었다. 남매 둘이 운영하는 미용실이라 늘 예약제로만 손님을 받았다. 조수(?)들이 없어서 손님이 몰리면 죄송하다며 예약 없이 온 손님들을 돌려보내곤 했다. 그런데 갑자기 아주머니 한 분이 다짜고짜 미용실 문을 열고 들어왔다.

"사모님, 오늘은 예약이 꽉 차서 커트가 어려우세요. 내일 예약 잡아 드릴까요?"

친절히 응대하는 원장을 향해 손을 휘휘 저으며 아주머니는 의자에 앉았다.

"나 그냥 머리만 조금 잘라주면 돼. 길어서 내가 좀 잘랐는데, 도무지 맘에 안 들지 뭐야. 다음 예약이 몇 시라고? 3시? 그럼 10분 남았네. 드라이 안 해도 되니까, 길이만 좀 잘라줘 봐."

원장이 몹시 곤란한 표정으로 아주머니를 내보내려 했지만, 아주머니는 아랑곳하지 않았다.

"그 남자 원장은 어디 갔어? 손님 오면 그 원장이 잠깐 보면 되잖아."

"식사하러 방금 나간 거라, 저 혼자 다음 손님 받아야 하고, 바로 아이들 데리러 가야 해서요."

여자 원장은 아이들 하원 시간에 맞춰 잠시 시간을 비우는 듯했다.

"애를 데리러 가? 왜? 어디로? 아, 유치원? 할머니는 뭐하고? 머리를 내가 가위로 어제 좀 잘랐는데, 엉망이 됐지 뭐야. 여기, 여기."

나와 전혀 관련이 없는 사람인데도 급격히 피곤해졌다. 여자 원장은 설득이 안 되겠다 싶었는지 빠른 손놀림으로 커트를 시작했다.

"애가 몇인데? 둘? 요즘 세상에 누가 둘을 낳나, 하나만 낳지. 할머니 골병 들게….."

그 '할줌마'의 강력한 헛소리가 계속되었다. 다음번 예약손님은 20분이 지나서 의자에 앉을 수 있었다. 고맙다는 인사도 없이 휙 계산을 하고 사라진 할줌마. 나와 눈을 마주친 원장은 씁쓸하게 웃음을 지었다.

저런 사람들은 자신이 내뱉는 말이 쓰레기라는 사실조차 모른 채, 여기저기 쓰레기를 투척하고 다니겠지. 누군가 설득하려 해도 전혀 통하지 않겠지. 이미 여러 번 비슷한 말다툼을 했을 테고, 대부분 자신이 옳은 말을 한다 생각하겠지. 저런 할줌마와의 대결은 피하는 것이 상책이다. 도망쳐!

욱하는 마음에 몇 마디 했다간, '세상에서 가장 싸가지 없는 년'이 되기 쉽다. 바뀌지 않는 건 건드리지 않는 것이 좋다.

받아칠 자신이 없다면, 피하자.
벗어나. 괜찮아.

대체 저 사람들은 왜 저런 걸까 하고 연구를 해보려 했지만, 관찰하는 자체가 스트레스라 포기했다. 대신 헛소리를 빨리 구분해내는 가장 간단한 방법을 찾아냈다. 내 앞에서 떠들어대는 이 사람의 말이 뭔가 말도 안 되는 소리 같을 때, 그에게 '지금 당장 10만 원만 주세요. 소고기 사 먹게'라고 말해보라. 나에게 10만 원을 줄 수 있는 사람의 말이라면 한번 귀담아들을 만하고, 갑자기 뒤돌아 가버릴 사람의 말이라면 크게 신경쓰지 않아도 된다.

그리고 이상하다 싶은 촉이 오면 그냥 '그러네요, 헤헤~'로 대충 답하고 말자. 괜히 뭔가 설명하려 하면 피곤한 시간만 연장된다. 말이 통하는 사람만 상대하자.

길 한가운데 똥이 있으면

삽으로 떠서 저 멀리 치워버리거나

한쪽으로 피해 가세요.

밟지 마세요.

나한테 똥 묻어요.

몸과 마음의 건강이
먼저이길

연애하면 결혼해야만 하나?

결혼하면 애를 낳아야 하나?

그럴 수도 있고, 아닐 수도 있다.

"재혼했다는 건 알고 있었어. 그런데 왜 하필 우리 동네야?
왜 하필 찜질방 가던 날 그 자식과 마누라와 마주쳐야 해?"

오랜만에 만난 수정이는 소주를 연거푸 털어 마셨다. 수정
의 전 시가는 흔히 말하는 '손이 귀한 집안'이었고, 그 집안에서

몇 번씩의 유산은 '당연한 일'이었다. 남성에게 유전되는 질환임을 현대의학이 데이터로 보여주었지만, 그 집안사람들은 인정하지 않았다. 형님, 동서, 시어머니, 시할머니처럼 '너도 그 정도는 해야 한다' 했다. 그걸 버티지 못한다고 며느리만을 탓했다.

수정이는 두 번의 유산을 했고, 그중 한번은 중환자실에서 일주일간 의식 없이 생사를 오갔다. 수정이는 깨어나고서 아이를 자신의 목숨과 바꿀 수는 없다고 다짐했다. 수정의 부모님은 딸이 더는 임신으로 고통받지 않기를 원했지만, 남편과 시가의 어르신들은 전혀 그렇게 생각하지 않았다.

퇴원한 지 한 달 남짓 되었을까, 남편은 그녀에게 아이를 원하니 다시 노력해보자 했다. 수정이는 하염없이 눈물만 흘렸다. 그렇게 마음이 멀어지고 둘은 이혼했다.

정말 백 번 양보해서 이해하려 들면 이해할 수도 있을 것이다. 자손에 대한 열망을.

그렇지만 아내가 생과 사를 오가는 것을 보고도 다시 임신 시도를 하자 말을 하는 사람이, 나라면 남편으로 보이지 않을 거 같다. 그야말로 내 몸이 도구로 쓰이는 것 아닌가.

"나는 정말 죽을 수도 있던 상황이었어. 엄마도 아빠도 우리 강아지도 더 이상 볼 수 없다니…."

수정이는 몇 년이 지난 지금도 그때의 일을 떠올리며 몸서리를 친다. 나는 기껏해야 시술 후 병원문을 나서다 길바닥에 쓰러진 정도였지만, 그 경험이 내게 아주 끔찍한 순간으로 남았다. 하물며 중환자실에서 생사를 오간 수정이의 공포는 가늠조차 되지 않는다. 내가 그것의 일부라도 이해할 수 있겠는가. 단지 지금 내 앞에서 수정이가 술잔을 기울이고 있다는 사실에 안도할 뿐이다.

임신에 대해 참 서글픈 현실이다. 우리네 어머님 세대에선 아이를 낳다가 돌아가신 분들도 많고, 힘들게 자식 여럿을 먹이고 입히며 기르신 분들도 많다. 게다가 수정이처럼 손이 귀한 집안의 경우, 그 집안이라는 작은 사회 안에서 여성들이 자신의 건강을 담보로 몇 번의 유산과 위험한 순간을 감당하며 아이를 낳는다. 그리고 그 과정은 그저 남들도 다 하는 별거 아닌 일로 취급된다. '임신이 감투냐'라는 말을 서슴없이 하는 세대와 대화가 이어지지 않는 이유다.

이혼은 절대 안 된다고 하던 수정의 시부모님들은, 수정이가 더는 임신 시도를 하지 않을 거란 사실을 인지하고 신속하게 이혼을 진행했다. 그의 남편도 마찬가지였다.

"우리 둘이 그냥 이렇게 살았으면 좋겠어. 나는 임신이 무서워…'라고 하니까 그 사람 마음 돌아서는 게 느껴졌어. 정말 이혼이 쉽더라."

무자녀 부부 중에 많은 커플이 건강상의 문제로 아이를 포기한다. 흔히 알고들 있는 난임일 수도 있고, 질병이 있을 수도 있다. 단순히 체력이 약해서 출산이나 양육을 감당하기 벅찬 이들도 있다. 제대로 된 부부라면 대개 자신의 배우자의 약함마저 받아들인다.

　내 주변의 많은 무자녀 부부들이 그러했다. 아내가 아플 때 남편이 먼저 아이는 포기하자 말한다. 남편에게 문제가 있다 해도 아내가 그럼 우리 둘이 예쁘게 살자 말한다. 아직 태어나지도 않은 아이를 우선하지 않았다. 내게 가장 소중한 건 너이기 때문이다. 그렇기에 그들은 오랜 시간 함께 어려움을 헤치며 올 수 있었을 거라 생각한다. 하지만 수정이의 남편과 시가의 어르신들은 그렇지 않았다.

　수정이만큼 고운 얼굴의 어머님은 아직도 시장에서 일하신다. 가끔 어머님 가게에 들리면 "우리 수정이도 좋은 사람 만나야 할 텐데…."라고 안타까워하신다. 남들처럼 결혼해서 아이 낳고 살기를 바랐던 수정이의 어머니. 수정이의 이혼을 지켜보며 어머니 역시 마음 고생을 크게 하셨으리라. "어머니 괜찮아요. 수정이는 지금도 잘 하고 있고, 앞으로도 야무지게 살아갈 거예요. 걱정하지 마세요."라고 답했다.

　어른들 세대에서는 여성이 좋은 남자를 만나, 결혼을 하고,

아이를 낳고, 키우는 과정이 하나의 완성된 길로 정해져 있다.

그렇지만 우리 세대에선 스스로 그 모든
걸 선택할 수 있다. 선택해도 된다.

그러니 결혼이든, 비혼이든, 출산이든, 이혼이든 자신의 몸
과 마음의 건강이 1순위로 왔으면 좋겠다. 그리고 그러한 선택
에 대해 제3자가 이러쿵저러쿵하지 않는 날이 빨리 왔으면 좋
겠다.

우아하게
내쳐지는 순간

그녀의 눈이 커졌다.

"결혼했다고요?"

'이보세요. 지금 그 질문 몇 번째인지 아세요?'라고 받아치고 싶지만, 나는 어색한 미소를 지으며 고개를 끄덕였다. 그리고 바로 내 책상에 집중했다.

나는 행정복지센터에서 운영하는 문화강좌를 아주 좋아한

다. 백수에게도 부담 없는 저렴한 교육비로 꽤 괜찮은 수준의 강좌를 들을 수 있기 때문이다. 내가 사는 지역은 성인을 위한 강좌도 다양하게 열리고 있어서 생각날 때마다 신규 강좌를 검색해보곤 한다. 선생님들 열정이 고스란히 전해지는 수업을 듣고 있노라면 재미는 물론이요, 생활의 지혜도 많이 전수받는다. 단, 껄끄러운 질의응답을 반복해야 하는 번거로움이 필수 옵션이다.

복지센터의 수업들은 대부분 낮 시간대에 이루어진다. 아이를 학교에 보낸 여성들이나 이미 자녀를 독립시킨 어르신들이 수강생의 대부분을 차지한다. 자기소개는 '몇 단지 사는 누구 엄마', '몇 단지에 살고 손주가 몇'으로 이루어진다. 사는 집과 자녀 나이가 '디폴트 값'이다. 몇 년 동안 백여 명 훌쩍 넘는 수강생들을 만나왔지만 어떤 남편과 살고 있는지를 말하는 사람은 본 적이 없다(남편은 주로 욕할 때 소환된다).

처음 이런 식의 자기소개를 접했을 땐 자신이 사는 단지를 소개하는 방법을 단순히 가까운 이웃을 찾기 위함이라 생각했다. 순진했다. '단지 = 매매가 = 생활 수준'을 의미한다는 사실을 나중에야 깨우쳤다.

자녀의 나이를 말하는 건, 이들이 친해지기 위한 첫 번째 조건이 '아이들끼리 만날 수 있는 사이'여야 함을 뜻한다. 자녀들의 나이가 같고, 생활 수준이 비슷한 사람을 찾는다는 뜻이다.

나는 학교 다닐 때부터 앞에 나서기 싫어하는 성격이었고, 늘 무리 중에 섞여 조용히 구석에 박혀 있었다. 부모님이나 선생님 눈에 띄는 것이 싫어 적당히 말 없는 모범생의 선 안에 머물렀다. 직장에서도 마찬가지, 굳이 내 개인정보나 사생활을 밝히는 것을 꺼려왔다. 남들의 시선을 받는 것이 불편해 가급적 튀는 행동은 자제했다. 그런데 이 삶을 살며 관심을 받는 횟수가 늘었다.

특히 여성 커뮤니티에 가면 집요하게 호구조사를 하는 사람이 있어 불편하다. 자기소개는 적당히 둘러댄다. "신원동 사는 이수희입니다" 정도로 말이다. '단지'가 아니라 '동네'로 소개하고 '○○ 엄마'가 아닌 본명을 말한다. 그들만의 룰에 대한 작은 반항이기도 하다.

자기소개가 끝날 즈음이면 나는 존재감을 지우고 뒤편에서 조용히 책을 읽는다거나 수업 준비를 했다. 친구는 내게 조언했다.

"네 이야기를 하지 않으니 궁금해하는 거야. 처음부터 빨리 말해버려. '저는 결혼했지만 애가 없고요. 애가 싫은 건 아니지만, 앞으로도 없을 거예요' 하고 먼저 치고 나가야 쓸데없는 질문을 안 받아."

그녀도 꽤나 이 질문에 이력이 났는지 본인만의 '대사'가 다다다 나왔다. 비혼의 한 범죄심리학자는 사람들이 비혼 이유를 너무 많이 물어서 녹음해서 가지고 다니고 싶다고 했다. 동감한다. 나는 왜 처음 보는 사람들에게, 내 가족관계를 밝혀야 하는지 아직도 그 필요성을 모르겠다.

새로 들어온 회원 한 명이 내게 관심을 보이기 시작했다.

"오늘도 열심히 하네. 평소에 말이 없나 봐~ 몇 단지 살아요?"

반말이 적절히 섞인 탓에 나는 그녀가 다른 사람과 대화를 한다고 생각했다. 적어도 말을 걸려면 다가와서 손짓이라도 하든가, 눈이라도 마주쳐야 하는 거 아닌가? 멀리서 던지는 말이 어디로 향하는지는 내 관심사가 아니다. 그녀의 혼잣말 릴레이가 끝날 때 즈음에서야 나는 허리를 펴다가 지금까지의 말이 내게 향한 것이란 걸 알았다. 나는 그냥 한번 웃어주곤 다시 작업에 집중했다.

다음 수업에서 아이가 몇 학년이냐 묻길래 웃으며 아이가 없다고 말해주었다. 그다음 수업이 끝나자 또 그녀는 멀리서 말을 던졌다.

"진짜 애가 없어요?"

"네."

눈을 맞추고 최대한 온화한 미소를 지으며 대답했다. 아이가 없다는 이야기를 할 때, 밝게 웃으며 짧은 대답으로 마무리를 한다. 구구절절 내 이야기를 하지 않는다. 그러면 대개 상대들도 '그렇구나' 하며 한발 물러선다. 그들이 필요한 건 '내 아이 친구 후보생의 엄마'이다. 본인이 원하는 정보가 없다 판단되면 포기도 빠르다. 그러나 그녀의 반응은 조금 달랐다. 날카로운 눈빛으로 아래위로 훑는 시선이 느껴졌다.

"아~ 그래서 아가씨 같았구나?"

한마디를 남기고 그녀는 몸을 반대로 틀어 다른 사람과 수다를 떨기 시작했다.

아이 없는 삶을 공식적(?)으로 살기 시작하면서 새로운 언어에 눈을 떴다. '비언어적 의사소통'(nonverbal communication), 바로 몸짓이나 표정, 억양에 대해 인지하기 시작했다. 이런 언어의 세계 따위 모른 채 살았으면 더 좋았을 텐데…. 노골적으로 들어오는 빈정거림을 여러 번 당하다 보니 자동으로 알아차릴 수 있게 되었다. 직장에서 사용하는 '돌려 말하기'와는 또 다른 차원이다.

이번에도 그랬다. 여태껏 말을 걸어왔던 그녀의 목적이 호기심인지 호감인지 나는 모른다. 그러나 한쪽 입꼬리가 올라간

채, "아~(/) 그래서 아가씨 같았구나?(/)"하고 말하는 억양은
완벽한 빈정거림이었다. 게다가 일부러 아가씨라고 힘주어 말
할 때 '아가씨'는 칭찬의 의미가 아니다. 이 적대감은 뭘까?

　얼굴에는 비비크림 하나 발랐다. 아, 빨간 립글로스도 발랐
다. 메이크업을 정식으로 하지 않을 때 조금 진한 색의 립글로
스는 아주 유용하다. 언뜻 화장을 한 듯한 느낌을 주기에 나는
평소 이 정도로 다닌다. 여름이니 시원한 롱원피스를 입었다.
원피스는 마트 가판대에서 흔히 보는 저렴한 브랜드였고, 몸매
또한 적당히(?) 통통한 40대의 평범한 몸매일 뿐이다. 내가 진
짜 아가씨들처럼 예뻤으면 억울하지나 않겠다.

　무자녀라는 이야기를 해도 요즘은 "그래, 둘이 안 싸우고 행
복하면 되지, 애 키우는 것도 여간 힘든 게 아냐"라고 응원해주
시는 분들이 훨씬 많다. 그런 분들께는 "아유, 뭘요. 훌륭한 자
제분들 있으셔서 얼마나 든든하세요"라는 맞장구가 절로 나온
다. 서로의 삶에 한 번씩 지지가 오가면 좋은 친구가 될 가능성
도 높아진다. 세상이 바뀌고 있음을 해가 갈수록 느끼고 있다.
예전처럼 새로운 사람을 만날 때 긴장을 하게 되는 경우가 많

이 줄었다.

그러나 그녀처럼 무자녀임을 밝히는 순간 빈정거림이나, 이유 없는 무시를 던지는 경우가 아주 가끔 있다. 오늘도 그런 하루였을 뿐이라 생각하며 조용히 강의실을 나서다가 다시 수강생들과 마주쳤다. 그녀가 서너 명의 여성들과 신나게 수다를 지속하고 있었다. 아이의 여름 봉사활동을 대신 출석해주기 위해 빨리 가야 한다는 이야기였다. 엘리베이터를 타고 내려오는 내내 본인이 얼마나 바쁜지를 이야기했다.

엘리베이터 문이 열리자 그녀는 갑자기 내 앞을 막아서더니 다른 여성들을 양팔로 부드럽게 감싸 데리고 내렸다.

"우린 점심 먹으러 갈까요. 호호호"

그녀는 아주머니들을 몰고 가면서 나를 힐끗 뒤돌아보는 것도 잊지 않았다. 불과 2~3초 사이에 나는 아주 우아하게 버려졌다. 멍하니 멀어지는 그 무리를 바라보았다. 그냥 웃음이 나왔다.

너무도 사랑스럽고 완벽한 아이들을 키우
느라 행복해 죽겠다는 그녀가 왜 내게 뱁
새눈을 뜨는지 잘 모르겠다.

그녀의 입장에 열심히 감정이입해 본다면 아주 약간은 이해할 수 있을까? 그러나 그렇게까지 애쓰고 싶지 않다.

처음엔 많이 당황했다. 이유 없는 미움에는 좀처럼 익숙해지지가 않았다. 한동안 위축되고, 내가 뭔가 잘못했나 싶고, 혹은 내가 그들보다 열등한가 스스로를 탓하기도 했다. 몇 번 반복되자 이 상황의 문제는 내게 있는 것이 아니라, 미성숙한 상대에게서 비롯되었다는 걸 알게 되었다. 안도했다. 더 이상 그들의 언행을 마음에 담아두지 않아도 된다.

멍하니 무리가 멀어지는 걸 보고 있자니 핸드폰이 울렸다. 남편이었다. 나이스 타이밍! 나는 방금 일어난 상황을 고자질했다.

"거 참 이상한 아줌씨네! 상대하지 마!"

남편의 단호한 한마디에 다시 웃음이 나왔다.

"저녁에 뭐 먹을까? 먹고 싶은 거 있어?"

"된장찌개 끓인다고 하지 않았어?"

"그랬었지. 좋아. 오늘은 된장에 차돌 팍팍 넣고 끓일게. 일찍 들어와."

마음이 다시 보송보송해졌다. 내가 무슨 해코지를 한 것도 아니고, 그냥 내가 싫다는데 어쩌겠는가. 세상에 이 사람과 나만 남겨진 것도 아니다. 저 사람은 저렇게 자신의 세계에서 살아가겠지. 내 영역으로 들어오지 못하게만 하면 되는걸. 어차피 다음 주부터는 말을 걸어오지 않을 테니….

부모님의
자리

늘 남들에게 자랑할 수 있는 자녀를 원했던 우리 부모님에게 나는 큰 불효를 하고 있다. 친척들은 잘만 들어가는 스카이 (SKY)의 발끝도 따라가지 못했으며, 대기업에 입사원서를 넣을 수 있는 실력도 없었다. 기껏 졸업시켜놨더니 다른 일 하겠다고 혼자 중소기업을 전전하다, 이제 겨우 결혼하나 했으나 아이를 낳지 않겠다 선언하니…. 어디 가서 자식 자랑할 수 없는 상황. 늘 남들에게 칭찬받고 인정받는 재미에 살아오신 두 분이신데 자식 문제에서만큼은 조용히 계셔야 하니 얼마나 답답하실까?

게다가 아이를 낳지 않는 딸이 직장에서도 잘려 백수로 있다는 것도 부끄럽고, 그렇게 집에 들어앉아 있을 거면 남들처럼 7첩 반상을 차려주며 내조의 여왕이라도 되어야 하는데, 종종 주방 휴업을 선언하는 딸 때문에 오늘도 걱정이 크시다(그러게 제게 요리 재능을 물려주셨어야죠). 사위 삼계탕 해줘라, 오리탕 해줘라, 자꾸 뭘 만들어주라는 전화가 조금 전에 끝났다.

삼계탕은 지난주에 식당에서 사 먹었고, 이번 주는 훈제 오리 구워서 월남쌈 해 먹을 거라 하니 혀를 차신다. 훈제 오리나, 오리탕이나 똑같은 오리인데 월남쌈이란 메뉴는 영 맘에 안 드시나 보다. 나는 김치볶음밥도 자주 실패하는 사람이다. 보양식을 집에서 만들 바엔 외식을 하는 편이 훨씬 효율적이다.

못하는 건 못 하는 거지 뭐. 할 수 있는 것을 다 해놓고, 안 되면 차선책을 찾으면 되지. 요리가 안 되면 다른 걸 잘하면 되지. 예를 들면 청소라든가, 청소라든가, 청소 같은 거? 청소 말이지… 응.

다행히도 양가 어른들이 우리의 무자녀 선택에 대해 큰 반대 말씀이 없으셨다. "가끔 손주가 있었으면 더 좋았을 것을…"

하고 적적해하셨지만, 그걸로 나나 남편에게 얼굴 붉히며 뭐라 하시는 분들이 아니셨다. 남편도 자기주장이 강한 편이고, 나 역시 스무 살 때부터 자취를 해서 정서적으로는 이미 독립이 되어 있었기에 그렇지 않을까 생각도 해본다.

몇 년 전 식사 기도에서 "이 부부에게 새 생명의 축복을 내려 주십시오"라던 아버지 고정 레퍼토리가 사라졌다. 결혼과 동시에 식사 자리에서 매번 하던 기도였다. 이번 추석에 어머니가 장롱 깊은 곳에서 오래된 돌반지를 꺼내셨다.

"네가 돌 때 받은 거야. 네 아이 돌잔치에 주려고 했는데…."

주섬주섬 돌반지를 싸주시는 어머니의 손길에 "이게 웬 금은보화야"라며 시답잖은 농담을 던졌지만, 마음 한구석은 죄송하기 이를 데 없었다. 지금도 옆집 개구쟁이들을 보며 함박웃음을 짓는 어머니의 모습이 떠올라 코끝이 시큰하다.

시어머니 역시 자식 있어 봐야 부모가 고생만 한다며 너희 둘이 예쁘게 살라고 말씀하시다가도, 조카들 이야기가 나오면 행복한 표정을 감추지 못하신다. 손주가 있었다면 얼마나 더 좋아하셨을까 싶어 죄송하다.

부모님들은 우리의 선택을 존중해주셨다. 감사하게 생각하고 있다. 표현은 안 하시지만, 그분들의 섭섭함이 찌릿하게 다가오는 순간들이 있다. 우리를 위한 선택이 부모님의 기쁨을 하나 지웠다.

우리는 아이 문제를 고민하며 많은 상황을 가정했다. 부모님의 반대와 원망도 고민했던 부분이었다. 순순히 우리를 지지해주셔서 안도했던 한편, 부모님의 아쉬운 감정이 피부에 닿을 때 내 마음 한편도 함께 서늘해진다.

그렇다고 부모님을 생각해서 아이를 낳겠다고 마음이 변한 건 아니다. 단지, 내 선택 때문에 나와 가장 가까운 누군가가 마음 한편에 빈자리를 가지고 살아가야 한다는 사실이 미안하고 죄송할 뿐이다. 냉정하게 말하면 내 삶이 자연스레 흘러온 과정이기에 죄송할 필요 없을지도 모르지만, 대한민국에서 태어나 사랑받고 자란 딸로서 부모님께만큼은 죄송하다. 이 마음의 짐은 내가 계속 책임지고 가져가야 할 숙제일 거다.

깍두기의
시선

구민센터 오전 수영 강습을 다닐 때 일이다. 이 시간대에 오는 회원들은 크게 두 그룹이다. 한 팀은 아이를 어린이집이나 학교에 보내놓고 살 빼러 오는 내 또래의 주부들, 또 한 팀은 자녀들 다 출가시키고 단풍놀이 다니기 좋아하시는 어머님들이다.

나는 그 어느 그룹에도 끼지 못한 '깍두기'였다.

강습이 끝나기 무섭게 젊은 엄마들은 아이들 픽업을 위해

전속력으로 사라진다. 어머님들은 점심 메뉴 정하기 토론을 하며 탈의실에서 삼삼오오 둘러앉으신다. 수영모자를 단체로 맞춰 쓰시는 고급반 어머님들은 또 두 그룹으로 나뉜다. 한 팀은 이번 명절에 며느리에게서 현금을 많이 뜯어(?)내려면 어떠한 사전작업이 필요한지 지혜를 나누고 계셨고, 다른 한 팀은 "아들이 결혼하면 며느리 남자지 내 식구 아니다"라며 쿨한 시어머니 되는 법에 대해 의논하고 계셨다.

극단적인 두 그룹의 토론은 계절이 바뀌고, 명절이 올 때마다 반복되었다. '잘난 우리 아들'에 대한 자부심부터 '내 아들 등골 빼먹는 며느리 단속하는 법', '세상에서 젤 똑똑한 내 손주 자랑'이라는 넓은 스펙트럼 하에서 벌어지는 난상토론에 뒷골이 뻐근하기도 했지만, 어머님들도 며느리라는 존재가 참 부담스럽구나 싶어 웃음이 났다. 저들 중에 딸을 가진 어머님들도 분명 계실 텐데 딸이나 사위에 대한 이슈 토론은 들어보지 못했다.

어머님들의 대화가 매번 귀에 꽂혔던 다른 이유 하나, 거기서 나오는 대화들이 사회에서 또는 친척 간에 오가는 오지랖을 고스란히 담고 있다는 점이었다.

《엄마가 아니어도 괜찮아》를 쓰기 위해 많은 무자녀 부부들을 인터뷰했다. 이 삶에 대한 어려움을 이야기할 때, 그들을 가장 고통스럽게 하는 존재는 부모님이었다. 아직도 "시집 왔으면 밥값을 해라"는 말을 태연히 하는 부모님들이 계시다는 사실 자체가 쇼크였고, 이런 말을 들으며 사는 사람이 많았다는 게 2차 쇼크였다.

1년에 한두 번 명절에만, 그것도 몇 시간 볼까 말까 한 먼 친척 어르신의 일장연설을 듣는 건 또 얼마나 고역인가. 지인들로부터 들은 어르신들의 언어폭력은 상상을 초월했다.

여자가 살이 찌면 나팔관도 두꺼워져서 임신이 안 된다느니, 고양이를 키우면 고양이 털이 자궁에 껴서 임신이 안 된다느니(정말 신박한 논리 아닌가?), 대부분의 여성 생식기와 관련된 억측, 너무 어처구니가 없어서 반박할 의욕마저 사라지게 되는 폭언들이었다. 언젠가 한번은 우리 누가 더 황당한 이야기를 들었나 대화를 해보자고 했을 정도니까.

내 가족처럼 다정하게 지내고 싶었던 시댁의 가족들이 아이 없는 며느리를 대하는 태도는 처참했다. 게다가 어르신들 앞에서 수평적인 위치에 설 수 없는 며느리들은 언어폭력에 무방비로 노출되고 있었다. 수평적이길 바라는 관계가 수직적으로 돌아가고 있다는 사실을 인지하는 순간, 그 관계가 내 힘으로 바뀔 수 없다는 걸 깨닫는 순간, 그 관계를 유지하고자 하는 의지가 사라진다. 아들들은 아직 이쪽으로는 눈치가 없다.

최근 남동생의 결혼식이 있었던 지은이는 자신의 어머니 모습에 놀라고 말았다.

"나 결혼할 때 간소하게 할 거라 했거든. 그래라 하시곤 예물 없애고 예단이랑 폐백 줄이고 양가 오가는 것도 최소한으로만 했어. 결혼식 후에도 별말씀 없으셨고. 이번에 남동생도 결혼 준비를 최소한으로 하고 싶다 했더니 펄쩍펄쩍 뛰시는 거야. 아들 결혼식인데 그럴 수 없다고 화를 내는 엄마를 보니 내가 여태껏 알던 엄마인가 싶었어. 예단이며 혼수 들어가는 거까지 전부 간섭을 하더라니까? 나는 딸이어서 신경을 아예 안 쓴 거더라고. 어처구니가 없기도 하고, 내 결혼식 생각을 하니 섭섭한 맘까지 들었어."

지은이는 결혼을 준비하는 과정 내내 '시어머니'가 되어 있는 엄마를 말리느라 진땀을 뺐다.

무자녀를 원한다는 후배들에게 선뜻 이 삶을 추천할 수 없는 가장 큰 이유가 가족이다.

아직 우리나라는 가족들 간의 유대감을 중시한다. 시부모님 말씀엔 일단 순종해야 한다.

결혼을 하면 나와 배우자의 역할이 그 전과 달라진다. 그리고 부모님들도 시부모, 처부모로 새로운 역할이 주어진다. 그들이 이전 시대의 가치관으로 역할을 수행하려 들었을 때 갈등이 급격히 커질 수 있다. 특히 그 갈등의 원인이 '출산'이라면 어느 한쪽의 일방적인 공격이 행해질 수 있으니 조심해야 한다.

웹툰 《며느라기》가 그렇게 큰 공감을 불러온 데는 세대 간의 극명히 바뀐 가치관의 차이를 담고 있기 때문이라고 생각한다. 부모님들과 우리는 전혀 다른 시대를 살아냈다.

한 경제학자는 "지금의 노인들은 후진국에서 태어났고, 중

장년층은 개발도상국에서 태어났다. 요즘 아이들은 선진국에서 태어났다"고 말했다. 같은 나라지만 전혀 다른 사회적 환경에서 자랐기에 충돌이 당연한 일일지도 모른다.

그저 먹고살기 힘들었던 할아버지 할머니의 시대, 둘만 낳아 잘 기르자는 부모님의 시대, 아들딸 구분 말고 하나만 낳자던 나의 시대. 제발 결혼 좀 하라는 후배들의 시대…. 조그만 땅덩이 안에서 가치관은 이리 바뀌어 왔다.

결혼을 망설이는 후배들도 정확히 이 지점을 지적했다.

"결혼을 하는 순간 주위로부터 아내, 엄마, 며느리의 할 도리를 부모님들로부터 요구받는다. 그것을 다 감당하고 싶지도 않고, 감당할 여력도 안 된다."

지금까지는 그저 누군가의 자녀로, 혹은 '나'로 살아오다가, 결혼을 하면 어르신들과의 관계가 새롭게 형성된다. 그들은 개발도상국 시대의 가치를 요구해온다. 남녀는 평등하다는 선진국 시대의 가치를 배우며 자라온 그녀들에게 받아들이기 어려운 요구다.

나는 양가 부모님들의 배려 하에 가족들과 부딪히는 고통 없이 이 삶을 살고 있다. 너는 겪어본 적도 없으면서 가족 간 언어폭력과 고통에 대해 아는 척하지 말라고 할 수도 있다. 그러나 어려운 상황에 있는 분들의 고통을 전부 이해하지는 못하더라도, 큰 고통이 있다는 사실은 알고 있다. 나는 누군가 그 고통을 말하기 시작해야 한다고 생각한다. 내가 이렇게 시작하고 나면 그분들이 좀 더 나서서 자신의 이야기를 해 주면 좋겠다.

언어폭력을 멈추게 하는 방법은 누군가 '그것은 언어폭력입니다. 그만하세요'라고 정확히 말을 하는 데서 시작한다고 생각한다.

그러니 아닌 건 아니라고 말하자. 그리고 상대가 불같이 화를 내려고 하면, 재빨리 도망치자.
지금은 그게 가장 현명한 방법이니까.

늙어서 돌봐줄
사람이 없다고?

"둘이 산다고? 저런…. 하나만 알고 둘은 모르는 사람들 같으니. 나중에 나이 들어 한 명 떠나고 병들면 어쩌려고…."

이쯤 되면, 걱정이 아니라 저주에 가깝다. 이런 말을 들을 때마다 몇 가지 질문이 머릿속을 떠돈다.

1. 내가 먼저 떠날 수 있다.
1-1. 내가 죽고 나면 사후 처리를 어떻게 할지 알 방법이 없다.

2. 우리 중 대부분은 병원 침대에서 인생을 마감한다.

3. 자녀가 있는데 오지 않는 사람과, 자녀가 없어서 혼자인 사람 중 누가 더 외로울까?

4. 자녀를 낳으면 100퍼센트 만족할 결과만 있을까?

아이가 없다고 하면 온갖 두려운 미래를 내게 들이미는 사람들이 있다. 그들은 그런 공포에서 아이를 낳았을까? 남편이 죽으면 의지 삼으려고? 내가 병들면 간병인 시키려고? 은퇴하면 생활비 받으려고? 우리 부모님이 그 목적으로 나를 낳았다면 난 정말 슬플 것이다.

다들 아무렇지 않은 얼굴로 아이만 낳으면 될 거란 말을 한다. 아이 있는 집들을 둘러본다. 미래가 보장된 집이 있는지. 아무 사건·사고 없이 행복하기만 한 집이 있는지.

아이가 있어도 고충이 있고, 그에 따른 책임이 발생한다. 아이가 셋이라 애국자라 칭하는 그 집안에 어떤 대소사가 있는지 밖에서는 모를 일이다.

겉으로 보이는 형태만으로 누군가의 인생
을 평가하는 습관은 멈추어야 한다.

수영 언니는 20대 후반에 결혼해서 누구보다 바쁘게 살았
다. 시가의 채무까지 짊어지느라 부부가 열심히 일했고, 정신
을 차려보니 마흔 언저리여서 아이는 자연스레 포기했다. 큰
부담이었던 경제적인 문제가 해결되어서 살 만하다고 활짝 웃
던 사람이었다. 그리고 얼마 지나지 않아, 그녀에게 뇌혈관질
환이 발견되었다. 수술이 어려운 부위였다.

"수술 전날, 혹시 모르니까 남편을 앉혀놓고 통장이랑 집 매
매계약서, 공인인증서 비밀번호를 쭉 정리해서 알려주는데 정
말 현실감이 없더라고. 나도 남편도 계속 '이게 현실인가?' 했
던 거 같아. 후유증으로 인지 장애가 생길 수도 있고, 반신 마비
가 올 수도 있고, 깨어나지 못할 수도 있다는데…. 그것보다 어
찌할 바 모르고 눈물만 글썽이는 남편을 보니 마음이 너무 아
팠어."

처음엔 집 밖으로 나오기 힘들었던 언니가 조금씩 건강을 회복하며 이제 가벼운 나들이는 할 수 있을 정도로 좋아졌다.

"정말 다행인 건, 아이가 없다는 사실이었어. 남편은 내가 없더라도 어떻게든 살아갈 수 있겠지. 그런데 내가 투병을 하게 되거나, 안 좋은 결과가 나왔을 때, 아이가 있다면 얼마나 절망적이었을까. 아이가 없으니 이렇게 내 한 몸만 간수하면서 회복할 수 있잖아. 남편도 나만 돌보면 되고 말이야."

언니는 환하게 웃으며 말했다.

"결혼을 했느냐, 애를 낳았느냐, 그런 게 중요하지 않게 됐어. 중요한 거? 건강! 내 건강이 최고야."

하긴, 우리는 얼마나 오랜 시간 동안 스스로를 돌아보지 않고 달려왔을까? 내 건강 따위 1순위에 놓아본 기억이 없다. 며칠 전 남편이 어두운 얼굴로 들어왔다. 남편이 프리랜서를 하던 시절, 같은 팀이었던 동료가 많이 아프다고 했다. 심장 수술을 받는다는 소식에 일부러 헌혈해서 헌혈증을 보낸 것이 몇 달 전인데, 그분이 또?

"시신경에 문제가 생겨서, 눈이 잘 안 보이신대. 마치 볼록 렌즈를 낀 것처럼 직선이 구불구불하게 보여서 일상생활이 힘든가 봐. 당장 수술을 해야 하는데⋯. 알잖아. 그 집은 돈 들어갈 데가 많은 거. 그래서 수술을 미루고 출근하고 있는데 참 그렇더라."

IT 프리랜서 중에서도 '특A급' 개발자였던 그의 급여는 일반 직장인들보다 두세 배 많았다. 프리랜서 초기시절 고생은 고생대로 하고 월급은 쥐꼬리만큼 받던 남편은 그 동료를 부러워했다. 그러나 남편이 경제적인 고민을 상담했을 때, 의외의 사실을 들었다.

세 자녀에게 들어가는 교육비와 생활비 때문에 노후 대비는커녕, 그 많은 월급으로도 빡빡한 삶을 꾸려가고 있었다. 자녀가 커갈수록 학군도 신경 써야 하고, 방 개수도 늘어나니 주거비 또한 우리 집의 몇 배였다.

빠듯하게 돌아가는 생활비에 얼마 전 심장 수술로 몇 개월 공백이 생겨버렸으니, 또 수술을 감행하기가 현실적으로 쉽지 않은 상황. 프리랜서는 병가 개념이 없어서 일을 한 번 쉬면 수입이 0원이다. 회복을 했다 하더라도 누가 그와 계약을 해 줄까? 매달 들어가는 주택 대출금에 자녀 양육비, 사교육비, 생활비, 몇백만 원은 우습게 깨지는 상황이다. 그는 얼마나 더 버틸 수 있을까. 부디 괜찮다는 소식이 들려오길 기도한다.

산책하다 가끔 뵙는 이웃 어르신. 은퇴하시고 조용한 생활을 하시던 분이 얼마 전부터 편의점에서 야간 아르바이트를 하신다. 본인 한 몸이라면 어떻게든 살아지겠지만, 아들의 경제력이 실로 미미했다. 별 같은 손주 둘을 떠올리노라면 뭐라도 해야겠다 싶어 시급이 높은 야간 아르바이트를 시작하셨다.

"어르신, 연세도 있으신데…. 그렇게 무리하시면 큰일나요. 손주들은 애비가 어떻게든 감당하겠죠."

날이 갈수록 부쩍 안색이 나빠지는 어르신에게 한마디 건

네보지만, 손주 태권도 학원비를 마련하고 싶다는 어르신의 바람은 완강했다.

이런 이야기를 하면, 왜 그렇게 극단적인 예만 드나 생각할 수 있다. 그러나 이런 일들이 정말 내 주변에만 국한된 일일까?

대학만 가면 꽃길일 줄 알았다. 취업만 하면 아무 문제없을 줄 알았다. 어디에도 꽃길은 없었다. 모든 길엔 그에 따른 책임과 위험이 존재한다.

> 자식이 있다고 해서 모두 부모를 돌볼 수
> 있는 여유가 있는 건 아니다.

적어도 자녀가 어느 정도 성장해서 본인의 삶을 꾸릴 수 있어야 하고, 경제적 여유가 있어야 하며, 심적으로도 누군가를 돌볼 인성은 갖추어야 비로소 부모를 제대로 돌볼 수 있다. 그렇다고 돌봄의 정도가 생활 전반을 책임지는 수준은 어렵다 본다. 그 전에 만약 생각지 못한 사건이 발생하면 어떻게 대처할 것인가? 그에 대한 답은 개인이 아니라, 사회 제도가 찾아가야 한다고 생각한다.

현재 40~50대의 가장 큰 문제는 부모님 모시고 아이들 공부시키느라 자신들의 노후 준비가 전혀 되어 있지 않다는 점이라는 기사를 봤다. 실제 주변을 봐도 상속분이 많지 않은 이상, 대출금 상환과 애들 학원비 대기도 빡빡하다는 가정들이 대부분이다.

우리나라 복지는 아직 갈 길이 많이 남았구나 싶다. '자식은 보험'이란 말을 서슴없이 하시는 이웃집 할머니 말을 곱씹어보면 개인이 생애 주기 전체를 책임져야 하는 현실이 피부에 와 닿는다.

점차 좋아질 테지만,
현재 우리 세대까지 '노후는 셀프'다.

결혼 초반, 남편과 유럽 이민을 진지하게 고민했다. 이유는 하나였다. 노후 연금과 의료복지가 잘 되어 있었기에, 젊었을 때 세금 많이 내더라도 퇴직 후에는 부동산 걱정, 생활비 걱정하지 않고 죽을 때까지 편안히 동네 산책하며 살고 싶다는 바람이었다. 그러나 둘 다 나이가 많아서 당장 간다 하더라도 그

혜택의 1/3밖에 받지 못한다기에 그 바람은 고이 접었다.

　노후에 대한 불안이란 누구에게나 있을 것이다. 단순히 생활비 걱정일 수도 있겠고, 건강 문제일 수도 있고, 혼자 남겨질 것에 대한 불안도 있을 것이다. 그러나 분명한 건 출산이 이 문제를 모두 해결해줄 열쇠는 아니라는 점이다.

진짜
노후 대책

"1년에 이천만 원씩만 모으면 되잖아. 늙어도 간단한 아르바이트 정도는 할 수 있고. 거창한 계획 세워봤자 두려움만 커지지, 차근차근 한 달 생계를 꾸려가는 게 중요해"라고 소주를 한 짝(!)씩 먹는 지윤이가 말했다.

'노후'라는 단어가 나오면 나도 모르게 움츠러든다. 솔직히 제대로 하고 있는지 자신이 없다. 어느 방향으로 준비를 해야 하는지도 모르겠다. 누군가에게 물었더니 15억 정도는 있어야 안정된 삶을 꾸릴 수 있다고 했다. 나로선 현실감 없는 숫자다.

남편과 보증금 오천만 원에 월세 오십만 원짜리 반전세에서 시작을 했다. 둘의 월급을 아무리 계산해봐야, 우리가 저축을 할 수 있는 금액은 백만 원 남짓이었다. 열심히 모아도 집주인이 보증금 올려달라고 하면 속수무책으로 사라지는 금액이었다. 보증금을 마련해야 했던 그 날부터 난 돈이 참 무섭다.

갭투자자 집주인 때문에 맘고생 하며 울며 겨자 먹기로 작은 아파트를 마련했다. 덕분에 은행과는 30년 동안 친구가 되었다. 천만 원, 이천만 원에 벌벌 떠는 내가 억 단위의 아파트를 질렀다. 내 인생의 가장 큰 지름이었고, 그에 상응하는 대출을 받는다는 사실 역시 두려움이었다. 이걸로 고민하고 있을 때 그녀가 내게 한 말이다.

"일 년에 이천만 원씩 모은다 생각해."

먼 미래에 억 단위 돈을 갚아야 한다는 것보다, 일 년에 이천만 원씩 모은다는 목표를 바라보라고 했다. 구체적이고 손에 닿을 거리의 목표였다. 다소 안심이 되었다. 현재 남편만 직장을 다니고 있고, 나란 사람이 버는 돈은 가계부에 올리기에도 민망한 액수다. 그러나 첫해에 이천만 원을 목표로 열심히 대출을 갚아나가자 천오백만 원을 갚을 수 있었다. 어? 할 수 있겠는데? 내년엔 좀 더 소비를 조절해봐야겠다. 아르바이트도 늘려봐야겠어. 손에 닿는 금액이 주는 희망이란 핫식스 같다. 갑자기 뭐든 할 수 있을 거 같아!

"얼마가 있어야 노후에 안정된 생활을 할 수 있겠습니까?"라는 질문에 최소 1인 백만 원이란 금액이 평균으로 나왔다고 한다. 주거가 확보된다는 가정하에 최소 백만 원이면 어떻게든 살 수 있을 거 같은데, 백오십만 원이면 조금 여유 있을 것 같고. 이백만 원이면 가까운 곳에 여행이라도 갈 수 있을 것 같고….

직장을 그만두며 중지해두었던 국민연금을 지역가입자로 다시 붓기 시작했다. 주택연금도 알아보았다. 2억, 4억, 7억 등등 소유하고 있는 집을 담보로 연금이 지급된다. 우리는 아이가 없으니 연금을 신청해서 생활비로 쓰다가, 죽으면 나라가 가져가겠지. 평균 연령이 82세로 늘었다던데, '건강하다면 남는 장사다' 하며 신나게 대출을 갚고 있다. 내가 생각하는 노후 대책은 여기까지였다.

그러나 남편은 하고 싶은 것을 찾는 것이 노후대책이라 말한다. 은퇴했는데 뭘 해? 이게 무슨 뜬금없는 소리인가. 은퇴하면 놀아야지, 하고 싶은 걸 찾아서 또 뭘 하란 말이야? 역시 남편은 몽상가라며 쭝얼댔다. 얼마 지나지 않아 나는 남편이 말한 의미를 알게 되었다.

지인 부부가 있다. 열심히 일해서, 마흔 중반의 나이에 경제적 여유를 찾고 은퇴를 했다. 20여 년간 쉼 없이 달려오기만 했던 부부는 이제 좀 쉬어보자고 했다. 한동안 지방으로 다니며 맛집 투어를 하더니 어느 순간부터 둘 다 집에서 나갈 생각을 하지 않았다. 기껏해야 집 근처 상가에 저녁 먹으러 가는 정도였다. 그러더니 다툼이 시작되었다. 왜 발톱을 거기서 깎느냐부터, 청소 방법, 망가진 전구를 교환하는 것까지 싸움으로 이어졌다. 계속해서 상대의 행동, 말 한마디가 싸움을 불러왔다.

그 부부의 가장 큰 문제는 노는 법을 모른다는 거였다. 경제적으로도 시간적으로도 여유가 있는데, 본인에게 주어진 것들을 쓸 줄 몰랐다. 평생 일개미로만 살아서, 나는 법을 몰랐다.

　운동을 좀 배워봐요. 스포츠센터가 근처에 있잖아요.
　법무사한테서 전화가 언제 올지 몰라.

　해외 여행은 어때요? 그동안 일만 하느라 제대로 놀아본 적
이 없잖아요.
　너무 비싸.

　취미 활동은요? 그림이나 목공도 있고, 요즘 어른들을 위한
강좌도 많아요.
　취미가 뭐야? 그런 거 해본 적 없는데….

　부동산 중개사 시험공부는요?
　너무 어려워.

　영화나 책을 봐요.
　재미없어.

그들은 무기력함에 몸부림쳤다. 죽을 때까지 걱정 없을 만큼 경제력도 있고, 건강한데, 시간도 많은데…. 왜 둘 다 집에서 저렇게 아웅다웅하기만 할까? 안타까웠다. 결국 둘은 직장으로 돌아갔다. 일이 좋아서가 아니다. 노는 법을 몰라서 일한다. 돈과 시간이 있으면 뭐해. 쓰지를 못하는데.

이제 막 은퇴를 한 또 다른 부부 이야기. 이들 부부도 처음 몇 개월간은 무엇을 해야 할지 몰라 집에만 있었다. 좋았던 것도 잠시, 왜 황혼 이혼을 하는지 알겠다며 쓴웃음을 지었다. 다행히 그들은 곧 방법을 찾았다. 남편이 한옥 짓는 기술에 취미를 붙이기 시작했다. 제대로 된 한옥을 짓기까지 10년쯤 걸릴 듯하지만 자신이 만든 집에서 살고자 하는 꿈이 생겼다. 덕분에 일주일에 며칠은 지방에 있는 한옥 학교에 간다.

아내는 평소에 드라이브를 좋아했다. 남편이 집 짓는 공부를 시작하자, 아내는 집 짓는 연습이 가능한 시골의 빈 땅을 알아보기 시작했다. 남편을 위한다는 명분(?)이 있으니 장거리 운전도 재미있었다. 둘은 그렇게 며칠에 한 번씩 만난다. 서로 좋아하는 것을 하며, 따로 또 같이 지내는 생활. 꽤나 편안하고 즐

거워 보였다. 우리도 언젠가 저렇게 늙어갔으면 좋겠다고 생각
했다.

정년퇴직이 빨라졌다. 아이가 없어서 노후 자금에 대한 부
담이 덜한 편인 건 확실하다.

그러나 둘만의 시간을 어떻게 보낼지에 대
한 생각을 해본 적 있었나?

나도 별생각이 없었지만, 주변에 서서히 은퇴를 준비하시
는 분들을 보며 남편이 말했던 '하고 싶은 것'의 위대함을 느끼
고 있다.

남편이 프리랜서를 하던 시절, 3개월간 일을 하지 않은 적
이 있었다. 다행히 나는 출근을 하고 있었지만, 남편이 소파, 리
모컨과 합체한 모습을 매일 보는 건 곤욕이었다. 그는 지독스
럽게 TV와 인터넷을 사랑한다. 지금도 휴일이면 한 손에 리모
컨을 한 손엔 스마트폰을 들고 옆에는 쥐포를 놓고 하루 종일

을 버티는 사람이다. 그런 60대를 상상하는 순간… 아, 지옥이 될 거야. 뭔가 방법을 찾아놓아야겠어.

'노후'란 단어가 참 두렵고 어렵다. 신체가 늙어가는 걸 받아들이는 순간 쓸쓸하다. 나이 들어 편하게 누울 공간이 있을까? 병원비 걱정 없이 커피 한잔하며 생활할 수 있을까? 10년 후, 20년 후의 내 모습과 주변을 상상하면 불안감이 파도처럼 밀려온다.

그럴 땐 빨리 초콜릿을 드세요. 일 년 후에 무슨 일이 어떻게 될지 아무도 모르잖아요? 우리는 오늘을 충실히 살아내면 됩니다. 걱정해봐야 아무것도 바뀌지 않습니다. 그 시간에 가족들 한 번 더 다독이고, 취미 생활 만들고, 대출 갚자고요.

마지막
준비

부쩍 장례식 소식이 늘었다.

30대까지만 해도 결혼식과 돌잔치 초청장이 쏟아졌다(제발 둘째부터는 보내지 말아줘라. 상도덕이 있지 않니). 40대에 돌입하면서 돌잔치 초청은 급격히 줄었다. 대신 부고가 부쩍 늘었다. 처음엔 누군가의 어머님, 아버님이었다가 점점 지인, 동료의 소식이 찾아온다. 장례식 알림 문자에 긴장하고, 누구의 상인지 들여다보며 '제발 아니길….' 하는 간절함이 생겼다.

20대에 별생각 없이, 부모님 심부름으로 들렀던 장례식장과 내 지인들이 상주, 혹은 고인이 된 장례식장의 무게감은 차원이 다르다. 쉽사리 자리에서 일어나기도 힘들다. 장례식에 다녀오고도 어수선한 마음이 정리가 안 되면 집 주변을 남편과 말없이 걷곤 했다.

남편과 장례식에 대한 이야기를 하기 시작한 건 요 몇 년 사이 일이다. "안됐네. 제사 지내줄 자식도 없고"라는 웃긴 말을 듣고 남편에게 고자질했다.

"그게 무슨 소용이야. 살아 있는 가족도 남보다 못할 때가 많구만."

남편의 결론은 늘 깔끔하다. 우리는 양가 모두 제사가 없다. 명절은 그저 가족들이 모여 특식을 만들어 먹거나, 외식을 하고 티비 보며 뒹구는 것이 전부다. 요즘 조상 복 있는 사람들은 명절에 해외에 나가 있다던데, 그만큼의 복은 아니지만 꽤 평화롭게 지낸다.

'부모님이 먼저 가신다면, 가까운 납골당을 다니게 되겠지?'라는 생각도 해보고. 내가 먼저 간다면 남편이 제대로 장례를

치를 수 있을까 조금 걱정도 한다. 나부터도 남편의 장례식은 상상하고 싶지 않았다. 그러다가 가까운 지인이 덜컥 세상을 떠났을 때 '가는 순간은 그 누구도 예상할 수 없구나' 하는 허탈함이 밀려왔다. 더불어 남들과 비교하며 아등바등 살지 말자고 한 번 더 마음을 다잡는다.

서로 마지막에 대한 준비 이야기를 하다가 존엄사와 안락사에 대한 주제로 밤새 대화했다. 우리나라는 아직 소극적 안락사까지 허용하지만, 유럽의 몇 나라에서는 존엄사가 가능하다. 내 정신이 제대로 있을 때, 남들에게 폐 끼치지 않고 평화롭게 가고 싶다는 바람으로 유럽을 가야 하나 싶다가 지금도 장시간 비행이 힘든데, 나이 들어 몸 약해지면 그것 또한 고역이 아니냐며 웃었다.

어느 날, 무자녀 부부들과 식사 자리를 하다 놀란 사실. 다들 유럽의 존엄사 절차를 한 번씩 확인해 본 경험이 있었다. 아, 다들 비슷한 생각을 하는구나 싶었다.

조금 걱정이 되는 점이라면, 둘 중 한 명이 아픈 상황이다. 장애가 생긴다거나, 알츠하이머가 온다거나 했을 때 남은 한 사람이 버텨낼 수 있을까? 나는 남편에게 제발 당신이 날 간병할 생각 말고 요양원에 보내 달라 부탁했다. 혹시나 힘든 병이 생기더라도 내게 꼭 말해주고, 연명 치료를 하지 말아 달라고. 장기기증은 반드시 하고 싶다고도 말해두었다.

병 없이 평화롭게 살다가 조용히 가는 삶이었음 좋겠다. 주변 사람들을 힘들게 하지 않았으면 좋겠다. 나 스스로도 너무 큰 고통을 약으로 감내하고 싶지 않다. 그리 생각하지만 실제 어떤 일들이 펼쳐질지 아무도 모른다. 그래서 이 부분에 대한 생각은 깊게 하지 않으려 한다. 생의 마지막은 어떤 방향으로 생각해도 우울해지는 걸 피할 수 없어서이기도 하다.

그래서 마지막 일주일까지 스스로 걷기 위해 오늘도 운동을 한다.

운동하며 생각한다. 우리나라도 일본처럼 독거 노인, 무연고자의 장례와 사후 처리 서비스의 생전 계약이 보편화되어 주길….

3부

둘이서 잘 산다는 것

결혼이란
무엇일까

너무 외로워서 아이를 낳겠다는 지인이 있었다. 형제 많은 집에서 아침마다 화장실 전쟁을 치르며 살다가 하나둘 자신의 가정으로 떠나고 혼자 남겨졌다. 열심히 소개팅해서 착해 보이는 남자와 결혼에 성공한다. 남편은 성실하지만 바쁜 사람이었고, 아이 생각이 없었다. 그녀는 늘 불안해했고, 외로워했다. 결혼하면 다시 복닥복닥한 삶으로 돌아갈 줄 알았는데, 지금 둘의 삶은 너무 적막하다며 자주 눈물지었다.

결혼을 하면 안 되는 사람이었다. 이 사람이 아이를 낳는다고 행복해지지 않는다. 그녀의 남편 역시 그렇게 생긴 아이에 행복해할까? 그는 아이에게 관심이 없었다. 몇몇 그녀 주변 사람들은 아이만 낳으면 남편도 가정적이 될 것이고, 그녀도 행복해질 것이라며 조언했고, 그녀는 그 조언에 따라 남편 몰래 난임병원에 갔다. 이 사실을 안 남편은 불같이 화를 냈다(제발 난임병원은 부부가 충분한 상의 후에 가길 권한다). 남편과 부부관계를 할 시간이 많지 않으니 병원에서 '수정'을 시도하겠다는 그녀의 논리에 입이 딱 벌어졌다. 그리고 그녀와 멀어졌다. 그녀는 더욱 고독해졌다.

그저 자신이 익숙했던 환경으로 돌아가고 싶어 결혼을 했고, 아이를 원했다. 나만 혼자 남으니 결혼이란 걸 하고, 잘못 돌아가고 있는 이 상황을 해결하고자 아이를 낳으려 했던 거다. 목적이 다른 곳에 있는 관계는 얼마 지나지 않아 한계가 드러난다.

결혼은 둘이 서로 기대고 있는 삶이 아니라
함께 같은 방향을 보며 걷는 것이라 했다.
내가 혼자 걸을 수 있어야 옆에 사람과 보
조를 맞추며 앞으로 나갈 수 있다.

후배가 연애 상담을 해왔다. 결혼하고픈 남자가 생겼다고.

"그 사람은 좋은 아빠가 될 거에요. 직업도 탄탄하고."

"그리고?"

"네? 저는 빨리 결혼해서 아이를 낳고 싶어요."

"결혼도 아이도 좋지만, 적어도 결혼을 생각할 때, 상대방이 좋은 배우자인가, 나는 그에게 어떤 배우자인가를 먼저 고민해야 하는 거 아니야? 남편 될 사람의 직업도 중요하지만, 함께 힘든 일 어떻게 이겨나갈 수 있을지 고민해봤어? 너 그 남편이 회사에서 갑자기 잘리면 어떻게 할 거야? 네가 갑자기 아파서 아이를 못 낳게 되면, 그 남자는 어떻게 나올까?"

후배는 아무 대답을 하지 못했다. 나는 후배에게 결혼은 이른 것 같다 답했다.

다른 후배의 고민은 기가 막혔다. 언니처럼 애 안 낳고 살고 싶은데, 남자친구가 아이를 원하고 시어머니 되실 분도 손주를 너무 원하시니 설득할 비법(?)을 알려달라 했다. 자신은 절대로 아이에게 인생을 희생하고 싶지 않다고 단호하게 말했다.

"그렇게 단호하면 헤어져. 혼자 살아. 네가 아이 문제가 간절하듯, 남자친구도 간절한 거야. 너는 네 감정만 중요하고 상대의 감정은 전혀 생각하고 있지 않잖아. 그런 사람은 결혼에 부적합하니 시작하지 않는 편이 좋아."

결혼은 여러 가지를 고민해야 한다. 나부터 결혼에 적합한 사람인지, 당연했던 것들을 포기할 수 있을지 먼저 생각해봐야 한다.

상대에게 내 생각을 주장하는 것이 아닌, 전혀 다른 의견도 그의 입장에서 듣고 공감할 수 있는지 스스로를 돌아봐야 한다. 상대의 연봉이나, 집안을 아는 데 그칠 것이 아니라, 한 인간으로서 둘 다 괜찮은 사람인지가 우선이다.

평소 대단하다고 생각하는 부부가 있다. 연애 초반, 선영이에게 난치병이 발견되었다. 출산은커녕, 일상에 큰 불편이 따라오는 병이었다. 재능이 많았고, 누구나 선영이가 그 분야에서 자리매김할 것을 의심하지 않았다. 지금까지 이루어 온 것들을 포기해야 했다. 선영이는 당시 남자친구였던 그에게 이별을 고했다. 그러나 남자친구는 '왜?'라고 물었다고 한다.

"그 병까지 너인 거야."

그 남자친구는 변함없는 애정으로 지금도 선영이 옆에 있다. 부모님들의 우려에도, 선영이가 입원과 퇴원을 반복해도, 때때로 아파 누워 있어야만 하는 시기에도 그 모든 상황을 자신의 일상으로 받아들였다. 그는 직장과 집과 병원을 오가며 덤덤하게 아내와 대화하고 생활처럼 병실을 지킨다. 천사처럼 상냥한 선영이와 다소 무뚝뚝한 그. 어떤 어려움이 오더라도 그들은 잘 헤쳐나갈 거라 생각한다.

비혼인 다른 친구가 말했다.

"그래도 너는 짝이 있어서 외롭지 않잖아."

반은 맞고 반은 틀렸다. 따로 약속을 잡지 않아도 눈빛 교환만으로 산책을 함께할 수 있다는 상대가 있는 건 좋다. 풀이 죽어 돌아와도 마법처럼 내 자존감을 올려주는 이가 있다는 사실도 든든하다.

그러나 그 사람과 떨어져 있는 시간도 존재하며, 생각이 서로 다른 시간, 감정이 다른 시간도 존재한다. 거기에 맞춰야 한다거나, 다름을 받아들여야 할 때, 혼자 있을 때와는 전혀 다른 차원의 고됨이 있다. 이는 내가 결혼을 했기에 따라온 고됨이다. 어느 길이든 얻는 것이 있고, 잃는 것이 있다.

웹툰《하면 좋습니까?》를 즐겨 보았다. 결혼에 대해 우리가 어떤 고민을 해야 하는가에 대해 아주 담백하면서도 묵직하게 정리해놓았다. 결혼을 계기로 무엇이 바뀌고, 무엇을 우선해야 하는지, 여러 고민으로 생각이 복잡한 사람이라면 함께 읽어도 좋을 책이다.

나랑 이렇게
안 맞는 사람이었나

안 맞아….

정말 안 맞아….

내가 왜 너와 결혼했을까?

　이런 질문을 머릿속에서 몇십만 번 되풀이해야 나는 너에게 적응이 될까? 어제 아침도 그랬다. 태연히,

　"내 지갑이 어디 있지?"

혼잣말하고는 큰 데시벨로 안방과 거실을 기웃거리며 남편이 지갑을 찾는다. 평소라면 책상 아래 어딘가, 아니면 침대 근처 어딘가, 혹은 소파 아래 어딘가, 그것도 아니면 며칠 전 들었던 가방 속에서 나왔어야 할 그의 반지갑.

그러나 오늘은 나올 법한 장소를 다 순회했음에도 자취를 감춘 그의 지갑 때문에 슬슬 혈압이 오르기 시작했다. 냉장고 안쪽은 이미 보았다. 책상 서랍도 다 뒤졌다. 입었던 바지 주머니도 다 털었다.

"어디에 떨어트린 거야? 누가 가져갔으면 어떻게 해? 어젯밤 극장에서 떨어진 거 아닐까? 또 어디 들른 데 없어? 기억해 봐, 거기 눕지 말고!"

그의 지갑엔 신분증과 신용카드가 들어 있다. 식은땀이 났다. 정작 당사자는 "흐-응~" 하며 휴대폰만 바라보고 있다. 어제 들렀던 극장과 식당에 전화해서 지갑을 수소문했으나 물품보관센터에 맡겨진 지갑은 없었다. 나는 혈압이 올라가는데 그는 평온한 얼굴이다.

모든 물건이 제자리에 있어야 하는 여자와, 사용 중인 물건은 전부 나와 있어야 하는 남자가 살면서 자주 벌어지는 일이다. 집에 들어오면 소지품을 차곡차곡 있던 자리에 넣는 나와, 그냥 손에 걸리는 대로 눈앞의 장소에 뿌리는(?) 남자의 일상이다. 아, 그의 말에 따르면 그 안에 나름의 규칙이 있다고 한다. 절대 납득할 수 없지만 말이다.

예전 같으면 빨리 찾아오라고 버럭 했을 것이다. 요즘은 이를 악물고 "어디에 있을ㄲ아?" 하고 낮은 소리로 말할 정도의 인내심이 생겼다.

> 결혼 전, 콩깍지를 씌웠던 '매력 뽀인트'들
> 이 결혼 후엔 이혼사유로 둔갑한다는 걸
> 깨달은 건 언제였을까?

생활 패턴이 다른 사람과 같이 살기 위해 습관을 고쳐가는 과정은 또 하나의 전쟁이었다. 평생 인지하지 못했던 작은 습관들마저 싸움의 원인으로 등장했을 때, '이걸 또 어떻게 설명해야 하나, 어떻게 납득시켜야 하나'를 생각하면 한숨만 나왔다. 정리정돈이 끝나고 나야 쉴 수 있는 사람이, 쉬고 나서 정리하면 되는데 왜 집에 들어오자마자 짐 정리를 해야 하는지에 대한 의문을 표하는 남편을 어떤 논리로 설득해야 한단 말인가. 물건들이 좀 나와 있어야 심적인 안정감을 느끼는 사람과 한 지붕 아래 산다는 건 애초에 무리였을지도 모른다.

치열하게 싸웠다. 지금 돌이켜 다행인 건, 그래도 폭력을 쓰지 않고 어떻게든 말로 자신의 생각을 표현하려 했다는 점이다. 결혼 초반 '황혼에서 새벽까지' 말다툼은 일상이었다. 앉아서 싸우다 허리 아파서 둘 다 침대에 나란히 누워 천장을 보며 동틀 때까지 말다툼을 했다(둘 문제로도 이렇게 싸우는데, 아이 있는 집들은 대체 어떻게 사는 겁니까? 정말 존경스럽습니다!). 그런 시간이 쌓여서 이제는 조금씩이지만, 다투는 횟수가 줄고 있다. 다툼의 강도 역시 약해지고 있다. '황혼에서 새벽까지' 보다 '황혼에서 자정까지' 정도로 놀라울 성과를 이뤄냈다.

서로의 생활 습관도 조금씩 인정해 나가고 있는 과정에 있다. 이틀에 한 번 청소기 돌리기와 물걸레질을 하는 아내가 더 이상 결벽증이 아님을 그는 애써 이해 중이다. 게다가 물건을 바닥이 아닌 의자에 놓기 시작했다. 나는 남편이 벗어놓은 옷가지와 소지품을 눈에 보이지 않는 곳으로 싹 치우지 않고 주말 내내 그 자리에 두는 인내심을 키웠다. 주말 내내 (내 기준에) 아무 데나 널려 있는 그의 물건들이 거슬리지만, 청소는 월요일 아침 그가 출근한 이후로 미뤘더니 주말 잔소리가 줄었다. 그의 정리 방식이 맘에 들지 않는다 할지라도 그의 영역에는 먼지를 터는 일 외에 손을 대지 않도록 했더니 "ㅇㅇ 어디 있어?"라는 질문이 사라졌다.

예전에 남편 책상 정리를 해준다고 책상 위에 책과 노트, 필기구, 소지품을 내 방식대로 정리했다. 퇴근 후 자신의 책상을 본 남편은 자신의 소지품들이 다 사라진 듯 당황해했다. 그 후 며칠간 계속 내게 자신의 소지품들이 어디 있냐고 물어왔다. 자신이 물건을 두는 방식과 정반대의 방식(큰 것부터 작은 것까지 사이즈별로 포개기, 노트 끝 선 맞추기, 책은 가나다순으로 등등)으로 정리된 책상이 그에겐 '아노미 상태'로 보였던 것이다.

그 역시 내 정리 방식이 100퍼센트 만족스러울 리 없으니 조금 참아 보기로 했다. 한집에 살면서 기분 나쁜 소리가 나오지 않으려면 때로 인내심이 필요하다. '있는 그대로의 나'로 '하고 싶은 대로 다 하고' 살려면 결혼은 추천하지 않겠다.

여자들끼리 모여서 가끔 남편 흉보는 이야기가 나오면 집집마다 상황은 대동소이하다. 정말 다들 별거 아닌 걸로 심각하게 투닥거린다며 서로를 가리켜 깔깔거렸다. 집으로 돌아오는 길에 생각했다.

내가 그렇게도 고치고 싶었던 남편의 습관들도 사실 다른 사람들이 봤을 땐 별거 아닌 거구나. 너무 내 방식만 옳다고 했었구나.

우리 둘이 사는 집이니, 우리 둘만 편하면 됐지 뭐. 남들 보기 좋은 것들이 무슨 의미가 있어? 마음이 조금 가벼워졌다. 책상 정리 안 하면 어때? 그 책상은 남편만 쓰는 건데…. 대신 음식물 쓰레기는 늘 먼저 버려주잖아.

다투는 것이 지겨워 결혼 10년 차, 20년 차 선배님들에게 조언을 청하면 대개 비슷한 답이 돌아왔다.

작은 것부터 배려할 것,
상대가 무엇을 원하는지 사소한 것부터 챙길 것.
그도 나도 바뀌지 않는다. 단지 조금씩 양보할 뿐이다.

월요일 아침 출근한 남편에게 전화가 왔다.
"쟈기야~ 지갑 말이야~ 회사에 걸어둔 가디건 호주머니 안에 있었어. 다행이지? 나 사실은 자기한테 혼날까 봐 출근하자마자 이거부터 찾았지 뭐야. 하하."
내내 휴대폰을 만지작거리며 잃어버린 지갑엔 관심 없어 보였던 그였지만, 사실은 신경이 많이 쓰였는지 휴대폰 너머의 목소리가 그렇게 밝을 수 없었다.
그래, 참 다행이야. 내가 어금니 깨물고 대꾸할 수 있을 정도에서 끝나서. 어쨌거나 가출한 그의 소지품들은 대부분 돌아오고 있으니, 더 이상의 구박은 줄여야겠다.

여보,

어제는 신용카드를 PC방에 놓고 나왔지? 간담을 서늘하게
만드는 걸로 권태기 극복하려 한다면 경고하는데, 그 방법은 아
니야.

인생은 마라톤이 아닌
당신과의 춤

아이가 없으면 여행을 자주 갈 수 있을 거라고 많은 분들이 부러워하신다. 나 역시 어느 블로거처럼 연도별로 여행지 카테고리를 만들어 여행기를 잔뜩 올릴 수 있을 거란 꿈을 꿨다.

그러나 막상 아이가 없다 해도 맞벌이할 때는 휴가 맞추기가 어려웠고, 외벌이가 되자 아무래도 비용 부담이 생겨 큰 맘 먹지 않고서야 여행이 참 어렵다. 대신에 한번 기회가 되면 적어도 일주일 이상 한 도시에 머무르려 한다.

자고로 해외여행이라 하면 아침 8시에 숙소를 나서 밤 10

시에 들어오는, 관광지 인증샷을 천 장 정도 찍고, 맛집이란 맛집은 죄다 순회해야 하는 여자가 하루 한 군데 가만히 앉아있을 걸 좋아하는 남자와 여행을 간다? 얼마 지나지 않아 남의 나라 광장 한복판에서 소리를 지르며 싸우는 상황을 맞이하는 당연한 결말이 기다린다.

매사에 빡빡한 계획대로 살아온 여자와 흐름대로 살아온 남자가 평탄하게 결혼생활이란 걸 할 수 있을 거라 생각한 내가 멍청했다.

> 우리는 크게 싸워본 적 없는 2년간의 연애 시절이 무색하게, 결혼 준비를 시작하면서 부터 걸핏하면 싸웠다.

하나에서 열까지 맞는 게 없다는 걸 그때서야 느끼기 시작했다. 여행지에서도 마찬가지다. 3개월 전부터 계획을 세우는 여자와 현지에 도착해서야 가이드 맵을 펴드는 남자의 여행은 보나마나였다. 남편이 아니라 친구였다면 여행지에서 거창하게 싸우고 절교를 열 번쯤 했을 것이다.

싱가포르 여행을 갔을 때 일이다. 오랜만에 해외여행이라 또다시 남의 나라에서 소리 지르며 싸우는 참사는 막아보고 싶어 남편에게 제안을 했다. 하루는 내 마음대로, 하루는 그가 하고 싶은 대로 일정을 진행하기로 했다.

그는 싱가포르의 랜드마크를 도는 관광 일정을 소화해야 했고, 나는 목적지 없는 하루를 보내야 했다. 내심 자신의 방법이 진정한 여행이라 여기며 각자 승리를 점쳤을 우리였다. 그러나 결과는 허무하게도 무승부로 끝이 났다. 사실 그도 나도 지금까지와 전혀 다른 여행 패턴이 당황스러웠지만, 분명 즐거웠다.

남편은 여행을 다녀온 뒤, 싱가포르 '핫스팟'들이 TV에 나오면 빛의 속도로 화면 앞으로 뛰어가 볼륨을 키우고 나를 부른다.

"우리가 갔던 곳이다! 저기 칠리 크랩 맛있었지. 멀라이언은 생각보다 작았어. 아! 저 수륙양용차는 진짜 재미있었어. 레이저 쇼를 우리만큼 본 사람은 없을 거야, 그렇지?"

2018년 북미 정상회담이 싱가포르에서 열리던 날, 남편의

홍분도가 최고조에 이른 순간은 양국의 정상이 악수를 하던 순간이 아니었다. 김정은 위원장이 야밤에 방문한 '가든스 바이 더 베이'가 카메라에 비쳤을 때였다.

"자기야! 여기, 여기! 우리가 누워서 슈퍼 트리 보던 곳 나왔어!"

자신이 가봤던 장소들이 하나둘 TV 화면에 소개되는 걸 아직도 신기해하고 있다. 좀 귀엽다, 너.

한편 나는 휴양이란 걸 처음 해봤다. 아침 알람을 꺼두고 눈이 떠질 때까지 잤다. 어슬렁거리며 숙소 근처에서 달달한 카야 토스트와 진한 연유 커피를 무한정 입으로 날랐다.

"오늘 뭐 해?"

내 질문에 비로소 관광 가이드 맵을 펴든 남편, 우리는 로컬 시장을 느릿하게 걸으며 자주 간식을 먹어댔다. 아내가 배고프면 사나워지니 남편은 계속 내 입에 뭔가를 물려주었다. 전날 꽉 찬 일정 탓에 뻐근해진 다리는 길바닥 발 마사지 사장님이 마법처럼 치료해주셨다.

지도와 함께 빠른 걸음으로 다녔을 때는 전혀 느끼지 못했던 그 지역의 분위기와 냄새가 오랜 시간이 지나도 기억에서 지워지지 않았다. 사원을 찾다가 길을 헤매서 몇 바퀴를 돌았던 부기스 스트리트나, 클락 키는 지금도 눈에 선하다. 다음 일정 생각하지 않고 멍하니 바라보았던 센토사의 일몰도 아름다웠다. 발바닥에 물집이 잡히지도 않았다(원래 여행은 물집이잖습니까? 그래서 밴드가 존재하니까요).

처음엔 하루씩만 서로의 요구에 맞추기로 했다. 그러나 시간이 지나자 나는 한국에서 준비했던 관광 자료들을 손에서 놓게 되었다. 지난 여행에서 내 뒤를 따라오기 바빴던 남편은, 먼저 이것저것 검색해보고 구글맵을 돌리기 시작했다. 둘 다 변화라면 아주 큰 변화였다.

서로의 방식이 생각보다 나쁘지 않았다!
아니 오히려 새롭고 즐거웠다.

그 이후로 우리는 맞춰가는 방법을 조금씩 해보고 있다. 나는 욕심내서 5~6군데씩 가던 관광지에 미련을 버렸다. 어떤 날은 모든 일정을 취소하고 한 장소에서 왔다 갔다 하며 시간을 보내기도 했다. 좀 더 현지 음식을 즐기고, 좀 더 한 장소에 오래 머무르며 수다를 떨었다. 조금 다른 하늘의 높이도 알게 되었다. 사람 구경의 재미도 알게 되었다. 내가 지금까지 해오던 그대로를 할 수 없었지만, 또 다른 무언가를 경험할 수 있게 된 건 순전히 남편의 덕이다.

검색 엔진을 컴퓨터 부품 리뷰 찾는 용도로만 쓰던 남편. 그가 맛집이나 관광지를 검색하기 시작했다는 사실이 신기하기만 했다. 게다가 내가 찾아오는 식당과 그가 찾아오는 식당은 전혀 다른 분위기여서, 내심 이번엔 어떤 걸 발견해오나 기대하게 되었다.

뭔가로 부딪혔을 때 상대방의 방법을 먼저 시도해 본다. 그리고 다시 맞춘다. 한 걸음 뒤로 물러섰다가 한 걸음 다시 앞으로 나가보는 것. 그게 아니라면 슬쩍 옆으로 비켜서 기다려본다.

《미움받을 용기》의 작가 기시다 이치로는 "인생이란 마라톤이 아니라 춤이다"라고 말했다. 이렇게 뒤로 옆으로 앞으로 쿵짝 쿵쿵짝 움직여 보는 것. 그것이 둘이 사는 재미가 아닐까? 가끔 대차게 상대방의 발등을 밟긴 하지만, 서로 맞춰가는 과정을 춤이라 생각하니 이것도 나름의 매력이 있는 듯하다.

아이가 없기에
더 노력한다

지금 이 글을 쓰고 있는 나는 결혼 8년 차다. 동네 아주머니 말에 따르면 '애가 없으니 아직 신혼'이고, 또래 기혼자들은 '이제 얼추 첫 번째 이혼 고비는 넘긴 시기'라고들 한다.

아이가 없다 하면 주변의 반응은 두 개로 나뉜다. '애가 없으니 싸울 일도 없겠다. 얼마나 좋아!' 하는 팀과, '그러다 이혼한다'라고 정색하는 팀이다. 둘 다 결혼생활이 얼마나 힘든가 하는 걸 여실히 보여주는 말인 거 같다.

우리에게는 시선을 분산시켜줄 아이도, 강

아지도, 고양이도 없다.

집에 둘만 존재하기 때문에 조금만 투닥거려도 집이라는 공간이 숨 막힌다. 지나고 생각하면 원인조차 기억이 안 나는 (얼마나 하찮은 이유였으면) 것들로 싸운다.

'애를 봐서 참는다'가 없기에 몇 날 며칠을 냉전으로 보내기도 한다. 화해의 계기도 대충 아이 핑계로, 혹은 강아지를 봐서 할 수가 없다. 아주 구체적이고 직접적인 사과가 오가야 비로소 마음이 풀린다. 핑곗거리가 없다는 사실이 이럴 때 많이 아쉽다. 직접적인 사과는 매번 참 힘들다.

얼마 전에도 그렇게 말다툼을 했다. 이유가 잘 생각나지 않는 걸 보니, 또 뭔가 말하다 핀트가 어긋났다거나 하는 사소한 문제였을 것이다. 성질을 내며 다다다 쏘아붙였는데, 생각해보니 이렇게 있는 그대로의 나로, 뒷일을 계산하지 않고, 100퍼센트의 감정을 실어서 부딪치는 사람은 이 사람 하나란 생각이 들었다. 어렸을 때 동생과 그렇게 싸운 적은 있어도, 성인이 된 후 내가 하고 싶은 말이나 감정을 고스란히 쏟아내는 상대는 남편이 유일하다. 여기에 생각이 이르자 갑자기 남편의 존재가 소중해졌다.

결혼생활이 쌓이고, 확실히 서로가 편해졌다. 나는 아직 방귀를 트지 않았지만(실수는 좀 한다), 눈꼽 낀 모습, 떡진 머리, 외계인만큼 퉁퉁 부은 얼굴은 보여주었다. 자꾸 나오는 아랫배에도 웃으며 '으이구~' 하는 사이가 아니던가. 남들 앞에서 절대 한 적 없는 '엉덩이로 이름 쓰기'도 남편이 우울할 땐 기꺼이 해 줄 수 있다. 최대한 우스꽝스럽게 몸을 흔들어 줄 수 있는 사람. 유일한 존재다.

옆 동네 살던 쌍꺼풀 진한 오빠가 이런 존재가 되다니. 한동안 불태우던 전의가 피시식 사라진다. 잠시 잊고 있었다.

그는 나와 피가 섞인 형제도 아니고, 결혼을 했다 해서 무조건적으로 나를 예뻐라 해야만 할 의무가 있는 것도 아니다. 그도 나와 동일한, 감정적인 사람일 뿐이다.

내 감정을 받아주는 사람이라 해서, 늘 전력투구로 감정을 던지다간 관계가 지속되기 어려울 것이다. 그래서 '아이 없으면 이혼한다'는 말들을 하는가 싶기도 하다. 이 말을 하는 사람들 역시 몇 번 즈음은 이혼 앞에 갔다가 아이 때문에 꾹 참고 다시 돌아온 분들이 아닐까.

그렇다고, 아이만으로 유지되는 관계가 바람직하다고 생각하지는 않는다. 그러나 아이 덕에 그렇게 한고비를 넘기고, 조금 더 성장할 수 있는 관계로 나아간다면 그 또한 멋진 경험이겠지.

우리는 둘뿐이니, 우리에게 주어진 상황을
통해 성장해야 한다.

아이라는 절대적인 매개체 없이, 한 남자와 여자가 둘만 바라보며 몇십 년을 한 공간에서 지낸다. 배우자로서의 책임과 의무도 따른다. 단순히 싫어지면 '안녕~' 할 수 있는 룸메이트와는 달리 감정이 얽힌 관계다. 법적으로도 이어져 있다. 양쪽의 노력 없이 유지되기란 불가능하다. 우리 둘의 관계는 한 명이라도 이 노력을 멈추는 순간 끝날 것이다.

'황혼 이혼'이란 말이 유행하던 때가 있었다. 퇴직을 맞이한 부부들의 이혼을 가리킨다. 그동안 직장과 가정에서 치열하게 살았고, 이제 그곳에서 해방되어 둘만 행복하면 되는데 이혼이라니? 게다가 그런 선택을 하는 분들이 많다니? 처음엔 그저 놀라울 따름이었다.

아내는 '밥 차려주는 사람'이기에 지쳤고, 남편도 '돈 벌어오는 사람'이 아니다. 옛날엔 삼시 세끼를 차려내지 않아도, 벌이가 시원치 않아도 서로 사랑했을 것이다. 세월이 흘러 상황에 익숙해지면 노력은 소홀해지기 마련. 노력이 사라진 관계가 역할마저 잃으면 공허함만 남는다.

우리에겐 아이가 없으니 이 순간이 훨씬 빨리 찾아올지도 모르겠다. 그 순간을 최대한 늦추기 위해 관심을 잃지 말자 되뇌인다.

하다가 안 되면
헤어질 수도 있겠지

요리에 젬병인 내가 주말이면 여섯 끼를 만들어내기 위해 스트레스로 인상을 꽉꽉 쓰다 남편과 별것 아닌 일로 부딪혔다. 내 상태를 본 남편이 말했다.

"여섯 끼를 다 만들 생각을 하지 마. 나는 네게 그런 걸 원하지 않아. 그냥 먹을 수 있을 정도만 하고, 나머지는 사 먹자."

전업주부가 되고 '모든 식사는 건강식으로 만들어야 한다'는 '셀프 미션'을 만들었다. 스스로 만들어 놓은 규칙에 힘들어

하는 나는 바보다. 삼시 세끼 미션을 버리고 나니 한결 마음이 편해졌다. 주말은 내게 '남이 해준 음식'+'MSG'를 섭취할 수 있는 즐거운 날로 바뀌었다(아직 조미료에 대한 셀프 미션은 버리지 못했다).

> 그와 나의 관계에서도 나도 모르게 내가
> 만들어놓은 규칙을 적용하려 들지 않는지
> 돌아본다.

'남편이라면 내 말을 다 들어줘야지', '남편이라면 말 안 해도 내 감정을 알아줘야지', '남편이라면 내가 무슨 말을 해도 다 이해해줘야지', '남편이라면 내가 무슨 행동을 해도 화를 내면 안 되지' 같은 명제 말이다.

연애할 때는 이 사람이 좋아서 했던 무수한 노력들. 말을 예쁘게 해보려 하고, 그의 입장에서 생각해보려 했던 노력들이 차츰 사라지고 있다. 그러면서 남편에겐 '미리미리 다 알아서 행동해야 한다'는 엄격한 규칙을 적용하고 있는 내 모습을 본다. 결혼생활의 익숙함이 불러오는 부작용이다.

아버지는 결혼식을 코앞에 두고 있는 딸에게 "살다가 아니다 싶으면 그냥 돌아와라"라고 말씀하셨다. 핑크빛 결혼생활을 꿈꾸던 나는 '이게 무슨 말인가?' 고개를 갸우뚱했다. 지금은 좀 알 듯하다. 누군가에게 내보이기 위해, 혹은 나 스스로 만든 기준들에 닿기 위해 헛된 시간과 노력을 쓰지 않기를 바라시는 맘이 아니었을까.

'최선을 다해! 노년에도 반드시 사이좋은 부부가 되겠다!' 라는 생각은 처음부터 버렸다.

가능할지도 모르겠고. 그런 식으로 달리다가 넘어졌을 때의 충격과 고통을 이미 알고 있다. 그냥, 할 수 있는 데까지, 힘을 조금 빼고 지내고 있다. 하다가 안 되면 헤어질 수도 있겠지. '거봐, 애 없으니 이혼하네'라는 막말을 들을 수도 있겠지(아이 있어도 이혼은 많이들 하던데, 쩝).

어쩌겠는가, 그 어떤 선택에도 응당의 노력은 필요한 법. 할 수 있는 데까지 한번 해보지 뭐. 안 되면 말고.

안도가 되는
존재

얼마 전 장기 출장을 간 남편에게 전화가 왔다. 평소 남편이 전화를 하는 시간대가 아니어서, 불안한 마음에 전화를 받았다.

"여보세요? 무슨 일 있어? 누구야? 누가 또 내 남편 괴롭혀?"

잠깐 말이 없던 남편이 말했다.

"아냐. 너는 네 소임을 다 했다. 잘했다."

영문 모를 소리를 하더니, 회의 들어가야 한다며 전화를 끊었다. 이게 무슨 일인가 싶어, 불안하게 전화를 기다렸다. 밤늦게서야 다시 연락이 온 남편의 설명은 이러했다. 회사 일정이 너무 빡빡하고, '갑님'들은 그날따라 더욱 지랄을 해주셔서 마음이 힘들어 전화를 했다고 한다. 아내의 천진난만한 목소리를 듣고 안정을 찾았다고. 그런 짠한 스토리를 푸는데, 어휴…. 40대 중반의 아저씨가 속상한 맘 하소연할 데가 나밖에 없냐 싶어 안쓰러움이 확 밀려왔다.

우리는 전화 통화를 하루에 두세 번 정도 한다. 그러나 첫 번째 전화는 반드시 남편이 걸 때까지 기다려야 하는 암묵적인 규칙이 있다. 자칫 갑님들이 활동하시는 중에 내가 전화를 하면 서로 곤란한 채 서둘러 전화를 끊어야 하기 때문이다. 괜히 나 때문에 그가 일을 망치는 듯하여 미안하다.

첫 번째 전화가 몇 시에 오느냐에 따라 그날 일이 많은지, 커피는 한잔할 시간이 있는지 알 수 있다. 10시경에 전화가 오면 그날은 그럭저럭 연락은 주고받을 수 있는 날이다. "오늘 오전 테스트는 아무 문제가 없이 빨리 끝났지 뭐야"라는 말이 나오면 그날은 정시퇴근이다. 3시에 전화가 오면, 그날은 바쁘다. 전화가 없으면 야근이다. 아마 자정이 가까워서야 연락이 될 가능성이 높다. 함부로 전화하지 않는 것이 개발자 아내의 기본 자세다.

목소리도 그렇다. '여보세요' 단 네 글자지만, 목소리의 크기, 톤의 높낮이, 말하는 속도로 순식간에 남편의 상황을 분석할 수 있다. '오늘은 괜찮은 날이구나', '아, 바빠서 피곤한 날이구나', '갑님에게 호되게 당해서 우울하구나…' 남편 역시 그렇지 않을까?

퇴근길 현관에서 신발을 벗자마자 남편은 나를 한번 꽉 끌어안는다. 힘든 날일수록 오래 팔을 풀지 않는다. 나는 남편의 엉덩이를 톡톡 두드리며 나지막히 말한다.

"어이구 고생했네, 우리 남편. 저녁 먹자."

식탁에 앉는 남편은 다소 누그러진 표정으로 회사에서 무슨 일이 있었는지 조잘조잘 이야기한다. 여차하면 본인이 얼마나 어려운 프로그램을 만들고 있는지도 설명한다. 프로그래밍 이야기가 나오면 나는 최대한 자연스럽게 과일을 씻으러 가야 한다.

　남편이 가장 신나서 말하고 싶어 하는 주제가 프로그래밍이다. "나는 문과 출신이에요. 죄송해요. 자바는 먹는 자바칩만 안다고요. 어흑" 하고 도망갈라치면 "이리 와서 좀 들어봐 봐, 나도 행정학과 나왔는데 이거 짜고 있잖아. 안 되겠다. 네가 자바를 공부하는 게 좋을 거 같다" 한다. 그래서 지금 내 책상 위에는 매우 무섭게 생긴《프로그래밍 언어》책이 올라와 있다.

　안도가 되는 존재인 건 서로가 마찬가지다. 남편도 내게 그런 존재이다. 단둘뿐인 가족이라는 사실이 더 그렇게 느끼게 해주는 것 같다.

　며칠 전, 이상한 아주머니에게 오지랖질을 당하고 현관문을 박차고 들어왔다. 이러저러한 일을 당했다고 씩씩대며 상황을 이야기하자 남편은 짧고 굵은 한마디를 내게 건넸다.

　"아, 뭐야. 미친 X네. 신경 쓰지마."

집에 걸어오는 내내 씩씩댔던 분한 감정이 확 날아가 버렸다. 이 사람이 내게 미치는 영향력이 이렇다. 아무리 억울한 상황이라도 이 사람이 알아준다는 사실 하나에 우울한 감정은 싹 사라진다. 내 감정을 읽어주는 사람이 함께 살고 있다는 것. 참 '땃땃'하고 든든한 경험이다.

둘이 나란히
눕는 순간

작년 여름, 갑자기 눈에 모래알이 들어간 듯한 이물감과 충혈 때문에 안과를 찾았다. 염증이란다. 붉은색이어야 하는 눈꺼풀 안쪽에 여기저기 하얀 모래알 같은 염증이 올라와 있었다.

2~3주 안약을 열심히 넣자 염증은 사라졌지만, 건조함이 사라지지 않았다. 계속 인공눈물을 넣다가 깜빡한 어느 날 다시 눈이 충혈되고 아파왔다. 염증이 재발했다. 한 번 염증이 생기기 시작하면 재발이 쉬운가 보다. 게다가 이번엔 지난번보다 증상이 심해서 안연고도 넣어야 했다.

잠들기 전 마음을 한번 다잡는다. 침대까지 가기 위한 관문이 있다. 양치질. 나는 충치가 잘 생기는 타입이고, 치아 교정을 한 적이 있어서 치아 뒤쪽에 유지장치를 끼고 있다. 덕분에 치실, 일반 칫솔질, 가글까지 끝내야 양치질이 마무리된다. 알러지가 있어 식염수로 코 세척도 한다.

이 관리에 안연고와 인공눈물이 추가되었다. 겨울엔 수면양말 신기가 추가된다. 내가 몸을 좀 떤다 싶으면 남편이 핫팩을 데워온다. 한번 잠들기 위해 전처리 과정이 많다. 게다가 해가 갈수록 단계가 늘고 있다.

이런 일련의 루틴을 진행하는 도중 잠이 깬다. 요란한 양치질을 끝내고 안연고를 넣고 눈을 깜빡이고 있자니, 옆에서 남편이 "쯔쯔…." 하고 불쌍한 사람 보듯 날 바라본다. 네 아내는 이렇게 늙고 있단다.

최근의 일이다. 남편이 일주일째 야근을 하는 중이었다. 퇴근 후 현관을 들어서는 남편을 보고 으악! 소리를 질렀다. 영화에서나 나올 법한 빨간 눈의 남자가 서 있었다. 과로로 눈의 실핏줄이 다 터진 거다. 겨우 짬을 내 안과에 갔더니 결막결석이 생겼다고 바로 결석을 네 개 제거했다. 나보다 훨씬 심각한 상황이었다. 연일 야근을 하고 있는 그가 시간에 맞춰 약을 넣으며 눈을 관리하기엔 어려움이 있었다. 식사도 깜빡할 때가 많은데 안약이라니…. 덕분에 그의 눈은 아주 조금 좋아졌다 나빠졌다를 반복하고 있다.

안약을 잘 못 넣는 남편이 한 손에 안약을, 한 손에 거울을 쥐고 버둥거리는 걸 보고 있으면 그야말로 '웃프다'. 안약을 빼앗아 "손님! 오른쪽 보세요. 이번엔 왼쪽이요~" 하고 안약을 넣어준다. 스마트폰을 압수하고, "손님, 이제 요대로 눈 감고 주무세요" 하고 불을 끈다. 남편은 투덜거리며 잠을 청한다.

결혼 8년 차, 이제 40대 중반에 접어든 우리는 서로의 약해짐을 보고 있다.

며칠 전 남편에게 안약을 넣어주고 나란히 누웠는데 웃음이 나왔다. 몇 달 전만 해도 내가 낑낑대며 안약을 넣는 걸 안쓰럽게 보던 남편이 지금은 내게 안약을 넣어달라며 SOS를 치는 신세가 되었다.

게다가 잠들기 전 마지막 스킨십이 키스나 포옹이 아니라 안약 넣어주기라니. 이거 너무 현실주의 아닌가? 얼마 전까지 뽀뽀는 했던 거 같은데. 쿵.

남편의 양압기 소리를 자장가 삼아 조금씩 달라지고 있는 우리의 모습을 본다. 주로 아프다고 투덜거리는 것은 내 쪽이었다. 그러나 생리통, 두통, 위장병이 아닌… 늙음, 약해짐을 대할 때 마음이 좀 달라진다. 약간 서글프다. 아마 관리할 것들은 점점 더 많아지겠지. 잘 낫지 않는 눈처럼, 다른 곳들도 약함이 드러나겠지. 그때 옆에서 서로 보듬어주며 요양원 들어갈 때까지 무탈하게 살 수 있으면 좋겠다.

남편은 워낙 열이 많은 체질이어서 연애할 때부터 터틀넥을 싫어했다(나는 터틀넥 없이 살 수 없는데…). 겨울에도 두꺼운 패딩은 더워서 잘 못 입던 사람이었다. 그러나 작년 겨울부터 내복이며, 두꺼운 패딩 코트 없이 지낼 수 없는 신세가 되었다.

"춥다는 게 이런 거구나. 아이고…. 너 참 고생이 많았겠다."

남편이 몸을 부르르 떨며 말했다.

나는 더위를 잘 타지 않는 대신에 추위를 많이 타서 겨울 외출이 상당히 괴롭다(요즘엔 털부츠에 내복에 롱패딩 덕분에 외출이 가능해졌지만).

한번은 남편과 시가를 다녀오다가, 버스 정류장에서 너무 추워 엉엉 운 적이 있다. 울려 했던 게 아니었는데, 칼바람 부는 버스 정류장에 오랫동안 서 있으니 손발이 덜덜 떨리고 입술은 파래지고 저절로 눈물이 주룩주룩 났다. 나름 차려입고 간다고 치마를 입은 게 패착이었다. 대한민국 한파 앞에 200데니아의 스타킹은 아무 기능을 발휘하지 못했다. 남편은 '어떻게 춥다고 저렇게 벌벌 떨 수 있나?' 하는 표정으로 나를 달랬다. 몇 년이 지난 후에 본인이 추위를 타게 되고 나서야 내 고통을 공감해 주었다. 그리고 남극에서도 끄떡없을 만한 패딩 코트를 한 벌 더 사주었다.

기온이 영하 10도 이하로 내려가면 셀프 외출 금지 선언을 하는 나를 이해 못 하던 남편이 어느 날 내복을 찾고 있는 모습을 보면 '아, 저 사람도 약해지는구나' 싶어서 측은하다. 그래도 당분간 옆에서 함께 나이 들어가는 사람이 있으니 서로를 챙기며 다가오는 노년을 받아들이고 있다. '혼자보다 둘이라 다행이다' 하고 생각하면서.

너를 위해
운동한다

나는 운동이 싫다.

유연성이며 근력이며 나와는 다른 세상의 단어다. '튼튼한가?'라고 물으면 그렇다고 대답하기 곤란하지만, 잔병치레나 큰 사고 없이 스무 살을 맞았다. 단, 중학교 때부터 달고 있던 위경련과 위염만이 오래도록 나와 함께 있다. 커피를 좋아하는 탓에 앞으로도 이 녀석들은 나를 떠나지 않으리라 확신한다.

본격적으로(?) 건강에 이상 신호가 온 건 서른을 앞두고서였다. 이따금 뻐끗했던 허리와 어깨가 말을 안 듣기 시작했다.

아침에 눈을 뜨면 온몸의 근육이 동시에 찢어지는 듯한 통증에 울며 옆으로 돌아누웠다. 화장실까지 기어가야 했고, 좌변기에 앉았다 일어나는 것도 힘들었다. 몇 주간을 정형외과, 통증의학과, 한의원을 돌며 제발 통증 없는 시간이 빨리 오길 빌었다.

한 번 그렇게 아팠으면 조심할 만도 한데, 여전히 구부정한 자세와 불규칙한 식생활, 4차까지 이어지는 회식이 일상이었다. 운동 따위 저 먼 나라의 이야기였다. (건강을 방치하다 수술을 할 수도 있다는 의사 선생님의 경고가 무섭긴 했다.) 결국, 일 년에 몇 번씩 동일한 증상으로 병원을 가야 했다. 처음 걸려본 독감에 일주일을 꼬박 누워서 보내야 하는 경험도 했다. 겨우 앉을 수 있게 된 이후에도 강한 항생제로 한동안 버텼다.

혼자 결혼 준비를 하며 받은 스트레스와 그간 돌보지 못한 건강에 난임 시술까지 겹쳐지니 건강이 급속도로 나빠진 건 어쩌면 당연한 순서였을 것이다. 시술 중단을 선언하고, 스스로 몸을 움직일 수 있을 때까지 몇 달의 시간이 필요했다.

어느 날, 창밖의 하늘을 보며 이렇게 살아서는 안 되겠다 생각했다. 건강은 모든 것을 좌우한다. 아파서 날려버린 시간들이 아까웠다. 귀찮아도, 힘들어도 운동이란 걸 해야겠다 다짐했다.

내가 차츰 정상으로 돌아오던 시기에 남편이 아프기 시작했다. 프리랜서 최악의 시절이었는데, 남편은 '을'이 아닌 '병'이나 '정' 정도의 삶을 살고 있었다. 대개 IT 개발자들은 인력업체(여기가 '을'이다)에 속해 있어서 개발자는 '병' 정도의 위치를 가진다. 재수가 없는 경우, 프로젝트에 따라 인력업체가 하청에 하청을 주는데 그러면 남편은 '정'이 되어 있었다.

대기업에 출근을 하지만 '정'으로 살아야 했던 그는 엄청난 압박감과 업무량에 어느 날부터 두통을 호소했다. 머리가 깨질 듯이 아프고, 심할 때는 어지러워서 일어나지도 못했다. 헛구역질을 하는 날도 있었다.

나는 너무 무서웠다. 고통에 몸부림치는 그를 데리고 어찌해야 할 바를 몰라 무서웠고, 그럼에도 출근해서 밤늦게 돌아오는 그를 매일 기다렸다. 현관문에서 마주한 그의 얼굴에 심장이 내려앉는 것 같은 날들이 지속되었다.

두통이 심하다는 건 여러모로 좋지 않은 징조다. 특히나 갑자기 생긴 두통이었고, 증상들도 좋지 않았다. 연차, 병가는 빛

좋은 개살구일 뿐 프리랜서에겐 적용되지 않았고, 그는 일당을 스스로 포기해가며 병원에 다녀야 하는 현실에 속상해했다. 버티고 버티다 도저히 힘든 날만 인근 병원에서 수액을 맞는 정도였다. '그 일당보다 당신의 건강이 더 중요하다'라고 하루에도 몇 번씩 남편에게 큰 병원에 가보자 애원했다.

그러던 어느 날, 그와 같은 사무실에서 근무하던 개발자가 과로사하는 사고가 일어났다.

"상주가 아내밖에 없더라고. 이미 얼굴이 너무 말이 아니었어. 그리고 3살, 4살로 보이는 꼬맹이 둘이 엄마한테 안겨 있는데…. 와, 그 먹먹함이란…. 그 아이들 어떻게 해. 그 애들을 책임져야 할 아내는 또 어떻게 하고…. 여자 혼자 아이 둘 키우기가 얼마나 힘든 세상인데…."

장례식에 다녀온 남편이 비로소 건강에 두려움을 가지기 시작했다. 처음엔 그저 회사에 끌려다니던 그도 조금씩 적극적으로 병원을 다녔다.

"나는 버티면 지나갈 거라고 생각했어. 정신력이 이길 거라고. 그런데 아니야. 간 사람은 이미 간 사람이고, 남겨진 사람은 어떻게 해. 얼마나 고통스럽겠어. 널 그런 공간에 둘 수도 있다고 생각하니 너무 끔찍하더라."

남편이 고통의 시간을 헤매는 동안 나는 옆에서 두려움의 시간에 빠져 있었다. MRI 결과가 좋지 않아 재검사에 들어가는 남편을 보며, 내 옆자리가 비어 버릴 수도 있다는 공포가 찾아왔다. 할 수만 있다면 그 공포를 하루, 이틀이라도 뒤로 물리고 싶었다. 이런 경험은 두 번 다시 하고 싶지 않았다.

나는 그의 '법적 보호자'라는 타이틀로 서류에 사인했고, 함께 온갖 검사실을 오갔다. 병원 복도에서 초조한 마음으로 그가 나오길 기다렸다. 약 기운에 몽롱한 그를 차에 태워 집으로 오는 동안 내 손으로 남편을 돌볼 수 있다는 사실에 안도했다.

누군가 내게, "애도 안 낳고 그렇게 살 거면 동거를 하지"라는 말을 했다. 굳이 결혼해서 여러 역할을 감당해야 할 필요가 있는가에 대한 염려였는지, 무지로부터 온 비아냥인지 그 의도는 잘 기억나지 않는다. 그러나 나는 병원을 오가며, 이 사람이 아플 때 바로 옆에서 그를 보살필 수 있다는 사실에 감사했다.

할 수 있는 검사는 다 했던 거 같다. 뇌혈관과 스트레스가 가장 큰 원인이었고, 스트레스로 제대로 된 수면을 취할 수 없어 몸 상태가 더 악화되는 악순환이 이루어지고 있었다. 약을 먹고 양압기를 끼고 몇 달이 지나서야 남편의 증상은 서서히 나아졌다(그 회사에서 탈출한 것이 가장 큰 이유였겠지만). 수개월이 지나 겨우, 일상으로 돌아왔다.

이제 나는 그렇게도 싫어했던 운동을 다닌다. 솔직히 가기 싫다. 재미는커녕 힘들기만 하다.

그렇지만, '내가 아프면, 남편도 나와 같은 공포와 고통을 느끼겠구나' 싶으니 남편을 위해서라도 운동을 해야겠다는 생각이 들었다.

내가 건강하자고 준비하는 식단이지만, 남편을 위해서라도 인스턴트는 줄이고 건강한 음식들을 섭취하는 생활을 유지하려 애쓰고 있다.

배우자가 있다는 건, 고통이나 불편함을 주고 싶지 않은 존재가 있다는 기분 좋은 책임감을 준다. 그가 내 옆에서 오래 건강하게 살아줬으면 좋겠다. '아재 개그'를 하는 정도로 구박했던 걸 반성한다. 나 역시 건강하고 쌩쌩하게 그의 옆에서 아줌마 수다를 늘어놓고 싶다.

매일 겨우 한 시간씩 하는 운동이 뭐 얼마나 도움이 되겠냐고 할 수도 있다. 그렇지만, 내가 이렇게 하는 운동이 쌓여서 나중에 한두 달이라도 더 요양원에 들어가지 않고 스스로 거동할 수 있게만 된다면 나는 성공이라 생각한다. 언젠가 그도 나도 조금 멀쩡할 때 요양원에 들어가겠지. 그때 조금이라도 허리가 덜 꼬부라지고, 음식도 적당히 소화시킬 수 있는 상태로 들어갔으면 한다. 그 바람으로 내일 운동 시간 알람을 맞춘다.

남편 손이
약손

끄으응….

　잠이 깨긴 했는데 몇 시인지 모르겠다. 오른쪽으로 한 바퀴, 왼쪽으로 한 바퀴를 반복하다 겨우겨우 반쯤 몸을 일으켰다. 베개 오른편에 못 보던 것이 있었다. 회색 간장 종지에 타이레놀 하나가.

　몸은 천근만근 무겁고 아랫배는 싸했지만 나도 모르게 피식 웃고 말았다. 마을버스 도착 시간 15분 전에 일어나 5분 전에 현관문을 박차고 나가는 남편이다. 그 와중에 간장 종지와 타이레놀을 찾아 종종거렸을 모습을 떠올리니 생리통이 한방에 사라지는 느낌이었다.

나는 잔병치레가 없던 아이였다. 건강에 대한 감사를 모른 채, 체육 시간에 생리통으로 쉬는 아이들을 부러워하는 철딱서니 없는 아이. 운동장에서 하는 전체 조례 시간에 픽픽 쓰러지는 빈혈 소녀들의 가련함을 샘냈다. 《소나기》의 여자주인공 같지 않은가! 부러움을 못 참고 체육 선생님을 찾아가,

"저도 배 아파요. 쉴래요!"

당당히 외치고 장렬하게 꿀밤을 맞았다.

"아까 매점에서 떡볶이 먹던 녀석은 누구냐?"

자고로 생리통엔 떡볶이와 순대다. 철분 섭취는 중요하지. 아, 그게 아니구나.

선생님의 뜨거운(?) 시선을 느끼며 마지못해 달리기 연습을 시작했다. 맨 앞줄이라 요령 따윈 부릴 수 없었다. '이렇게 뛰다

가 쓰러져 주겠어!'라는 호기로 박차고 달리기 시작했는데, 어라? 통증이 점점 사라진다. 이러면 곤란하다.

체육 시간이 끝나자 선생님이 나를 불러 세웠다.

"배는 좀 어떠냐?"

"헤헤헤, 다 나았어요."

"평소에 운동해. 이 녀석아!"

선생님은 시원한 웃음과 함께 사라졌다. 인기가 많은 선생님이었다. 멀어져가는 뒷모습을 보며 히죽히죽 웃었다. 그 이후로 생리통 극복법으로 삼십 분 이상 가볍게 걷는 방법을 써왔고 오랫동안 아주 유용했다.

생리통이 급격하게 심해진 건, 난임병원에서 호르몬 주사를 맞기 시작하면서부터이다.

호르몬이란 놈은 참 대단해서 온몸의 통증을 극대화시켜

주었다. 그간 모르고 살았던 배란통을 느낀 건 깜찍한 수준이었다. 마치 배를 칼로 쑤시는 듯한 생리통도 처음이었다. 통증이 시작되면 회사 책상에 엎드린 채 옴짝달싹하지 못하고 식은땀만 흘렸다. 걷다가 주저앉은 곳이 길바닥이 아니라 회사 복도였던 것에 감사할 따름이었다. 처음 느껴본 고통은 아주 큰 두려움도 함께 선사했다. 내 몸이 어떻게 되고 있는 거지?

난임시술을 하지 않겠다고 선언하고, 병원을 멀리하면서 극심한 통증들은 차츰 정도가 약해졌다. 그러나 원래대로는 돌아오지 않았다.

내 몸은 병원을 다니기 전과 후로 달라졌다. 안 좋은 쪽으로 성큼.

어젯밤도 생리 때문에 하반신이 너무 부어서 계속 뒤척였다. 생리통으로 다리가 붓기 시작하면 종아리가 딱딱해지면서 모든 피가 아래로 몰리는 듯하다. 조금만 눌러도 "으아~!" 하고 비명이 새어나왔다. 대체 생리란 녀석은 몸에 왜 이런 변화를 가져오는 걸까? 다리는 풍선에 바람이 들어가듯 더 단단해져만

갔다. 결국, SOS를 쳤다.

"자기야, 나 다리가 너무 아파, 주물러 줘…."

스르륵 잠이 들던 남편이 벌떡 일어나 나를 뒤집어놓고 주무르기 시작한다. 목부터 척추를 따라 발뒤꿈치까지 정성스럽게 꾹꾹 눌러가며 마사지한다. "조금 전까지 자고 있었는데… 미…앗?? 아파~ 으악!!" 남편은 별말 없이 (아프다고 그만하라 해도 전혀 개의치 않고) 한참을 누르고 주물렀다. 마사지를 받고서야 겨우 잠들 수 있었다. 본인도 피곤하고 졸릴 텐데 아내의 한마디에 기꺼이 일어난 남편. 눈물 나게 고맙다.

이번 생리통은 조금 더 아팠다. 감기 기운이 있어서 그랬나 보다. 덕분에 남편이 출근하는 걸 보지도 못하고 9시까지 자버렸다. 전화가 울렸다.

"아까 너무 곤하게 자길래 안 깨웠어. 컨디션은 어때?"
"괜찮아, 아침에 깨우지 그랬어. 미안하네"
"타이레놀 꺼내놨으니 그거 먹고 좀 더 누워 있어. 나 이제

회의 들어가."

이젠 몇 년을 겪어서 성가시기도 할 아내의 생리통 투정에, 남편의 반응은 늘 한결같다. 아플 때, 한 뼘도 안 되는 거리에서 손을 뻗어온다. 나 같으면 일찌감치 세븐라이너를 사서 안겼을 거다(사달라는 건 아니다. 쿵…). 물론, 남편 손은 약손이라 절대 기계는 이 손맛을 따라오지 못할 것을 장담한다. 이 다정함이 유지되고 있는 건 그의 의지이겠지. 그 의지가 계속 되고 있음에 기대 나는 SOS를 치고 있다.

평소에 "이벤트가 없다, 서프라이즈를 내놔라, 이 무심한 남자야!"라고 외친 거 취소한다. 이따 저녁에 순댓국 사줄게, 일찍 들어와.

거절할 수 없는 말을
하는 사람

내가 자꾸 창밖을 응시하면 남편은 "나갈까?" 하고 묻는다. 걷는 걸 좋아하는 나는 날씨가 허락하는 한 산책을 자주 나가고 싶다. 남편 역시 마찬가지이다. 소파와 한 몸이 되어 있다가도 내가 "'블루아일' 가서 아이스 라떼 한잔 어때?"라고 물으면 "커피 받고 다쿠아즈 추가!"로 응답한다. 서로를 집에서 꺼낼 때 거절하지 못하게 만드는 비장의 카드가 있다.

남편은 내게 다쿠아즈, 팥빙수로 미끼를 던지고, 나는 그에게 커피와 꽈배기를 던진다. 절대 거절할 수 없는 아이템이다.

TV를 보다가 와인을 마시는 장면이 나온다. 남편과 내 눈이 마주치고 누가 먼저랄 것도 없이 남편은 와인 잔을 꺼내고 나는 와인을 꺼낸다. 지구상에 이렇게 쿵짝이 잘 맞는 건 이 사람밖에 없는 거 같다. 그냥 눈빛과 표정으로 상대가 원하는 것을 아주 여유롭게 읽어낼 수 있다는 건 묘한 편안함을 준다.

현재 지구상에서 내 마음을 가장 잘 읽어낼 수 있는 사람을 꼽으라면 이 사람이다. 신기하지. 나랑 완전히 다른 사람인데⋯. 그간 지지고 볶은 탓에 이런 편안함이 따라오는 건가?

아이 없는 이 삶을 함께 살아가는 남편은
나에게 어떤 사람일까.

혈연도 아니면서 지구상에서 나를 가장 잘 아는 사람.

내가 좋아하는 것과 싫어하는 것을 정확히 파악하고 있는 사람.

산책할 수 있는 날씨면 유독 보고 싶은 사람.

눈빛만으로 와인 잔을 가져오는 사람.

여보세요 한마디에 감정을 읽을 수 있는 사람.

사과 깎는 법이 나랑 반대인 사람.

나한테 자꾸 프로그래밍 이야기를 하는 사람.

소파 위에서 한 손에 리모컨, 한 손에 휴대폰을 든 자세가 가장 편안해 보이는 사람.

소고기를 좋아하는 사람.

…안 맞아.

산책

우리는 시간이 날 때마다 산책을 한다.

두세 시간 즈음 잡고 집을 나선다. 한 시간 정도 걷다가 카페에 들려 커피와 케이크로 당 충전 후 집으로 돌아온다. 여름엔 팥빙수를, 겨울엔 와인 한 잔씩 하고 돌아온다. 디카페인 커피가 맛있는 카페, 달지 않은 눈꽃 빙수를 파는 가게, 방금 막튀긴 꽈배기가 있는 포장마차, 꽤 괜찮은 와인 한 잔이 삼천 원인 동네 단골 가게들이 반환점이다. 다이어트엔 별 도움이 되지 않는 산책이다.

산책의 좋은 점! 집에선 스마트폰을 잡게 되지만, 일단 집을 나서면 손을 잡는다. 때로는 나무 냄새를 느끼며 천천히 걷고, 가끔은 자동차 배기가스를 피해 빠르게 걷는다. 매일 걷는 길인데 계절과 함께 조금씩 달라지는 풍경을 보는 재미가 아주 쏠쏠하다. 지난주에 뒷길 산책로에 들어서니, 잡목이 무성하던 도로 양옆이 깨끗하게 풀베기가 되어, 코스모스가 규칙적으로 심겨 있었다. 다가올 가을이 기대된다.

산책하는 내내 눈은 여기저기 구경하느라 바쁘고 입은 떠드느라 바쁘다. 내가 이 남자와 결혼을 결심한 순간이 있다. 바로 수다를 떨면서였다. 당시 남자친구였던 그는 소위 '아줌마 수다'를 장착하고 있어서 어떤 주제를 꺼내도 조잘조잘 대화가 이어졌다. '아, 이 사람과 결혼하면 계속 이렇게 대화를 하며 살 수 있겠구나.'라고 생각했던 순간이 결혼을 결심한 계기였다. '자산이 어떻고, 직업이 어떻고'를 떠나 무슨 이야기든 다 신나서 재잘대는 그가 좋았다.

결혼하자 그런 대화가 이어진 점은 예상을 적중했지만, 많은 부분에서 의견이 달라 말다툼이 늘었다. 그 말다툼 끝에 의견을 맞춰가는 건 상당히 고통스러운 작업이었다. 생각하는 바가 다를 뿐인데, 이야기 하다가 감정이 상한다. 나도 모르게 눈꼬리가 올라가고 말투가 딱딱해진다. 누구 한 사람이 선을 넘게 되면 전쟁 시작이다.

그러나 신기하게도 산책에서 나누는 대화는 말다툼으로 이어지지 않았다. 손 잡고 걸으며 풀 냄새를 맡고, 아이스크림을 나눠 먹다 보면 자꾸 기분이 좋아져서 문제다(응?). 동시에 다양한 감각을 사용하기에 대화도 더 넓은 시각에서, 새로운 아이디어를 내며 이어지는 게 아닐까 생각한다.

지금 생각하면, 아이나 이사같이 큰 문제들을 산책 중에 많이 이야기했다. 둘 다 본능적으로 자칫 예민해질 수 있는 상황을 피했던 것이 아닐까 싶다. 닫힌 공간에선 서로의 표정이나 목소리가 너무 잘 읽혀서 말다툼으로 이어지기 쉬웠다. 무거운 주제일수록 밖에서 대화를 나누는 편이 좋다는 걸 무의식중에 둘 다 느끼고 있었나 보다.

매일 고정된 일정처럼 우리는 저녁을 먹고 집을 나선다. 설

거지가 끝나고 눈이 마주치면 둘 중 하나가 '나갈까?'라고 말을 건다. 주섬주섬 옷을 갈아입고 음식물 쓰레기 봉투를 정리해 운동화를 신는다.

> 우리의 결혼생활에서 가장 중요한 시간이
> 라 한다면 바로 매일매일 쌓이고 있는 산
> 책이라 생각한다.

다른 부부들처럼 함께 스포츠를 즐기거나, 캠핑을 간다거나 하는 취미 생활은 없다. 그러나 휴대폰은 주머니에 넣고, 서로의 손을 잡고 걷는 시간. 한 사람을 조금 더 알게 되는 시간이다. 사람들에게 받은 상처를 시시껄렁한 남편의 농담과 꽈배기 하나에 훌훌 털 수 있는 치유의 시간이기도 하다(아, 꽈배기는 기본 세 개 먹습니다).

둘이 하면 즐거운 걸
늘려가요

깊은 밤, 우리는 한바탕 전쟁을 벌인다. 섹슈얼한 전쟁이었으면 좋겠는데 몹시 건전한 배틀이다.

"얍~ 어떠냐!!"

"헙! 이번 건 좀 웃겼다."

'짤' 배틀이다. 남편에겐 휴대폰 자체가 취미다. 기계로서의 휴대폰도 좋아하고, 휴대폰으로 유머게시판 돌아다니는 것도 좋아한다. 시작은 남편이 이상한 개그를 내게 링크하면서부터

다. '병맛' 코드의 개그 짤들을 하나둘 보내기 시작했다.

"이걸 지금 재미있다고 보낸 거야? 아저씨야, 철 좀 들어!"

나도 빠졌다. 짤의 세계란 정말…. 그걸 만드는 분들 정말…. 최고!!! 하루를 마무리하는 저녁 시간, 침대에 나란히 누워 인공 눈물 나란히 넣고(아, 이런…) 서로에게 그날 발견한 재미있는 짤을 보내며 시시덕거리는 시간. 키득키득 웃다가 그의 배를 배고 눕기도 하고, 이리저리 건전하게(?) 몸을 겹쳐가며 온기를 나눈다. 정말 별거 아닌 시간인데, 이상하게 이 시간이 주는 마력이 있다. 그래서 오늘도 짤을 줍고 다닌다.

평소 책이나 영화 취향이 아주 다른 우리는 취미로 대화를 나누기가 힘들었다. 미스터리 소설을 좋아하는 내가 철학책을 읽는 그와 대체 무슨 책 이야기를 해야 한단 말인가. 취향이 다르다는 건 대화에 있어서 참 힘든 장애물이다.

그렇다면? 공통된 취미를 찾아야 한다. 아이가 없는 우리는 점 하나 찍으면 남이고, 이혼도 속전속결로 끝난다. 한 사람의 마음이 돌아서면 이별은 초스피드다.

> 결혼 차수가 올라갈수록, 사이가 좋은 부부
> 와 그렇지 않은 부부가 아주 분명하게 나
> 뉘는 걸 주변에서도 흔히 보는 터라, '부부
> 관계를 어떻게 잘 유지해 나갈까?' 하는 고
> 민을 늘 하고 있다.

그중 가장 손쉬운 방법이 공통된 취미이다. 처음 시도한 건 영화였다. 책과 마찬가지로 영화 취향도 전혀 달랐던 우리.

판타지 SF를 좋아하는 그와 한국영화를 좋아하는 나는 영화 예매 페이지를 펴두고 한참을 옥신각신하곤 했다. 그러나 평생을 이렇게 투닥거릴 수는 없다 생각한 이후, 장르를 번갈아가며 영화를 보기 시작했다.

스타트렉 시리즈에서 물음표를 삼십 개쯤 달고 극장을 나왔던 나. 남편은 인내심을 가지고 그 물음표에 하나씩 대답을 해야 했다. 그 와중에 스팍이 날 닮았다는 망언도 서슴지 않았다. 말본새가 똑같아서 소름이 돋았단다(쳇). 마블 시리즈를 내게 열어준 것도 남편이었다. 처음엔 코웃음을 치며 본 히어로물에 홀딱 빠져서 토니 스타크의 죽음에 엉엉 울고야 말았으니…. 남편이 아니었다면 이 세계를 전혀 몰랐을 것 아닌가. 아, 정말 감사한다.

남편은 어떠냐고? 〈기생충〉을 본 날은 반나절가량 영화 속의 상징과 송강호라는 대배우에 대해 토론을 했다. 그만하면 남편의 철학적 욕망을 잘 채워주고 있다고 생각한다. 우리나라엔 좋은 감독과 배우들이 많으니까. 후훗.

최근에 또 다른 취미가 추가되었다. 유튜브 리뷰 찾기.

우리에겐 2007년식의 아반떼가 있다. 처음부터 중고로 데려온 아이지만, 이 녀석 덕에 서울 밖으로 이사를 나와서도 큰 불편 없이 다니고 있다. 그러나 이 녀석도 이제 나이가 들어 슬슬 한두 군데 고장 나고, 이젠 노후 차량이라 안전 문제가 나오기 시작해서 '아방이'를 놓아주어야 할 시간이 다가오고 있음을 느낀다.

처음 아방이를 데려온 날, 급한 마음에 지인을 통해 덥석 중고차를 계약했다. 그러나 이제는 오래 함께할 우리의 식구니까 조금 공부를 해보자 싶었다. '차가 왜 필요한가'부터, '우리 라이프 스타일엔 어떤 차가 적절할까?' 일주일에 한두 번씩 대화를 나누기 시작했다. '차알못'이었던 내가 이젠 뒷범퍼를 보지 않고 어느 정도 차종도 맞추고, 모델별 특성도 조금쯤 알게 되었다. 토크니, 서스펜션이니, 에바가루니 하는 단어들도 일상어로 쓰게 되었으니 적어도 바가지 쓰는 일은 없겠다 싶다.

우리는 밤마다 차량 시승기 중에 쓸 만한 정보가 있는 녀석을 공유한다. 사람 마음이란, 아반떼 사러 갔다가 그랜저 사서 나온다고 하지 않는가? 우리가 그렇다.

"나는 튼튼한 차가 좋아. 투싼 어때? 요즘 SUV가 대세잖아."

"환경을 생각하면 하이브리드야. 캠리 하이브리드 어때?"

"국산 차를 사는 편이 좋겠어. 그랜저 하이브리드 좋다더라."

"잠깐, 그랜저 사는 값이면 수입차도 타겠는데? 이효리 타던 볼보 멋지더라, 튼튼해 보이고."

"그래, 볼보가 튼튼하대…. 근데 볼보에 가격 좀 보태면 벤츠 작은 거 살 수 있지 않나? 난 별마크가 그렇게 좋다? 반짝반

짝하니…."

"(터진 입이라고 함부로 떠들다가 가격보고 정신 차림) …국산
중형세단으로 할까? 우리 나이도 있고 하니까 너무 작은 차는
좀…. 소나타가 새로 나왔어."

"어머, 디자인이 정말 내 취향 아니다. 디자인 하면 요즘 기
아 아닌가? K5로 가자."

둘이서 이러고 있다. 개미지옥이 따로 없다. 그런데 너무 재
미있어 미치겠다. 우리가 차를 내년에 사기로 했으니, 아마 국
산 차, 수입 차 한 번씩은 다 훑을 듯하다. 아, 정보의 바다, 유튜
브의 세계란….

사실, 내년에 우리는 아방이와 비슷한 급의 중고차를 사게
될 것이다. 예산이 그렇다. 그럼에도 불구하고, 모터쇼도 가고,
신차 발표도 챙겨 본다. 둘이 함께 사용하게 될 차에 대해 함께
알아보고, 이리저리 비교해보고, 서로 새로 알게 된 정보를 주
고받는 과정이 정말로 즐겁다. 차를 보는 눈도 생기니 일석이
조다.

'둘이 하니 즐겁다!'를 하나둘 늘려나가는 것. 그와 즐겁게 공유할 수 있는 것을 찾아가는 과정은 앞으로도 계속되어야 한다. 쭉.

와인이 있는
시간

와인을 알게 되면서 우리 둘의 인생은 훨씬 풍요로워졌다. 나는 가성비라는 단어를 좋아하지 않지만, 와인만큼 가성비 좋은 인생의 즐거움은 없을 것 같다.

와인을 처음 마셔본 것은 20대 후반 직장 선배 덕이었는데, 그때만 해도 '이 떫은 포도 주스를 왜 마시는 걸까? 나는 백순대에 소주가 좋은데'라고 생각했다. 우연히 대전에서 열리는 와인 페어에 호기심으로 들어갔던 일이 계기가 되어 우리의 와인 라이프가 시작되었다. 입장권이 만 원 즈음에 와인 잔도 하나 받왔고, 그 덕에 지금껏 와인을 즐기게 되었으니 인생 최고의 가성비 이벤트였다.

그전까지만 해도 와인은 피하고 싶은 술이었고, 파리바게트에서 파는 샴페인 비슷한 녀석들도 이걸 무슨 맛으로 먹나 '도리도리'였다. 겨우 '모스카토 다스티'라고 써 있으면 '알콜 들어간 사이다 맛'이라고 외우고 있는 정도랄까.

와인 페어는 수십 개의 와인 수입사들이 자신들이 가지고 있는 와인을 직접 시음할 수 있게 해주고 판매도 하는 장소다. '모스카토!'만 외치며 들어가 다양한 모스카토 다스티를 마시고 받은 충격이란… '모스카토'는 포도의 품종인데, 같은 품종을 가지고 생산자에 따라 맛이 다양했다. 조금 단 것. 많이 단 것, 조금 신 것, 많이 신 것, 기포가 강한 것, 기포가 약한 것, 색이 진한 것…. 아니, 어쩜 마시는 와인마다 맛이 다 다르지?

관심이 확 피어올랐다. 그때부터 마트 와인들을 한두 병씩 사다 놓고 남편과 홀짝거리기 시작했다. 처음엔 라벨 보는 법도 몰라서 맛있는 와인이 있으면 사진을 찍었다가 스펠링을 인터넷에 쳐보며 더듬더듬 읽는 정도였다.

《신의 물방울》을 읽었지만 5권까지 읽다가 포기. 재도전했으나 다시 포기. 만화책이라 쉽겠거니 생각했는데, 좀처럼 다음 권으로 넘어가기 힘들었다. 와인의 세계를 공부하려 들면 가장 먼저 외국어의 장벽을 만난다. 극복하기 어려운 적이다.

고백하건대, 지금도 내 와인 지식은 얄팍하다. 그러나 책을 여러 권 읽으며 발견한 공통점! 와인은 그저 내가 맛있게 마시면 되는 술이라는 사실이다. 로버트 파커라는 사람이 점수를 얼마를 줬건, 그해의 빈티지가 어쨌건 그냥 내가 마셔서 맛있으면 그 와인이 좋은 와인이다.

소믈리에 지망생이 아니고서야, 와인을 마실 때마다 산지와 빈티지를 읊조리며 화려한 시음기를 늘어놓을 필요 없다. 그저 다양한 종류를 마시며 자신의 취향을 알아가는 정도로 이미 와인 라이프는 완성이다. 책은 궁금증이 생기면 찾아보는 정도로 족하다. 유감스럽게도 우리 부부는 둘이 합쳐 소주 한 병을 겨우 마시는지라, 우리가 와인을 알아가는 속도는 매우 더디다.

주량을 극복하며 와인에 더 다가가기 위한 치트키(?)로 일

년에 두 번, 몇몇 호텔에서 개최하는 와인 페어에 간다. 입장료만 내면 수십 종류의 와인을 무료로 시음하고, 그 자리에서 할인가 구매도 가능하다. 마트 와인 코너에서 직원 설명만 듣고 산 몇만 원짜리 와인을 집에 와서 한 모금 했는데, '아… 실패야…'라고 느끼면, 그것만큼 돈이 아까울 때가 없다(한 가지 팁을 드리자면, 도저히 안 넘어가는 와인에는 탄산수와 자몽주스를 섞어보시라. 바로 와인에이드가 된다. 찡긋!)

그러니 와인에 관심이 생기신 분이라면, 숙취해소제와 생수 한 병 가지고 와인 페어를 방문해보길 권한다. 데이트 코스로도 추천! 우리 부부도 1년에 두 번은 꼭 함께하는 이벤트가 바로 호텔 와인 페어다. 맛있는 와인과 멋진 호텔 조경에 취해보시라! 와인 수입사 직원들의 친절한 설명도 시중에선 접하기 어려운 정보들이니 유용하다. 게다가 내 취향에 맞는 와인을 발견했을 때, 그것과 비슷한 와인을 추천해 달라고 하면 직원분들 무척 신나한다.

와인의 맛은 크게 포도 품종에 따라 나뉘고, 그다음은 생산자(혹은 국가)별로 특징이 있고, 매니악하게 가자면 빈티지(연도)

에 따라 맛이 달라진다. 와인은 고급스러워야 하고, 지식이 풍부해야 한다는 부담을 버리면 한층 즐겁게 마실 수 있다. 초심자라면, 포도 품종별로 일단 한번 시도를 해보고, 내가 좋아하는 품종이 생겼다면 거기서 여러 생산자들에 따른 와인을 마셔보는 방법을 추천한다.

맛있었던 와인은 라벨을 꼭 찍어두시기 바란다. 라벨은 영어로 되어 있지만, 병 뒤쪽에 친절하게 와인 이름과 수입사가 한글로 표기되어 있다. '비비노(vivino)'라는 와인 정보 어플리케이션을 사용하는 것도 도움이 된다.

우리가 와인에 빠진 가장 결정적인 매력은, 와인은 잔에 따라두고 시간이 지날수록 맛이 풍부해진다는 사실 때문이었다. 소주나 맥주는 조금만 지나도 김이 빠지거나 밍밍해져서, 세 번 꺾어 마시면 맛이 없다(웅?).

와인을 잔에 1/3 정도 따랐다면 1~20분에 걸쳐 조금씩 맛을 보시라. 중간에 스월링이라 해서 와인 잔을 빙글 돌려 와인이 잔의 벽을 타며 공기와 만나게 해주면 향이 더 살아나고 떫은맛이 부드러워진다.

그래서 와인 '주도'는 원샷이 아니다. 내가 마시고 싶은 만큼, 내 속도로 천천히 마시는 술. 변화를 즐기는 술이다. 덕분에 '만취'란 잘 있을 수 없고, 시간을 가지고 대화를 이어나갈 수 있으니 둘이서 기분 좋게 한잔하기에 딱이다. 손쉽게 매치시킬 수 있는 안주로는 닭꼬치, 족발, 순대, 보쌈을 추천한다. 적당한 음악을 틀어주면 우리 집 거실은 언제든 와인 바로 변신 완료.

영화처럼, 책처럼, 우리의 와인 취향도 극과 극이라 서로가 좋아하는 와인들을 번갈아 마셔보고 "자기는 나랑 어쩜 이렇게 입맛이 다르니? 깔깔" 하며 이 와인의 어떤 맛이 맘에 드는지, 오늘의 안주는 이 와인과 어울리는지를 떠들기 시작하면 취기와 함께 대화도 길어진다.

간혹, 와인을 좋아한다 하면 굉장히 비싼 와인을 마셔야 하는 걸로 오해하는 분들이 계신다. 우리가 평소 마시는 와인은 2~3만원대이고, 외식보다 집에서 간단한 안주를 만들거나 배달을 시키기에 와인 값으로 나가는 지출은 식비의 범위를 크게 벗어나지 않는다. '대리비 아껴 와인 사 마시자!'가 우리 음주 모토다. 점점 밖에서 마시는 술보다 집에서 편안하게 한잔하는 편이 좋아지고 있어, 친구들과 마실 일이 있어도 서로의 집으로 모인다.

그런 의미에서
맛있는 와인이 한 병 있다면
망설이지 말고 벨을 누르길 권한다.
최고의 안주는
내 앞에 있는 당신이라는 거 잊지 마시고.

우리들의
작지만 확실한 행복

"맥주 한잔할까?"

"맥주 받고 닭꼬치 콜?"

"30분 후에 도착이니까 역 앞으로 나와"

이번 달은 남편이 정시퇴근을 한다. 덕분에 산책도 자주 하고, 이런 급작스런 외식도 성사된다. 단골집에서 간단히 맥주 한잔하고 집까지 걸었다. 30분쯤 걷는 동안 술도 깨고 소화도 되니 일석이조.

참 다행이다.

약간 관심과 노력을 기울이면 우리 둘의
관계는 꽤 즐겁다.

육아에 치이는 친구들은 '단 하루의 휴가', '반나절이라도 마
음껏 하고 싶은 걸 할 수 있었으면' 하고 호소한다. 우리는 둘의
만족을 위해 쓸 수 있는 시간이 많다. 주말에 늦잠을 자고 브런
치를 만들어 먹는다거나, 조조영화를 보고 레스토랑에서 귀가
시간 상관없이 식사를 할 수 있는 것. 집이나 차를 구할 때 약간
의 여유가 생기는 것. 관심 있는 취미생활을 바로 시작할 수 있
는 것. 둘만의 시간과 혼자만의 시간을 얼마든지 만들어 낼 수
있다.

이 '시간'이 얼마나 소중하고 감사한지를 아는 이와 모르는
이의 행복지수는 극명한 차이가 있다.

둘 다 커피를 좋아한다. 주말 아침은 간단히 빵과 과일에 커
피를 마신다. 커피는 미니 그라인더와 모카 포트를 이용한다.
캡슐커피, 핸드 드립, 커피메이커까지 써봤지만, 노력 대비 맛
에 있어서 모카 포트가 가장 만족스러운 결과물을 만들어낸다.

가격이 저렴한 것도 치명적인 매력이다. 그라인더는 마트에서 2만 원짜리 조그마한 녀석을 데리고 왔다. 사용법에 익숙해지면 분쇄 사이즈를 조절할 수 있는 제품을 사려 했으나, 미니 그라인더의 요령을 익히니 아직까지 부족함을 느끼지 못하고 있다. 근처 로스팅 카페에서 사온 원두를 분쇄해 모카 포트에 옮겨 담으면, 거실에 있던 남편이 코를 킁킁대며 다가온다.

"와… 커피 향 여기까지 날아와. 아침에 이렇게 맛있는 커피를 마실 수 있어서 너무 좋다. 자기도 좋지?"

몇 년째 그는 커피 향에 주방으로 다가온다. 따듯한 커피 한 잔을 받아들고 천천히 향을 맡고 맛을 즐긴다.

매주 되풀이되는 일상이지만, 그는 적어도 일주일에 한 번 아주 확실한 행복을 챙기고 있다.

남편이 이렇게 좋아하며 커피를 마시는 모습을 보고 있으면 흐뭇하다. 처음엔 커피를 내리는 나에 대한 감사 표시인가 싶었다. 그러나 그는 정말 맛있는 커피 한잔에 행복해할 뿐이다. 그 모습이 자주 보고 싶어서 가까이에 원두를 로스팅해주는 카페들이 생겼다는 소식을 접하면 바로 출동이다.

누군가는 "커피 한잔에 뭐가 그리 행복하다고 오버인가?"라고 할 수도 있을 것이다. 오랜 시간, 아침마다 회사 책상에서 마셨던 커피의 맛이 어땠는지, 향이 어땠는지 생각할 여유가 없는 생활을 했다. 풀리지 않는 피곤에 억지로 잠을 깨기 위해 출근길에 사온 벤티 사이즈 아이스 라떼(샷 추가 필수). 그거 하나 붙들고 꾸역꾸역 버티는 아침 커피 타임은 전혀 행복하지 않았다.

남편과 내가 가장 잘 맞는 부분은 일상의 소중함에 대한 감사이다.

그는 성장기에 가정불화로 마음고생을 많이 했다. '돌아가고 싶은 집'이 가지는 의미가 그에게 아주 중요했다. 따듯한 목소리와 농담이 오가는 가정을 그는 늘 바랐다.

나는 별거 없는 스펙으로 중소기업을 전전하며 늘 다음 달 월급을 위해 참고 참고 또 참고 달렸다. 지금의 20~30대도 비슷할 거라 생각한다. 쉬는 법을 모른 채 오랜 시간 달리는 삶은 행복할 수가 없다. 그저 업무 성과 모으기에 급급했다. 그렇다고 급여가 많은 편도 아니었다. 결정적으로 건강을 한 번 잃었더니 그간의 마라톤이 별 의미 없었다는 깨우침이 밀려왔다.

남편과 나는 가끔 달이 뜨는 걸 본다. 그 시간에 맞춰서 창가에 앉거나 일부러 산책을 나간다. 둘 다 건강하게, 싸우지 않고 함께 달을 보고 걸을 수 있다는 사실에 감사한다. 우리에게 남들처럼 커다란 기쁨은 없을지도 모른다. 그러나 사소한 행복에 함께 공감할 수 있는 사람이라 다행이라 생각하며, 앞으로도 괜찮은 시간들을 만들어 나가기를 기도한다.

주말에
뭐 할까?

뭐가 먹고 싶어?

뭐가 하고 싶어?

　주말을 여는 우리 부부의 말이다. 평일 업무에 시달린 그에게는 재충전의 시간이고, 혼자 놀기의 달인이 된 나는 외식을 할 수 있는 날이다. 혼자 점심을 먹을 땐, 냉장고에 있는 걸로 대충 때운다. 남편은 내게 '사료'를 먹지 말고 제대로 차린 한 끼 식사를 하라고 하지만, 밥상 차리기가 살림에서 가장 힘든지라 대충 때우고 커피 물을 올린다. 혼자서 배달음식이나 외식은

하지 않는 편이다. 그렇다 보니 나는 조미료가 들어간 음식(그리고 남이 만들어준 음식)을 주말에 먹는 기대감이 크다.

남편은 리모컨과 스마트폰을 사랑한다. 주중에 함께 할 수 없었던 두 녀석을 품에 안고 거실에서 넷플릭스와 유튜브, 유머 게시판을 오가며 반쯤 비스듬한 자세로 누워 있다. 때로 괴이한 음악을 듣기도 하고, 피와 비명이 멈추지 않는 좀비 드라마에 빠질 때도 있다. 나는 재빨리 방으로 피신해서, 책을 읽거나 팟캐스트를 듣는다. 아무리 취향을 맞춘다지만 좀비는 너무 무섭다.

집돌이와 집순이가 만나면 주말 내내 한 명은 방에서, 한 명은 거실에서 눈이 빠지도록 늘어져 있기 일수다. 그래서 주말이 시작되는 금요일 저녁엔 꼭 서로에게 주말에 무엇이 하고 싶냐 묻게 되었다. 가급적이면 외출하는 일정을 잡아보기 위함이다.

묻고 나면 둘이서 무얼 할까 심도 있게 고민한다. '너네는 참 별 게 다 고민이구나'고 생각들 하겠지만, 무엇을 먹을지 뭘 할지를 고민하는 건 참 즐겁다. 여행 가서도 오늘 뭘 먹을까,

어디 갈까 고민하다 보면 하루가 금방 지나간다. 여행이 행복한 이유가 이래서가 아닐까? 먹고 놀고 자는 것만으로 꽉 찬 시간들이어서.

> 한 선배님이 아이 없이도 결혼생활을 20년
> 씩 유지하는 비결은 상대방이 원하는 소소
> 한 것들을 들어주는 거라 했다.

옆에서 보기에도 큰일이 많았던 20년, 뭔가 대단한 비결이 있을 줄 알았는데 의외의 소박한 답변에 조금 놀랐다. 그러나 이런 작은 일상을 평화롭게 유지하는 데 드는 노력은 결코 작지만은 않다는 사실을 시간이 가며 깊이 느끼고 있다.

금요일이 오면 늘 서로에게 묻는다. 먹고 싶은 거 있어? 하고 싶은 거는? 가고 싶은 곳은? 매주 묻고 매주 고민한다. 그리고 매주 그 질문의 답은 달라진다.

그렇다고 해서 우리가 주말 내내 붙어있는 건 아니다. 자체 임상 실험 결과, 우리가 반경 2m 안에 붙어 있을 시 약 30시간을 기준으로 서로 티격대거나, 격하게 딴짓을 한다는 결론을 도출해냈다. 하여 우리가 함께 공식적(?)으로 시간을 보내는 건 만 하루다. 나머지 하루는 상대가 뭘 하든 그냥 각자의 공간에서 하고 싶은 걸 하고, 식사 시간에 접선한다. 지금은 이 패턴이 딱 좋다. 시간이 흐르면 또 바뀌겠지만, 그렇게 바뀌는 우리 모습을 때때로 관찰하는 재미가 있다. 각자 주말 보내기에 도전해보지 않은 커플이 있다면 적극 추천하고 싶다.

걱정해서
뭐해요

"삶은 언제나 예측불허,

그리하여 생은 그 의미를 갖는다."

- 신일숙,《아르미안의 네 딸들》중에서

　　10대에 순정만화에 푹 빠져 있었다. 황미나, 신일숙, 강경
옥으로 이어지는 라인의 작품들은 빼놓지 않고 탐독했다. 꼬꼬
마 시절 《아르미안의 네 딸들》에 나오는 저 대사는 뭔가 멋있
으면서 기억해두고 싶은 말이었다.

연말이면 혼자 하는 시상식이 있다. 그해 내게 있었던 일들 BEST & WORST를 5개씩 뽑고, 내년에 하고 싶은 것들을 서른 개쯤 쓴다. 그중에 (한 번도 성공해본 적 없는 5kg 빼기 같은) 장기 계획도 있고 짧고 쉽게 끝나는 것들도 있다. 리스트를 잘 보이는 곳에 뒀다가 연말에 하나씩 체크해보는 재미가 제법 쏠쏠하다.

서른 개의 체크리스트는 어차피 다 완성할 수 없다. 그러나 구체적으로 하고 싶은 걸 써두면 그해에 내가 어느 방향으로 가고 싶은지가 보인다.

처음 몇 년간은 재미로 하다가, 어느 순간 이 체크리스트에 대한 애정이 생겨버렸다. 이 녀석이 내게 아주 큰 깨우침을 주었기 때문이다.

바로 삶에 대한 겸손이다.

20대엔 계획대로 노력만 하면 원하는 목표를 이룰 수 있을 거라 생각했다. 써놓은 목표들도 그런 노력에 관한 것이었다. 시험 점수라던가, 경력 관리 같은, 늘 '한 단계 더 나를 끌어올리는 방법'을 고민했다. 멋있는 사람이 되고 싶었다. 그 안엔 '성공'하고 싶다는 간절함이 있었다. 그러나 '성공'이 무엇인지가 없었다. 기껏해야 남들이 알아주는 회사에 들어가는 것 정도였다.

데이터베이스가 10년을 넘어가자, 나는 체크리스트로부터 아주 큰 가르침을 받았다. 인생은 내 계획이나 예상대로 흘러가지 않는다. 1년 후의 나는 그럭저럭 그려낼 수 있었지만, 3년 후의 나는 전혀 다른 환경에서, 전혀 다른 선택을 하고 있었다.

소개팅 대타로 나가서 옆 동네 사는 쌍꺼풀 짙은 남자와 연애를 하게 될 줄도 몰랐고, 그와 결혼할 거라고도 예상치 못했다. 결혼을 했는데, 애가 없을 거라고는 더욱이나 예상하지 못했다. 난임병원을 다니게 될 줄도 몰랐고, 친구들과 멀어질 거라고도 생각지 못했으며, 강남의 어느 병원 뒷골목에서 배를 잡고 쓰러질 거란 생각도 못했다. 경단녀가 될 줄은 꿈에도 몰랐다. 쫓겨나듯 이사를 갈 것도, 갭투자자 집주인 때문에 공포에 떨며 집을 덜컥 사버릴 것이란 사실도 전혀 내 머릿속 밖의 일이었다.

> 일상을 크게 비트는 큼직한 사건들은 내
> 예상을 전부 빗나갔다. 계획대로 되지 않는
> 것이 인생, 전혀 예측할 수 없는 것이 인생
> 이었다.

주변을 봐도 큰일들은 예고 없이 닥친다. 어떤 일이 닥칠지 알 수 없는데 걱정을 당겨서 하는 행위는 멈추기로 했다.

우리는 늘 '후회'를 의식한다. '가성비'니 '가심비'니 '꿀팁'이니 하는 단어는 단 한 번의 실패 없이 모든 걸 성공해보고 싶다는 욕망일 것이다. 거기엔 실패를 허락지 않는 지금 대한민국의 현실이 바탕에 깔려 있다. 정석대로, 정답대로, 가성비 좋게 사는 것이 내 인생일까?

가성비가 좋은지 아닌지를 판단하는 기준은 타인이 아니라 나'다. 그러니 자꾸 사람들에게 가성비를 물어보지 말자. 그게 무슨 의미가 있나? 내가 좋으면 되는 거지.

후회하지 않느냐, 그래도 애는 있어야 하는 거 아니냐, 아직 늦지 않았다, 아프면 어떻게 할 거냐, 그러다 이혼한다 등등 타인의 오지랖에서 여유로워졌다. 다가오지 않은 미래에 대한 걱정일랑 필요 없다. 그것은 현실을 낭비하는 행위일 뿐이다. 나는 오늘 하루를, 이번 한 달을 충실하게 살면 된다.

언젠가는 나도 병이 들겠지, 혹은 그가 아플 수 있겠지. 그가 먼저 떠날 수 있고, 아님 내가 갑자기 떠날 수도 있겠지. 그의 빈자리를 보면 난 참 외로울 거야. 그가 많이 보고 싶을 거야. 아니면 지독히 싸운 후에 이혼 서류에 도장을 찍을 수도 있겠지.

그렇지만 그건 지금이 아니니까.

그리고 그가 떠난다 해도 난 아마 또 다른 생활을 찾아 전혀 다른 삶을 살고 있을 수도 있어. 이랬는데 호호백발이 돼서도 남편이랑 호수공원 산책을 하고 있을지도 모르지. 그것이 삶이니까. 그래서 인생은 의미를 가진다고 신일숙 선생님이 말씀하셨으니까.

도서관에서
길을 찾다

오늘도 도서관에 다녀왔다. 더 이상 책을 샀다간 이사를 못 다 닐 수도 있겠다 싶은 지경에 이르러, 남편과 나는 지역 도서관 을 이용하기 시작했다. 절판된 책을 주로 찾는 남편에게도, 관 심 있는 주제를 '디비 파는' 내게도 도서관의 '상호대차 서비스' 는 너무나 감사한 시스템이다. 더불어 한 번도 거절당한 적 없 는 '희망도서 신청'도 도서관을 사랑할 수밖에 없는 이유다.

아이를 낳지 않기로 정했다. 이제 뭘 어떻게 해야 할까? 아 무도 알려주는 사람이 없었다.

나와 비슷한 사람들이 있을까? 나는 앞으로 무엇을 준비하고, 어디를 바라보며 살아야 할까? 여러 가지 질문이 떠올랐지만, 마땅히 질문을 받아줄 사람이 없었다. 그렇다면 책인가 싶어서 동네 도서관을 들락거리기 시작했다.

'딩크' 검색하면 '히딩크'가 첫 페이지에 주루룩 떨어지는 우리나라 출판계에 헛웃음이 나왔지만, '아이 없는', '무자녀'로 검색어를 넓혀가며 걸리는 책을 닥치는 대로 읽었다.

개인적으로 가장 이해가 쉬웠던 책은 로라 스콧의《둘이면 충분해》였다. 'Two is Enough'이라는 원제도 마음에 들었다. 작가는 무자녀 부부에 대한 통계가 그다지 없다는 점에서 최대한 많은 사람들을 만나서 인터뷰하려 했다. 그리고 무자녀 부부를 '초기 결정자', '미루는 자', '동의하는 자', '미결정자'로 구분하고 있었다. 그럴 법하다 생각했다.

우리나라에서 많이 팔린 엘렌 워커의《아이 없는 완전한 삶》은 질투가 났다. 시월드와 경력단절, 난임 시술이 없는 서양 무자녀 부부들의 삶이 참 여유로워 보였다. 일본은 '논마마'(일본에선 이렇게 표현하는 거 같다)를 다룬 에세이들이 꽤 있었다. 같은 동양 문화권이다 보니 비슷한 부분들이 많았다. 사카이 준코의 《아무래도 아이는 괜찮습니다》를 읽으며, 결혼도 안한 여성에게 '그래도 애는 하나 있어야 하지 않겠니?'라는 말을 건네는 이웃들의 모습에 '한국이랑 똑같네' 하며 씁쓸했다.

마스다 미리의 《치에코 씨의 소소한 행복》은 아이 없는 부부의 일상을 그린 만화이다. 아무도 이들 주인공 부부에게 왜 아이가 없냐고 묻지 않는 점이 신기했고, 이들 부부의 작은 말다툼부터 따뜻한 일상에서 뭔지 모를 안도감을 느꼈다.

아마도 국내에 번역되어 있는 '무자녀' 관련 책은 거의 읽지 않았을까 싶다. 재미있는 책도 있었고, 무겁거나 내용이 극단적인 책도 있었지만, 다양한 삶의 방식을 알게 되면서 내 생각들도 정리할 수 있는 계기가 되어 주었다. 책을 읽으며 떠오른 질문들을 정리하다가 《엄마가 아니어도 괜찮아》를 쓰게 되었으니 책의 영향은 참 다양하다.

책 읽는 재미를 들인 다음부터 집 앞 도서관을 우리 집 거실마냥 자주 들락거리고 있다(우리가 집을 구할 때 중요하게 생각하는 조건이 도서관과의 거리이다). 어떨 땐 정보지, 어떨 땐 소설을 산더미처럼 빌려서 읽는다. 친구들에게 대체 무슨 책을 그렇게 보냐는 질문도 자주 받는다. '중년', '비혼', '와인', '미스터리 소설', '글쓰기', '마스다 미리' 등등 특정한 책보다 그때그때 관심 있는 주제들로 먼저 책을 찾아 읽고, 그중에 마음에 드는 작가의 책은 데뷔작부터 최근작까지 쭉 읽는다. 너무 잘 쓴 글을 읽으면 기쁘면서도 나도 저렇게 쓸 수 있을까 좌절하고, 새로운 기획의 책을 대하면 나도 이런 기획을 하고 싶다는 의욕이 치솟기도 한다.

10여 년 전 지하철 출퇴근 시간을 꽉 채워주었던 책들이, 지금은 더욱 소중한 친구가 되었다. 어중이떠중이들의 헛된 오지랖보다, 내 삶에 도움 되는 조언들과 가슴 따뜻한 위로가 언제든 날 기다리고 있었다. 나는 찾기만 하면 된다. 머릿속에 물음표가 하나 생겼을 때 그 답을 찾아가는 과정이 누군가와 대화하듯 즐겁다.

기억하고 싶은 대화는 잊지 않도록 SNS에 기록을 남겨둔다. 내 SNS는 좋은 책과 와인을 저장해놓은 공간이다. 내 머릿속을 정리해두는 기분이라 가끔 목록만 쭉 읽어봐도 '그래, 그랬었지' 하며 웃음이 나온다.

우리 부부는 일주일에 한두 번 산책길에 도서관에 들른다. 서로 떨어져 책을 읽다가 다시 도서관 입구에서 만난다. 그리고 편의점에 들러 아이스크림콘 하나씩 물고 그날 본 책들을 이야기한다. 남편이 좋아하는 책에 맞장구쳐주긴 힘들지만(그가 좋아하는 철학과 IT서적은 그저 내게 글자들의 나열일 뿐), 그래도 책으로 이렇게 일상까지 공유할 수 있다는 사실에 감사한다.

인간 세상 오지랖에 지치신 당신에게도 권하고 싶다.

도서관으로 오세요.

요즘 "저희는 아이 없이 살아요"라고 하면 많은 분들이 우리의 삶을 궁금해한다. 가장 많이 물어보는 질문은 "여행 많이 다니시겠어요. 어디가 가장 좋아요?"이다. 기대에 가득 찬 그들의 눈빛을 보며 이런 말하기 미안하지만 우리의 대답은 정반대다.

"저희는 여행은 잘 가지 않아요. 집돌이 집순이거든요. 주로 집 근처 카페에 있답니다. 커피가 맛있는 카페라면 알려드릴 수 있어요."

이렇게 대답하면 사람들의 표정이 복잡해진다. 나도 여행이 좋고, 자주 가고 싶다. 그러나 여행은 가고 싶다는 의지, 그리고 시간, 비용, 이 세 가지 조건을 충족해야 떠날 수 있다. 우리 부부는 대부분 시간에서 걸린다.

남편이 '병'에서 '을'로 승격하긴 했지만, 여전히 우리나라 IT 업계는 야근과 철야, 출장이 기다리고 있고, 금요일 즈음이면 남편이 초죽음이 되어 있기 마련. 그럴 땐 집에서 푹 재우고, 맛있는 걸 만들어 먹여서 하루를 쉬게 해야 한다. 좀 괜찮다 싶으면, 가까운 동네의 예쁜 카페까지 걷거나 집 옆에 있는 하천길을 따라 두세 시간쯤 가벼운 산책을 한다. 덕분에 인근 골목골목의 작은 가게들은 대부분 가봤다. 조금만 나가면 대형 쇼핑몰도 있지만, '동네 상권 이용!'이라는 소신 하에 작은 카페나 식당에서 시간을 보내길 좋아한다.

맞벌이로 돈을 많이 벌 거라는 예상도 빗나갔다. 내가 경력 단절이 되며 집에 있는 바람에 우리의 저축액은 미미한 수준이다. 애 없으면 수입차 탈 수 있다는 남편 회사 동료들의 부러움과 달리, 우리는 아직도 10년 넘은 '아방이'를 통통거리며 끌고 있다. 아, 제발 내년에는 아방이와 무사히 이별할 수 있길….

혹시 섹스리스 아니냐, 쇼윈도 부부 아니냐는 기대에도 부흥치 못한다. 우리는 평소에도 서로 다정하게 쓰다듬는 걸 좋아하는 평범한 부부일 뿐이다. 서로가 좋아하는 것, 싫어하는 것을 정확히 알고, 늘 당근을 던질 준비를 하고 있는 부부이다. 수다 떠느라 아직도 밤늦게까지 깨어 있는 부부이기도 하다.

아이를 싫어할 거란 편견에는 그저 웃는다. 처음엔 출산에 대한 생각 자체를 할 수 없이 바빴다. 그다음엔 '낳는다면 올해다!'라는 계산을 하던 시기가 있었다. 병원을 다니며 나만 아이가 없어 우울했던 적도 있었다. 그러다 우리 둘이 사는 데 아이는 어떤 의미일까 고민했다. 굳이 의학의 힘은 빌리지 말자 의논했고, 요즘은 아이가 생기면 큰일이라 손사래를 치고 있다.

타인의 아이에 대한 감정은, 글쎄? 그들이 선택한 길이니 그런가보다 싶을 뿐이다. 엘리베이터에서 만난 위층 꼬마가 '안녕하세요' 하고 인사하면, 그저 귀엽다. 쇼핑몰에서 소리를 지르며 뛰어오는 꼬마는 슬쩍 피한다. 아이에 대한 생각은 여기까지다.

사람들은 딩크, 무자녀 부부라고 하면 뭔가 특별한 걸 기대하는 것 같다. 하지만 우리는 서로를 위하면서도 때론 혼자만의 시간도 갖는, 그냥 조용한 나날을 보내는 평범한 부부일 뿐이다. 내가 가장 좋아하는 시간은 집안 청소를 끝낸 다음 깨끗한 거실에서 모카 포트로 내린 커피를 한잔하며 창밖을 보는 순간이다. 그가 가장 즐거워하는 순간은 토요일 오전 한 손엔 리모콘, 한 손엔 스마트폰을 들고 TV 앞에 비스듬히 누워 있는 시간일 거다. 옆에서 아내가 김말이 들어간 떡볶이를 끓이고 있다면 금상첨화겠지.

특별하다면 특별한, 그러나 평범한 우리 둘이다.

아이가 없지만 행복하게 살아요

초판 인쇄   2020년 8월 20일
초판 발행   2020년 8월 25일

지은이 이수희
펴낸곳 다른상상

등록번호   제399-2018-000014호
전화   031)840-5964
팩스   031)842-5964
전자우편   darunsangsang@naver.com

ISBN   979-11-90312-20-2 03810

잘못 만들어진 책은 바꿔 드립니다.
책값은 뒤표지에 있습니다.

이 도서의 국립중앙도서관 출판예정도서목록(CIP)은 서지정보유통지원시스템 홈페이지(http://seoji.nl.go.kr)와 국가자료종합목록 구축시스템(http://ko-lis-net.nl.go.kr)에서 이용하실 수 있습니다. (CIP제어번호 : CIP2020030829)

우리가
다시 만날 세계

황모과 장편소설

우리가 다시 만날 세계

초판 1쇄 발행 2022년 2월 3일
초판 2쇄 발행 2022년 3월 8일

지은이	황모과
펴낸이	이광호
주간	이근혜
편집	최지인 이민희 조은혜 박선우 방원경
펴낸곳	㈜**문학과지성사**
등록번호	제1993-000098호
주소	04034 서울 마포구 잔다리로7길 18(서교동 377-20)
전화	02) 338-7224
팩스	02) 323-4180(편집) / 02) 338-7221(영업)
전자우편	moonji@moonji.com
홈페이지	www.moonji.com

ⓒ 황모과, 2022. Printed in Seoul, Korea

ISBN 978-89-320-3949-7 03810

이 책의 판권은 지은이와 ㈜문학과지성사에 있습니다.
양측의 서면 동의 없는 무단 전재 및 복제를 금합니다.

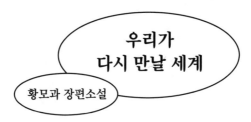

우리가
다시 만날 세계

황모과 장편소설

문학과지성사

차례

1990년, 엄마와 나의 특별한 해

1990년은 우리 가족에게 특별한 해였다.

1990년, 육십갑자로 치면 경오년. 그해 엄마의 십수 년 부동의 최애 가수 변진섭이 메가 히트를 기록하며 가수왕이 되었다. 1989년에 발매된 변진섭 2집 앨범은 엄마의 태교 음악이자 나의 탄생 사운드트랙이었다. 엄마의 태교 일기에 기록된 팩트다.

일기에 따르면 만삭의 엄마는 변진섭의 존재감에 완전히 압도당했다. 「너에게로 또다시」 「숙녀에게」 「로라」 「우리의 사랑이 필요한 거죠」 「저 하늘을 날아서」 「희망사항」 등등 나는 엄마 배 속에서 변진섭의 대표곡을 몽땅 외운 게 분명하다. 첫울음 소리가 「로라」의 멜로디와 비슷했다나? 변진섭 노래를 열창하며 태어난 아기라는 탄생 설화가 생길 뻔했다. 나는 변진섭의 음악을 들으며 세상에 나가 폐로 호흡할 첫 순간을 두근두근 기다렸다. 정황상 그랬을 게 틀림없다. 당시 엄마가 「로라」라는 노래를 너무 사랑한 나머지 하마터면 내 이름은 로라가 될 뻔했다고 한다. 아빠의 강력한 반대로 변진섭의 영향력은 딱 그 지점에서 그쳤다.

"채로라는 어감이 좋지 않아."

내가 태어나기 전, 아빠와 엄마는 열띤 토론을 벌였다. 아빠의 퉁명스러운 말에 엄마도 불만을 감추지 않았다.

"그건 당신 성씨 때문이잖아. '채'라는 성은 뒤에 뭐가 붙어도 어쩐지 부정적인 어감이 된다고."

아빠도 지지 않았다.

"가사가 도통 맘에 안 들어. 나 없이 너 혼자서 그 얼마나 외롭겠냐니, 다 같이 잘 먹고 잘 살자는 가훈에 반한다고."

딸의 이름을 건 물러설 수 없는 싸움, 엄마도 지지 않았다.

"내 성을 따라 '최로라'가 된다면 훨씬 나을 텐데. 뒤에 뭐가 붙어도 자연스럽게 최고라는 느낌이 나잖아?"

논쟁은 다행히 출산 직전에 마무리됐다. 엄마 아빠가 일찍 합의에 이르지 못했다면 꽤 오랫동안 이름도 없이 어정쩡하게 지낼 뻔했다. 아빠도 혼자서는 도저히 이름을 못 정했을 거라고 했다.

10

어릴 때부터 엄마의 카세트테이프로 변진섭의 음악을 들었다. 중학교 입학 후엔 아빠가 선물해준 MP3 플레이어에 변진섭 음악을 넣고 다녔고 1년에 한두 번 정기적으로 아빠 몰래 들었다. 변진섭의 영향인지 멜랑콜리한 발라드가 내 취향에 딱 맞았다.

엄마와 나처럼 발라드에 심취한 사람이 가까이 있었는데도 아빠는 도통 음악에 관심이 없었다.

"아빠 어떻게 일하면서 음악을 안 들을 수가 있어? 음악이 있어야 시동이 걸리지 않나? 녹슨 자전거도 뻑뻑한 채 끌고 다닐 사람이라니깐."

내가 핀잔을 주면 아빠가 발끈했다.

"뭔 소리야. 나 음악 좋아해. 장르 안 가리고 다 좋아. 아빠가 얼마나 포용력 있는 사람인지 너 몰랐구나? 취향은 인격을 닮는다고나 할까."

나는 개그 만화의 한 컷처럼 실눈을 뜨고 아빠를 바라봤다. 대체로 아무것도 안 좋아하는 사람이 아빠처럼 말한다. 선호가 생기면 애정이 생기고 애정이 생기면 고집스러워진다. 고집을 부리면 타협할 수 없는 일이 늘어난다. 그러니 어떤 것에 마음이 끌린다는 건 그 자체로 까다로워지는 일이다. 아빠를 보며 고집 없는 포용력은 무관심에 가깝다는 걸 알았다.

주말이 되면 나는 엄마가 결혼 전부터 수집한 순정만화 잡지를 읽었다. 엄마가 고등학생 때부터 용돈을 모아 산 잡지들은 우리 집 가보였다. 순정만화는 변진섭 노래와 함께 17년간 나를 세차게 휘감은 1980~90년대 강풍이었다. 이게 다 엄마 때문이다.

요즘 애들 사이에선 〈마음의 소리〉와 〈입시명문 사립정글 고등학교〉, 강풀의 〈바보〉 같은 웹툰이 인기다. 엄마 취향에 직격으로 강타당한 바람에 나는 또래보다 무척 빈티지한 취향을 갖게 되었다. 그 바람에 요즘엔 같은 반 애들이랑 세대 차이를 느낄 지경이다.

엄마는 고등학교 시절부터 사 모은 만화 잡지를 언젠가 만화 박물관에 기증할 거라고 했다. 만화책을 보관한 방은 우리 집에서 가장 신선한 공기가 다니는 길목이라 늘 뽀송뽀송했다. 언젠가 박물관으로 갈 보물이 잠시 머무는 대기실 같은 곳이었다.

우리 아빠 채필림 씨는 한때 노벨상을 꿈꾸던 과학도였지만 지금은 내 이름을 딴 빵집 '진리베이커리'의 사장으로 과학적인 빵 맛을 추구하고 있다. 제빵에 쓰는 효모는 아빠가 제약회사 연구원으로 일할 때 만든 합성 효모다. 이 연구에 매진했으면 암 퇴치 같은 공적으로 노벨상을 받았을 거라나?

아빠의 효모는 조금 특별했다. 말라리아와 비슷한 증세를 보이는 옛 풍토병 노카바이러스 퇴치 약에 아빠의 제빵용 효모 '이스트와이'가 활용되기도 했다. 하지만 젊었을 때 받은 바이러스 퇴치 공로상에는 오늘도 먼지가 두껍게 쌓여 있다. 아빠는 자랑스러워해도 좋을 업적을 뽐내지 않았다. 노벨상이 아니라는 이유에서였다. 내가 보기엔 그건 겸손과는 조금 달랐다.

진리베이커리의 대표 상품인 슈크림크루아상은 17년간 꾸준히 먹은 나도 질리지 않는 맛이다. 매 순간 까다롭게 변하는 소비자들의 입맛을 원점으로 되돌려놓고 마는 고소함의 스타트 지점. 17년간 아빠의 사업을 지탱해준 핵심 상품이자 아빠의 자부심이었다. 빵에 관해선 아빠의 콧대가 자꾸 하늘을 향하는 바람에 자주 내색하진 않았지만 감탄이 터지는 맛임은 분명했다. 프랜차이즈 제과점 빵을 먹다가 아빠가 갓 구운 빵을 먹으면 새삼 세상의 진보를 낙관할 수 있었다.

간판에 크게 박힌 이름 때문에 어딜 가나 나는 빵집 딸이라 불렸다. 아빠는 툭하면 빵이 진리라는 둥, 제빵의 진리를 찾는다는 둥 딸 이름을 가지고 썰렁한 농담을 했다. 그 덕에 아빠를 아는 사람들은 내가 이름을 말하면 아, 빵집 딸, 하며 알아차렸다. 심지어 이름을 말하기도 전에 내가 빵집 딸이라는 걸 단번에 아는 사람도 많았다. 내 얼굴은 모형 틀에서 나온 쿠키처럼 아빠랑 판박이였다.

"그게 가족이지."

아빠가 뿌듯하게 말했다. 가족이랑 판박이인 게 뭐 그리 뿌듯한가 싶지만 내색하진 않았다. 어떤 일은 내 의지나 선호와 상관없이 태어났다는 이유만으로 평생 따라붙는다. 가족이란 존재가 딱 그랬다.

가게 문에는 개업 이후 줄곧 '하늘의 진리를 추구하는 고집스러운 제빵 기술'이라는 신성모독적 농담이 붙어 있다. 외길 인생, 타협 없는 연구를 말하는 거겠지? 빵집에도 딸에게도 고집스럽게 한 가지 이름을 붙인 걸 보면 아빠가 한결같은 사람이란 건 분명했다. 아니면 발상이 단순해서 돌려막기를 잘하는 사람일지도.

나는 종종 아빠를 도발했다.

"제빵의 진리가 도대체 뭐야?"

"답이 없는 질문이군. 최고의 경지에 이르는 거야. 수행과 비슷하지."

나는 말꼬리를 잡았다.

"꼭 최고의 경지에 올라야 해? 맛있으면 되지. 그만그만하게 맛있는 것도 두루두루 사랑받아. 동네 치킨집 봐봐."

그러면 아빠는 세상 이치를 다 아는 것처럼 말했다.

"우리 딸, 등산이나 마라톤에 도전해보는 것도 좋을 거 같다. 어떤 일을 끝까지 해보는 거야. 정점에 오르는 거지. 과정까지 짜릿해. 그냥 대충 가보는 사람하고 마음 자세가 다르다고! 아빠는 지금도 그런 마음으로 일한다."

치, 자영업자로 사는 건 정기적으로 바닥을 치는 인생이라고 했으면서. 때때로 바닥에 닿는 일도 인생의 최정점을 향하는 과정이란 뜻일까? 아빠가 그렇게 자부할 수 있다면 다행이었다.

학군 때문에 월세가 눈 돌아가도록 비싼 동네에서 가게를 차린 바람에 우리 집 가계는 허리가 휘다 못해 부러질 지경이었다. 그래도 아빠는 지금 만나는 애들이 모두 나의 자산이 될 거라고 했다. 아빠, 모든 친구는 자산이라고. 학군과 상관없이.

"아빠가 젊어서 신약을 개발해 노벨상을 탔더라면 기고만장했을 것 같아. 아빤 지금이 딱 좋아. 아, 그리고 케이크 부탁해."

돌아오는 생일에 맛볼 특제 케이크가 기대됐다.

태어난 일은 기념할 일이 된다. 케이크에 촛불을 밝힐 이유 중에서도 꽤 중대한 일이다. 생일을 축하하는 소박한 인사가 참 좋다. 한 달 중에는 주위에 몇 명씩 반드시 누군가의 생일이 있다는 것도 좋다. 태어날 일과 태어난 일이 세상 모든 이들에게 축복이길. 그렇게 기도하다 보면 쪼끔 슬퍼진다.

1990년, 내가 태어난 날 엄마는 세상을 떠났다.

*

나의 생일이자 엄마의 기일이 다가왔다. 기일 전주 주말에 친척들이 추모공원에 모였지만 나는 올해도 바쁘다고 평계 대고 불참했다. 꾸중하던 친척들도 점점 아무 말 하지 않게 됐다.

어렸을 땐 엄마 없는 불쌍한 애가 되어 모두의 눈물샘을 자극하는 장면 속에 있는 게 부담스러웠다. 조금 커서는 엄마 없이도 잘 커준 기특한 아이가 되었는데 그건 더욱 부담스러웠다. 엄마라는 존재가 없으면 아이가 잘 클 수 없다는 사람들의 믿음을 지켜보는 기분이었다. 나는 평범하게 성장하는 것만으로 기특한 예외가 되곤 했다. 도통 칭찬으로 들리지 않았다.

친척들과 헤어진 뒤 아빠는 올해도 술에 취해 돌아왔다. 나는 꿀물을 건넸다. 아빠, 나 내년부턴 꿀물도 준비 안 할 거야. 해라네 가서 밤새우고 올 거야. 속으로 다짐했다. 아빠는 정확하게 예측한 타이밍에 "그때 말이야" 하며 이야기를 시작했다. 이럴 줄 알았다.

"그때 말이야. 아빠가 진짜 바빴어. 아빠 상황도 몰라주고

엄마랑 너는 엄청 마음이 급했지. 일 후딱 정리하고 휴가 시
작하려고 했는데, 그걸 못 참고 예정일 이틀 전에 네가 딱 나
온 거야."

매년 반복되는 레퍼토리였다. 나는 말을 끊었다.

"이쯤 하고 그만하라고 하면 또 마음 급하다고 말할 거야?"

"이영이가 말이야, 달리기를 진짜 잘했어."

내 말을 무시하곤 아빠가 다음 레퍼토리로 넘어갔다. 이번
엔 묵묵히 들었다. 엄마 달리기 얘기는 매년 들어도 좀 재밌
었다.

"프러포즈 준비한 걸 엄마가 딱 알아챘지 뭐니? 아직 마음
의 준비가 안 됐다면서 냅다 뛰기 시작하는데, 선수급 달리
기라 따라잡을 수가 있어야지."

이 대목은 들을 때마다 웃겼다. 빨개진 얼굴로 엄마가 전
속력으로 도망쳤고, 아빠는 준비한 장미꽃 꽃잎이 사방에 흩
날리도록 그 뒤를 쫓아갔다. 상상할수록 로맨틱코미디 속 한
장면 같았다. 아빠 넋두리가 전부 다 이렇게 웃기기만 하면
매년 거뜬히 참아줄 수 있는데.

"그날 분만실에 엄마랑 같이 있었어야 했어."

올해도 어김없이 청승 모드에 돌입했다.

"아니, 의사도 아니면서 매번 자기가 집도라도 했을 것처
럼 말한다니까."

통명스럽게 핀잔을 주는 것으로 아빠를 위로했다. 이맘때 아빠가 궁상맞게 굴지 않았다면 매년 엄마 보고 싶다고 보채는 건 나였을지도 모른다. 나를 강하게 키우려고 일부러 더 처량하게 구는 걸지도. 뻔했다. 속이 훤히 보이는 아저씨 같으니라고.

"남자가 임신하고 출산하면 좋을 텐데. 그치?"

아빠가 눈물이 그렁그렁 맺힌 눈으로 말했다. 아빠가 싸 온 슈크림크루아상을 먹으며 나는 아빠를 타박했다.

"그만 좀 해. 올해는 좀 오버다?"

오늘 슈크림크루아상은 평소보다 단맛이 강했다. 포장된 게 아닌 걸로 봐선 나 주려고 따로 만든 것 같았다.

"눈물 날 땐 달짝지근한 걸 먹어야 해. 오늘 아빠 빵, 엄청 달콤해."

내가 건넨 슈크림크루아상을 억지로 베어 물다 아빠가 눈물을 떨궜다. 바삭한 크루아상 부스러기가 후드득 떨어졌다.

"이영이가 내 슈크림을 정말 좋아했는데……"

조용히 한숨을 쉬었다. 작년엔 아빠가 생일 파티를 준비해 준 덕에 친구들과 신나게 보냈다. 파티가 끝난 뒤 엄마 기일을 잊으려 애썼다는 죄책감에 시달릴 정도였다. 근데 올해는 또 너무 침울하다. 이것 참 균형 잡기 힘드네.

엄마는 내겐 유니콘처럼 상상의 존재지만 아빠에겐 실재

18

하는 추억일 테니 내가 이해해야지. 나는 아빠 어깨를 토닥이다 심통이 났다. 나도 엄마가 그립다고. 이렇게 나만 뚝 떼어놓고 혼자만 추억 속으로 떠나기야? 의리 없는 아저씨 같으니라고. 나는 아빠 등을 소리 나게 한번 팡 하고 치곤 방으로 들어갔다.

아빠는 종종 추억이란 이름의 과거에 머물렀다. 엄마가 그리운 것과는 별개로 나는 과거에 머물고 싶진 않았다. 엄마가 애정을 쏟았던 변진섭 음악과 이강주 만화는 내게 현재다.

엄마 기일이 내 생일인 바람에 나는 엄마의 삶을 물려받은 것만 같다. 내가 있으니까 엄마도 과거의 존재만은 아니라고 믿는다. 통풍이 잘되는 우리 집 창고 방에 있는 만화책들이 곧 박물관으로 가 보물이 될 예정인 것처럼, 엄마의 삶도 나를 통해 미래로 이어지고 있다. 그게 태어난 일에 대한 나의 책임감이다.

1990년은 기억해도 좋을 중요한 해였다. 내가 태어나지 않았다면 나를 둘러싼 이 모든 풍경은 진즉 사라졌겠지. 그렇게 생각하니 눈앞의 풍경이 조금 쓸쓸해 보인다.

새로운 기억

— 진리야, 내일 학교에서 봐.

문자 수신음이 경쾌하게 울렸다. 훈우였다.

훈우와는 작년 가을에 내가 고백해서 사귀기 시작했다.

박훈우는 꽤 성실하고 동시에 상상력이 있는 애다. 훈우를 보며 타인을 이해하는 데는 지식보다 상상력이 필요하다는 걸 알았다. 나는 옛날 순정만화를, 훈우는 옛날 영화를 좋아했다. 비록 취향은 달랐지만 훈우와는 말이 통했다. 가끔 특이한 설정의 영화를 설명하다 세상에 둘도 없을 명작이라고 힘주어 말하는 걸 보면 다분히 엉뚱함을 좋아하는 애였다. 아니면 다른 고등학교 2학년 남자애들처럼 별생각 없을 수도 있지만.

훈우는 엄청나게 자기 통제력이 강한 모범생이다. 그리고 내 기준이지만 우리 반 남자애들 중 가장 착하다. 농담으로라도 상대를 깎아내리는 말은 할 줄 모르는 아이니까. 이런 태도 탓에 남자애들 사이에선 재미없는 놈이라는 말도 듣는 모양이지만 그게 좋았다. 적어도 내 옆에서 함께 다닐 남자친구가 험한 말을 달고 사는 건 용납할 수 없다. 딱 질색인 말을 내뱉고는 농담이라며 얼버무리는 사람을 가까이에서 견딜 이유는 없으니까.

훈우를 처음 봤을 땐 무서운 나무늘보 같았다.

숭림고 입학식 이래 훈우와는 반도 같고 학원도 같았다. 야간 자율학습 때 독서실 자리도 가까웠다. 공부하다 좀이 쑤시고 허리가 아프고 배도 고파오면 '인생이란 무엇인가, 교육의 최종 목표란 도대체 무엇인가' 하며 갑자기 철학적 인간이 되곤 했다. 복잡한 수학 공식, 주기율표 같은 게 시험 문제가 아닌 형태로 과연 언젠가 내 삶에 영향을 줄까? Sophisticated나 incontrovertible 같은, 기억 어딘가에 열심히 구겨 넣은 낯선 영어 단어를 죽기 전에 내 입으로 말해볼 순간이 올까? 쏟아지는 졸음과 함께 염세적인 생각이 몰려왔다. 그런 생각과 함께 오른뺨에 책 자국, 머리카락 자국을 새기고 있노라면 어김없이 왼편의 훈우가 시야에 들어왔다.

훈우는 항상 똑같은 자세로 책에 몰두했다. 꼼짝도 하지 않고 같은 자세를 지키는 게 나무늘보 같았다. 나무늘보도 뭔가에 열중해 있는 게 멈춰 있는 것처럼 보이는 건가? 그렇게 생각하니 나무늘보가 꽤 무서운 동물일지도 모르겠다는 생각이 들었다.

소르르 잠이 올 때면 긴장감을 얻으려고 눈으로 훈우를 찾았다. 등을 반듯하게 세우고 아까와 똑같이 자리를 지키고 있는 애가 어김없이 시선에 들어왔다. 그러면 잠시 경쟁심에 불타올랐다. 그렇게 훈우를 찾는 일이 점점 일과가 되어갔다.

며칠 눈으로만 그 애를 좇다 학원에서 내가 먼저 말을 걸었다.

"어쩜 그렇게 집중력이 좋아? 내가 너 진짜 오래 노려봤는데도 모르더라?"

그러자 훈우가 살짝 웃었다.

"내가 모르는 거 같았어?"

"뭐냐? 알았어?"

훈우가 애매하게 입꼬리를 올리며 얼버무렸다.

"아니, 뭐……"

쑥스럽고 아찔해지는 바람에 우리는 각자 딴 데를 봤다. 내가 모르는 거 같았어? 내가 모르는 거 같았어? 혼자서 훈우 말을 반복해 떠올리다 어지러워졌다. 별거 아닌 말도 곱씹으면 의미 있는 말이 되는구나. 나는 주책맞게 자꾸 내달리는 심장을 누르며 남의 말을 함부로 곱씹지 말자고 되뇌었다.

훈우에게 고백하겠다는 결심을 절친 해라에게 먼저 알렸다. 해라는 반대했다.

"자칫 꼬이면 졸업할 때까지 힘들어진다."

해라가 언니에게 들었다는 조언을 들려줬다.

"우리 빛나 언니가 해준 얘긴데, 사람은 한동안 지켜봐야 한대. 1년 정도가 딱 좋아. 겨울에 갑자기 우울증이 시작되는 애들도 있거든. 얘가 여름에 신나게 놀던 애랑 같은 애가 맞나 싶어진다니까."

첫인상은 보는 사람의 착각일 수 있단다. 해라를 통해 구전되는 빛나 언니의 조언은 선조들의 지혜처럼 귀중했다. 역시 일상툰으로 이삼십대 여성 독자들의 공감을 불러일으키고 있는 웹툰 작가다웠다. 나는 엄중하게 받아들였다. 해라의 조언을 받아들였기에 작년 가을까지 마음을 감췄다.

2학기가 시작된 뒤에도 마음에 변화가 없었기에 나는 훈우에게 사귀자고 말했다. 고백을 듣더니 훈우는 특유의 옅은 미소를 보였다.

"네가 말해주길 기다렸어."

"뭐야? 네가 먼저 고백할 생각은 안 했던 거야?"

"했지. 했지만……"

"근데?"

"네 마음이 우선이라고 생각해서……"

나는 이렇게 대견한 남자친구를 갖게 됐다.

사귀기 시작하니 전에 보이지 않던 게 보였다. 사소하지만 확연한 선호도 있었고 드러내지 않기에 더욱 완고한 고집도 보였다. 산화된 기름 냄새가 폴폴 나는 감자튀김에 나초 치즈를 찍어 먹는 게 진짜 맛있다는 의견은 도저히 수긍할 수 없었다. 짜고 강하고 불순한 맛을 전부 다 속에 탈탈 들이부어야 허기가 진정되는 걸까? 어쩌면 불순한 세상에 살며 면역력을 높이는 또래 남자애들의 멘털리티인지도 몰랐다.

훈우가 무서운 나무늘보인 이유도 알게 됐다. 한 치도 움직이지 않는 그 애의 곧은 등에 미래에 대한 불안이 주렁주렁 매달려 있었다. 사람 사이의 간격이란 참 오묘했다. 약간 거리를 좁혔을 뿐인데 보이는 게 확 달라졌다. 평소라면 대충 얼버무리던 속내를 어떻게든 표현해보려 시도하자 모호하게 느끼던 거리감까지 오밀조밀 좁혀졌다. 어제까지 알던 사람이 또 한 번 달라 보였다. 인간은 도대체 몇 개의 층위를 품고 사는 걸까. 가까이에서 지켜보는 타인을 통해 인생을 한 겹 더 덧입는 기분이 들었다.

훈우는 다른 애들과도 두루 사이가 좋아 보였는데 한번은 남자애들의 세계가 피식자만 있는 정글이라고 말해 깜짝 놀랐다. 승자는 아무도 없는 이상한 게임 속에 있다고 말했다. 훈우의 솔직한 표현이 마음에 들었다. 훈우와 나는 점점 속 깊은 대화를 나누게 됐다.

"무섭게 집중하는 비결이 뭐야?"

"글쎄, 그냥 나중에 후회하고 싶지 않아. 언제 죽을지 모르는 인생이잖아?"

평소의 깔끔한 자세나 산뜻한 표정과는 어울리지 않는 쓸쓸한 목소리로 훈우가 덧붙였다.

"학교가 싫어. 좋은 대학에 못 가면 힘들겠지? 근데 좋은 대학에 가면 정말 행복해질까? 아무도 '나'의 행복을 말하지 않아. 무의미한 경쟁이란 걸 알면서 멈출 수 없는 것도 괴롭고."

허무함, 무력함, 자괴감을 아무에게나 아무렇게나 고백하진 않는다. 훈우 앞에선 나도 대충 덮어두곤 했던 진짜 마음을 드러냈다.

"나도 그래. 근데 어떤 걸 꿈꾼다는 건 아직 가보지 않은 미래로 타임슬립 해보는 거라고 생각해. 영화보다 인생에 더 상상력이 필요할걸?"

"남자답지 않다고, 소심하고 생각만 많다고는 안 하네?"

훈우가 말끝에 덧붙였다.

"고마워."

나는 후회하고 싶지 않은 훈우에게, 그리고 나에게 말했다.

"나중에 후회할 일이 뭐가 될지 지금 여기선 떠올릴 수 없어. 거긴 아직 가보지 않은 세계니까."

아무도 모르는 게 당연해. 열광하던 것들이 금세 무가치해질 날이 올지도 몰라. 하찮게만 보던 게 무시무시하게 중차대해질지도 모르고. 열광하는 마음이라면 천천히 식길, 하찮게 보던 시선을 대수로운 시선으로 바꿀 수 있길, 바랄 뿐이야.

어느 날 훈우가 말했다.

"우리 할머니가 그러더라고. 내 위로 누나가 셋 있었대. 아니, 있을 뻔했대. 그 얘길 듣고 알았어. 나, 누군가의 삶을 대신해서 태어났구나. 세 사람이 날 봤을 때 최소한 억울하다 느끼지 않도록 살고 싶어."

누군가의 삶의 무게까지 감당하고 싶다는 훈우가 다르게 보였다. 종종 훈우의 눈으로 세상을 봤다. 감수성이, 안테나가 다르달까. 절친 해라도 마찬가지였지만, 나와는 전혀 다른 타입의 친구를 가까이 두는 일은 중요했다. 그 친구가 말하는 방식, 생각하는 방식대로 나도 세상을 바라보게 되니까. 그렇게 누군가의 마음이 내 마음으로 전이될 때마다 지금까지 알던 세상이 다르게 보이곤 했다.

누군가의 마음이 이해된다는 건 복잡 미묘한 일이다. 어떨 땐 대책 없이 낙관적인 기분이 들고, 어떨 땐 혼자일 때보다 더 버거운 기분이 들기도 하니까.

*

"헉, 지각이잖아!"

알람 시간을 훌쩍 넘긴 시계를 보고 벌떡 일어났다.

2학년 개학 첫날부터 지각하게 생겼다. 호감 가는 첫인상을 차근차근 빚어낼 시간이 없다니! 빨리감기 화면처럼 고속으로 움직였다. 장면 몇 개는 스킵했다. 새로운 친구들에게 매일매일 다른 모습을 보여줄 수밖에 없겠어, 첫인상을 만회하려면! 나는 현관을 향해 튀어 나갔다.

"아빠! 나 깨웠어야지! 지각이야!"

집에 아무도 없는 것 같았다. 나는 현관을 박차고 버스 정류장을 향해 달려 나갔다. 3월 초의 차가운 바람이 정면으로 불어왔다. 콧물이 주르륵 흘렀다. 싸늘한 아침이었다. 달력을 넘겼다는 사실만으로 새로운 계절이 시작됐다고 말하긴 힘들었다.

정신없이 달렸다. 아침 풍경이 시선 끝에 머물 새도 없이 등 뒤로 밀려 나갔다. 제시간에 교실에 앉아 태연한 표정을 지을 일만 생각했다.

버스 정류장을 코앞에 두고 쿵, 하는 짧은 떨림을 느꼈다.

길바닥이 내려앉는 듯한 진동에 다리가 꺾였다. 지진 같은 진동이었다. 웬 지진? 나, 이러다 죽는 건가?

그 순간, 주마등처럼 머릿속에서 여러 가지 기억이 스쳐 지나가기 시작했다.

'이게 무슨 기억이지?'

그건 내 추억이 아니었다. 한 번도 경험하지 않은 낯선 광경이 파노라마처럼 흘렀다.

일단 핸드폰부터 열었지만 신호도 정상이고 전화도 걸려 오지 않았다. 빈혈인가? 나는 잠시 주저앉았다가 몸을 일으켰다. 경고 사이렌이나 뛰어다니는 사람도 없었다. 아무도 말하지 않는다면, 위험이란 녀석은 애초에 존재하지 않는 것처럼 위장할 수 있을지도 몰랐다.

한참 후에야 그날의 어지러움을 떠올리며 생각했다. 그때 내가 위험을 감지했다면 도망갔을까? 어디로 도망쳐야 했을까? 당장 도망쳐야 할 곳이 이 세상이라면 어디로 가야 위험을 피할 수 있지?

나는 떠나려는 버스를 잡아탔다.

버스 안, 등굣길 풍경이 오늘따라 이질적으로 느껴졌다. 새 학기 첫날이 매번 이런 풍경이었나? 수상한 기운이 흘렀다. 사람들도 나 못지않게 다들 허둥대는 것 같았다. 당황한 듯했고 넋이 나간 것도 같았다. 낯선 곳에 뚝 떨어진 듯한 표정이었다.

30분쯤 후에 알게 되었다. 새로운 시작이란 항상 발걸음 가볍고 활기찬 것만은 아니라는 사실을. 절망과 비관을 품고 새로운 날이 시작될 수도 있다는 사실을.

지금보다 세상이 나빠지는 변화는 상상한 적이 없었다. 지금도 꽤 별로라고 생각했으니까.

'나빠지는 것도 변화는 변화다.'

오늘 밤 일기에 적으려고 나는 문장을 머릿속에 새겼다.

나빠지는 변화

2007년 3월 5일, 2학년 첫날이 이렇게 고약한 날이 될 줄은 몰랐다.

수업 시작 5분 전에 교실에 들어섰다. 숨 가쁘지 않은 척하느라 땀이 더 났다. 작년에 같은 반이었던 애들에게 눈인사를 했는데 통, 하고 튕겨 나온 것 같았다. 교실에 수상한 기운이 흐르는 걸 애써 외면했다. 나는 교실 뒤편에 자리 잡은 해라를 발견했다. 해라 뒷자리에 앉아 숨을 고르며 땀을 닦았다.

"체대 입시 준비하기로 한 거야? 아침 운동이 너무 격렬한 것 같다?"

"체대는 무슨."

해라가 건네준 2002년 한일 월드컵 기념 손수건에 나는 코까지 풀었다.

"야, 삶아서 빨아 와라."

해라가 투덜거리며 거울까지 건넸다. 나는 해라 옷에 매달린 머리카락을 떼어주며 고맙다고 인사했다.

5년 전 전국을 붉게 뒤흔들었던 감격은 흔하디흔한 싸구려 아이템으로 변했다. 아무리 해라가 미적 감각이 없어도 이걸 제 돈 주고 샀을 리는 없다. 해라네 부모님이 운영하는 30년 전통 곱창집에서 사은품으로 뿌리고 남은 게 분명했다. 우리 집이 크리스마스 때 팔다 남은 케이크를 곰삭힌 묵은지처럼 먹으며 연말을 나듯이. 나는 손수건을 바라봤다. 역사적 순간도 언젠간 흔한 일상이 된다. 그러니 일상은 언제나 역사적인 것일지도 모른다.

해라와 나는 찰싹 붙어 다니진 않는 절친이었다. 거리를 유지하면서도 서로를 가장 편하게 여기는 사이라 각별했다. 내가 훈우와 사귀기 시작한 뒤로도 우정이 변하지 않은 친구 중 하나이기도 했다. 어떤 애들은 갑자기 태도가 바뀌었다. 훈우를 내심 좋아했던 애, 훈우와 친한 남자애와 가까워지고 싶은 애 등 각자 의중에 따라 표정을 바꾼 애들이 몇몇 있었다. 그에 비해 해라는 무심할 만큼 전혀 변화가 없었다. 서로에게 쏟는 세심함만큼이나 외부 조건에 개의치 않는 무심함도 우리 사이엔 필요했다. 해라 같은 시원시원한 친구를 둔 덕에 배운 미덕이었다.

혈연관계든 아니든 주변에 언니들이 많았던 해라는 내게 노련하게 조언했다. 잔소리로 들리지 않았던 건 내 선택을 가장 우선해줬기 때문이다.

'남자친구를 인생의 최우선으로 두었다가 크게 후회하는 선례가 왕왕 있으니 주의하라' '한 가지에 푹 빠져보는 것도 좋지만 인생에서 푹 빠져야 할 것은 한 가지가 아니다' '동성 친구와 이성 친구 사이의 밸런스를 챙겨라. 절친과 적당한 친구 사이의 밸런스를 챙기듯' 등등. 나는 시험 범위 암기하듯 다이어리에 열심히 해라의 말을 필기하곤 했다.

손수건을 삶아 오라고 농담하는 해라의 옆얼굴이 오늘은 조금 어두워 보였다.

"왔어?"

해라 옆자리에 앉은 예준이가 돌아보며 알은체했다. 눈인사가 통, 하고 튕기지 않으니 기분이 한결 나아졌다. 예준이는 해라와 내가 나누는 수다를 곁에서 듣다 이상한 시점에 혼자 킥킥대는 애였다. 포인트가 좀 다르달까. 그래서 예준이가 좋았다. 예준이는 관심사가 우리보다 다소 먼 곳에 있었다. 외국 패션지나 디자인 잡지를 찾아보는 애는 내 주위에 예준이뿐이었다. 당장 눈앞의 문제를 우선시하는 나로선 뜬구름 잡는 것처럼 보일 때도 있었다. 그런 친구도 옆에 두어야 했다.

"진리야, 애들이 오늘 조금 이상해."

해라가 목소리를 낮췄다.

"뭐가?"

무사히 교실에 들어온 데 안도하느라 아직 주위를 둘러보지 못한 참이었다. 해라가 창가에 모여 있는 남자애들을 가리켰다. 나는 해라의 손가락 끝을 눈으로 따라가며 심호흡을 했다.

"쟤들 봐봐."

종혁이와 몇몇 남자애가 목소리를 낮춰 이야기를 나누고 있었다.

"오늘 아침에 쟤들 알은체도 안 해."

"첫날부터 비밀 얘기 하나?"

아이들이 심각해 보였다. 남자애들이 모여 있는 곳에 서 있는 훈우를 발견했다.

"훈우야!"

나는 손을 흔들며 훈우에게 인사했다. 창가 쪽 아이들이 천천히 고개를 들더니 나를 바라봤다. 분위기가 이상했다. 훈우가 평소와 다른 거만한 자세로 아이들과 이야기하고 있었다. 나와 눈도 마주치지 않았다. 그중 한 아이가 훈우의 어깨를 함부로 흔들며 말했다. 비웃는 듯한 표정이었다.

"야, 쟤가 네 여자친구야."

훈우가 짜증을 내며 그 애를 밀쳐냈다.

"아, 이놈의 인기."

뭐지? 낯설었다. 훈우 표정이 이상했다. 나는 훈우를 노려보며 문자를 보냈다.

── 뭐 하는 거야?

핸드폰 알림이 울렸고 훈우가 핸드폰을 내려다봤다. 종혁이가 훈우에게 기묘한 환호성을 보냈다.

"오, 이 자식 대단한데? 막 들이대는 거야?"

"뭐 어때? 쟤 맞지?"

교실 안에 찜찜한 기운이 흘렀다. 주변 아이들의 시선을 매달고 훈우가 내 쪽으로 향했다. 천천히 걸어오는 훈우의 눈빛을 보니 덜컥 겁이 났다. 어젯밤 평소처럼 메시지를 나눴는데 왜 이렇게 딴사람 같지? 저런 표정을 짓는 애가 아니었잖아? 무서울 정도로 거슬렸다. 한 번도 본 적 없는 건들거리는 걸음걸이, 삐딱하게 쳐든 고개, 낯선 표정. 훈우가 다른 사람으로 보였다.

"이거 너야?"

훈우의 목소리를 듣고 나는 곧장 해라를 바라보았다. 해라는 나보다도 잔뜩 얼굴을 찌푸렸다. 예준이도 자리에서 일어나 훈우를 경계했다. 해라와 예준이의 표정을 보고 느꼈다. 같은 걸 보고 같은 기분을 느끼는 사이가 친구라는 걸. 해라와 예준이는 나처럼 불안함을 느꼈다. 훈우만 달랐다.

훈우가 핸드폰 화면의 메시지를 보이며 건들거렸다.

"이거 너 맞냐고."

조용한 목소리지만 나에 대한 무지가 서려 있었다.

"뭐?"

한 발 떨어진 곳에서 아이들이 잠자코 우리를 지켜보고 있었다. 훈우와 나를 살피는 아이들의 눈빛 속엔 각자의 기억과 인식이 있는 듯했다. 시선만으로 반 아이들이 둘로 갈렸음을 알 수 있었다. 작은 공간에서 '우리'라는 이름이 뚝 갈라서는 순간이었다.

나는 '박훈우'라는 이름을 쓰는 헐렁한 껍데기에게로 다가갔다. 양옆을 감싸듯 해라와 예준이도 한 걸음 다가왔다. 나는 낮은 목소리로 물었다.

"너, 누구야?"

*

"다들 앉아. 수업 시작한다."

국사 선생님이 교실에 들어왔다. 개학식이 미뤄졌다는 말과 함께 곧바로 1교시 수업이 시작되었다. 2학년 담임이 된 국사 선생님은 교실에 들어서자마자 애들을 둘러보더니 물었다.

"우리 학교가 새 학기 시작 전까지 남학교였다고 알고 있었던 사람 있으면 손들어봐."

도대체 무슨 조사지? 묘하게도 훈우와 종혁, 그리고 남자애들 두세 명이 더 손을 들었다.

"줄곧 남녀공학이었다고 알고 있었던 사람은?"

여자애들 전원, 그리고 예준이와 계수를 비롯해 남자애들 몇이 손을 들었다. 해라가 손을 들고 질문했다.

"선생님, 선생님은 어떻게 알고 있으셨는데요?"

국사 선생님이 곤란하다는 듯 얼굴을 찌푸렸다. 특유의 낮은 목소리가 오늘따라 거슬렸다.

"나는…… 아니다. 처음에 손 든 애들은 1교시 끝나고 상담실에 들러라."

아침부터 줄곧 낮은 목소리로 수군거리던 남자아이들이 투덜댔다.

"쌤, 여자애들한테는 우리한테 하듯 하면 안 돼요. 남학교 교사들이 어떻게 달라지실지……"

종혁이가 알 수 없는 농담을 하곤 웃었다. 기분이 묘했다. 종혁이의 농담 속 '우리'에는 내가 존재하지 않았다. 남학교 교사였다고? 쟤들 무슨 소리를 하는 거지? 선생님은 왜 애매하게 굴지?

"개학식은 오후에 한다. 야간 자율학습도 오늘부터 시작하고. 자율학습에 불참하는 사람은 학원이 발급한 증명서나 부모님 사유서 제출하도록."

선생님은 칠판을 마주한 채로 우리와 눈을 맞추지 않았다. "뭐야? 어떻게 된 거야?"

반 애들이 서로를 바라봤다. 교환된 시선은 일정한 패턴을 그리며 교차했다. 교실 안에 아이들의 시선이 그은 비밀스러운 선이 드러났다. 훈우와 종혁이, 몇몇 남자아이, 그리고 담임선생님은 다른 편에 서 있었다. '우리'라고 부를 사람이 줄어든 교실에서 새 학기 첫날이 시작됐다. 이걸 1년 동안 '우리 반'이라 불러야 한다고?

어색한 분위기 속에서 수업이 시작됐다. 나는 훈우가 보냈던 문자들을 하나씩 열어봤다. 낯선 훈우의 핸드폰 안에도 내가 보낸 메세지가 남아 있겠지? 보고 싶어, 좋아해 같은 다정한 말들이었다. 저 애가 다 봤다고 생각하니 암담했다.

아이들의 문자가 쏟아졌다. 조용한 교실과 달리 핸드폰 문자 창은 요란했다.

— 짜고 저러는 건 아닌 거 같은데.

— 담임이랑 쟤들 집단 기억 상실에 걸렸나 봐.

— 자기들끼리는 똑같은 기억을 가진 걸로 보이지?

문자로 대화하며 두려움이 번졌다. 칠판을 마주한 선생님의 뒷모습이 어쩐지 겁에 질려 보이기까지 했다. 커다란 문제를 등 뒤에 둔 채 필사적으로 눈을 감아버린 사람 같았다.

해라가 보낸 문자를 봤다.

— 문제가 생긴 쪽이 대처해야지. 우리는 동요할 필요 없잖아?

해라 말대로였다. 풍경은 익숙한 예전 모습 그대로다. 남자아이들과 선생님이 기억을 상실한 것 같았다.

— 뭐야, 짜증 나.

— 이상해. 거슬려.

영원할 것처럼 문자가 이어졌다. 나는 무음 속에 쌓여가는 문자를 들여다보다 핸드폰을 닫았다.

고개를 들자 전과 똑같은 각도, 왼쪽 시야에 훈우의 뒷모습이 들어왔다. 나를 잊은 듯한 눈빛을 어떻게 다시 마주할지 암담했다. 훈우는 왜 다른 사람이 됐지?

오늘, 같은 반 남자아이들이 우리를 모른다고 말했다. 훈우는 나를 처음 보는 듯한 얼굴이었다. 줄곧 같은 곳에 있던 사람들이 갑자기 우리와 함께 지낸 적이 없다고 선언했다.

근데 얘들아, 이상하지 않아? 애초에 모른다고, 갑자기 잊었다고 외치면 끝이야? 우릴 부정하면 너희들의 시간은 어떻게 되는 건데? 괜찮은 거야? 그냥 우리를 부정하면, 너희가 지내온 곳은 아무렇지 않게 대체되는 거야? 빠진 곳 없이 다 잘 채워지는 거야? 그게 가능한 거야?

훈우에게, 아이들에게, 선생님에게, 사람들에게 묻고 싶었다.

두 세계

문자가 시끄럽게 오가던 수업 시간이 차라리 견딜 만했다. 쉬는 시간과 점심시간은 더 고역이었다. '쟤들'과 '우리'라는 단어가 두 그룹 사이에서 정반대 의미로 쓰였다. 나는 괴로운 순간에 나와 똑같이 얼굴을 찡그릴 수 있는 아이들과 '우리'라는 단어를 공유했다. 해라, 예준이, 계수 그리고 다른 여자애들이었다.

기이한 인사법이 생겼다. 오늘부터는 통성명에 더해 서로에 대한 기억을 밝혔다.

"안녕, 난 채진리야. 나 너 기억해."

1학년 때 같은 반이 아니었던 애들과는 조금 더 묘한 뉘앙스로 확인했다.

"안녕, 난 채진리야. 작년에 학교 어딘가에서 우리 마주친 적 있지?"

여자애들은 대부분 고개를 끄덕였다. 실제로 마주친 기억이 없어도 문제 되진 않았다. 신학기 첫날부터 전학 온 게 아니라면 지난해 어딘가에서 분명히 스쳐 지나갔을 테니까. 같은 기대를 품은 애들과는 같은 세계를 공유할 수 있었다. 그렇게 믿을 수 있었다.

반면, 애초 우리와 기억이 다르단 사실에 대해 딱히 낙담하지 않는 애들은 이렇게 말했다.

"그게 무슨 상관이야? 지금부터 친하게 지내면 되지. 안 그래?"

그런 말 앞에선 상처받지 않은 표정을 지어야 했다. 부드럽고 예의 바른 말로도 상대를 배제할 수 있었다. 소속되고 싶은 세계가 서로 다르다면.

물론 전에도 '우리'를 범주화하는 시도는 있었다. 단일하지도 균일하지도 않은 기준으로 선을 긋곤 했다. 성적이 좋은 애와 안 좋은 애, 집안 형편이 좋은 애와 안 좋은 애, 사귀어두면 나중에 인맥이 될 애와 안 될 애…… 그다지 재미없는 기준이었다. 나도 누군가의 자의적인 기준에 따라 이런저런 원 안에서 굴러다녔겠지. 어떤 카테고리 안엔 들어가지 못하기도 했겠지.

내게도 '우리'의 기준이 있었다. 이를테면 순정만화를 읽는 애와 안 읽는 애, 필요하다면 자신이 멋져 보이지 않을 농담도 할 줄 아는 애와 그렇지 않은 애, 나름의 당위가 있다면 나쁜 결과나 남의 실수도 용납하는 애와 그렇지 않은 애…… 내 기준이 조금 더 재밌다고 생각했다.

그런데 이번 구분은 기묘했다. 우리 학교가 남학교였다고 알고 있는 애와 공학이었다고 알고 있는 애. 한 가지 대상을 두고 상반된 두 가지 이해가 있다면 세상은 앞으로 어떻게 되는 거지? 너도 알잖아, 그때 그랬잖아, 이런 말은 앞으로 어떻게 쓰이게 될까?

흘려들어야 할 말이 흘러가지 않고 몸에 고였다. 어떻게 반응해야 할지 몰라 몸짓까지 어색해지는 말이 계속 들려왔다. 남자아이들 목소리가 점점 커졌다.

"야야, 여기 애들 왜 이렇게 지루하냐?"

애들이 만든 원 안에서 딱 중심이 될 위치에 종혁이가 자리를 잡았다. 아이들의 시선을 열심히 모으는 중이었다. 원래 좀 말이 많은 애인 줄은 알았다. 포털 사이트 검색어나 인터넷에서 화제가 된 게시물 따위를 입에 달고 살았다. 항상 남들보다 최신 이슈에 빠삭한 척, 정보통처럼 보이려 열심이었다. 그런다고 관심을 받는 것 같진 않았지만, 목소리가 큰 바람에 그럴듯해 보이는 걸까. 종혁이를 보면 성실, 끈기, 열정 같은 말뜻이 사람마다 참 다르다 싶었다. 원래 목소리가 큰 건 알았지만 못마땅한 볼륨이었다.

"교무실 가면 작년 기록 다 있으니 보고 와. 너희들 핸드폰에 남은 작년 문자 기록 좀 확인해보고."

해라가 시끄러운 남자애들에게 조언했다.

"상황을 좀 객관적으로 파악해. 너희가 지금 왜 혼란스러운지 모르겠지만 그 혼란을 모두에게 강요하진 말아줄래?"

해라 말이 맞았다. 걱정하는 게 억울할 정도였다. 어쩌면 내일부터 남자애들이 심리치료 같은 걸 받게 될지도 모른다. 화내고 싶었지만 꾹 참았다. 상대방에게 힘겨운 미래가 닥칠 게 보이는데 설레발쳐서 미리 상처 주고 싶진 않았다.

그런데 애들은 물증을 두고도 믿음의 문제로 치부했다.

"기록이란 건 말이야, 조작이나 해킹도 가능하다고. 재해석도 가능해. 순진하게 다 믿지 마."

말이 통할 기미가 보이지 않았다. 마음이 통하는 것까진 바라지도 않았다. 내가 '우리'라고 믿고 있는 그룹과 일부 남자애들이 '우리'라고 믿고 있는 그룹은 아예 다른 세계에 사는 사람 같았다. 그런데 뭘 위해 기록을 조작하고 해킹한다는 걸까? 누구에게 필요한 일인데?

"야, 남고까지 뺏긴 거라고. 우린 태어나면서부터 너무 많은 걸 양보해왔어. 여자애들은 군대도 안 가잖아? 우리보다 인생이 2년이 긴 셈이야."

훈우와 종혁이, 그리고 몇몇 남자애가 떠들어대자 다른 남자애들도 점점 동조하기 시작했다. 교실이 시끄러웠다.

컵에 잉크가 한 방울 퍼진 것 같았다. 마흔 명 남짓 또래들이 교실 하나에 모여 만든 작은 세계가 고장 났다. 여기서부터 세상이 동강 나면 앞으론 어떻게 되는 걸까? 해가 바뀌고 학기가 시작되고 새로운 일을 만날 때마다 세상이 반 토막, 또 반의반 토막이 나는 걸까? 웃음을 터뜨리고 있는 훈우의 낯선 옆얼굴을 힐끗 바라봤다. 마음은 이미 산산조각이 나고 말았다.

점심시간, 급식 대신 매점에서 빵을 사서 운동장으로 나갔다.

운동장에 아이들이 삼삼오오 모여 있었다. 공통의 세계를 공유하는 아이들끼리, 하고 싶은 이야기를 들을 수 있는 사람들끼리. 운동장 한쪽 구석에 자리 잡은 해라와 예준이가 나를 향해 손을 흔들었다. 내가 다가가자 해라가 흙을 털며 자기 옆에 내 자리를 만들어주었다.

"괜찮아?"

심란하긴 마찬가지일 거면서 해라와 예준이는 내 걱정부터 했다.

"이렇게 스페셜한 학기를 맞을 줄은 몰랐어. 블랙코미디 같기도 하고. 아니, 호러 같지 않니?"

예기치 못한 사건 사고도 일상다반사라고 할 수 있을까? 누구도 내일 일은 모르니까. 하긴 영화나 드라마에서는 자주 봤다. 기억상실 얘기는 흔했다. 눈빛이 달라지고 사람이 변하고 망가지는 일도 단골 소재였다. 오늘 우리가 맞닥뜨린 일도 평범한 현상 중 하나일지 몰랐다. 훈우만 아니었다면 그러려니 하며 무시했을지도.

나는 예준이와 해라에게 확인하듯 물었다.

"남자애들이 전부 이상해진 건 아냐. 우린 예준이를 기억하고 예준이도 우릴 기억해. 예준이도 우리랑 같은 기억을 공유하고 있고. 그렇지?"

예준이가 담담하게 말했다.

"작년에 해라랑 네가 같은 반이었고, 나는 해라랑 같은 학원에서 만났다가 셋이 친해졌고, 너희들이 나 메이크업해주면서 싸운 얘기 다 말해야 해?"

증명하라고 재촉한 건 아니었지만 예준이의 증언에 나는 안도했다.

"예준이 말고도 계수랑 다른 남자애들도 우리랑 같이 손 들었잖아? 너랑 걔들은 그대로잖아?"

예준이가 짧게 한숨을 내쉬었다.

"앞으론 정기적으로 확인해야 해? 나 아직 안 변했다고. 정기 우정 점검 같은 건가?"

그러게. 내가 생각해도 어이없었다. 예준이가 운동장을 둘러보며 말했다.

"여기가 남학교였다니. 심지어 남고를 뺏겼다고 생각하는 애들이 허다하다니. 너무 싫다."

해라가 예준이에게 말했다.

"너 친한 애들 몇 명 있잖아. 얘기 좀 해봐. 어떻게 된 건지. 우리가 나설 건 아니다 싶지만 좀 불안해."

"아까 봤잖아. 완전히 무시당했어."

예준이가 안심하라는 듯 말했다.

"착오가 생긴 것 같은데 그쪽에서 바로잡아야겠지. 기억하고 있는 사람이 잊을 이유는 없잖아? 뭐랄까, 집단 기억 공백 상태처럼 보여."

해라도 추리를 보탰다.

"애들만 저러면 첫날부터 괜히 튀어보려고 애쓴다고 무시하겠는데 말이야, 담임까지 같은 표정을 보인 게 마음에 걸려."

멀리서 사이렌 소리가 들렸다. 해라도 예준이도 불길함을 감지했을 거다. 그런데도 얘들은 나부터 걱정했다. 아무래도 오늘 아침부터 세상은 다정한 애들과 그렇지 않은 애들로 나

넌 게 아닐까 싶었다.

해라가 조심스럽게 말을 꺼냈다.

"훈우랑은 어떡할 거야? 얘기 좀 해볼 거야?"

나는 한숨을 쉬었다.

"모르겠어. 내가 알던 애가 아니야."

해라가 수긍했다.

"맞아, 전혀 달라."

"어떻게 알아봐야 할까? 뭐가 어떻게 된 건지."

해라가 상황을 정리하듯 양손을 한번 짝, 부딪히곤 말했다.

"자, 인터넷에 커뮤니티 하나 만들고 각자 중학교 때 애들이랑 연락해보자. 다른 학교는 어떤지 연결해서 찾다 보면 다른 나라는 어떤지까지도 알 수 있겠지."

언니가 둘이면 해라처럼 스마트한 막내가 되는 걸까? 이럴 때 해라는 정말 '언니' 같았다. 믿음직스러워서 따라가고 싶은 사람.

이거 너 맞냐고.

날 보던 훈우의 낯선 눈빛이 떠올랐다. 갑자기 이별한 느낌. 혼자 남겨진 느낌. 내가 뭘 잘못했던 걸까? 허탈한 마음에 무턱대고 자책하고 싶어졌다.

오늘, 두 개의 세계가 눈앞에 펼쳐졌다. 어쩌다 같은 시공간을 공유하고 있을 뿐 꿈꾸는 곳도, 앞으로 살아가고 싶은 곳도 다른 존재들이 섞여 산다는 걸 확인했다.

담임은 행정적 지시를 받지 않았다는 말로 종례를 마쳤다. 아직 짊어질 책무가 없다는 듯 빈손을 보였다. 서툴게 덤비지 않겠다는 노련함일까? 어떻게 혼선을 피할지, 어떻게 서로를 마주해야 할지, 전부 우리만의 문제였다. 늘 그렇듯. 다른 문제들이 다 그랬듯.

종례 후 컴퓨터실에서 인터넷 커뮤니티를 몇 군데 둘러보았다.

터무니없는 음모론이 가득한 어떤 게시판에 특히 신경 쓰이는 글이 있었다. 열여덟 살 이하 여자아이들이 폭발적으로 늘었다는 내용이었다. 오늘 날짜의 게시물이었다. 믿을 만한 이야기는 아니었다. 폭발했다는 표현부터 받아들일 수 없다. 나는 커뮤니티 몇 곳에 가입 신청을 해놓고 컴퓨터실을 나왔다.

두번째 기회

"너 왜 여기 있냐?"

남자애들이 예준이에게 이상한 애길 하더니 야간 자율학습 중에 불러냈다. 평소에 친하지도 않던 애들이 예준이를 부르는 게 이상해 해라와 나도 함께 가겠다고 했지만 저지당했다. 예준이는 별일 아닐 거라며 다녀오겠다고 했지만 자율학습이 다 끝나도록 예준이는 나타나지 않았다.

자율과는 거리가 먼 야간 자율학습을 끝내고 학교 건물을 나섰다. 밤이 되자 한겨울처럼 추웠다. 정문을 나선 해라와 나는 코트를 단단히 여미고 종종걸음으로 걸었다. 방금 귀신의 집에서 나온 것처럼, 감옥에서 잠시 외출하는 것처럼. 마치 영화 속 탈주 장면 같았다. 도망치듯 걷는 것 같아 괜히 기분까지 비굴해졌다.

"아우 추워. 졸업하면 치마는 절대 입지 않을 거야."

추위에 떨리는 건지 두려움에 떨리는 건지 분간이 가지 않았다. 우리는 고장 난 가로등이 규칙적으로 깜빡이는 골목길을 서둘러 통과했다. 시야가 어둠에 잠길 때마다, 빛으로 환해질 다음 순간 무언가 나타날까 무서웠다.

"예준이한테 문자 왔어?"

해라가 고개를 저었다.

"예준이가 얘기할 때까지 기다려보자. 예준이의 타이밍을 기다려주는 게 우리 역할이잖아?"

예준이는 섬세한 아이였다. 섬세하다는 말이 종종 불러일으키는 오해처럼 약한 애는 아니었다. 하지만 주변 사람들이 모두 예준이의 형편을 이해하는 건 아니니 걱정이 앞섰다. 예준이 부모님이나 학교 선생님들이 예준이가 겪는 어려움을 앞서서 해결해줄 걸로 기대할 수 없었다. 그러니 나라도 들여다봐야 했다. 내가 예준이의 삶에 어느 선까지 개입할 수 있는 친구인지 헤아려보았다. 잠시 머리를 짚었다가 혼자 답했다. 지금 같은 상황에 개입해야 앞으로 비슷한 질문 앞에서 허둥대지 않을 거야.

"해라, 넌 괜찮아?"

"나야 원래 좀 딱 부러지잖아."

맞다. 얘도 예준이랑 같은 과였지.

이상하게 시작된 새 학기였다. 모두가 혼란스러울 때 홀로 의연한 애들을 두고 강해 보인다고 안도할 순 없었다. 외유내강인 애들은 섬세해서 강해질 수밖에 없었던 거라고, 투박하지 못해서 강해진 거라고 느꼈으니까.

"무슨 일 있으면 전화해. 나도 무슨 일 있으면 전화할게."

딱히 무기를 가진 것도 아니면서 나는 해라에게 단단히 말해뒀다.

"응."

평소라면 닭살 돋는다고 푸념했겠지만 해라가 냉큼 답했다. 우리는 서로의 뒷배가 되기로 했다. 따듯한 국을 마신 것처럼 속이 조금 뜨끈해졌다.

*

"응? 이게 뭐야?"

집에 돌아오니 건물이 바뀌어 있었다. 아빠에게 전화를 걸자 택시 타고 오라며 낯선 장소를 알려줬다. 아빠 목소리가 조금 들뜬 것처럼 들렸다.

택시는 우리 형편에 무슨 택시야. 나는 버스를 타고 주소를 찾아갔다. 핸드폰 주소록을 뒤지다 우리 집이라고 저장된 낯선 주소를 발견했다. 아빠가 방금 불러준 주소와 같았다.

탁 트인 리버뷰를 자랑하는 단독 주택에 도착했다. 나는 두리번거리며 집 앞에 섰다. 핸드폰 고리에 걸린 열쇠를 끼워 넣자 거짓말처럼 대문이 열렸다.

너른 마당을 지나 건물 안으로 들어섰다.

"아빠……?"

남의 집에 침입한 기분이라 약간 구부정한 자세로 안에 들어섰다.

헉. 거실에는 아빠와 내 사진이 장식되어 있었다. 나는 조심조심 방문을 하나씩 열어 내부를 확인했다. 아늑한 공부방에는 익숙한 교복이 걸려 있었다. 아빠 침실과 회의실로 쓸 만큼 큰 서재도 있었다. 그리고 마지막 방문 앞에 섰다. 심호흡을 하고 방문을 열었다.

방 안은 엄마의 만화책과 물건으로 가득했다. 가슴이 뛰기 시작했다. 오늘 세상이 바뀌고 엄마가 돌아왔나? 책상 위에 놓인 엄마 사진이 보였다. 사진에는 "1965~1990"이라고 씌어져 있었다. 순식간에 긴장이 풀렸다.

"아, 뭐야!"

아빠가 장난쳤군. 핸드폰 주소록을 뒤졌지만 엄마 최이영의 연락처는 없었다. 진즉 예상했다. 내가 태어난 이상 엄마는 돌아올 수 없었다. 나는 엄마의 마지막 순간을 이어받아 삶을 바통 터치한 존재니까.

이성을 회복하고 현실로 돌아왔다. 현실이라기엔 이곳도 어제와 달리 너무도 급작스럽게 안락하고 고급스러워진 공간이지만.

"아빠! 이거 몰래카메라야?"

거실로 나오니 아빠가 양팔을 벌려 나를 끌어안았다.

"진리야!"

"뭐야? 왜 양복을 입고 있어? 어디 갔다 왔어?"

아빠가 상기된 얼굴로 말했다.

"새로운 인생을 얻었어. 아빠, 이거 놓치고 싶지 않다."

"무슨 소리야?"

아빠도 오늘 주변 풍경이 바뀌었다고 했다. 무엇보다 직업이 바뀌었다. 아침부터 여기저기 전화해 상황을 알아보고 부동산과 친척들, 이웃 사람들에게까지도 꼼꼼하게 확인했다. 새로운 직장과 집을 얻은 게 분명하다고 했다.

"여기 우리 집이야!"

도대체 무슨 일이 벌어진 거지? 나는 잔뜩 긴장해 움츠렸던 자세를 풀고 일단 소파에 널브러졌다.

"아빠, 그럼 쫓겨날 때까지 살아보자! 호텔 온 기분이야!"

아빠가 활짝 웃으며 나무랐다.

"얘가 이영이 닮아서 낙관적이라니까."

만난 적도 없는 엄마를 닮을 수 있나? 나는 흐흐, 웃었다. 아빠가 서랍 속에서 통장을 발견했다. 잔고를 확인한 뒤 감격스러운 표정으로 나를 돌아봤다.

"진리야, 아빠 이제 월급 많이 받는다."

"자영업자인 아빠도 괜찮았어. 슈크림빵 못 먹는다니 난 그게 아쉬운데?"

"그거야 아빠가 만들어줄게! 레시피가 아빠 머릿속에 다 있으니……"

아빠가 관자놀이게를 손가락으로 가리킨 채 말을 멈췄다.

"왜?"

"레시피가 기억이 안 나."

의아함을 감추고 나는 아빠를 위로했다.

"막상 해보면 손이 기억할걸? 경력이 십수 년인데……"

"그…… 그렇겠지?"

이유는 알 수 없었지만 오늘 아빠와 나는 갑자기 새로운 삶을 선물 받았다. 아빠와 함께 오늘 아침 정황을 대조해봤는데, 아빠는 지진을 느꼈을 때 평소와 다를 바 없이 빵을 반죽하고 있었다고 했다.

"진리야, 하늘이 내게 두번째 삶을 주었나 보다."

아빠가 문학적인 표현을 구사하다니. 세상이 바뀐 게 분명했다. 두번째 인생이라니, 아빠에게 선물처럼 찾아왔다니,

반기지 않을 이유가 없었다.

*

깨끗하고 안락한 방에 들어와 침대에 드러누웠다. 호텔 방 같았다.

갑자기 마음이 편치 않았다. 학교가 카오스였다. 예준이도 걱정됐다. 나만 운 좋았다고 기뻐해도 되나?

해라네 집에서 예준이에게 화장을 해줬던 일이 떠올랐다.

"나, 너무 못생겼어."

거울을 들여다보곤 예준이가 낙담했다. 시간과 공을 들인 게 무색했다. 나와 해라는 화장 기술이 서툴러서 미안하다고 사과했다.

"우리 메이크업 아티스트는 못 되겠다."

"어쩐지 미술 시간이 힘들더라니. 재능이 없었던 거야."

예준이는 우리 농담에 웃지 않았다.

"위로하지 않아도 돼. 나도 알아, 내가 오크 같단 거. 아무리 매만져도 근본이 추하고 흉하단 거."

예준이의 말에 나는 할 말을 잃고 말았다. 솔직히 여자 연예인처럼 예뻐지고 싶은 거라면 그건 과한 욕망이다. 나도 화장 조금 한다고 갑자기 아이돌급 연예인으로 보이길 기대하진 않는다고.

예준이는 왜 화장을 하는 걸까? 여자가 되고 싶은 걸까? 예뻐지려는 것과 성 정체성은 다른 얘기 아닐까? 예준이는 자신이 예뻤다면 자신의 취향이나 정체성도 지지받았을 거라고 생각했다.

"야, 그게 뭔 말이야? 여자애들도 예뻐야 인정받고 지지받는다는 거야?"

나는 예준이를 위로하다 왈칵 화를 냈다.

"그게 아니라, 예쁘지 않아서 불리하다고."

"나도 예쁘지 않아서 사는 게 불리해. 그래서 어떻게 하고 싶은데? 평생 갚아도 모자랄 만큼 빚내서 성형하면 해결돼?"

예준이 마음을 완벽하게 이해할 순 없었다. 성 정체성이야 어쩔 수 없는 거라 해도 예쁜 여자가 되고 싶다니. 여자는 예뻐야 한다는 말처럼 들렸다. 내가 쏘아붙이자 예준이가 화장이 번져 눈 주위가 판다가 되도록 울기 시작했다.

"나도 잘 모르겠어. 애들이 말하는 것처럼 변태에 성도착증인가 봐. 엄마가 나보고 병원 가래. 나, 다음 주부터 상담받아."

"아…… 미안……"

나는 말을 멈췄다. 해라가 예준이에게 말했다.

"너한테 딱 맞는 모습이 있을 거야. 아직 세상에 없다면 같

56

이 찾아내자."

해라는 예준이에게 어울릴 화장과 옷을 검색해서 프린트해 온 종이를 내밀었다. 보이시한 해외 여성 모델, 혹은 걸리시한 남자 모델을 보면 스크랩했다. 예준이가 판다가 된 눈가를 닦으며 살짝 고개를 끄덕였다.

1학년 때 예준이는 남자아이 셋과 몰래 크로스드레싱을 시도했다가 그때 찍힌 사진이 싸이월드 미니홈피에 공개로 올라가 아웃팅을 당했다. 다른 애 둘은 장난한 거라고 말했고 예준이는 장난이 아니라고 그리고 이런 건 아웃팅이라고 말했다. 그래서 예준이만 상처받았다. 그 후론 변태라고 공격받았다. 아이러니하게도 수학여행 때 여장 콘테스트에서 우승한 종혁이가 앞장서서 예준이를 괴롭혔다. 종혁이가 여장한 사진은 싸이월드에서도 인기 게시물이 되어 홈 화면에 걸렸다. 선이 굵은 예준이와 턱선이 날렵한 종혁이의 여장은 사뭇 달라 보였지만 해라 말마따나 외모 문제는 아니었다. 종혁이는 아이들을 웃기려 여장을 했지만 예준이는 웃길 의도가 없었다. 예준이 사진에 아이들은 웃지 않았다. 그날 이후 예준이도 웃지 못했다.

"여자애들과 어울리고 싶어서 연기하는 거겠지."

여자 화장실에 들어가려고 한다며 예준이는 남자애들에게 변태 취급을 받았다. 예준이를 욕하는 말에는 반드시 음

담패설이 따라붙었다.

　나와 예준이 사이에 어색한 기운이 흐르자 해라가 예사롭게 말했다.

　"열심히 노력하라고 하면서도 사람들은 선천적인 걸 너무 따지는 것 같아."

　해라는 예준이의 외모나 욕망에 대해 말하지 않았다. 그냥 원하는 게 있으면 타고난 것과 달라도 욕망할 수 있다고 말했다. 대수롭지 않은 표현을 고른 해라 얘기를 듣다 나는 무릎을 탁 쳤다. 맞아, 그렇게 생각할 수도 있구나.

　해라가 말했다.

　"생긴 걸로 자격을 말하는 건 아무래도 불공평해. 지금부터 미친 듯이 공부하거나 운동하더라도 바꿀 수 없는 거라면 그건 능력이라고 부르면 안 되잖나?"

　예준이에게 따진 게 갑자기 미안해졌다. 어깨로 예준이 어깨를 툭 쳤다. 곁눈으로 슬쩍 째려보던 예준이도 표정을 조금 누그러뜨렸다.

　"자신이 원하는 모습이 되려는 사람은 전부 존경스러워. 찬사받아 마땅해. 그게 어울릴지 안 어울릴지는 당사자가 판단하는 거야."

　강해라, 멋진 녀석 같으니라고. 내 절친이라는 게 새삼 자랑스러웠다. 주섬주섬 다이어리를 꺼내 해라의 말을 받아 적는 사이 예준이가 해라에게 다가가 포옹했다.

"너 없었음 나 진짜 어떻게 됐을 거야."

예준이는 조금씩 자신을 있는 그대로 받아들이려 했다. 해라가 받아줬기 때문이다. 예준이는 자기를 이해해주는 친구가 딱 한 사람만 있어도 된다고 했다. 나는 발끈하면서 두 사람이면 더 좋지 않냐고 따졌다. 예준이가 또 눈을 흘기더니 고개를 끄덕였다.

예준이도 귀엽고 예쁜 용모를 동경한다는 말을 더는 하지 않았다.

예준이가 해라와 단둘이 있을 때 훨씬 더 깊은 속내를 이야기한다는 걸 알고 나는 조금 민망했다. 나한테 말했다간 괜스레 말싸움으로 번질까 봐 피했겠지. 너도 여자에 대한 편견이 있다는 둥 네가 정말 되고 싶은 게 뭐냐는 둥 답 없는 얘길 추궁했을 테니……

예준이에게도 해라에게도 그리고 나에게도 함께 방법을 찾아갈 친구가 필요하다. 한 사람이라도 있으면 다행이지만, 두 사람, 세 사람, 당연히 많을수록 좋다. 나도 무책임한 비난을 좀 멈춰야지. 소중한 친구에게 괜한 상처를 주지 않으려면. 같이 살아가려면.

— 예준아, 별일 없지? 내일 학교에서 봐.

예준이에게 문자를 보냈다. 답이 없었다. 별일 없어야 한다고 우기는 말처럼 들리진 않았을까? 이미 전송된 문자를 들여다보며 조금 후회했다.

아빠는 이제 제빵사가 아니라 유명 제약회사 대표이사다. 나는 거실에 놓인 컴퓨터를 켜 아빠 회사를 검색했다. 오센틱제네틱스, 바이오 산업을 선도하는 대한민국 수출 효자 기업. 집 안의 화려한 인테리어를 바라보고 있자니 정말 내게 허락된 환경이 맞는지 불안했다.

이전의 기억과 새로운 기억이 며칠 동안 혼재했다. 새 기억은 조금 지연되었지만 며칠 뒤에는 주변 환경에 부합하는 기억으로 바뀌어갔다. 아빠는 어렸을 때부터 늘 바빴고 늘 피곤해했다. 진리베이커리의 슈크림크루아상을 검색해봤다. 검색 결과에는 아무것도 뜨지 않았다.

집단 실종

학교에 줄곧 기묘한 기류가 흘렀다. 모두의 기억이 뒤죽박죽이었다. 많은 것이 바뀌었지만 해라의 표정이 바뀌지 않은 건 정말 다행이었다.

종혁이와 훈우처럼 낯선 표정을 짓는 애들이 갈수록 늘어났다. 잉크가 번진 컵 속의 물처럼 교실 분위기가 탁했다. 눈앞에 있는 아이들이 그리웠다. 작년의 그 애가 그리웠다. 작년이라고 해봐야 특별한 일은 없었다. 주로 피곤했고 대체로 짜증 났고 드물게 유쾌했다. 지극히 평범했던 그때가 몹시도 그리워졌다.

학교는 마이너스의 공간이었다. 우리의 시계는 내년에 있을 수능을 중심으로 돌아갔다. 수능 D-605일, D-604일……

오늘이란 시간에는 줄곧 마이너스 기호가 붙어 있었다. 무언가 제대로 더해지고 나아질 날은 아직 까마득했다. 나는 0이 되는 지점까진 가보자고 생각했다. 마이너스를 떼고 제대로 일상을 플러스시키고 싶었다. 마이너스라 불리는 삶에서 벗어나야 할 것 같았다.

그런데 세상의 수학 공식이 갑자기 바뀌었다. 출발선 자체가 영원히 멀어지는 듯했다. 여태껏 암기한 공식으로는 '0' 지점에도 못 설 것 같았다.

우리는 계속 부정당했다. 날이 갈수록 더했다.

"그냥 튀고 싶은 거야. 내가 물어봤어. 나중에 돈 벌어서 하리수처럼 수술할 거냐고. 근데 그건 안 한다고 했다고."

종혁이가 떠들어대는 내용이 예준이를 가리키는 거라는 걸 알고 섬뜩했다. 종혁이는 전보다 더 심하게 굴었다. 예준이를 변태 좀비라고 부르며 조롱하는 애들이 늘어갔다. 예준이는 아이들에게 불려 다니며 계속 괴롭힘을 당했다. 나와 해라는 뒤늦게 알아채고선 무의미하게 분개하는 일만 반복하고 있었다.

작년과 달리 예준이는 자신이 CD 즉, 크로스드레서라는 걸 스스로 밝히기 시작했고 개성 있는 자신이 좋다고 말했다. 그리고 1학년 때보다 더 심하게 조롱당했다. 존재를 드러냈다는 이유에서였다. 예준이를 존중하고 배려한다는 애들

중에 군이 왜 밝혀서 일을 크게 만드느냐고 타박하는 애도 있었다. 그 말 역시 결국 눈에 띄지 말라는 뜻이었다. 예준이를 위한다면서 앞장서서 예준이가 선택할 타이밍을 미뤘다. 졸업해서, 대학 가서, 군대 다녀와서, 자리 잡고 나서…… 나중에 하란 얘기는 언제고 하지 말란 말이다. 그런 말 속에 둘러싸인 예준이는 피곤해 보였다.

예준이는 '찬반'이나 '시기상조' 같은 말로 함부로 자신의 미래를 함부로 재단하는 아이들의 시선을 투명하게 통과했다. 전보다 잘 웃었다. 보란 듯 웃는 바람에 조금은 과장스러웠다. 나와 해라는 눈치챘지만, 모두가 알아본 건 아니었다.

나나 해라에게도 한층 더 노골적인 선 긋기가 시작됐다.

너도 변태 좀비냐는 모욕이 날아다녔다. 좀비 곁에 꼬이는 건 벌레뿐이라는 말도 들었다. 증오하는 마음은 쉽게 전염되어갔다. 말이 너무 심했다. 해라가 종혁이에게 경고하려 다가섰다. 종혁이가 해라에게 심한 말을 했다.

"야, 너희도 제대로 알아야 해. 너희가 설칠 세상이 아니야."

언젠가 '0' 지점에 도착하리라 믿었는데, 그 이후엔 무언가 더해갈 수 있으리라 믿었는데, 우리에게만 허락하지 않겠다는 사람들이 있었다. 밀려나지 않을 곳이 필요했다.

차가운 바람이 잦아든 4월, 예준이는 등교하지 않았다. 며칠 새 햇살이 강렬해졌다. 꽃이 피고 한낮에는 외투를 벗기도 했다. 누군가는 그래서 일상이 아름답다고 할지도 몰랐다. 하지만 나는 이 암담한 시절이 계속 이어질까 봐 무서웠다. 잔인하다는 생각까지 들었다.

*

예준이가 학교에 나오지 않은 지 일주일. 간간이 답하던 문자도 이젠 아예 끊겼다. 늘 해라네 집에서 만나와서 예준이네 집은 어딘지 몰랐다.

"무슨 일이 있는 것 같아."

담임은 자기가 연락해보겠다면서 예준이 집 주소도 가르쳐주지 않았다. 담임의 간단한 말이 영 미덥지 않았다.

친했던 학원 선생님에게 사정을 설명하고 예준이네 주소를 알아냈다.

"학교는 이런 것까지 사교육에 전담시키네."

해라의 말에 코웃음이 삐져나왔다. 이럴 줄 알았으면 전화번호뿐 아니라 주소, 형제, 친인척 관계와 연락처까지 모두 확보했어야 했다. 친구의 안전과 안녕을 확인하려면 이런 사무적 조치까지 필요하게 됐다.

토요일 오후, 예준이네 집은 조용했다. 조그만 정원이 있는 아담한 단독 주택이었다. 담 너머 풍경이 적막했다. 초인종을 여러 번 눌러도 아무도 나오지 않았다.

"다 외출했나?"

"어떡할까? 독서실 갔다가 밤에 다시 와볼까?"

"학교 안 나온 친구 찾으면서 시험공부까지 병행하려니 참 분주하다, 야."

해라와 나는 근처 독서실에서 책을 뒤적였다. 마음이 자꾸 흐트러졌다. 해라가 엄지와 검지 손톱 끝을 세워 자꾸만 머리카락을 긁었다. 긴장할 때 나오는 동작이었다. 얇은 머리카락이 두세 가닥으로 조각나 위아래로 뻗었다. 나는 긴장하면 이를 악무는 습관이 있는데 요즘엔 턱이 얼얼하다 못해 편두통이 생길 지경이었다. 우리는 이렇게 소리 내지 않고 몸부림치는 방법이 한두 가지쯤 있고 이에 따른 부작용도 두세 가지쯤 가지고 있었다.

밤 9시경 예준이네 집을 다시 찾았다. 인기척도 불빛도 소리도 새어 나오지 않았다. 해라가 애써 밝은 목소리로 물었다.

"내일 또 올까?"

이대로 떠나는 게 왠지 마음에 걸렸다.

"혹시 지금, 저기 불 꺼진 방에 예준이가 있으면 어떡하지? 누가 창문 두드려주길 기다리고 있으면 어떡해?"

"예준이가 성에 갇힌 공주님 캐릭터는 아니잖냐?"

내 동화 같은 상상력에 면박을 주면서도 해라는 작은 돌멩이를 찾아 허리를 숙였다.

"돌멩이보단 탄성 있는 젤리 같은 게 좋겠는데."

"건빵 같은 게 타격감이 좋지 않을까? 버려져도 괜찮을 것 같고."

해라가 뭔가 떠올리면 나도 아이디어가 나왔다. 내겐 0에서 1을 만들 만한 발상은 없어서 해라처럼 생각하는 애를 곁에 두어야 했다. 가끔 옥신각신 티격태격하기도 했지만 필요할 때 우린 빠르게 합의했다. 슈퍼에서 건빵을 샀다. 예준이네 집으로 가는 언덕을 오르며 덤덤한 척 해라에게 물었다.

"만약 내가 연락도 없이 학교에 안 나오면 어떡할 거야?"

"너희 집 마당 넓잖아? 투포환 경기하듯 건빵 던져야지, 뭐."

"진짜 무슨 일 생겨서 못 만나면 어떡하지? 비밀 장소 정해둘까? 서울역 시계탑 어때?"

해라가 풉, 소리가 나도록 비웃었다.

"전쟁 피난민이냐? 21세기 인간답게 메일 보내자. 서울역 가지 말고 피시방 가."

메일도 못 보낼 상황이면 그땐 어떻게 만나지?

어둡기만 한 예준이네 집 모든 창문에 건빵을 던지고 인기척을 기다렸다. 기대했던 반응은 나오지 않았다. 그때 지나가던 아저씨가 다가왔다. 밝은 노란색 조끼에 주황색 어깨띠를 두르고 있었다. 동네 자율방범대원인 듯했다.

"그 집 사람들 엊그제 이사 갔어. 지금은 아무도 없어."

우리는 정류장 쪽으로 발길을 돌렸다. 예준이의 잔상을 향해 던진 건빵만 손안에 덩그러니 남았다. 퍽퍽한 건빵을 씹다 목에 걸려 캑캑댔다. 마음은 건빵보다 더 푸석푸석했다.

이참에 해라 개인 정보랑 친인척 정보도 탈탈 털어 확보해야 하나? 해라 곁에서 나란히 걸으며 고민했다. 하지만 '만에 하나'라는 말이 불길해서 입 밖에 내지 않았다. 근데 말을 아꼈다가 나중에 후회하진 않을까? 생각이 많아질수록 우유부단해졌다.

호구조사는 하지 않았다. 무슨 일이 생긴대도 해라네는 어딨는지도 알고 해라 부모님이 운영하시는 곱창집도 아니까.

갑자기 이사를 가다니…… 예준이에게 더 미안해졌다. 한 번도 예준이에게 필요한 친구가 온전히 되지 못한 채 그 애를 떠나보낸 것만 같았다. 해라에게 배운 모습을 한 번쯤은 보여주려 했는데. 울컥 눈물이 났다. 뒤늦게 후회의 눈물이 난다는 게 민망했다. 예준이 걱정보다 내 어리석음에 우는 것 같아 부끄러웠다.

언젠가 화장을 하고 치마를 입고 예준이와 함께 거리를 걷기로 했지만 실행은 못 했다. 대학 가면 하려고 했는데…… 당장 시도했다면 어땠을까? 선생님한테 불려갔겠지. 사람들의 찡그린 표정을 봤겠지. 상상만으로 피곤했다. 예준이는 얼마나 버거웠을까.

지금이라도 다시 만난다면 의미 없는 논쟁은 하지 않고 예준이를 안아줄 수 있는데. 내가 친구 자격이 없다는 생각에 자책했다. 최선을 다해 예준이를 아꼈던 해라가 나를 위로했다. 후회 없이 친구를 아낀 사람만이 쉽게 흔들리지 않았다.

예준이는 왜 떠났지? 어디로 갔지? 갑자기 왜? 이유를 짐작해봤다. 주변 사람들을 떠올려봤다. 등교 거부 직전에 마지막으로 예준이를 만난 사람은 누구지? 누가 예준이를 협박했나? 자신을 드러내지 말라고 종용했나? 예준이가 투명하게 통과하지 못할 정도였을까? 웃는 연기조차 못 할 일이 생긴 걸까? 알고 싶었다. 예준이를 놓친 진짜 이유를.

태연하게 미안하다고, 사정이 좀 있었다고 덤덤하게 말하는 예준이를 상상하면서 마구 화를 내보기도 했다. 아니, 다시 만나면 얼굴 찡그리지 말고 꼭 웃어줘야지. 듣고 싶은 답을 추궁하지도 말아야지. 예준이가 채 말하지 못하는 사정까지 수긍해야지. 어떤 모습이든 넌 내 친구라고 말해줘야지.

매일 예준이와 재회하는 연습을 했다. 정말로 재회할 때까지 몇 번이고 반복해 연습할 생각이었다.

*

예준이가 사라진 건 연쇄 실종의 시작이었다. 잇달아 친구들을 잃었다. 예고도 없었고 대비할 새도 없었다.

눈앞에서 아이들이 사라졌다. 게다가 여자애들만 선택적으로. 현실감 없는 일을 목격했다.

어젯밤 내일 보자고 인사했던 애가 오늘 아침 전학 갔단다. 갑자기 떠났다는 소문을 들을 때마다 충격을 받았다. 절친했던 애가 아니어도 못 만난다 생각하니 슬펐다. 남의 일이 아니었다. 아이들이 떠난 교실은 기이하게도 조용했다. 불편할 정도였다.

더 이상한 일이 있었다. 며칠이 지나면 떠난 애들이 기억에서 흐릿해졌다. 수업 중에, 밥을 먹다가, 해라와 농담하다가 갑자기 우울해졌다. 무언가 잊어간다는 사실만 또렷했다.

반마다 몇 명씩 자퇴하는 애들이 꾸준히 생겼다. 연락도 없이 무단으로 등교하지 않는 아이들도 있었다. 학교는 실태를 파악 중이라면서도 떠난 아이들을 열심히 찾지 않았다. 경찰과 기자 들이 학교와 동네를 들쑤시고 다녀도 모자랄 판에 조용하기만 했다.

교탁에 놓인 출석부를 펼쳐봤다. 예준이도 전학 간 아이들도 기록이 지워져 있었다. 아니, 처음부터 없었던 것처럼 이름이 남아 있지 않았다.

어디로 간 걸까? 다들 무사할까? 아무도 찾지 않았다. 무더기로 이별했는데 주변이 조용하기만 했다. 단순한 자퇴가 아니라 실종에 가까워 보였다. 추방당한 것 같았다.

시체라도 나와야 조사를 시작할까? 문제 있다고 소리치는 사람에게 시체라도 되라고 말하는 걸까? 슬래서 영화 같은 끔찍한 장면이 머릿속에 스쳤다. 냉정해지자. 냉정해져야 했다. 예준이와 다시 만나기까지 해야 할 일이 있었다.

해라와 나는 주말마다 예준이네 동네를 탐방했다. 예준이네가 새로 이사 간 곳이나 친척에 대한 정보를 뭐라도 알아내려고 주변 가게와 부동산도 몇 군데 들렀다. 힌트조차 발견하지 못할 때마다 예준이와 재회할 날이 점점 멀어지는 기분이었지만 해라와 다음 주말을 기약했다. 몸을 움직여야 마음이 굳는 걸 막을 수 있을 것 같았다.

혹시 예준이, 죽은 건 아닐까? 아이들이 '좀비'라고 불렀던 말이 마음에 걸렸다. 밥 먹듯 죽음을 떠올리며 음울해졌다. 한 끼를 건너뛰어도 침울함은 하루 세 차례 꼬박꼬박 찾아왔다. 때 없이 훌쩍거렸다. 옆에 있던 해라도 함께 눈이 빨개졌다. 눈물은 전염되는 게 분명했다. 그것도 아주 가까운 거리에 있어야 전염되는 듯했다. 사람 마음이 전해질 수 있는 거리는 엄청 짧을지도 모른다.

"어쩔 수 없는 일엔 둔감해지는 것도 필요해. 사람에겐 망각이라는 미덕이 있어."

"예준이를 잊자는 거야?"

"포기하자는 말이 아니야. 지금 우리로선 어쩔 수 없잖아. 마음 덤덤하게 먹고 기다려야지. 꼭 연락 줄 거니까."

이럴 때 망각의 미덕을 발휘하려면 어떡해야 하는 걸까?

예준이가 안전하다는 확실한 증거만 있으면 된다. 우리에겐 근거가 없었다. 안심할 근거, 덤덤해진 마음을 스스로 용서할 근거, 제대로 망각할 근거가 아무것도 없었다.

새로운 집에선 도무지 편하지가 않았다. 아빠와 같이 밥 먹은 날이 까마득했다. 걱정 말고 먼저 자라던 늦은 밤 전화마저 어느새 뚝 끊겼다.

소중한 사람들을 잃어버리고 내게 남은 게 뭘까? 나는 안락한 방에서 빈손을 노려보았다.

해라

기억이 점점 바뀌었다. 우리 반에서 여자아이들 숫자가 압도적으로 적은 것도 원래 그랬던 것처럼 당연하게 느껴졌다. 익숙해져선 안 됐다. 지금 놓치면 영원히 놓칠 것 같은 순간들이 속절없이 흘러가고 있었다. 아니, 뭉텅뭉텅 사라지고 있었다.

매일 각자 조사한 상황을 해라와 교환했다. 중학교 때 친구들에게 전해 들은 이야기나 옆 동네 상황, 인터넷에서 검색한 이야기, 주변 상황 중에서 우리가 놓친 게 없는지 찾기 시작했다.

"지연이라고 중학교 때 친구가 옆에 동영여고 다니거든. 거기 여자애들 중에도 기억이 완전히 변한 애들이 있대."

지연이네 반 선생님과 아이들은 함께 긴 시간 토의했다고
했다.

"남자애들만 이상해진 건 아니구나. 변한 애들에게 뭔가
공통 요인이 있을 것 같은데, 뭘까? 지연이를 만나서 대조해
볼까? 공통되는 특징이 있는지 말이야."

"그게…… 더는 물어볼 수 없게 됐어."

나는 지연이의 전화번호를 눌러 음성 안내를 해라에게 들
려주었다. 없는 번호라는 안내가 흘러나왔다.

"전화번호 바뀐 거야?"

"어젯밤에 집에 가봤는데 못 만났어."

"이사 간 거야? 예준이네처럼?"

"아니, 초인종을 눌렀는데 지연이네 엄마가 인터폰으로
말하더라고."

"뭐라고?"

"자기한텐 딸이 없다고……"

"뭐?"

사람들이 눈앞에서 사라지고 있었다. 그리고 사라진 이유
를 알기도 전에 잊혀가고 있었다. 나 역시 잊힐 수 있겠다는
생각이 들었다. 아빠와 해라가 나를 곧 잊는다는 가정법을
떠올리는 것만으로 슬펐다.

며칠 뒤 지연이네 집에 다시 찾아갔다.

"아줌마, 저 지연이 친구 진리예요."

"뭔가 착각한 모양인데 여기 지연이란 애는 없어요. 우리 집은 애가 없어요."

아줌마가 내 얼굴을 한번 본 뒤 현관문을 닫으려 했다. 나는 문틈 사이로 다리를 밀어 넣었다. 현관문 귀퉁이가 발등을 찍었다. 비명을 삼켰다.

"괜찮아요? 아니 왜……"

"아줌마, 지연이는 엄마랑 매일 중국 드라마 보는 게 취미라고 했어요. 졸업하고 엄마랑 중국 여행 간다고 아르바이트도 했잖아요. 딸을 기억 못 하는 게 말이 돼요?"

아줌마가 미간을 찌푸렸다. 나는 아줌마를 나무라던 말투를 바꿔 사정하기 시작했다. 여러 감정이 한꺼번에 터져 나와 누가 보면 제정신이 아닌 듯할 터였다.

"아줌마, 좀더 지나면 완전히 다 잊힐 거예요. 지금 흐릿하게라도 기억나는 게 있다면 메모라도 남겨두세요. 제발요."

나는 아줌마를 밀며 무턱대고 집 안으로 들어갔다. 지연이가 쓰던 방은 창고로 바뀌어 있었다. 인기척이 지워진 방에 그늘이 드리워져 있었다. 무례함을 무릅쓰고 집 안을 헤집었다. 거실에는 아줌마 혼자 찍힌 사진이 놓여 있었다. 사진 속에서 아줌마는 한쪽에 홀로 서 있었다. 아줌마가 눈물을 툭 떨어뜨렸다.

"어머, 나 왜 이러지?"

"잃어버린 게 있으니까요. 지금 이상하지 않은 게 이상한 거라고요."

나는 절룩거리며 지연이네 집을 나왔다. 무더운 날 아스팔트에 뿌린 물처럼 지연이라는 존재가, 지연이와 함께 보낸 시간이 증발했다.

해라와 나는 점점 말수가 줄었다. 같이 붙어 다니는 시간은 늘었다. 초콜릿을 잔뜩 사서 나눠 먹었다. 단것을 좀 먹어야 했다. 입안 가득 달콤함을 맛본 뒤에야 산다는 일의 쓴맛에 대해 한탄할 힘도 생겼다. 이럴 땐 아빠가 만든 슈크림크루아상을 먹어야 하는데……

멍하니 학교 안팎 풍경에 시선을 던졌다. 학교 담벼락, 교문 앞 신호등과 동네 풍경, 새로 생기는 건물들 사이로 버티고 있는 옛 풍경들…… 겹겹이 둘러싼 경계들을 바라보았다. 우리, 세상이란 커다란 감옥에 갇힌 건 아닐까.

"요즘엔 한국말도 통역이 필요한 느낌이야. 사람들이 무슨 소릴 하는지 잘 모르겠어. 이러다 언어영역 빵점 맞겠어."

내 말에 해라가 웃었다.

"목소리 큰 통역사 한 명 있으면 좋겠다. 큰 소리로 우리 마음 대변해줄 사람."

기분이 한결 나아졌다. 달콤한 걸 먹을 수 있어서가 아니라 이 시간을 함께 겪어낼 친구가 있어서.

영어 단어집을 펼쳐놓곤 잡담을 했다. 웃을 일이 줄어서인지 요즘 쓸데없는 농담도 점점 늘었다. 그다지 웃기지 않아도 웬만해선 서로 핀잔주지 않았다.

해라에게 문제를 냈다.

"이거 웃긴다. 고양이 발바닥 cat's paw가 영어로 무슨 뜻인 줄 알아?"

"뭔데?"

"끄나풀, 꼭두각시, 남한테 이용당하는 사람."

해라가 발끈했다.

"말도 안 돼. 고양이 발바닥이 얼마나 귀여운데 그렇게 나쁜 뜻이 따라붙어?"

"이솝 우화에 나오는, 고양이 앞발을 이용해 자기 잇속만 차린 원숭이 얘기에서 유래했대."

"그럼 원숭이 혓바닥 같은 숙어가 생겨야지, 왜 고양이 발바닥이래? 나 원."

해라에게 동조하다 나도 왈칵 화가 났다.

"나쁜 일 당하기 전에 미리 조심하라고 경고하는 게 아닐까? 옛날 교훈이란 게 그렇잖아. 속담도, 미신도."

"나쁜 놈들이 나쁜 짓을 안 하도록 미리 경고해야지!"

"그러네?"

우리는 같은 타이밍에 웃었다.

"요즘, 아빠랑 대화해?"

"아니, 얼굴도 못 본 지 좀 됐어. 회사에 아빠를 제물로 바친 것 같아."

해라가 뭔가 농담할 말을 찾으려다 입을 다물었다. 나도 해라에게 물었다.

"넌 요즘 어때? 집에서 대화해?"

해라는 부모님 가게가 새벽까지 영업하는 바람에 마주치지 않고 지낼 수 있다고 했다.

"부모님이 모든 걸 해결해줄 순 없잖니. 우리도 그걸 알 만큼 커버렸고."

해라가 담담하게 말했다.

"자영업이 힘들잖아."

학원 버스 밖으로 풍경을 보았다. 학교 근처에도 치킨집이 늘어가고 있었다. 요즘엔 거의 유명 프랜차이즈뿐이다. 골목의 소박한 삶도 늘 거대한 흐름과 싸워야 했다. 아빠와 일상의 무게를 잘 버텨왔는데…… 소소했던 예전을 그리워하고 있자니 갑자기 늙어버린 기분마저 들었다.

"예준이가 다시 나타날까?"

낙관하지도 않으면서 해라가 답했다.

"그럼."

우리는 할 말을 열심히 찾았다. 어떻게든 비관하지 않을 말을 찾아내야 했다.

토요일마다 예준이네 동네를 서성거렸다. 어느 날, 등 뒤에서 우릴 부르는 목소리가 들렸다.

"너희 그때 이사 간 집 앞에 있던 애들이구나."

밝은 노란색 조끼를 입은 아저씨가 말을 걸었다. 예준이네 집 창문에 건빵을 날렸을 때 본 사람이었다.

"이사 간 사람들이랑 연락됐어? 그 집 외동아들이 전부터 좀 아팠다지? 급하게 이사 가던데."

나와 해라는 아저씨를 바라봤다. 온화한 표정으로 아저씨가 빙긋 웃고 있었다. 해라가 물었다.

"외동아들이 아팠다니, 언제 이야기예요?"

아저씨가 별일 아니라는 듯 말했다.

"아들내미가 그렇게 된 게 작년 말이었지 아마?"

나는 해라와 눈을 마주치곤 턱으로 정류장 쪽을 가리켰다. 가자, 예준이 말하는 거 아니야.

아저씨에게 등을 보이려는 찰나, 아저씨가 혼잣말처럼 중얼거렸다.

"원, 남사스럽게 아들내미가 여장을 하고 다녀서 치료시

켰다잖아."

예준이였다.

"원래 작년에 자살한 앤데 갑자기 부활했다지?"

우리는 걸음을 멈췄다. 6월 말 날씨와 어울리지 않게 일순 주위가 스산하게 얼어붙었다.

"아저씨, 무슨 말씀이세요? 자살이라뇨?"

"부활이라고요? 그 집 아들 지금 어디 있는지 아세요?"

"아저씨 누구세요?"

우리가 다급하게 묻자 아저씨는 대수롭지 않다는 듯 대답했다.

"건별로 정리 중이야. 예외적인 오류라 시간이 좀 걸리나봐."

아저씨는 우리에게 보여주려는 듯 '동네 지킴이'라고 씌어진 어깨띠를 단정하게 바로잡았다.

"원래 세계와 불일치하면 보기 불편하시단 분들이 계셔서 말이야."

단정하게 서 있는 아저씨 모습이 칼이라도 든 사람처럼 으스스해 보였다. 보이지 않는 그 칼에 예준이가 피를 흘리고 쓰러진 것만 같았다.

"아저씨! 뭐가 오류라는 거예요? 뭘 정리해요?"

밤늦은 시각이었지만 해라 목소리가 높아졌다. 아저씨가

밝은 쪽으로 한 걸음 걸어 나왔다. 우리를 바라보더니 차분하게 말했다.

"너희 같은 애들 말이야. 원래 세계에는 없었던 애들."

"뭐라고요? 이런 미친!"

해라가 아저씨를 향해 성큼 나섰고 나는 해라를 막았다.

"해라야, 무시해. 이상한 사람이야."

아저씨가 무전기를 꺼내 들었다. 우리와 반대쪽으로 걸음을 옮기며 말했다.

"세상 참, 태어나지도 않았던 애들이 활보하고 다니네."

뭐라고? 죽었어야 할 애들이란 얘긴가? 예준이도, 우리도? 너무 잔인한 말이었다.

아저씨가 무전기로 어딘가에 보고했다.

"영원3동 지킴이, 오류로 보이는 둘 발견."

"뭐라고?"

해라 손을 잡고 버스 정류장 쪽으로 끌어당겼다.

"저 사람 미쳤어!"

우리는 달리기 시작했다.

"해라야, 저딴 소리 상대하지 마!"

멀리 파출소 불빛이 보였다. 해라에게 외쳤다.

"저기 파출소까지! 빨리 달려!"

도와주세요! 이상한 아저씨가 있어요!라는 말이 밖으로

터지진 않고 입안에서 맴돌았다. 정신없이 달렸다. 등골이 뻣뻣해졌다. 등 뒤에서 그 아저씨가 머리채를 잡을 것만 같았다. 파출소의 밝은 불빛이 점점 크게 다가오자 조금 마음이 가라앉았다. 숨을 고르고 뒤를 돌아보았다. 한참 뒤쪽에 해라가 주저앉아 발목을 부여잡고 있었다. 접질린 모양이었다. 해라가 절뚝거리며 천천히 일어났다.

"나 괜찮으니까 얼른 가서 얘기해!"

해라가 나를 향해 손짓했다.

나는 깜깜한 풍경 속에 홀로 고고하게 빛나는 작은 공간 안으로 들어섰다.

"도와주세요! 이상한 사람이 있어요. 우릴 따라오는 것 같아요!"

파출소 안에서 느긋하게 잡담하던 경찰 두 명이 천천히 고개를 들었다.

"빨리요! 밖에 같이 도망치던 친구가 다쳤어요!"

나는 파출소 문을 열고 해라가 있는 쪽을 가리켰다. 다리가 자꾸만 후들거려서 빨리 움직이기 어려웠다.

"어서요!"

밝은 조명 속에서 어두운 바깥을 바라보니 눈이 침침했다. 눈을 비볐다. 어슴푸레한 어둠 속에서 해라 뒤로 두 사람이 다가오는 게 보였다.

"해라야!"

해라가 천천히 절뚝거리며 다가왔다. 그 순간이었다. 눈앞에서 해라의 모습이 천천히 투명해졌다. 그러곤 사라졌다. 내 앞에서.

"해, 해라야……?"

어떻게 된 거지? 해라가 사라졌어?

해라가 서 있던 곳 바로 뒤편에서 두 사람이 이쪽을 향해 다가왔다. 어깨에 주황색 띠를 두른 동네 방범대원이었다.

"어? 어?"

한발 늦게 밖으로 나온 경찰 둘이 기척이 나는 곳을 향해 손전등을 비췄다.

"해라야!"

빛 안에는 동네 방범대원 둘만 서 있었다. 두 남자는 경찰을 향해 가볍게 인사하더니 파출소 반대 방향으로 이내 모습을 감췄다. 해라의 모습은 어디에도 보이지 않았다. 해라가 사라졌어. 이게 뭐야? 사람이 사라졌다고? 말도 안 돼……

"해라가! 제 친구가 사라졌어요!"

머릿속이 헝클어졌다. 해라의 전화는 연결되지 않았다.

경찰은 이상하리만치 침착했다. 나는 목격한 일이 어떤 종류의 위험이었는지 설명하기 어려웠다. 경찰은 느긋했지만 나는 차분할 수 없었다. 어떻게 말해야 이 공포를 전할 수 있지? 경찰이 느긋하게 말했다.

"학생, 그러니까 이렇게 늦게 다니면 안 돼. 전봇대 그림자만 봐도 위험하게 느끼는 게 당연하다고. 집이 어디야?"

오늘 밤 아무 일도 일어나지 않길 바라는 눈치였다. 어떻게 해야 사람들이 똑같은 두려움과 공포를 느낄 수 있는 거지? 무심한 눈빛을 보니 오싹했다. 영화에도 나오잖아? 매번 현장에 한발 늦게 도착하는 무능한 경찰. 연쇄 살인범보다 더 분노를 일으키는 무기력한 공무원.

자꾸 낙담하려는 마음을 단단히 붙잡고 소리쳤다.

"제 얘길 들어보세요! 어떤 미친 사람이 우릴 보고 없어져야 한다고 말한 직후에 제 친구가 눈앞에서 실종됐다고요!"

나는 해라에게 티 내지 않고 외워두었던 해라네 집 주소를 경찰에게 외쳤다. 경찰 한 사람이 해라 집으로 연락하는 사이 나는 다른 한 명과 해라의 이름을 부르며 주변을 헤집었다. 내 목소리 말고는 동네에서 아무 소리도 들리지 않았다. 해라와 수없이 오갔던 익숙한 풍경이 오늘 밤 낯선 표정을 드러냈다. 이렇게 조용해선 안 됐다.

"전화해봤어?"

해라네 부모님 가게로 전화해봤다는 경찰이 말했다.

"그 집엔 고등학생 딸이 없대."

"뭐라고요?"

이럴 수가…… 나는 숨을 제대로 쉴 수 없었다.

코앞에서 해라가 투명하게 사라지는 순간을 바보처럼 바라보기만 했다. 달려 나가 해라를 꽉 붙잡았어야 했는데! 해라가 넘어졌을 때 돌아갔어야 했는데! 심한 자책감에 제대로 서 있을 수 없었다. 경찰이 다정한 목소리로 내 등을 떠밀었다.

"학생, 공부하느라 요즘 많이 피곤했던 모양이야?"

"집이 어디야? 지금 연락되는 보호자 계셔?"

세상이 부서졌다. 오작동했다. 모든 걸 내 착각으로 치부하려는 사람들을 마주하고 있자니 정신이 아뜩해졌다.

동네 지킴이 아저씨가 했던 말이 머릿속에 울렸다.

건별로 정리 중이야. 예외적인 오류라 시간이 좀 걸리나 봐.

너희들 말이야. 원래 세계에는 없었던 애들.

나는 바닥에 주저앉고 말았다. 아프게 쥐고 있던 주먹이 맥없이 탁 풀렸다. 간신히 움켜쥐고 있던 낙관이 바닥에 흩어졌다.

이곳은 사라진 사람이 누군지도 모르는 세상이었다.

지워진 존재

수시로 해라에게 전화를 걸었지만 없는 번호라는 안내만 되돌아왔다. 해라 부모님 가게에는 임시 휴업 안내문이 붙었다. 해라 언니가 일하던 카페에서도 언니가 일을 그만두었다는 말만 들었다. 집에 찾아가 문을 두드렸지만 아무도 나오지 않았다. 독서실 보관함에 꽉 차 있던 해라의 짐은 깨끗하게 사라지고 없었다.

사건을 접수하고 처음 며칠간은 경찰도 내 말을 차분하게 들어주었다. 하지만 해라와 내가 함께 다닌 독서실 근처 CCTV에 내 모습만 포착된 걸 본 뒤 상황은 달라졌다. 나는 완전히 무시당했다. 파출소에 찾아가면 뒤통수들만 나를 맞았다. 대놓고 귀찮아했다.

경찰들이 나 들으라는 듯 잡담했다.

"요즘 애들은 별거 아닌 일로 예민하게 군다니까. 괜히 사건 만들고, 자기들 마음에 안 들면 인터넷에 과장해서 거짓말이나 쓰고 말이야."

"어이, 하지 마."

"예전엔 상상도 못 했어. 애들이 공권력을 놀리고 부려먹으면서 인권 타령할 줄은."

사람들의 불안과 공포를 포착하지 못한다면 치안이나 방범은 도대체 뭘 지키는 거지? 증거가 사라지고 있는데 어떻게 위험을 입증하지?

아이들을 찾기 전에 화병으로 죽을 것 같았다.

나는 학교에 해라가 실종됐다고 알렸다. 담임은 무심한 목소리로 강해라의 학생부가 없다고 말했다. 그러더니 위엄 없는 말로 호통쳤다.

"야, 채진리. 정신 차리고 기말시험 준비나 잘해."

나보고 정신을 차리라고? 분노를 터뜨려야 할 곳이 너무 많았다. 내가 가진 에너지를 효율적으로 나눠 쓰기 어려울 지경이었다.

이제 반에는 여자애들이 열 명도 남지 않았다. 우리 반 여자애들만 해라의 실종에 충격받은 표정이었다. 곧 자기에게 닥칠 문제로 상상할 수 있는 사람만 지을 수 있는 표정이었다.

빈 책상은 순식간에 사라졌다. 책상 간격이 재정리됐다. 그러자 틈새에 남았던 그 애의 잔상마저 지워졌다. 순식간이었다.

종혁이와 다른 남자애들은 변함없이 시끄러웠다. 아무 일 없다는 듯 이전과 다를 바 없는 표정을 보면 소름이 끼쳤다. 평범하게 웃고 있는 사람들이 다 미웠다.

통풍이 안 되는 곳에 갖가지 냄새가 고이듯이 교실 안에 여러 종류의 적의가 풍겼다. 숨이 막혔다. 속성 발효된 감정이 사방에서 뿜어져 나왔다. 이런 일에 후각은 도무지 무뎌지지 않았다.

쉬는 시간 들려오는 대화는 더욱 무서웠다. 남자애들이 평범하게 나누는 대화가 기묘했다.

"야, 가수 A 말이야, 안 죽었대."

"그거 봤어? 배우 B, 걔도 안 죽었대."

무슨 소리지?

남자애들의 기억 속에선 가수 A와 배우 B가 올해 초에 자살했다고 한다. 무슨 그따위 악질적인 소문이 다 있담? 이미 응당 일어났어야 했다는 얘기처럼 들려 소름이 끼쳤다.

야간 자율학습이 시작되기 전 흥분한 종혁이의 목소리가 더 커졌다.

"둘 다 올해 초에 자살했잖아. 오래전 일도 아니고 완전 쇼킹한 뉴스였는데 착각할 리가 없지. 내가 아까 교무실 가서 체육샘이랑 윤리샘한테도 물어봤어. 다들 죽었다고 기억했다니까?"

"그럼 지금 있는 애들은 뭐야?"

"귀신이겠지!"

종혁이의 샤우팅을 음 소거해버리고 싶었다.

소문 속 존재는 연예인이고, 포털에 검색해보면 지금 잘 살고 있다고 뜨니 루머라고 무시하면 그만이었다. 예준이 일이 마음에 걸렸다. 예준이도 이미 죽은 애, 죽었어야 할 애로 취급되면 어떡하지? 저렇게 많은 사람이 똑같이 말하면 아무리 무시하려 애써도 상처받을 텐데. 약한 척을 못 하는 예준이도, 남들 헛소리에 마음 쓰는 시간이 아깝다는 해라도, 남의 억울한 일에 괜히 잠 못 자는 나도, 버티는 게 쉽지 않을 텐데. 우린 어떡하지?

"부활한 건가?"

"처음부터 죽지 않았는데 쇼한 건지도 모르지. 새 앨범 나오기 전에 다크한 걸로 마케팅 좀 해보려다 실패한 건지도 모르고."

기분 나쁜 벌레가 옷 속을 헤집고 다니는 것 같았다. 이곳엔 적절한 무관심과 정중한 무신경함이 없었다. 누군가의 슬픔이 사람들 입안에서 잘근잘근 쪼개졌다.

예전에는 "이상한 소리 좀 하지 마"라고 핀잔을 듣던 애들이 이제는 도리어 목소리를 높였다.

"야야, 걱정하지 마. 우리 쪽이 압도적이야."

종혁이가 반 아이들을 향해 외쳤다.

"우리가 기억을 상실한 게 아니고, 쟤들한테 이상한 기억이 더해진 거야. 4차원 캐릭터 같은 애들 꼭 있잖아. 인생 독자적으로 사는 애들. 근데 아무리 목소리가 커봐야 소수라고."

종혁이와 훈우처럼 눈빛이 달라진 아이들은 갈수록 늘어 갔다. 처음엔 한두 명쯤 이상해졌다고 생각했는데 이젠 고작 한두 명만 제정신인 것 같았다.

이곳은 이중적이다. 각자 현실이라고 믿는 두 개의 세계가 우연히, 동시에 겹쳐 있을 따름이다. 우리는 어쩌다 같은 시공간을 공유하고 있을 뿐 꿈꾸는 곳도, 앞으로 살아가고 싶은 곳도 달랐다.

아빠에겐 말하지 않고 며칠 등교하지 않았다. 해라와 함께 머물렀던 곳, 지나갔던 곳을 걷고 또 걸었다. 피시방에서 해라에게 메일과 메시지를 보냈다. 예준이 때와 똑같이 메일은 반송되었고 메신저 친구 목록에선 해라를 찾을 수 없었다. 해라와 함께 찍었던 핸드폰 사진도 사라지고 없었다.

혹시나 하는 마음에 서울역에 갔다. 서울역 주변, 큰 시계가 보이는 곳마다 한참이나 서 있었다. 핀잔 섞인 해라 목소리가 생생하게 들리는 듯했다.

전쟁 피난민이냐? 21세기 인간답게 메일 보내자. 서울역 가지 말고 피시방 가.

해라의 목소리를 이렇게 선명하게 기억하는데, 어디에 가도 해라와 닿을 수 없다니. 무얼 해야, 무얼 돌이켜봐야 하지? 어떻게 해야 해라와 보낸 시간이 증명될까?

서울역에는 사람들의 목소리가 줄지어 늘어서 있었다. 잃어버린 아이를 찾아달라는 전단지가, 수년간 외로운 싸움을 하는 사람들의 사연이 담긴 각종 포스터가 걸음을 재촉하는 사람들의 등 뒤로 흩어졌다.

'당신 벌써 잊었지? 아니, 처음부터 몰랐지?'

누군가 비난하는 목소리가 들리는 듯했다. 광장이 좁아 보일 정도로 사연이 많았다. 탄원서에 서명해달라는 목소리, 도와달라는 목소리, 의지할 곳 없어 광장에서 외치기라도 해야 하는 목소리에 먹먹해졌다. 해라, 예준이, 지연이의 사연까지 보탠다면 무수한 사연 속에 우리 이야기가 금세 파묻힐 것만 같았다.

나는 서울역 광장을 가로지르는 목소리들 가운데 한참 서 있었다. 누군가의 간절함 속에 내 간절함을 끼워 넣지도 못한 채 묵묵히 서 있었다. 재난 영화 속 한 장면처럼 울부짖고 싶었지만 짧게 혀를 차고 돌아설 누군가의 뒷모습을 견딜 수 없었다. 그건 아마도 내가 광장에서 그동한 절박한 누군가에게 보인 무신경한 뒷모습이었을 거다.

경찰도, 해라 부모님도 해라를 찾지 않았다. 나까지 가만히 있으면 해라는 정말로 세상에 없었던 애가 된다. 나는 그 애가 세상에 존재했다는 걸 증명할 목격자다. 해라네 가족마저 해라를 잊는다면, 해라를 떠나보낸다면 내가 유일한 증인이다.

해라를 찾아야 했다. 그건 내가 세상을 포기하지 않는 이유와 같은 의미였다. 여자아이 몇 명쯤 사라져도 아무도 신경 쓰지 않는 세상은 내 세계가 아니었다.

*

"등록금 똑같이 내고 쟤만 엘리베이터를 이용하다니, 저거 특권 아냐?"

방금 문이 닫힌 엘리베이터를 향해 종혁이가 불평했다. 문이 닫히는 순간, 목소리가 기어이 엘리베이터 안으로 비집고 들어갔을 게 분명했다.

예전에도 계수의 휠체어가 엘리베이터에 오르면 막차에

뛰어들듯 아이들이 끼어들곤 했다. 계수만 이용할 수 있는 엘리베이터였지만 계수와 같이 타는 건 허용되었다. 계수의 이동권, 학교 전기세, 학생 기강 등을 종합적으로 고려해 학교가 숙고해낸 방침이었다. 계수는 가끔 선생님들의 눈을 피해 4층을 왕복하며 아이들을 상하차하곤 했다.

훈우와 몇몇 애들이 이젠 계수의 엘리베이터가 역차별이라고 욕했다.

"학교 시설인데 다 같이 이용해야지. 누구는 이용하고 누구는 차별받고, 이게 뭐야?"

"쟤는 특수학교 가면 편할 텐데 왜 여길 온 거지?"

종혁이가 진지하게 교육부에 고발하겠다는 이야기를 했고 몇몇 아이가 동조했다. 고발이라니? 계수의 표정은 작년보다 훨씬 어두워졌다.

계수의 장래 희망은 개그맨이었다. 자신의 신체 조건과 연결된 농담을 해도 장애인과 비장애인이 함께 웃을 수 있는 콩트를 만들고 싶다고 했다. 어느 날, 수업 중 떠든 애들에게 선생님이 무심코 투명 의자 벌서기를 지시했을 때 계수가 손을 번쩍 들었다.

"선생님…… 저는 어떡해야 하나요?"

교실에 웃음이 터졌다. 꼭 벌받고 싶다는 계수의 표정이 너무 능청스러워서 정말 개그맨처럼 보였다.

계수는 항상 자기가 가진 걸 펼쳐 보이고 싶어 하는 장난꾸러기 같았다. 소중한 게 가득 담긴 상자를 온 동네에 드러내지 않고는 못 참겠다는 듯했다.

"엄마 배 속에서 성장이 더뎠대. 한창 배가 불러올 즈음에도 엄만 내가 들어선 줄도 몰랐대. 요즘도 나는 엄마한테 비밀이 좀 많아."

그랬던 계수였는데 새 학기 이후 달라졌다. 엘리베이터에는 특권이니 역차별이니 하는 이름이 붙었다. 엘리베이터 외에는 걸음을 옮길 방법이 없는 계수가 바퀴를 밀며 올라섰다.

예준이와 마찬가지로 개학날 계수가 여자애들과 같은 기억을 공유하고 있는 걸 두고 남자애들이 마뜩잖게 여겼다. 하지만 고발이라니? 최소한의 이동권을 두고 특권이라니? 계수의 농담에 웃는 애들도 조금씩 줄어들었다. 계수가 개그맨 공채 지원을 포기할 거라는 소문이 들려왔다.

세상이 좋은 곳이라 생각한 적은 없지만, 어떤 사람들은 왜 더 이상한 곳에 머물고 있을까? 천천히 계단을 올랐다. 화가 나 숨이 가빠왔다.

어지러운 날이 이어졌다.

자리에 돌아와 나는 영어 단어집을 노려보았다. 도무지 집중이 되지 않았다. 곱게 접어 주머니 속에 넣어둔 월드컵 기넘 손수건을 내려다봤다. 이런 걸 왜 소중하게 가지고 있지? 왜 이렇게 초조하지? 기말시험 때문인가? 머리가 멍하고 눈 안쪽이 아파왔다. 앞자리 아이의 등을 톡톡 쳤다.

"나 거울 좀."

"응? 거울 없는데?"

기대했던 표정과 전혀 다른 얼굴이 뒤를 돌아봤다. 그 애에게 내밀었던 빈손이 덜덜 떨렸다.

떨리는 손으로 필통에서 유성펜을 꺼냈다. 손바닥에 강해라, 황예준이라는 이름을 꾹꾹 눌러 적었다. 양 손바닥을 마주하고 깍지를 꼈다. 서늘하고 축축했다. 떨림이 멈추지 않았다.

"요즘 반 분위기가 어수선하다."

종례 시간에 담임은 1년 남짓 남은 디데이에 집중하라고 강조했다.

"마음 안 잡히거든 교무실 와서 상의해라."

만사가 엉망진창이 되었는데, 혼자서만 이성적이고 합리적인 사람의 목소리를 견디는 일은 괴로웠다.

전화번호를 아는 아이들에게 무턱대고 문자를 남겼다. 인터넷 카페에 글을 남기고 아이들에게 전화를 돌렸다. 남은 아이들과 연락망을 만들었다. 연락하는 도중에도 아이들이 뭉텅뭉텅 사라졌다. 이유도 모른 채 속수무책이었다.

며칠 후, 학교 안에 있던 유일한 엘리베이터는 전원이 흐르지 않고 굳게 닫혔다. 휠체어가 다니던 배리어프리 구역은 사라졌다.

훈우는 아예 다른 사람이 되었다. 애틋하던 마음도 이젠 흐려졌다.

내가 모르는 거 같았어?

네 마음이 우선이라고 생각해서……

훈우가 했던 말을 떠올려봤다. 아득하게 옛날 일 같았다.

훈우가 다른 애와 얘기하다 목소리를 높였다.

"야, 남자 새끼가 우냐?"

남자애들의 세계가 피식자만 있는 정글 같다고, 그 속에서 편안하지 않은 건 남자애들도 마찬가지라고 말했던 훈우는 사라지고 없었다. 전혀 다른 애가 훈우의 얼굴을 하고 있었다.

훈우와 종혁이 그리고 최근 들어 표정이 바뀌고 태도가 달라진 남자애들…… 나는 그 아이들의 이름을 암호처럼 바꾸어 노트에 적었다. 그리고 이름 옆에 사는 곳, 들고 다니는 가방, 다니는 학원 따위도 적었다. 학기 초에는 훈우와 종혁이만 이상하다고 생각했는데 달라진 애들의 숫자가 부쩍 늘어났다.

메모를 들여다보았다.

'회장님 타운'이라고 불리는 고급 아파트 단지, 조기 유학파, 수백만 원 아니 수천만 원의 학원비로 유명한 SAT 특별반……

공통점이 보이는 것 같았다. 주로 특권층 부모를 둔 남자애들이었다. 그리고 우리 아빠도 이제는 특권층이다. 그래서 내가 아직 남아 있는 건가? 아빠 덕에 나도 남자애들과 똑같은 입장에 머문 거라고? 말도 안 돼.

야간 자율학습을 빼먹고 아빠 회사에 찾아갔다. 으리으리한 사옥의 대표이사실 앞에서 멀거니 기다렸다. 저녁 시간에도 미팅이 이어지고 있었다. 비서인 듯한 사람이 반겨주며 짧은 대면 시간을 만들어주었다.

"무슨 일이니?"

피곤한 표정으로 관자놀이 부근을 누르며 아빠는 나와 눈도 맞추지 않았다.

"아빠, 빵 먹고 싶어."

"무슨 빵?"

"슈크림크루아상."

아빠는 한숨을 쉬더니 내선 전화로 비서에게 지시했다.

"애가 뭘 먹고 싶다는데 사다 주고 퇴근하세요."

나는 그 순간 아빠에게 등을 돌렸다. 비서가 다급히 불렀지만 사양하고 밖으로 빠져나왔다.

아빠도 훈우처럼 다른 사람이 되었다. 그런 아빠 덕에 나만 살아남았다고 생각하니 견딜 수 없었다.

반 토막 난 게 아니었다. 주위 여자아이들이 대부분 사라졌다. 일그러진 세상은 고집스럽게 굳건했다. 두 번 변하진 않으려는 것 같았다. 더 이상 기회를 주지 않겠다는 듯 단호해 보였다.

남은 아이들은 속 편히 전보다 더 거칠게 행동했다. 누군가를 루저, 변태, 시체, 좀비, 버그 따위로 불렀다. 당하는 아이들은 무작위였다.

"여기 왜 이렇게 벌레들이 많아?"

누군가를 짓밟는 순간 자신들이 승리했다고 믿는 듯했다. 함부로 승패를 말하는 자들의 논리로는 남을 공격하면 승자가 되고 당하거나 무시하면 루저가 되었다.

승부도 승패도 의미 없는 곳에서 우리는 서로의 적이 되었다.

사라질 몸

이틀 밤을 헤맸고 집 근처에서 마침내 동네 지킴이 아저씨를 만났다.

"아저씨!"

"어라, 넌 왜 아직 여기 있니?"

아저씨는 나를 보더니 기묘한 각도로 고개를 꺾었다. 나는 아저씨에게 달려들어 팔을 붙잡았다.

"예준이랑 해라, 애들 어떻게 된 거예요? 빨리 아는 대로 말해요!"

나는 해라처럼 투명해지거나 사라지진 않았다.

"아저씨, 나랑 지금 경찰서 가요. 그날 밤에 나랑 해라가 함께 있는 걸 봤다고 말해줘요! 제발요!"

아저씨가 안타까운 표정을 지어 보였다.

"그래 봐야 그런 애는 애초에 세상에 없었다고 할 텐데? 너랑 나만 이상한 사람 될 거야."

"아저씬 도대체 누구예요? 대체 뭘 어디까지 알고 있는 거예요? 아저씨가 애들을 세상에서 사라지게 하는 거예요?"

아저씨는 일견 비굴해 보이는 겸허한 미소를 지었다.

"우리 일이야 이삿짐센터 직원이랄까, 여행사 가이드랄까, 사람들을 안내하는 일이지. 정해진 여로로 말이야. 우리가 길을 닦을 필요는 없으니 편한 일인 셈이야."

"도대체 무슨 소릴 하는 거예요? 애들이 왜 사라지는 거냐고요!"

아저씨가 빙긋 웃으며 공허한 눈을 번뜩였다.

"그건 너희 아버지한테 물어봐야 할 것 같은데?"

"네? 우리…… 아빠요?"

"여긴 채필림 사장님이 새로 조율한 세상이니까."

손이 저리도록 붙들고 있던 아저씨의 팔을 천천히 놓았다. 사람들의 삶이 무너지는 와중에도 아빠에게 제2의 인생이 시작됐다고, 아빠 삶이 나아졌다고 느꼈다. 나도 그 덕에 삶이 조금은 윤택해졌다고 믿었다. 하지만 일그러진 세상을 만든 게 아빠라고는 상상도 해보지 않았다.

아빠 목소리가 떠올랐다. 세상의 정점에 오르자고 말하던 아빠, 피곤한 표정으로 슈크림크루아상을 사다 주라고 비서에게 명령하던 아빠.

그날 새벽, 나는 서재로 아빠를 만나러 갔다.

"아빠, 친구들이 다 사라졌어."

"응. 알아."

아빠가 담담하게 말했다. 너무 담담했다.

"아빠, 애들이 사라졌는데 아무도 몰라. 뉴스에도 안 나오고 경찰도 움직이지 않아. 학교 선생님들은 그런 학생이 원래 없었대."

아빠가 말없이 고개를 끄덕였다.

"아빠, 나도 곧 사라지는 거겠지? 그렇지?"

아빠가 그제야 고개를 들었다.

"진리야, 너만은 사라지지 않게 할 거야. 아빠 믿어도 돼. 이제 아빠한테 그 정도 힘은 있어."

아빠가 피곤한 얼굴로 약속했다. 힘이란 표현, 그 힘을 아빠가 가지고 있다는 말이 무섭게 들렸다. 나를 지켜주겠다는 그 힘이 혹시 나 아닌 사람들을 모두 죽일 수도 있는 힘이라면 맘 놓고 고마워할 순 없잖아? 그렇다면 나 때문에 다들 죽은 거나 마찬가지 아니야?

"다 같이 잘 먹고 잘 살자는 가훈, 아빠가 만든 거 기억 안

나? 나 혼자만 남았는데 어떻게 꿋꿋하게 살아?"

아빠가 말했다.

"열심히 연구하는 게 내 몫이었어. 만들라고 한 대로 만들었고. 파는 일은 다른 사람 몫이었으니까."

"무슨 말이야? 뭘 알고 있는 거야? 아니, 뭐든 상관없어. 내 친구들 돌아오게 하는 방법이 있어? 아빠가 할 수 있는 거야?"

아빠가 천천히 고개를 저었다.

"진리 너와 이영이, 둘 다 살릴 수 있는 세계를 만들고 싶었어."

나는 소리를 질렀다.

"도대체 무슨 말이야! 난 그냥 평범한 삶을 살고 싶을 뿐이라고! 내 친구들이랑 함께!"

아빠는 냉정하게 말했다.

"진리야, 산 사람은 살아야 해."

무시무시한 말이었다. 간신히 살아남은 자의 소박한 바람이 아니라 악독한 변명처럼 들리는 말이었다.

아빠는 제2의 삶에서 자신이 이룩한 것을 놓지 않을 모양이었다. 그래봤자 노벨상을 탄 것도 아니고 세상을 엉망으로 빚어놓고선. 아빠는 무능한 제빵사가 되었다.

지금부터 열심히 노력하면 엉킨 상황이 해결될 거라는 기대가 도통 생기지 않았다. 이제 필요한 것은 적절한 체념, 어쩌면 외면, 하지만 살기 위해서라도 완전히 절망하지는 않는 약간의 무념 같은 것일지도 몰랐다. '우리'라고 부를 사람들이 사라진 곳, 사람을 외롭게 내버려두는 곳은 세상의 끄트머리 같았다.

뜬눈으로 컴퓨터 화면을 노려보다 새벽에 집을 나섰다. 생각보다 많은 사람이 하루를 일찍 시작하고 있었다. 다들 간밤에 고단함을 잘 떨쳤나요? 나는 지난밤 어지러움이 아직 가시지 않았어요. 혼잣말을 주절거리며 학교까지 걸어갔다.

흐리고 탁한 아침 공기를 비집고 학교 정문에 도착한 순간이었다. 눈앞에서 교패가 천천히 바뀌고 있었다.

승림**남자**고등학교.

내 눈으로 똑똑히 보고 말았다. 학교가 남학교로 바뀌고 마는 순간을.

정문 앞에 멍하니 서 있었다. 교문 안쪽에서 목소리가 들려왔다. 종혁이와 남자애들이 걸어 들어가며 말했다.

"겁도 없이 어디 여자애가 남고에 막 들어오려고?"

"그렇게 남자들 사이에 끼고 싶으면 군대도 좀 가든가."

102

남자애들 사이에 웃음이 터졌다. 기묘하게 높은 데시벨의 웃음소리였다. 웃음소리가 점점 멀어지더니 회색 건물 안으로 사라졌다. 웃음소리가 떠난 뒤 사위가 갑자기 고요해졌다. 상관하지 않겠다는 듯 고요한 침묵이 날카롭게 나를 베었다.

문자와 메신저는 아무에게도 닿지 않았다. 나는 천천히 학교 건물을 등졌다. 나를 기억하는 사람, 기억할 사람이 아무도 없는 곳이었다.

완벽하게 혼자가 됐다. 이제 어디로 가야 하지?

종일 정처 없이 걸었다. 저녁 즈음 한적한 공원으로 갔다. 나는 나와 주변 상태를 제대로 인지하지 못했다. 주위에 누가 지나가는지, 혹은 내게 다가오는지도 인지하지 못했다. 이런 걸 방심했다고 표현할 수 있을까? 방심한게 잘못이었을까?

문득 시선을 느꼈다. 얼빠진 눈을 들여다보고 있는 날카로운 눈, 흐트러진 자세와 매무새 사이로 파고드는 시선, 마음이 너무 약해진 걸 공공연하게 드러내는 바람에 공인된 먹잇감이 된 기분. 싸늘한 불쾌함이 몸을 훑었다.

"야, 쟤도 시체야."

정신이 번쩍 들었다. 나는 자세를 바로 하고 눈에 억지로 힘을 줬다. 아이들 넷이 천천히 다가왔다. 이름은 모르지만 학교에서 얼핏 본 아이도 있었다.

"뭐야? 너희 나 알아?"

나는 쏘아붙였다.

"여기서 뭐 해? 힘든 일 있으면 오빠들한테 기대."

"너희 원래 세상에 없던 존재라며? 그동안 얼마나 힘들었니, 꾸역꾸역 존재감 드러내느라……"

"원래 살던 데로 돌아가. 세상 복잡하게 만들지 말고."

종혁이가 떠들어대던 표현이 유행처럼 확산이라도 된 걸까…… 내가 시선을 주지 않자 아이들끼리 농담했다.

"야, 재촉하지 좀 말아. 어차피 곧 사라질 몸이시라고 하잖아?"

아이들의 시선이 내 몸을 훑었다.

"쯧쯧, 이미 버린 몸이네?"

애들이 돌연 나를 두고 언쟁을 벌였다. 여자들은 거부하면서도 은근히 기대한다고, 싫다고 하면서도 즐긴다고. 여자의 '노'는 '예스'라고.

소름 끼쳤다. 수치스러웠다. 당하는 사람이 왜 부끄러움을 느껴야 할까? 입술이 바싹 말랐다. 이를 꽉 물었다. 도움을 청할 사람을 찾아 필사적으로 주위를 살폈다. 아무도 보이지 않았다.

아이들은 망설임이 없었다. 광기로 눈이 번쩍 빛났다. 탁

한 여덟 개의 눈빛이 사방에서 포위하듯 다가왔다. 핸드폰을 열어 긴급전화를 걸었다. 여덟 개의 손이 뻗어왔다.

"네가 청순가련한 척하면서 우릴 불렀잖아?"

"너도 재밌을 거야. 괜찮아."

나는 소리쳤다.

"하지 마!"

저항할수록 쏟아지는 폭력이 날카롭고 육중해졌다.

"아아아악!"

소리를 질렀다. 가진 게 겨우 목소리뿐이었다. 평생 큰 소리를 내본 적이 없어 작은 무기조차 되지 못했던 소리였다.

"야! 이놈들아! 너희 뭐 하는 거야?"

가까운 데서 아이를 업은 할머니의 목소리가 들려왔다. 아이들이 후드를 뒤집어쓰고 도망갔다. 나는 그 자리에서 정신을 잃었다.

병실 티브이에서 뉴스 소리가 들렸다. 아나운서의 목소리는 예사롭게 근엄했다. 전국적으로 폭력 사태가 걷잡을 수 없게 번졌다. 여학생이 표적이었다. 사고라고 묘사했지만 사망자까지 나왔다. 따돌림, 가출, 입시 스트레스, 폭력 게임 등의 헛다리 짚는 분석이 열거되었다.

사망한 여자아이에 대한 묘사도 꼭 사족처럼 붙었다. 평소

교우 관계가 좋지 않았고 성격이 거칠었다. 최근에 가출했다는 인터뷰가 사망의 주원인인 양 배치됐다. 놀랍게도 아이는 죽은 뒤에도 욕을 먹고 있었다.

"쯧쯧, 요즘엔 애들이 더 무서워."

청소년 범죄, 선도, 따뜻한 말 한마디 등 아무것도 이해하지 못한 사람들의 공허한 말이 찬 공기처럼 무겁게 내려앉았다.

전국적으로 수많은 아이가 사라졌다. 수없이, 이름도 없이, 숫자로만 간신히 남거나 그나마도 남지 않은 채로.

핸드폰을 찾았다. 그나마 사라지지 않은 친구들에게서 온 문자가 몇 개 있었다.

— 지금 뉴스에 나오는 사망한 아이, 시신이 사라졌대.

— 뉴스도 금방 사라질 거야.

— 사람들이 전부 잊을 거야.

— 우리 기억도 곧 보정될 거야. 헷갈리고 어지러워.

뉴스는 곧이어 교육부의 특별 보호 조치를 알렸다. 피해 아이들을 지정된 기숙학교에 격리해 보호 관찰한다는 방침이었다. 가해 아이들이 아니라 피해 입은 아이들을 마지막까지 솎아내 사라지게 하겠다는 이야기로 들렸다.

곧이어 기상캐스터가 활기찬 목소리로 선선해진 가을 날씨를 반겼다. '어차피 남의 일'을 등 뒤에 남겨두고 세상 사람들이 경쾌한 화제 속으로 떠나갔다. 여느 때처럼 사람들이 '말세'라며 혀를 차다 떠났다. 짧은 한 꼭지의 뉴스 속에 우리만 덩그러니 남았다.

얼굴과 어깨를 짓누르는 무거운 공기를 간신히 밀어내고 몸을 일으켰다.

'진리야, 괜찮아?'

자기도 힘들면서 나보고 괜찮냐고 묻던 해라의 목소리가 들리는 듯했다.

'진리 괜찮을 거야. 괜찮아야 해.'

예준이의 목소리도 들리는 듯했다.

그 애들이 지금 내 앞에 있다면 나는 팔짱을 끼고 코웃음을 쳤을 거다. 너희가 없는데 어떻게 나만 괜찮을 수 있니?

나는 우리를 지켜낼 수 있을까? 우리가 서로를 우리라고 부를 날이 다시 올까? 나는 아무 특색 없는 사진 속 정물처럼 병상에 말없이 붙박여 있었다.

"학생, 이것 좀 먹어봐. 엄마 언제 온대?"

친절하게 말을 걸어줬던 옆자리 가족의 시선을 피했다. 전 엄마가 없어요. 제발 자기가 당연하다고 생각하는 말 좀 하지 말아요. 모두에게 당연한 말 같은 건 없다고요. 사람들의 시선 밖에서 미친 사람처럼 중얼거리며 나는 천천히 투명해졌다.

예준아. 해라야. 미안해.

나도 기억이 희미해졌다. 애들을 찾고 있다는 기억마저 서서히 흐려지고 있었다. 그게 가장 견딜 수 없었다.

더는 안 되려나 봐.

잔잔한 절망이 나를 감쌌다. 놀랄 만큼 침착했다. 초조하지 않았다. 다 끝났어. 어쩔 수 없어. 욕심낼 수 없어. 나는 그렇게 강하지 않아. 아니, 나는 무력해. 나는 아무것도 아니야. 내가 사라져도 세상은 아무 일 없을 거야. 나 혼자 살아남더라도 결국 너희를 잊을 거야. 살아도 침묵하면서 살게 될 거야. 도저히 용서할 수 없는 세상을, 견딜 수 없는 나를 언제까지나 끌어안고서. 닥치고, 조용히……

그래도 해봐야지, 라는 말이 뾰족하게 스쳤다가 다시 뭉툭해졌다. 그 말은 이미 의지를 잃어갈 때 떠올리는 말이었다. 그때 뭘 해야 했나, 하는 말도 결국 아무것도 못 했다는 말이었다. 날카롭게 솟구치던 감정이 천천히 평평하게 잦아들었다. 나는 냉정해졌고 머리끝까지 차가워졌다.

내가 비겁해서, 기민하거나 영리하지 못해서 해라를 놓쳤어. 다 내 잘못이야.

마음 안팎에서 파도치는 말들에 휩쓸리지 않고 언제까지 버틸 수 있을까? 당장 무너지지 않을 말을 찾아 머릿속을 뒤졌다. 아무 말도 떠오르지 않았다.

병상의 이불을 정리했다. 수습되지 못하고 한없이 늘어지는 마음마저 작게 접히길 바랐다. 터덜터덜 병실을 빠져나가 병원 옥상에 앉았다. 곁에서 다른 사람의 대화가 들려왔다.

"마음 편히 가져. 요즘엔 큰 수술도 아니라잖아. 세상 진짜 좋아졌다니까."

세상이 나아졌다는 말은 왜 내겐 공허하게만 들릴까. 전보단 나아졌다는 말을 들을 때면 최선책이 영원히 유보된 곳에 방치된 기분이었다. 세상은 아이들이 사라지기 전부터 기묘한 모순투성이였다. 출제자의 기분에 따라 답안이 바뀌는 문제 같았다. 어떤 분야의 기술이 좋아진대도 어떤 일들은 계속 과거 속에 내던져졌다.

희뿌연 밤이었다. 끝없이 탁해 보이는 구름을 올려다보았다. 그래도 구름 너머에는 별빛이 빛나고 있겠지. 지금 여기서 보이지 않는다고 부정할 순 없겠지. 오늘은 도저히 느껴지지 않지만 분명히 존재할 별빛 아래에서 나는 세상이 좋아진다는 게 뭘까 생각했다. 변한 세상은 끔찍했다. 마음 편히 머물 내 세계는 어디에도 없었다.

집에 돌아오고 난 뒤에야 병원에 막 도착했다는 아빠의 전화를 받았다. 나만 살았다고 안도하는 아빠라면 차라리 마주치고 싶지 않았다.

침탈

완벽하게 혼자였다. 학교도 갈 필요가 없어졌다. 어디도 갈 곳이 없었다. 땀이 맺혀 해라의 이름이 주먹 안에서 희미하게 지워지는 걸 느꼈다. 이렇게 지워져선 안 돼.

애들 몇 명쯤 사라져도 아무도 상관하지 않는 세상에선 살고 싶지 않았다. 내가 상관있다고 말해야 했다. 독백이어도 상관없었다. 그러려면 무엇보다 내가 해라를 잊으면 안 됐다. 눈앞이 아득했다. 세상 모두를 향했던 분노가 이번엔 고스란히 나를 향했다.

"어떡해야 애들을 찾을 수 있지?"

나는 필사적으로 답을 구했다.

"해봐야지. 할 수 있는 데까진."

해라가 곁에 있었다면 이렇게 말했겠지.

할 수 있는 데는 어디까지일까. 할 만큼 했다고 만족할 수 있는 끝은 어디일까. 내 바람은 해라와 다시 만나는 것뿐이다. 평범하게 빵을 나눠 먹고, 함께 졸업하고 진학하고, 계속 친구로 지내면서 하고 싶은 얘기, 듣고 싶은 얘기를 서로의 대화 속에서 발견하며 같이 살아가는 것뿐이다. 원하는 게 이렇게 소박한데 세상을 통째로 다 바꿔야 한다니. 너무 무거운 과업이었다.

나만 안전한 세상, 나만 살아남았다는 특권을 가진 세상에서 혼자만 편안할 수 없었다. 해라와 예준이, 다른 아이들이 조용히 사라진 일을 그저 조용한 일로 두고 볼 수 없었다.

병원에서 돌아온 뒤 나는 집 안에 틀어박혔다. 누구에게서도 문자가 오지 않았고 커뮤니티도 비어 있었다. 모두 사라지고 없었다.

모두 사라진 게 실감 나지 않았다. 살려달라고 소리치고 싶었지만 그러기에는 어정쩡했다. 모두가 사라졌다고 하면 애초에 그런 애들은 없었다고 할 테고, 그래도 너는 살아남지 않았느냐는 말을 들을 거였다.

사람들은 항상 자기 존재를 지킬 힘도 없이 쓰러져간 사람들을 약하다고 공격했다. 냉정하고 당당하게 멸시했다. 약한 존재를 혐오하는 사람들이 제일 비정해 보였다. 자신의 비정함을 인지하지도 못하는 편협한 사람들이 미웠다.

아빠가 밤늦게 돌아왔다. 엄마를 그리워하던 순애보 같은 눈빛은 사라지고 없었다. 아빠는 집에 돌아와서도 누군가와 계속 통화했다. 아빠의 말에도 맹렬한 비정함이 묻어 있었다.

아빠는 매일 밤 서재에서 전화를 했다. 끊임없이 누군가에게 호통을 쳤다. 일 처리 똑바로 하라고, 두 번 말하게 하지 말라고, 내 시간을 낭비하지 말라고, 이래서야 돈 받는 의미가 있냐고, 널 통제하는 것쯤 간단하다고. 상대의 말을 들을 틈도 없이 말을 쏟아냈다. 누구에게 어떤 이유로 호통을 치는 건지 알 수 없었지만 줄곧 일방적이었다. 듣는 것만으로 심장이 쪼그라들 것 같았다. 상대를 한없이 비굴하고 두려워지게 만드는 목소리, 상대가 불리한 위치에 있다는 걸 규정짓는 목소리였다.

아빠가 점점 무서워졌다. 무슨 일을 하고 어떤 위치에 있기에 누군가에게 저렇게 당당하게 복종을 요구할 수 있는 걸까.

컴퓨터를 켜고 '오센틱제네틱스'를 검색했다. 가장 먼저 회사 홈페이지가 나왔다.

— 혁신적인 신약 개발로 안전하고 건강한 미래를 꿈꿉니다.

— 대표이사 채필림

신문 기사를 검색해봤다.

— 반인도적 동물 실험 논란, "인류를 위한 희생"인가?
— 의료 범죄로 논란 빚은 일본 제약회사와 합병, "전쟁 범죄와 무관해" 해명
— 매매된 난자 사용, 무동의 난자 채취 논란, 연구소 윤리지침 위반

부정적인 기사들이 눈에 띄었다.

아빠 회사의 상품 목록을 훑어봤다. 건강기능식품, 상비약, 임신 진단 시약, 가정 내 화학약품, 호르몬제, 결핵 치료제, 항암제, 항균제, 동물 약품, 의료기기…… 딱 봐도 상품은 수백 개가 넘어 보였다.

모니터를 들여다보는 내 주위에 친구들이 함께 있는 것 같은 기분이었다. 아이들이 모두 사라지는 동안 나만 남았다. 아이들이 한꺼번에 사라진 이유, 그 기이한 폭풍이 나만 피해 간 이유가 뭘까?

새 학기 첫날, 아빠가 갑자기 제약회사 사장이 되었다. 그리고 그 이후로 친구들이 사라졌다. 아빠 회사에서 새로운 약을 만들었는데, 그 약이 부작용을 일으키기라도 한 걸까? 내게만 이 룰이 적용되지 않은 이유는 뭘까? 아빠가 부작용

을 미리 알아서 내게만 투약하지 않은 걸까? 그렇다면 도대체 무슨 약일까? 열여덟 살 아이들에게 일제히 적용되었다면 그 이후에 태어난 아이들에게도 줄곧 영향이 있는 걸까? 지금은 어떻게 된 걸까?

분명히 거대한 쓰나미가 우리를 덮쳤는데 진원이 된 사건은 눈에 띄지 않았다.

아빠를 찾았다. 아빠 방과 서재, 거실, 옥상까지 가봤지만 아빠는 어디에도 없었다.

잠들지 못한 채 새벽 3시가 지났다.

그때 쿵, 하는 소리가 들렸다. 집 어디에선가 무언가 부딪히는 소리였다. 나는 발소리를 죽이고 소리가 난 쪽으로 갔다. 평소 드나들지 않던 지하실로 내려갔다. 운동 기구들이 놓인 헬스장을 지나자 안쪽에 공간이 보였다. 창고겠거니 생각했던, 평소 닫혀 있던 방이 열려 있었고 방 한가운데에 아빠가 서 있었다.

그 순간, 지하실에서 굉음이 터졌다. 지하실 안쪽에는 낯익은 냉장고가 보였다. 진리베이커리 작업장 한가운데 놓여 있던 냉장고였다.

냉장고 문을 열고 사람들이 쏟아져 나오기 시작했다.

아빠는 당황한 표정 하나 없이 냉장고에서 나온 사람들을 정중하게 바깥으로 안내했다.

사람들 사이에서 유명 배우 K의 얼굴도 보였다. 짐을 들고 따라가는 사람 중에는 방범대원 어깨띠를 두른 사람도 보였다. 마치 고급 호텔에 들어서는 여행객들과 이를 안내하는 사람들 같았다. 아빠는 가이드 같았고 동네 지킴이 아저씨는 벨맨 같았다. 그중 연로하고 쇠약해 보이는 노인을 아빠는 각별하고 정중하게 안내했다.

　아빠는 사람들과 함께 주차장으로 나갔다. 언뜻 봐도 수십 명이었다. 냉장고에서 나온 사람들은 숨죽여 비밀스럽게 이동했다. 말없이 어두운 관광버스에 올라탔다. 아빠는 승용차를 몰아 불 꺼진 관광버스의 길을 안내했다. 달려 나갔지만 차를 따라잡을 수 없었다. 운전석에 탄 아빠와 잠시 눈이 마주쳤지만 아빠는 곧장 나를 외면했다.

　다음 날 오전, 배우 K의 시체가 발견되었다는 뉴스가 떴다. 어젯밤 지하실에서 본 바로 그 배우였다. 트레이드마크인 얼굴의 점 때문에 최초 발견자가 바로 방송국에 제보했다. 단독, 특종, 속보란 타이틀을 달고 인터넷 기사도 쏟아졌다.

　하지만 오후가 되자 K의 사망은 오보라는 속보가 떴다. 당사자가 자택에서 대규모 기자회견을 열었다.

　"저의 안부에 이토록 많은 분이 관심을 가져주셔서 감사합니다. 저는 현재 새 영화를 준비 중이고요……"

K의 밝은 목소리가 9시 뉴스를 연예 뉴스로 바꾸는 듯했다.

어젯밤에 본 사람들은 누구지? 어디에서 온 걸까?

뭔가 이상했다. 시체가 있고 부검을 했다. 시체는 자신이 K라고 증언했다는데 경찰은 증명할 방법이 없다고? K의 얼굴을 한, K의 유전자를 가진 누군가가 엄연히 살아 있다고?

나는 곰곰이 하나의 가설을 떠올렸다.

훈우에게 전화를 걸어 만나자고 했다. 훈우는 귀찮다면서도 호기심 어린 눈으로 약속 장소에 나왔다.

"네가 나랑 전에 사귀었다고? 미안하지만 내 취향이 좀 바뀌어서 말이야. 이전에 사귀었다고 매달려도 소용없어. 근데 너처럼 촌스러운 애랑 어떻게 사귀었나 몰라. 여자친구 외모에도 마지노선이란 게 있는데 말이야."

농담으로라도 상대를 깎아내리는 말은 할 줄 모르던 애, 함께 있으면 대책 없이 낙관적인 기분이 들던 애는 사라지고 없었다. 나는 의외로 덤덤하게 흘려들었다. 소중한 친구에게 들었다면 상처받았겠지만 눈앞의 훈우는 내게 아무런 의미가 없는 사람이었다.

"너는……"

목구멍에서 무언가 울컥 올라와 목소리를 한번 가다듬었다.

나랑 사귀었을 때 너는 늘 어디 다른 곳에 가고 싶다고 했

116

어. 줄곧 여기가 싫다고 했어. 누나들 세 명의 몫까지 감당하며 살고 싶다고 했어.

나는 올라오려던 말을 삼키고 필요한 이야기, 들어야 할 이야기만 했다.

"너도 혹시 이동했니? 혹시 어떤 철문을 통과해왔니?"

훈우가 의미심장한 웃음을 지으며 물었다.

"무슨 소리야?"

지나칠 만큼 이전 기억이 너무도 깨끗이 사라진 사람들이 있었다. 훈우와 종혁이처럼. 혹시 어젯밤 내가 본 사람들도 비슷한 케이스가 아닐까? 어디까지나 추측이었지만 나는 심증을 굳히고 조금 더 노골적으로 물었다.

"이전에 살던 곳에서 예준이는 어떤 애였니? 거기서 나나 해라는 어떻게 살고 있었어?"

훈우는 얼굴을 찡그렸다.

"변태는 거기서 자살했어. 그런데 여기 와보니 살아 있지 뭐야? 그래서 우리가 변태 좀비라고 부른 거야."

나는 마른침을 삼켰다.

"그리고 너랑 다른 애들은 아예 존재하지도 않았어. 우리가 다녔던 학교는 남고였어. 지금 남고가 된 건 원상 복구된 것일 뿐이야. 예준이나 너 같은 애들도 원래 자리로 돌아간 셈이지. 원래 세상이 그래왔어. 너도 언젠가 이해할 날이 올 거야."

훈우는 나의 유도 심문에 걸려 두 개의 세계가 있음을 인정하는 듯 답했다. 그리고 이곳으로 넘어온 자들이 있음을, 어쩌면 이곳의 조건들을 침탈했음도 암시했다.

그런데 만약에 한 세계에 같은 사람이 둘이라면? 서로를 죽이고 유일한 존재가 되려는 일이 벌어졌다면?

"너도 이곳에 와서 널 죽였니?"

뉴스에서 본 배우 K를 떠올리며 나는 훈우를 도발했다.

"나를 살인자라 부를 거야? 자신을 죽이면 안 된다는 법은 없어."

훈우는 내 가설을 부정하지 않았다. 아니, 깔끔하게 인정했다. 이곳의 훈우, 내 남자친구 훈우를 죽이고 자신이 살아남았다는 사실을.

"뭐랄까, 이건 그냥 시적 허용 같은 거야. 치열하게 살아남은 영웅의 대서사시 같은 거랄까. 우린 실력이 있었기에 이 삶을 획득했지. 그러니 여기 눈앞에 펼쳐진 새로운 세계를 내 세계로 누릴 자격을 얻은 거야."

훈우가 뮤지컬 배우처럼 과장되게 떠들어댔다.

"걔가 살아남을 권리 따위 생각하다 내가 죽으면 어떡하냐고. 그러는 너는 뭐 하고 있는 거지? 자기 자신도 지키지 못한 주제에 입만 살아서 나불대는 꼴이라니. 그러다 네가 죽으면 누가 네 목소리를 들어주기나 한대? 시체들이 떠들어대는 셈이라고."

내가 사랑했던 훈우는 살해당했다. 망연자실한 내 표정을 보고는 눈앞의 훈우가 의기양양하게 말했다.

"이제야 좀 알겠어? 세상은 잔혹해. 그걸 통과한 게 실력이라고."

나는 살인자와 마주하고 있다는 사실이 끔찍해져 뒷걸음질 쳤다. 이곳의 살인자들은 죽인 대상이 자기 자신이라는 사실 덕에 어떻게든 알리바이를 만들어 법망을 피해 갈 태세였다. 시체가 나와도, 행여 시체의 지문이 자기 자신과 똑같아도, 어깨 한번 으쓱하며 모르는 일이라고 잡아떼면 무탈하고 건재하겠지.

나는 바싹 말라붙은 입술을 간신히 떼며 말했다.

"물론 법은 자기 자신을 죽이면 살인이라고 말하지 않겠지. 지금까지 그런 일은 없었으니까. 근데 네가 너 자신을 죽인 일보다 더 끔찍한 게 뭔지 알아? 그런 식이라면 앞으로 다른 사람을 죽여도 넌 똑같이 말할 거야. 아직 정해진 게 없는 어중간한 틈새를 계속 찾아낼 거야. 어떤 짓을 해도 너에게 유리할 합리화를 줄곧 반복할 거야. 앞으로도 당당하겠지. 너 자신을 해칠 때도, 남을 해칠 때도."

살인자가 뻔뻔하고 비겁한 얼굴로 코웃음을 쳤다.

이 아이처럼 자신의 살인을 합리화하는 자들이 앞으로도 최선이나 합법 따위를 말하겠지. 반칙과 범죄까지 융통성이나 편법 정도로 치부하겠지. 제 손으로 만든 경악할 현실을 가뿐히 용납하고는 상대가 처한 공포를 상상도 못 하는 사람이 되겠지. 너의 논리가 세상에 뿜어대는 유독함에 전율하는 사람을 과민 반응이라고 몰아세우기나 하겠지.

훈우와 종혁이가 남자라서, 강남의 부잣집 애들이어서, 혹은 두 세계를 경험한 애여서가 아니었다. 다른 역사를 가진 자기 자신을 거침없이 죽일 수 있는 애들이기에 끔찍했다. 우리와 기억이 다른 것처럼 보인 사람이 섬뜩했던 이유였다.

그 애는 자리를 떴다. 나는 살인자를 어디에도 신고할 수 없다는 데 모멸감을 느꼈다. 그보다 훈우가 영원히 사라졌다는 사실에 까마득해졌다.

훈우와 대학에 가고 싶었다. 어학연수도 가고 해외여행도 가고 싶었다. 재밌는 일을 벌이고 싶었고 재밌는 일을 벌이는 사람들 사이에 함께 머물고 싶었다. 좋은 것을 느낄 때마다 나란히 있고 싶었다. 그 순간 서로에게 기대고 싶었다. 사소한 꿈이라 생각했는데 아득한 꿈이 되고 말았다.

나는 그 자리에서 펑펑 울었다. 훈우가 너무 그리워서, 이곳에 살아남은 훈우를 용서할 수 없어서.

딸의 이름

1990년

    최이영은 줄곧 그 전화에 대해 생각했다. 어느 날 한 아이의 목소리가 불쑥 부부의 인생에 나타났다. 낯모를 이의 다급한 비명을 잘못 걸려온 전화로 간주했던 이유를 뭐라고 해명해야 할까? 음성메시지 속 아이가 줄곧 추궁하는 듯했다.

    아이의 음성메시지를 들은 건 어느 금요일 밤이었다.

    그날 이영은 잠들지 못한 채 아직 퇴근하지 않은 필립을 기다렸다. 어렵게 연차를 쓴 이유와 시어머니에게 걸려온 전화에 대해 필립에게 말해야 했다.

    이영의 부모는 어지간한 사람들이었다. 그 세대 사람들과 크게 다를 바 없이 평범했다. 먹고사는 일이 인생의 최우선 과제였다. 생계 앞에서 다른 일들은 사소하고 부차적인 문제일 뿐이었다. 편견을 굳이 숨기지 않을 만큼 편협했다. 이영의 친구들에게도 제각각의 가정사가 있었다. 납득하기 힘든 특별한 이야기가 꽤나 보편적이던 시대였다. 결혼 후엔 지역색까지 체감했다. 필림의 고향은 전통문화 체험을 주요 관광상품으로 삼은 보수적인 마을이었다.

이영은 부모 세대를 보며 생각해왔다. 아무나 부모가 될 수 있는 건 아니라고. 아니, 아무나 부모가 되어선 안 된다고.

필림은 붉어진 얼굴로 콧노래를 부르며 귀가했다. 회식이라더니 취한 듯했다. 필림은 그즈음 일 중독이었다. 러너스 하이와 유사한 상태였다. 연구원으로 참여한 극비 프로젝트가 괄목할 성과를 낼 것 같다며 곧 노벨상이라도 탈 기세로 지냈다. 이영은 손짓하며 필림을 불렀다.

"자기야, 앉아봐. 할 말 있어."

필림이 환한 얼굴로 답했다.

"나도 할 말 있어."

"그럼 당신부터 말해봐."

"회사 일이 잘 풀릴 것 같아. 아직 구두로만 약속한 거긴 하지만 오늘 승진도 보장받았어. 게다가 잘하면 제품 판매량에 따라 성과급도 나온대. 영화배우만 러닝 개런티를 받는 줄 알았더니, 흐흐. 스톡옵션으로 받은 주식도 오를 일만 남았고, 복권 당첨 안 부러울 거야. 당신, 회사 그만두고 이제 살림해!"

필림이 호기롭게 선언했다. 줄곧 무표정하던 이영이 얼굴을 찡그리며 되물었다.

"그게 다야?"

"그게 다냐니?"

"말했잖아. 난 집에서 살림만 하면서 못 살아."

"에이, 누가 살림만 하래? 편히 지내면서 취미 생활도 하고 자원봉사도 하고 그러다 내조도 조금 하고……"

"두 번 말하게 하지 마. 안 한다고 했잖아."

아내의 단호한 말에 필림은 낙담하고 불쾌한 표정을 지었다. 필림이 흥분을 가라앉히고 냉정한 목소리로 말했다.

"너, 고생을 덜 했구나. 아직 회사 생활이 만만해 보이지? 우리 회사만 해도 그래. 젊은 여자들, 곧 시집가고 애 낳고 여차하면 퇴사할 여자들, 언제든 홀가분하게 떠나버릴 애들로 생각한다고. 그러니 장기 프로젝트는 안 맡기는 거야."

"뭐라고? 너, 내가 일하는 것도 그렇게 생각했니?"

"아니, 아니, 나도 집이라서 솔직하게 말하는 거야. 본인이 아무리 의욕적이어도 아무리 실력이 뛰어나도 세상 이치가 그래. 프로젝트에 공백이 생길 여지를 누가 감수하려고 들어? 회사가 무슨 자립지원센터도 아니고. 그러니까 괜히 고생하지 말고 자아실현 하면서……"

회사에서 주구장창 맡던 퀴퀴한 냄새가 집에서까지 나는 것 같아 이영은 견디기 힘들었다.

"오늘 당신 어머니도 전화로 똑같이 고리타분한 소릴 하더니만, 모자가 나한테 오늘 왜 이래?"

"엄마가 전화했어?"

"응."

"뭐래?"

"애 낳으래. 대 끊기게 하지 말라셔. 뭐 잘난 가문이라고 요즘 세상에 대를 이으라는 표현을 하니?"

"어휴, 엄마 말은 무시해. 근데 자기야, 아기 생기면 우리 인생도 완전히 달라질 것 같지 않아?"

"이럴 줄 알았어. 둘이 짰니?"

"짜긴 뭘 짜! 내가 엄마 닦달 막아내느라 얼마나 힘든데. 자기도 알잖아, 나 노력하는 거."

필립은 높아진 수입을 믿고 이영이 집안일만 하길 은근히 종용했다. 이영은 연봉과 상관없이 보란 듯 남편의 기대를 저버리고 싶었다. 그나마도 오늘 이후로는 어떻게 될지 몰랐다. 필립이 힐끗 이영의 안색을 살피다 분위기를 바꿔보려고 화제를 돌렸다.

"자기야, 오늘 이상한 일이 있었어."

"무슨 일인데?"

이영이 심드렁하게 물었다.

"회사에서 지급한 삐삐 있잖아. 거기로 오늘 이상한 음성 메시지가 녹음됐더라고."

필림은 집 전화기로 음성메시지를 재생했다.

"아빠! 나 진리야. 아빠! 나 좀 살려줘. 친구들이 다 사라졌어. 예준이가 죽었대. 해라도 눈앞에서 사라졌어. 근데 아무도 찾질 않아. 아빠가 거기서 제대로 되돌려줘. 이대로라면 나 미쳐서 죽어버릴 것 같아. 아빠, 제발!"

여자아이가 '아빠'를 부르며 울먹였다. 다급한 목소리였다.

"뭐야? 납치당했다고 속여서 돈 뜯어내려는 건가? 신종 사기 같은?"

그즈음 무선호출기를 가진 사람은 흔치 않았다. 의사나 군인, 음지에서 일하는 정보기관 요원, 그리고 필림처럼 신기술, 신물질을 다루는 극비 프로젝트 담당자 정도였다. 무선호출기가 특수 계층과 접촉할 수 있는 방법이라고 생각한 누군가가 사기라도 치는 걸까? 이영은 의심했고 필림은 별일 아니라는 듯 무심하게 말했다.

"우리한테 딸이 있을 리 없잖아? 당신이 갑자기 마음 변해서 낳겠다고 하지 않는 한."

이영은 남편을 소파에 반듯하게 앉히고 오늘 연차를 낸 이유를 말했다.

"산부인과 다녀왔어."

필립이 뒤로 넘어질 뻔하다 몸을 벌떡 일으키며 반색했다.

"정말? 여보! 우리 드디어 아이가 생기는 거야?"

필립의 얼굴이 귀가 직후보다 더 상기됐다. 오후에 시어머니에게 들은 잔소리를 떠올리는 이영의 표정은 더 어두워졌다.

"왜 그래? 의사가 뭐랬는데? 요즘엔 성별도 얘기해주잖아?"

"아기 옷, 핑크색으로 준비하래."

"아……"

필립이 짧은 한숨을 내쉰 뒤 다시 환한 미소를 보였다.

"큰딸은 살림 밑천이라잖아? 둘째를 아들 낳으면 되겠네. 나 이제 애들 둘 키울 능력 충분해."

이영이 참지 못하고 격분했다.

"큰딸이 왜 살림 밑천이야? 걔는 태어날 때부터 자기 인생도 없는 거야? 부모 살림살이나 돕고 남동생 교육이나 뒷받침하란 말이야?"

이영 자신도 큰딸이라 늘 들어온 말이었다. 윗세대와 한 치도 다르지 않다니. 이영은 남편의 세습된 고루함에 허탈감

마저 느꼈다.

"그런 뜻이 아니잖아. 나 정말 좋은 아빠 될게."

이영은 필립의 손을 뿌리치고 방으로 들어갔다. 함께 상의
하려 했지만 남편의 답은 이미 정해져 있었다. 하지만 출산은
이영 자신의 몸과 장래를 우선해 생각할 문제였다. 선의가 담
긴 남편의 서약보다 지금은 이영의 결심이 더 중요했다.

'단순 무식한 남자 같으니라고. 그래도 소탈하고 성실하
니 어르고 가르치며 살면 되겠지 했던 내 탓이다.'

이영은 침대에 누워 대학 시절을 떠올렸다. 필립과 캠퍼스
를 거닐던 일, 캠퍼스 후미진 곳 수풀에 숨어 키스했던 일, 그
의 친구들에 둘러싸여 프러포즈받은 일 따위가 생각났다. 그
때 주위 사람들이 박수를 치며 대답하라고 키스하라고 몰아
친 것과 강요받는 상황이 싫어 냅다 도망간 일, 바보 같은 남
자가 장미 꽃잎을 흩날리며 쫓아온 일까지 줄줄이 떠올랐다.

필립은 캠퍼스 기념비에 새겨진 진리와 사명이라는 글귀
를 가리키며 말했었다. 딸이 태어나면 진리, 아들이 태어나
면 사명이라고 이름 짓자고. 하여간 센스 없는 남자라니까.
그래도 악의 없고 정직한 사람이라 믿어 결혼을 결심했다.

'로라 정도는 돼야지. 변진섭 노래처럼.'

이영은 몸을 일으켜 거실로 나갔다. 소파에 기대 졸고 있
는 필립에게 물었다.

"아까 음성메시지 남긴 애, 이름이 뭐라고 했지?"

필림이 잠결에 답했다.

"진리래, 진리."

*

이영은 일과 양육을 두고 고민했다. 남편과 시가가 말한 '대를 이을 장손'과 '살림 밑천이 될 딸'을 놓고 고민한 것은 아니었다.

세상 이치가 그래. 프로젝트에 공백이 생길 여지를 누가 감수하려고 들어? 회사가 무슨 자립지원센터도 아니고.

들을 가치도 없다고 일축했지만 야박하게도 현실감 있는 말이었다.

줄곧 총무부에서 일했다. 영업이나 개발 쪽 직무처럼 실적이 수치화되진 않았다. 회사에서는 총무부를 회사의 어머니, 또는 시어머니 부서라고 불렀다. 부서 여자 동료들과는 집과 회사 양쪽에서 뒷바라지만 담당하다가 나이 들어 되바라질 것 같다고 농담하곤 했다. 누군가 해치우지 않으면 짐짝처럼 쌓일 일만 줄곧 처리해왔다. 이영은 자신이 회사의 연필심이나 잉크, 이면지 같다고 생각했다. 단독으로 빛나는 순간을 한 번도 맞지 못하고 소모되어가는 부속품.

공부를 더 할걸, 학위를 딸걸, 외국에 나갈걸, 결혼하지 말걸, 여행을 더 다닐걸, 일찍 집을 살걸…… 가지 못한 길, 하지 못한 일은 모두 후회로 남았다. 이렇게 살다 인생이 통째로 후회 덩어리가 될 것 같았다.

대학 동기 혜은이 말하곤 했다.

"여자 나이 열아홉, 서른셋, 서른일곱이 액년이래. 액땜해야 하는 나이."

"아이고, 그렇게 딱 3년만 고비면 소원이 없겠다."

대한민국에서 살려면 '여자 나이 언제고 고비'라고 말하는 편이 진실에 가까울 거였다.

일찌감치 비혼을 선언한 은형이 거들었다.

"이영이 말이 맞아. 그러니까 잘 대비해야 해. 악착같이 돈 모아야 하고 독거노인 문제도 내 문제로 여겨야 해."

은형의 말투가 웃겼지만 차마 웃을 수 없었다.

이영은 이미 가진 것을 손꼽아보곤 했다. 남들 눈에는 번듯해 보일 직장. 바람피울 줄 모르고 일 중독인 남편. 이것만으로도 친구들은 이영을 부러워했다. 너는 하고 싶은 일 하면서 살잖아, 네 지갑이 따로 있잖아, 남편 연봉도 높다며, 애들한테 시달리지 않잖아, 보기 좋아, 부러워, 그에 비하면 난…… 어휴, 말을 말자.

푸념을 듣는 일에도 점차 익숙해졌다. 친구들은 학부모 모임으로 떠났고, 정기적인 모임도 점점 줄어들었다. 외로움을 느낄 때마다 애써 기회비용이라는 말을 떠올렸다.

다섯 살 터울 남동생이 대학을 졸업한 뒤 이영은 난생처음 배낭여행을 다녀왔다. 시집갈 돈을 펑펑 쓰고 다닌다고 부모님께 욕을 한 바가지 먹고 떠났다. 오로지 자신을 위해 헤프게 소비하면서 해방감을 만끽한 건 그때가 처음이었다. 떠나던 날 두렵고 설레던 마음, 돌아오는 길의 피곤함까지 소중했다. 그 후로 오래지 않아 결혼했기에 자신만의 행복을 느꼈던 시절은 길지 않았다. 새로운 곳으로 떠날 수 있었던 과감한 행동력을 이영은 아련하게 떠올렸다. 남편과 함께 안정된 삶을 꾸리는 지금은 결심하는 것만으로 훌쩍 떠날 수는 없었다. 걷기 좋은 신발로 바꿔 신는 것만으로 어디로든 여행할 수는 없었다. 노후까지 안정적으로 지속할 수 있는 삶을 도모하며 여행은 끝났다. 대신 일상이라는 더욱 험난한 모험이 시작됐다.

'엄마로 사는 일은 어떤 모험일까?'

이영은 잠시 고민했다.

아빠! 나 진리야. 아빠! 나 좀 살려줘. 친구들이 다 사라졌어. 예준이가 죽었대. 해라도 눈앞에서 사라졌어. 근데 아무도 찾질 않아. 아빠가 거기서 제대로 되돌려줘. 이대로라면 나 미쳐서 죽어버릴 것 같아. 아빠, 제발!

이영은 아이를 포기하기로 결심했다. 이영의 선택을 존중한다고는 했지만 필립은 끝까지 침울함을 숨기지 않았다. 전날 필립은 낙태가 불법이라는 말까지 하면서 아내를 설득하려 애썼다. 이영에게 낙태는 자신의 선택이고 자기 삶을 우선할 권리였다. 자신의 몸을 결정하는 문제에 국가가 간섭하는 것을 동의할 수 없는 이영은 연간 수십만씩 쌓이는 범법자 행렬에 자신도 동참할 수밖에 없다고 생각했다.

필립의 무선호출기 속 목소리, 진리라는 이름이 계속 마음에 걸렸다. 하지만 이제 그 아이는 이영과는 상관없는 사람이 될 것이었다.

505 505 505 505 ······

2007년

마흔이 넘어 이영은 다니던 회사를 퇴직했다.

'여기 아니면 다른 데 못 갈 것 같아?'

박차고 나올 땐 호기로웠지만 사십대 여성의 재취업은 막막했다. 말도 안 되는 연봉을 제시한 자리에도 떡하니 연령 제한이 버티고 있었다. 뻔뻔한 구인 공고를 읽다 기가 막혔다. 가족 같은 회사를 빙자해 버젓이 노골적인 착취를 예고했다. '어린 여성'이란 조건에서 저임금과 강요된 순종이 감지되었다.

퇴직 후 이영은 기이한 시선과 마주쳤다. 사람들은 어디에도 소속되지 않은 젊지 않은 여자를 편하게 깔봤다. 아니면 아예 무관심하거나.

"무슨 일을 하세요? 아이는 있어요?"

"지금은 잠깐 쉬고 있어요. 아이는 없고요."

그러면 대화가 끊겼다. 소속 없는 여자들, 간편하게 규정되지 않는 여자와는 무슨 대화를 이어가야 할지 모르겠다는 듯, 그런 여자에게는 더 이상 듣고 싶은 말이 없다는 듯. 퇴사는 자발적 탈주였지만 속뜻은 퇴출인 듯했다.

이직에 실패한 뒤 아르바이트를 시작했다. 주부 알바로 불리는 저임금 노동을 몇 군데 경험했다. 꼭 필요한 노동력임에도 경멸받는 기분이 들었다. 아무리 성실하게 일해도 무시당했다. 아무나 할 수 있는 일, 저렴한 노동력으로만 취급받았다. 아무리 의미 있다고 자부하려 해도 자존심이 상했다. 노동 강도를 생각하면 최저임금 이하의 금액은 모욕이었다. 고깃집 홀에서 서빙 일을 했을 땐 마치 투명 인간이 된 기분이었다. 존재감이 흐려지나 싶더니 아예 사라졌다. 몇천 원, 몇만 원짜리 권리 수호에 투철한 진상 소비자들을 상대하며 마음이 가루가 되도록 박살 났다. 여러 차례 품위를 잃고 폭발했고 해고당했다. 아슬아슬한 일이 자주 있었다.

"그러게 내가 뭐랬어. 결혼 초에 내조하면서 자격증이라도 따뒀으면 좋았잖아? 인생 멀리 봐야 해."

아내의 실패를 기다렸다는 듯 필립이 은근히 빈정거리며 말했다. 필립은 얼마 전 제약회사를 나와 가게를 열었다. 연구 개발했던 효모로 오가닉 건강 빵 사업을 벌일 거라며 줄곧 공언해온 참이었다. 이영의 도움을 바랐던 필립은 아내의 퇴사를 반겼다.

"그럴 줄 알았어. 그러니 나 잘 벌었을 때 내조하며 편하게 살라고 했잖아……"

비아냥 섞인 말을 가까운 사람에게 듣자니 견딜 수 없었다. 그렇지 않아도 자신의 무가치함을 매일 확인하며 속이 쓰리던 참이었다. 남편이 줄곧 자신의 경제 활동을 저주해온 게 아닐까 의심스러울 지경이었다.

어느 날 다시 구인 공고를 살피던 이영은 컴퓨터 책상 앞에서 배를 움켜쥐고 쓰러졌다. 신경성 위염을 진단받았다. 내과에 들렀다가 곧장 신경정신과로 향했다. 마음의 청소가 필요했다. 무해한 척하는 독한 말들이 몸속에 쌓여 곪기 전에.

상담심리사에게 많은 이야기를 털어놓았다. 당시에는 중요하지 않다고 여겼던 일을 입 밖에 꺼낸 순간, 말이 폭포처럼 쏟아졌다. 이영 자신도 깜짝 놀랐다. 집 안팎에서의 일, 회사 안팎에서의 일, 아무리 노동해도 존중받지 못한 일, 친구들과의 일…… 푸념하고 달관하며 다 넘겨버렸다고 여겼지만 차마 잊지 못하고 쌓아둔 일이 너무 많았다. 곪은 줄도 모르고 방치한 이야기가 무의식 속에 침전되어 있었다.

17년 전 안면부지의 여자아이에게 음성메시지를 받았던 일도 떠올랐다.

"뭔가 중요한 걸 놓쳤다는 껄끄럽고 난감한 감각만 남았어요. 제가 이래요. 매번 지나고 나서 후회해요. 어떻게 잘못 걸려온 거라고 확신할 수 있었을까요?"

이영은 경찰서를 찾았던 당시 기억도 떠올렸다.

"통신 수사가 불가능하단 얘길 듣고 발길을 돌렸어요. 대학 때부터 우리 부부를 알음알음 아는 사람이 사기를 시도했을지도 모른다고 생각하곤 무심하게 잊었죠. 이렇게 마음에 남을 줄도 모르고요."

음성메시지 속 애타게 부르짖던 아이의 목소리가 지금도 또렷했다. 이영은 초연해 보이는 상담사의 얼굴을 보고 자세를 고쳐 앉았다.

"옛날 기억까지 다 끌어와서 우울해하고 있다니, 저 요즘 진짜 제정신이 아닌가 봐요."

상담사는 고개를 저었다.

"사소해 보이는 순간도 소중하게 여길 줄 아는 사람이 가장 오래 아파하더라고요."

상담사가 위로의 말을 해주자 이영은 다시 소파에 머리를 기댔다.

"잘못 걸려온 전화로 치부한 사이, 그 애가 나쁜 일이라도 당했으면 어떡하죠? 지금도 도움을 기다리고 있진 않을까요?"

"실존하지 않는 대상에게도 감정 이입하는 게 인간이잖아요. 소설이나 드라마 속 인물을 보며 울고 웃고요. 춤추는 공기 인형만 봐도 안쓰럽지요. 최이영 씨가 얼마나 여리고 선한 사람인지 느껴져요. 스스로 더 대견해하셔도 돼요."

이영은 상담실을 나왔다. 선량한 마음을 칭찬받으려던 게 아니었다. 상담사가 '실존하지 않는 대상'이라고 표현한 이후의 말은 하나도 들리지 않았다.

오래전 음성메시지 하나였지만 꽤 선명하게 남았고 떠올릴수록 미안했다. 자신의 무심함과 무력함을 상징하는 사건 같았다. 체념하지 않겠다는 다짐, 잊지 않겠다는 약속에는 고통이 수반되었다. 잊고 산 순간이 대부분이었다. 죄책감을 외면할 이유를 수없이 찾아내야 했다. 제 속이 곪지 않기 위해서라도.

"우리, 아이 입양할까?"

속내를 털어놓자 필립은 대안처럼 입양을 제안했다. 이영은 한숨을 쉬었다. 뒤늦게 모성애를 발동시킨 게 아니었다. 애정을 쏟을 대상이 필요해진 것도 아니었다. 그 아이가 걱정될 뿐이었다.

도움을 청하는 모든 사람의 문제에 관여하며 살 순 없다. 근데 왜 하필 우리에게 연락했을까? 왜 필름을 '아빠'라고 불렀을까? 그 애는 지금 잘 있을까? 단지 그 애의 안부가 궁금했다.

이영은 종종 기도했다. 부디 그 애가 건강하고 안전한 하루를 보내고 있길. 모은 손안에 죄책감을 덜고 싶은 이기심이 고였다.

다음 달, 이영은 예약 시간보다 일찍 상담클리닉에 도착했다. 흡연 구역이 있는 옥상에 올라가니 교복 입은 여학생이 담배를 피우며 뭔가를 들여다보고 있었다. 은별은 이영과 눈이 마주치자 등 뒤로 담배를 숨겼다. 나무랄 생각은 없었다. 낡은 삐삐가 눈길을 끌었다. 이영의 시선을 느낀 은별이 말했다.

"뭐 좀 물어봐도 돼요? 0124는 영원히 사랑한다는 뜻이래요. 01279는 영원히 친구고요. 삐삐 이용자들이 쓰던 숫자 암호라는데 혹시 아세요?"

옛 추억을 떠올리며 이영이 답했다.

"그럼요. 0127942는 영원히 친구 사이라는 뜻이고 1010235는 열렬히 사모한다는 뜻이죠."

"그럼 505는 뭔지 아세요? 8282 505라는 숫자가 보이는

데."

"SOS예요."

"아, '오공오'가 아니라 'SOS'였구나. 빨리빨리 구해줘?"

이영이 웃으며 담배를 빨아들였다.

"누군지 되게 급했나 보네요. 얼른 연락해봐요."

"아…… 너무 늦었어요. 이건 제가 태어나기도 전에 도착한 메시지거든요."

은별이 담배를 끄고 이영에게 가볍게 인사하더니 옥상 문을 향해 걸어갔다.

아빠! 나 진리야. 아빠! 나 좀 살려줘. 친구들이 다 사라졌어!

필림의 삐삐에 도착한 아이의 메시지. 그때 함께 봤던 숫자가 떠올랐다.

8282 505 505 505 505 505 505……

그때는 외면했던 SOS 구조 신호였다. 그런데 이영 부부에게만 도착한 게 아니었다.

"저기, 잠깐만요!"

이영은 자세히 이야기를 들려달라고 부탁했다.

"믿지 않으시겠지만……"

은별은 한숨을 크게 한번 쉬었다. 이야기를 시작하기도 전에 꽤 지친 표정이었다.

"다 믿을게요. 옛날에 함부로 믿지 않은 바람에 지금도 괴로워하는 사람이 저거든요."

그러자 은별이 훨씬 맑은 눈빛을 보였다.

"저한테 쌍둥이 동생이 있었대요. 출산 때 둘 중 하나를 포기해야 했는데, 안 그러면 엄마랑 두 아이 모두 죽을 상황이었대요. 그래서 우연히, 정말 우연히도 제가 남았대요. 걔한테 병이 있었다거나 걔가 저보다 약해서도 아니었어요. 전 아주 우연히 선택된 거예요. 그때 제가 죽었어도 이상하지 않은 거죠."

솔직한 말투였지만 말하는 속도가 무척 빨랐다. 빠르게 흐르는 표현 속에 복잡한 감정도 빠르게 지나갔다.

"너라도 살아서 다행이라는 말을 줄곧 들어왔어요. 저는 그게 반어법처럼 들리더라고요. 제가 죽었어도 다행이었겠단 얘기잖아요."

원망하는 말도 순식간에 흘러갔다. 오래 담아두진 않겠다는 듯했다. 이야기를 듣던 이영이 더 울화가 났다.

"정말 그랬겠어요. 다들 생각 없이 뱉은 말일 테지만, 휴…… 때론 그게 더 나빠."

"사실 동생이란 말도 웃겨요. 못 태어났으니 한발 늦었다는 이유로 동생이라 부르곤 있지만, 속도나 순서 같은 게 아니었으니까요."

이영이 고개를 끄덕였다.

"그래도 동생이란 표현, 어감이 참 좋아요. 내가 언니란 말이니까요."

이영은 어쩐지 이해할 수 있어 고개를 끄덕였다.

"우리 엄마가 병원에서 일해요. 20년 넘게 호출기를 쓰고 있어요. 제가 태어날 즈음에 호출이 왔대요. 8282 505 8282 505…… 어떤 여학생이 엄마 이름을 부르며 도와달라고 외쳤대요. 그 애가 자기 이름이 은별이라고 했대요."

은별이 삐삐에 남은 메시지 목록을 이영에게 보여주었다.

"이게 다 뭐예요?"

"수백 통이에요. 메시지는 2007년에 일어날 일을 얘기하고 있었어요. 내가 태어나기도 전, 1990년으로 누군가 연락을 쳤대요."

그날 필립의 삐삐에 녹음된 메시지가 떠올랐다. 하지만 지금이 2007년인데, 필립에게 숨겨놓은 딸이 있지 않고서야 아빠라고 부를 아이가 있을 리가……

"작년에 엄마에게 이 삐삐를 물려받았어요. 혹시나 하는 마음에 올해 내게 일어날 일을 두근대며 기다렸어요. 내가 과거의 엄마에게 연락할 거라 생각했거든요. 그런데 아무 일도 일어나지 않았어요. 메시지를 보낸 건 내가 아니었어요."

"그럼 누가……?"

"쌍둥이 동생이에요. 그 애가 어딘가에 살고 있어요."

이영에게도 떠오르는 목소리가 있었다.

"설마……"

"그것 봐요. 제가 믿지 않으실 거라고 했죠?"

"아니, 아니, 그 말이 아니에요. 저랑 남편에게도 메시지가 왔어요."

"옛날에 메시지를 받았어요?"

이영이 천천히 고개를 끄덕였다.

"그때가 1990년이었고 어떤 여자아이였어요. 그 애가 남편을 아빠라고 불렀는데 우리에겐 아이가 없었거든요. 지금도 없고요."

생각에 잠긴 이영에게 은별이 말했다.

"제가 받은 메시지 속엔 2007년에 사는 그 애 친구들 이야기가 담겨 있었어요. 자세하게 특정하고 있는 사람들이 있어서 찾아가봤어요."

"그래서요? 메시지 내용대로이던가요?"

"아니요."

은별이 고개를 저었다.

"왜요? 무슨 일이 있었는데요?"

"아무도 만날 수 없었어요. 그 애가 말한 친구들은 아무도 없었어요."

"아……"

"공통점이 있었어요. 이상하게도 다들 태어나지 않은 것 같았어요."

"태어나지 않았다니요?"

"애들 부모님이 운영한다는 가게에도 가봤고 집에도 가봤어요. 그중 몇 집에서는 지금쯤 고등학생이 됐을 법한 아이를 잃은 적이 있다고 하더라고요."

"애들이 몇 살이라고요?"

"저랑 같아요. 지금 고등학교 2학년인 1990년생이요."

17년 전 1990년. 이영이 아이를 낙태한 해였다. 대학 동기 혜은과 은형도 같은 시기에 각자의 이유로 출산을 단념했다. 그때 주위에 무슨 일이 일어났다.

진리래, 진리.

이영은 애써 외면해온 장면을 똑똑히 상상해봤다. 만약 그때 딸이 태어났다면 어땠을까? 2007년 현재 고등학교 2학년이 되었을 테다. 그런데 메시지 속 아이는 아빠만 찾고 있었다. 왜 엄마는 찾지 않았을까? 은별이처럼 한 사람만 살아남은 걸까?

'혹시 내가 아이를 낳기로 결심했다면……?'

은별이와 쌍둥이는 마치 이영 자신과 태어나지 않은 딸 사이 같았다. 자신이 존재하지 않는 곳에 사는 아이가 살려달라고 외치고 있었다. 복잡한 생각 속으로 빨려들어가는 이영을 은별이 불러 세웠다.

"괜찮으세요?"

이영이 고개를 들었다. 호출기 속 메시지를 자신과 상관없는 목소리로 치부할 수 없었다. 심리적 거리는 여전히 멀었지만 동시에 작은 기대감이 살아났다.

'그때 그 메시지가 2007년에서 온 거라면, 지금이야말로 구할 수 있단 얘기잖아?'

이영의 표정을 보며 은별이 말했다.

"그 애를 더 이상 외면할 수 없게 됐군요? 저도 그랬다니까요."

은별이를 만나고 난 뒤 이영은 곱씹었다. 지금쯤 고등학생이 됐을 법한 아이들이 태어나지 않았다. 전부 1990년생 아이들, 그것도 여학생들이었다.

2007년, 올해는 6백 년 만에 돌아온다는 황금돼지띠였다. 무심코 신문 기사에 눈길이 멎었다. 밀레니엄 베이비라 불렸던 2000년의 출산 붐과 여자 팔자가 드세다던 1990년 백말띠에 대한 언급이 보였다. 그때 주변에도 꽤 많은 사람이 여아 출산을 기피했다. 시가나 남편의 반대로 출산을 포기한 사람들이 있었다. 기사는 90년생 여아 신생아 통계를 덧붙이고 있었다. 직전 남아 100명당 89명이었던 여아는 1990년에는 85명으로 줄었다. 여자아이들만 태어나지 못했다. 삶이 허락되지 않았다.

그 애들이 모두 태어났다면 지금 고등학교 2학년생이었다. 이영은 당시 자신은 전혀 다른 이유가 있었다고 말하고 싶었지만 꺼림칙했다. 이영의 선택을 알고도 시어머니는 아무 말도 없었다. 남자아이였다면 어땠을까? 산부인과로 가는 이영을 붙잡으려 시골에서 맨발로 상경했을 거였다. 그 시절의 일반적인 야만이었다고 말하기엔, 나 자신만은 다르다고 외치기엔 너무 가까운 곳에서 일어난 문제였다. 그런데 그때만 문제가 있었을까? 여자들이 겪는 문제는 여자들의 숫자만큼 다양했다.

이영은 메시지를 받고 즉시 사방팔방 뛰어다녔던 은별이의 모습을 상상했다. 이영은 쉽게 잊어버리고 지나쳤지만 은별은 사람들을 찾아다녔다. 나이 어린 여성들의 문제의식과 행동력을 보았다. 고맙고 미안했다. 뒷세대에게 고스란히 남겨버린 수많은 문제가 있었다. 제대로 수습해보겠다고 고쳐보겠다고 마음먹은 사람을 보니 부끄러웠다.

이영은 자주 세상을 비관하곤 했다. 제도가 조금씩 개선됐다지만 생각보다 상식이 통하지 않는 세상일도 여전했다. 꿈꿨던 것만큼 괜찮은 사람이 되진 못했다는 자괴감도 따라왔다. 학교에서, 노동 현장에서, 가족 모임에서, 인터넷 게시판에서, 거리에서 사람들의 무관심과 무례함, 사소하지만 사소하지 않은 폭력을 겪었다. 직간접적으로 그런 폭력을 겪을 때마다 최소한의 에너지로 몸부림쳤다. 그러다 대체로 지쳐서 항복하곤 했다. 혼자일 땐 맞서 싸우는 것보단 피하는 게 상책이었다. 애써 외면하자 애초에 존재하지 않았던 것처럼 문제가 사라지곤 했다.

그런데 혼자가 아닌 사람들이 있었다. 주위에서 부모 성을 모두 쓰는 사람들이 부쩍 늘었다. 호주제 폐지에 서명하자고 연락한 친구들도 있었다. 서점에서 페미니즘 잡지 『이프』 같은 것을 찾아 읽었다. 데이트 강간이나 부부 강간이라는 말을 잡지에서 처음 봤다. 그런 만큼 세상을 새로 보게 됐다. 자칭 오피니언 리더들이 미시 담론에 매몰되지 말라며 근엄하게 충고하는 걸 들으면 헛웃음이 터졌다. 삶은 담론이 아니다. 크기로도 논할 수 없다. 삶의 문제는 한발 늦은 제도보다, 정치보다 더 시급했다. 돌아보면 여자들이 제일 먼저 체감했고 제일 못 견뎌 했다. 제일 시끄러웠다. 당연하게도.

세상은 자신이 비관한 것보단 꽤 바뀌고 있었다. 바꿔내기 위해 누군가 헌신했고 그 열매를 모두가 누리고 있었다.

얼마 후, 클리닉 옥상에서 다시 만난 은별은 자신이 알게 된 이야기를 몇 가지 들려줬다.

"이전에 메시지를 들었다면 지금 메시지를 보낼 수 있는 통로 역시 가까이에 있을 거예요. 분명히."

이영은 은별의 말을 믿었다. 누군가의 구조 신호를 가슴에 품고 사는 사람의 말이라면, 세상을 제대로 직시하려는 사람의 말이라면 꼭 믿어야 했다.

'진리야. 너무 늦어서 정말 미안해. 더는 늦지 않게, 어떻게든 해볼게.'

우리라는 이름

나를 폭행했던 애들은 다른 사건으로 덜미가 붙잡혔다가 과하게 따듯한 선처를 받고 전처럼 거리를 활보했다. 모멸감에 나는 한동안 전처럼 활보할 수 없었다. 보편적 권리나 온정주의는 가해 행위를 옹호할 때 쓰는 말이 아니었다. 적어도 내 기준으로는 그랬다.

아무도 나를 가두어둘 수 없다는 생각에 도달하기까진 시간이 걸렸다. 얼마 후 나는 동영여자고등학교로 전학했다. 아빠는 내가 마음을 잡아 다행이라며 반겼다. 규격 안에 머무는 걸 보고 안도하는 사람들을 안심시킨 것뿐이었다. 정말로 마음을 잡았다면 나는 극단적인 테러리스트가 되었을 테니까.

숭림고가 남고가 된 뒤 여자애들의 재적 기록이 사라졌다는 얘길 들었다. 꿋꿋한 표정을 지으려다 그만 얼굴이 일그러졌다. 숭림고에 다녔던 다른 여자애들과 아무도 연락이 닿지 않았다. 혼자 남겨진 나는 오류가 되었다.

홈스쿨링을 했다고 인정받아 동영여고 2학년으로 편입했다. 반대쪽에만 통용되는 룰에 맞추어 거짓말을 강요받았다. 유쾌하지 않았다. 아니, 매우 불편했다. 그동안의 삶이 묵살당했다.

거리에는 살인자들이 활보했다. 이전에 알던 사람이 낯선 표정을 보이면 섬뜩했다. 얼마나 많은 사람이 대체되었을까 상상하니 오싹했다.

동영여고는 중학교 동창 지연이가 다녔던 학교다. 한 반에 마흔 명이라고 들었는데 서른 명으로 줄어 있었다. 전학한 날, 2학년 교실을 차례차례 모두 돌아봤다. 지연이의 흔적은 찾을 수 없었다.

"혹시 4반 지연이 알아?"

아이들은 고개를 갸웃했다. 아니면 동명이인을 이야기했다. 질문과 어긋난 답을 들으면 삐끗, 하며 마음이 접질렸다.

숭림고에 다닐 때보다 더 외롭기도 했다. 기억 공백, 공감 불능증을 자랑하는 남자애들을 대할 때는 느끼지 못하던 외로움이었다. 여고에서 우리 일에 무신경한 여자아이들에게 더 큰 실망을 느꼈다. 이 기분을 해라에게 토로했다면 뭐라고 했을까?

'알 만한 사람에겐 기대를 품게 되지. 그런다고 더 쏘아대면 과녁 이탈이잖아?'

나는 해라가 했을 법한 말을 떠올리며 스스로를 다독였다.

친구 사귀는 일은 포기한 채로 나는 학교에 투명하게 머물렀다. 지연이 일을 알아보고 싶었기에 일부러 적을 만들진 않고 희미한 웃음을 가면 삼았다. 가면을 알아챘는지 다가오는 애도 없었다.

점심시간마다 나는 운동장 구석, 그늘받이에 앉아 시간을 보냈다. 묵묵히 아이들을 지켜봤다. 운동장에선 매일 육상부 훈련이 이어졌다. 아이들은 날이 궂어도 예외 없이 뛰었다. 흠뻑 비를 맞으며 훈련 중인 애들을 볼 때면 마음이 짠했다. 체육 특기생인 여자애들은 어쩐지 항상 안쓰러웠다. 자기 몸에 대한 주도권을 뺏기진 않을까, 코치나 교사들 혹은 국가 대표라는 미래가 그 아이의 현재를 지배하진 않을까, 오지랖 넓은 걱정도 했다. 정신 단련을 이유로 고루한 폐습 같은 기합 주기를 훈련이라 하는 코치를 보면 더 그랬다.

"와! 신기록이야!"

함성이 터졌다. 트랙 끝에서 육상부 코치와 아이들이 폴짝폴짝 뛰었다. 얼마나 오래 훈련해서 얻은 성취일까. 나는 아마 평생 맛보지 못할 종류의 희열일지도 몰랐다. 다른 아이들까지 육상부 애들 주위로 몰려들었다. 아이들이 만든 원안에서 키가 훌쩍 큰 애가 축하받고 있었다. 주위 사람들의 기대와 사랑에 둘러싸인 그 애를 멍하니 바라봤다. 예준이와 해라가 앞으로도 느껴야 할 생의 희열, 친구들에게 둘러싸인 내 모습, 그런 장면이 잠깐 겹쳐 보였다가 곧 연기처럼 사라졌다.

나는 점점 고립되어갔다. 얼빠진 상태로 지내는 날이 많았다. 이전 기억이 자꾸만 희미해지는 게 큰일이었다. 아침마다 수첩에 적어둔 메모를 꺼내 보며 해야 할 일을 상기했다. 아이들 이름을 손바닥에 적었다.

지연이를 기억하는 아이는 아직 만나지 못했다. 여러 번 좌절했다가 마음을 다잡았다. 전교생을 다 만난 건 아니잖아. 더 많이 만나야 해. 동시에 겁이 났다. 전교생에게 다 물어본 다음엔 어떡하지? 전교생을 다 만나보겠다는 생각과 아무도 만나고 싶지 않다는 생각이 교차했다.

그러다 어떤 애가 농담처럼 하는 말을 들었다.

"지연이라면 은별이 순정만화 속에 출연할걸?"

"만화?"

"박은별 몰라? 웬만하면 눈에 안 띄기 힘든 앤데?"

나는 2학년 4반 뒷문에 매달려 고개를 길게 늘어뜨렸다.

152

박은별을 만나고 싶다는 말에 총총 달려간 애는 어디로 갔는
지 보이지 않았다. 잠시 후 등 뒤 복도에서 아주 크고 호쾌한
목소리가 들려왔다.

"네가 장지연 친구?"

장지연이라는 이름이 복도에 울려 퍼졌다. 누군가 그 이름
을 야무지게 외쳤다는 사실만으로 마음에 촉촉한 안도가 차
올랐다. 목소리가 떨리고 말았다.

"지연이 알아?"

복도 창문 쪽에서 바람이 불어와 은별이의 단발머리가 부
풀어 올랐다. 겉머리로 살짝 감춘 푸른색 속머리가 훤히 드
러났다. 은별이는 교복 치마와 똑같은 옷감으로 만든 바지를
입고 있었다. 바지 입은 애는 학교에서 그 애뿐이었다. 내가
교복 바지를 바라보자 은별이가 말했다. 말은 다소 빨랐지만
수다스럽다는 인상이 따라붙진 않아 신기했다.

"아, 이거? 내가 원단 따다가 만들었잖니. 패셔너블하게
코디해서 우리 학교 공식 교복인 걸로 미니홈피에 쫙 알려버
렸거든. 이것 때문에 우리 학교 오고 싶단 애들이 늘었어. 학
교도 내년부터 정식으로 도입한대."

바지 밑단을 접어 보이자 색깔을 덧댄 면이 튀어나왔다.
은별이가 장난스럽게 웃었다. 감출 게 없다는 듯 잇몸과 덧
니가 훤하게 드러내는 미소였다.

"예쁘다. 겨울에 따듯하겠어."

새로운 룰을 만드는 애구나. 나는 못 하는 일이라 마냥 감탄했다. 지나가던 아이들이 은별이에게 말을 걸었다. 대화를 듣다 며칠 전 운동장에서 환호받던 육상부 애라는 걸 알아챘다.

"너, 육상부야?"

"아, 에이스지."

얘는 도대체 뭐지? 모든 사람의 주목과 사랑을 당연하게 독점하는 만화 속 주인공 같았다.

"육상부 힘들지 않아?"

"엄청 힘들지. 달릴 때 보면 좀 미친 것 같아."

은별이 능청스레 말했다.

"뭐, 그래도 재밌으니 계속하는 거 아니겠어?"

재미있을 수도 있구나. 안쓰럽게만 생각해온 게 미안해졌다.

"우리 반이었어, 지연이. 사라지기 전까지."

"4반 다른 애들한테도 물어봤는데 다들 기억 못 했어."

은별이 얼굴에 요요한 미소가 번졌다. 다 알고 있지만 아무에게나 말해주진 않겠다는 표정이었다. 내가 끝이라 말하지 않았기에 아직 끝나지 않았다는 얼굴.

"너, 기억하는 거야……?"

은별이는 고개를 끄덕였다. 매일 아침 예준이와 해라, 지연이 이름을 유성펜으로 새겨 넣은 손을 꼭 쥐었다. 한숨을 토했다. 드디어 만났어. 내가 놓친 사람들에 대해 함께 이야기할 사람을.

은별이가 몰고 온 시원한 공기에 지긋지긋한 무력감이 한 발 물러섰다. 오랜만에 청량한 공기를 들이쉬었다. 갑자기 무수한 가능성이 탄생했다. 함께 대책을 마련할 가능성, 무언가 바뀔 가능성, 이야기를 새로 시작할 가능성, 고립된 시절이 끝날 가능성, 무엇보다 해라와 예준이, 지연이와 재회할 가능성…… 혼자서는 꿈꿀 엄두도 내지 못했던 가능성을 향해 함께할 사람이 눈앞에 서 있었다.

은별이가 내 팔을 잡더니 다짜고짜 끌었다.

"동아리방 갈 건데, 너도 갈래?"

묻는 말이었지만 답은 듣지도 않았다. 이끌리듯 걸음이 미끄러졌다.

"동아리? 육상부?"

"순정만화연구부!"

은별이가 성큼성큼 계단을 올랐다. 굳게 닫힌 옥상 문이 보였다. 방범을 이유로, 실은 자살 방지를 이유로 굳게 닫아 둔 곳이었다. 은별이는 바로 옆, 창고로 보이는 작은 문을 열었다.

작은 방에 들어서자 차분한 분위기의 다섯 명이 일제히 고개를 들었다. 한창 만화 원고를 만들고 있었다. 은별이가 나를 소개했다.

"얘들아, 전학생을 우리 동아리에 가입시킬까 하는데."

"아니, 나는 부 활동을 하러 온 게 아니고……"

은별이가 내 말을 자르며 말했다.

"진리도 생존자야. 우리가 기록했던 애들처럼."

순간 아이들이 바삐 움직이던 손을 멈추고 나를 돌아봤다. 모두가 천천히 일어나 슬로 모션처럼 다가왔다. 한 아이는 안경을 고쳐 썼고, 그 옆의 아이는 턱을 만지며 핸드폰 카메라를 켰다. 한 아이는 펜과 종이를 집어 들고 취재할 듯이 다가왔다. 다른 아이는 심각한 얼굴, 또 다른 아이는 환한 얼굴이었다. 아이들에게 둘러싸이니 긴장한 나머지 어깨가 움츠러들었다. 카메라를 든 아이 쪽으로 다급하게 손을 뻗으며 얼굴을 가렸다. 목소리가 쏟아졌다.

"세상에!"

"너, 사라지지 않았구나. 살아남았구나!"

아이들이 나의 굽은 어깨를 두드렸다.

"나 양진희야. 동아리 회장이고. 잘 왔어! 잘 버텼어!"

"이거 기록하자. 생존자를 또 만났어! 아, 나는 백수연이야. 부회장."

나는 그제야 손을 내리고 움츠린 어깨를 폈다.

"난 추미진. 네 기억과 우리 기록을 대조하고 싶어. 오늘 시간 되니?"

쏟아지는 말들에 어리둥절했다. 당장 고해성사라도 해야 할 것만 같았다. 얘들아, 내가 살아남은 건 특권 때문일지도 몰라. 그렇게 갈채받을 사람이 못 돼. 아찔함을 견디며 나는 아이들에게 물었다.

"너희들 기억은 바뀌지 않은 거야? 사라진 애들을 어떻게 기억하고 있는 거야?"

작은 창문으로 노을이 쏟아져 들어왔다. 펜을 들고 다가오던 미진이가 말을 쏟았다.

"우리도 잊어가고 있어. 은별이가 없었으면 우리도 벌써 다 잊고 말았을 거야. 은별이가 매일매일 우리 반 풍경을 만화로 그렸거든."

수연이가 만화 원고를 내밀었다. 단순하고 귀여운 그림체의 네 컷 만화였다. 2학년 4반의 하루하루가 짧은 에피소드로 이어졌다.

"이게 다 뭐야?"

"은별이가 기억하고 있는 우리야. 사라진 애들도 여기 이야기 속에 남아 있어."

"매일 은별이 만화를 보면서 이전 기억을 되살리고 있어.

안 그러면 자꾸 잊어버리거든. 어떻게 은별이는 그렇게 잘 기억하나 몰라."

"은별이 만화, 한번 읽으면 잊을 수가 없지. 웃기기도 하고 감수성이 뛰어나거든. 우린 은별이 만화의 편집자이고 어시스턴트야."

"난 취재 보조."

순정만화연구부가 직접 제작한 만화를 펼쳤다. 2007년 새 학기 첫날부터 날짜별로 2학년 4반의 기록이 고스란히 담겨 있었다. 선생님들과 아이들이 긴 시간 토의하던 장면도 페이지에 새겨져 있었다. 지연이가 들려줘서 나도 아는 이야기였다. 선생님과 아이들이 오래 대화했다지. 그리고 이 애들이 끝내 우리를 기억하는 방법을 고안해냈다.

여섯 아이가 만든 원 안에서 오랜만에 든든했다. 뒷배가 되어줄 사람을 한꺼번에 여섯이나 만났다. 그동안 혼자 너무 힘들었다고 투정 부리고 싶을 만큼 기뻤다. 여기선 제발 나 혼자 내버려두지 말라고 악을 쓰지 않아도 되었다. 악을 쓰다 서먹해지는 순간이 온대도 함께 떨칠 수 있을 것만 같았다. 우리라는 이름으로 우리를 부를 때 정말 우리일지 의심하지 않아도 되었다. 어떤 식으로든 사라진 사람들을 기억하려는 사람들이라면 믿을 수 있었다.

"너희 만화를 내가 아는 사람들에게도 보여주고 싶어."

"이거 아무나 쉽게 가져갈 순 없는데?"

은별이가 콧잔등에 주름을 만들며 설명했다.

"부 활동 하러 온 거 아니라며? 동아리에 가입해야 판매 또는 양도가 가능하다고. 가입 조건도 무지하게 까다로워. 아무나 할 수 있는 건 아니어서 말이야."

"조건이 뭔데?"

은별이가 동아리방 벽에 붙은 종이를 가리키며 웃었다.

우리는 사라진 아이들을 기억한다.

나는 은별이와 똑같은 미소를 지어 보였다.

"어떻게 잊을 수 있니. 내 얘긴데."

은별이가 내 어깨에 오른팔을 두르며 웃었다.

"신입 회원에겐 두 권 무료!"

혼자서는 아무것도 할 수 없었다. 하지만 우리가 함께 보낸 순간을 차곡차곡 기록하고 있는 사람들과 함께라면 뭐든 해볼 수 있을 것만 같았다. 어디든 갈 수 있을 것만 같았다.

모든 순간

새 친구들 사이에 섞여 지내며 오랜만에 평범한 일상을 되찾았다. 전처럼 웃고 떠들기도 했다.

진희, 미진이, 은별이와 떡볶이를 먹었다. 무슨 이야기였는지 기억나지 않지만 배가 아프도록 웃었다. 언제 먹어도 변함없는 그만그만한 맛이지만 그날따라 떡볶이가 맛있었다. 그 맛이 두고두고 기억날 것 같았다.

해라 없이도 특별한 순간을 만들 수 있구나. 아무 생각 없이 웃다니 스스로에게 놀랐다. 무심코 웃다 해라에게 미안해졌다.

해라라면 더 웃으라고 말할 거야. 해라에게 허락을 구하듯 나는 더 크게 웃었다. 과장된 웃음소리가 내가 듣기에도 어색했다.

그즈음 심해에 갇힌 것처럼 마음이 답답할 때면 숨이 차도록 달렸다. 가만히 있다간 미칠 것만 같아서 그럴 때마다 달렸다. 아주 자주 달려야 했다.

음악과 만화, 소설 따위를 정신없이 뒤적이기도 했다. 누군가의 블로그, 게시판, 미니홈피, 오래된 사진, 옛날 신문도 하염없이 들여다봤다. 숨은 이야기가 있을지 살폈다. 누군가가 숨겨놓은 비밀스러운 메시지를 찾는 심정이었다. 자격을 얻듯, 권리를 찾듯 헤맸다. 나, 정말 이대로 살아도 될까? 해라야, 이거 괜찮은 거니?

절망스러운 상태에 멱살 잡혀서인지 쉽게 희망을 말하는 이야기에는 도통 공감하지 못했다.

해라가 보고 싶었다. 해라가 필요했다. 종종 지독하게 시니컬한 나와 달리 해라는 낙천적이었다. 고군분투하는 사람이라면 무조건 칭송했다. 담백하고 일상적인 말이 마음을 파고들면 기운이 났다. 해라와 함께했던 순간은 아주 소소했다. 거창한 순간만 기다리다 매 순간을 놓칠 수 없다는 듯 우린 소소한 순간을 마구마구 만들었다. 그래서 모든 순간을 다 더한 날들이 가장 소중했다. 퍼즐 한 조각 없이는 그림이 완성되지 않듯 사소하고 하찮은 순간 없이 가장 소중한 순간을 그릴 수 없었다.

한 사람이 사라지니 해라와 만들어온 세계 전체가 사라진 듯했다. 강력할 정도로 다정한 존재를 잃는 건 세상이 무너지는 것과 같은 상실감을 느끼게 했다.

강해라, 강해라…… 나는 밤마다 일기장과 손바닥에 적은 강해라란 단어 앞에서 어지러웠다. 이게 무슨 뜻이지? 이름이었나? 기억이 흐릿해지면 속상했다. 아니, 섬뜩했다. 언젠가 널 완전히 잊게 되겠지?

손을 놓친 사람을 그리워하는 건 벌받는 일 같기만 하다. 내가 손을 놓쳐버렸다고 자책했다. 그만 잊어도 좋다는 속편한 허락은 쉽게 구할 수 없었다.

지나고 보면 이 순간도 마냥 좋았던 시절이 될까? 이후에 느낄 삶의 고통이 너무 커서 지금의 고통은 사소하게만 느껴질까? 이미 거쳐 간 사람만 좋았다고 말하는 시절이겠지. 과거가 과거로 끝난 자들에게만 좋았던 시절일 테지. 내가 없는 호시절이 나를 통과하고 있었다. 아침에 손바닥에 이름을 적는 일조차 잊게 된다면, 그 순간 지금을 과거로 만들게 되겠지.

배를 부여잡고 웃으면서 떡볶이를 먹던 중에 은별이가 물었다.

"진리야, 왜 울어?"

깜짝 놀랐다. 내가 울고 있는 줄도 몰랐다.

"어지러워. 뭔가 잊었는데 뭘 잊었는지도 모르겠어."

아이들이 떡볶이 먹던 손을 멈췄다. 은별이가 말했다. 거창하지 않고 담담하게. 평소처럼 빠른 말투로 담백하게.

"넌 예준이와 해라, 지연이를 찾고 있었어. 네가 잊을 것 같은 순간에 내가 곁에서 말해줄게."

은별이는 기억하고 있다는데 나는 왜 자꾸 잊을까? 너무 한심했다. 눈물을 닦지도 못하고 껵껵댔다.

"애들이 돌아올 수 있을까? 아무리 생각해도 내 머리로는 불가능해."

아이들이 잠시 침묵을 지켰다. 진희가 입을 열었다.

"근데 아무리 생각해도 불가능한 일이 벌써 일어났잖아?"

진희 말에 고개를 끄덕였다. 간신히 눈물을 닦을 마음이 생겼다. 그래, 포기하는 길로 달려가진 말자.

똑같은 타이밍에 떡볶이가 맛없어진 친구들의 얼굴을 보며 눈물을 닦았다.

은별이는 모두에게 사랑받는 아이였다. 선생님들도 아이들도 다들 은별이를 좋아했다. 주변이 항상 시끌벅적했다. 육상부 훈련을 할 때면 1학년 후배들까지 근처에 와자지껄 머물렀다. 단단히 당부했는지 순정만화연구부 동아리방까지는 따라오진 않았지만, 다들 추운 날 난로 곁에서 목을 빼고 있는 새끼 고양이들 같았다. 은별이가 발산하는 밝고 따듯한 기운을 조금이라도 더 쬐려는 듯했다. 그걸 보면 다들 마음에 서늘함이 있구나, 싶었다.

은별이는 낙천적인 아이였다. 세상이 변한 뒤로 이전보다 더 비관적으로 변한 나와는 참 달랐다.

"난 말이야, 이곳에서 만나는 모든 순간이 전부 다 새롭고 소중해."

은별이 말은 감성 블로그의 미사여구처럼 들렸다. 좋은 말이었지만 수첩에 따로 적고 싶진 않았다. 그보다는 비관적인 상황을 고스란히 직시하면서도 비관하지 않는 해라의 말이 좋았다.

그렇지만 마음이 시리도록 서늘했기에 나 역시 무작정 밝은 은별이의 기운에 기대었다. 너무 춥고 암담한 시절이었다.

*

주말에 오랜만에 엄마 봉안당을 찾았다. 은별이가 굳이 같이 가주겠다며 따라왔다.

"육상부 연습은?"

"몰라. 잘하고 있겠지."

에이스라면서 자기 없어도 문제없다는 듯 은별이가 무책임하게 말했다. 소풍 가듯 콧노래까지 부르기 시작했다.

버스 안에서 은별이는 요즘 구상 중이라는 새 웹툰 스토리를 말해줬다. 약하고 소심하고 초라해 보이는 존재들이 힘을 합쳐 멸망하는 지구를 구하는 이야기라고 했다. 평소라면 어린이 만화라고 생각했을 이야기였지만 꽤 진지하게 들었다. 은별이 목소리가 점점 높아졌다.

"주인공이 엄청 소심하고 우유부단해. 생각이 많은 애야. 그 바람에 움직임이 매번 늦거든. 근데 그 덕에 악당의 공격을 피하는 거지. 악당은 성질이 급해서 앞질러 가버리거든."

"주인공인데 너무 답답해 보이진 않을까?"

은별이가 양손을 단호하게 저었다.

"주인공에겐 결핍이 있어야 해. 약간 변변치 않아 보이는 애가 내 얘기 같고 딱 좋다니까."

"그런가? 난 시원시원하고 멋진 주인공이 좋던데."

"사실 난 진중한 주인공을 좋아하긴 해."

우리는 서로의 말에 웃었다. 자신과 닮은 구석이 없는 주인공에게 깊이 감정이입 하는 아이러니라니. 성격이 정반대인 친구와 절친이 되는 일도 비슷하려나? 멋진 이율배반이었다.

은별이가 주인공을 근사하게 묘사할 방법을 설명했다.

"연출로 완전히 멋져 보이게 할 거야. 영화로 치면 슬로 모션이지. 주인공이 활약하는 순간을 정지화면이나 회상 신으로 처리해서 천천히 멋진 독백을 하는 거야."

"전개가 답답하다고 독자들이 악당을 응원하면 어쩌려고?"

농담이었는데 은별이가 머리를 짚었다.

"으…… 그럴 순 있어……"

은별이가 잠깐 실눈을 뜨고 나를 바라보더니 외쳤다.

"네가 그렇게 나올 줄은 몰랐다. 그래도 공감해줄 사람이 있을 거야!"

공감해줄 사람이라…… 나는 아침마다 손바닥에 적는 이름을 바라보았다. 강해라, 강해라. 친구의 이름이 내게 명령하고 있었다.

늘 혼자 오던 추모공원을 친구와 걷는 기분이 꽤 특별했다. 친척들이나 아빠와 오면 늘 어른들의 추억에 밀렸다. 엄마를 기억하는 사람의 이야기를 듣는 게 곧 엄마를 추억하는 방법이었다. 이곳에 올 때마다 복잡했던 마음을 은별이에게 털어놓았다. 그러자 비로소 나만의 추억을 꺼내 든 기분이 들었다.

"난 어릴 때부터 엄마 없는 불쌍한 애였어. 의젓할수록 엄마를 아는 사람들의 눈물샘을 자극하더라. 너무 부담스러웠어. 조금 커서는 엄마 없이도 잘 커준 기특한 아이가 되어 있더라. 한층 더 부담스러웠지."

엄마가 없으면 아이가 잘 클 수 없다고 생각하는 걸까? 미묘한 감정이 들었던 순간에 대해서도 말했다. 기특한 예외라는 칭찬이 얼마나 불합리한 말인지도 푸념했다. 그러면 해라는 시원하게 욕을 해줬다.

은별이는 우리 엄마를 아는 것처럼 말했다.

"너희 엄마, 네 얘길 진짜 잘 들어주셨을 거야."

자기가 우리 엄마를 언제 봤다고…… 은별이의 맹목적이고 낙천적인 화법에 피식 웃고 말았다.

"여긴 정말 추억으로 가득한 곳이다, 그렇지?"

모든 순간을 소중하게 여기는 사람답게 은별이가 감탄했다.

"모든 만남은 특별해. 그러니 모든 이별도 특별할 거야."

나는 걸음을 멈췄다. 이별이 특별하다고? 누군가와 헤어진 일을 먼 옛날의 사소한 추억 정도로 치워버린 사람의 말로 들렸다.

"야, 쉽게 말하지 마."

너도 친구들을 잃었잖아? 은별이의 상실감은 무게가 다른 것 같았다. 잃어버린 게 별로 소중하지 않은 거였니? 아니면 남은 게 더 소중해서 과감하게 잊을 수 있는 거니?

나쁜 의도는 없었을 테지만 은별이에게 화가 났다. 무슨 안단테니 웰빙이니 힐링이니 하는 광고 문구 같은 말처럼 허망하게 들려 언짢았다. 사람들이 사라지고 있는데 이별이 특별하다고? 홀로 평온할 수 있는 사람들이나 할 느긋한 말에 화가 났다.

"노래 가사처럼 말하지 마. 모든 게 그렇게 시적으로 정돈되진 않아. 넌 떠나보낸 것들이 애석하지도 않은 거지?"

은별이는 그런 뜻이 아니라고 부인하다가 곧이어 '그럼에도 불구하고'라면서 아까 했던 말을 반복했다. 마음이 차갑게 식었다.

"미안. 이제 혼자 갈게. 그만 돌아가."

은별이를 등 뒤에 두고 걸음을 내디뎠다. 은별이 목소리가 뒤통수에 닿았다.

"여기에 내가 아는 사람들도 있어. 아주 많이."

나는 걸음을 멈췄다.

"처음 온 것처럼 말해서 미안해. 일부러라도 밝게 지내고 싶었어. 거짓말을 해서라도 슬프지 않고 싶었어."

아…… 은별이도 누군가의 유족이었구나. 어쩔 수 없는 문제 앞에 우리는 똑같이 서 있었다. 나는 은별이가 다가오길 기다렸다가 사과했다.

"미안해."

"아니야."

익숙한 걸음으로 은별이가 봉안당 안을 걸었다. 아는 사람

168

소개하듯 봉안당 사진들에 대해 말했다. 죽은 이유도 다 꿰고 있었다.

"어떻게 아는 사이야?"

"연락한 적이 있어. 다시 만난 분들도 있고."

은별이가 비밀을 이야기하듯 입술에 손가락을 댔다. 다시 만났다고? 나는 사람들이 떠난 날짜와 이름, 사진 등을 눈으로 훑었다. 딱히 공통점은 없어 보였다.

나는 엄마에게 쓴 편지를 봉안당에 넣고는 기도하는 심정으로 엄마 사진을 한참 바라보았다.

'엄마, 친구들이 사라졌어. 아빠가 변해버렸어. 이제 난 어떡해야 하지?'

살아 계셨다면 엄마는 어떤 엄마셨을까? 나란히 앉아 만화책을 읽는 친구 같은 엄마이지 않았을까? 은별이 말처럼 내 고민을 잘 들어줄 사람이었을까? 엄마와 함께한 경험이 없으니 상상해봐야 모두 허상이었다. 엄마와 이어져 있다는 믿음도 그냥 내 망상일 뿐이었다. 오늘따라 봉안당이 을씨년스러웠다.

"그만 가자."

딱히 떠오르는 말이 없어 그저 묵묵히 걸었다. 출구에 다다랐을 때 은별이가 갑자기 걸음을 돌렸다.

"진리야, 나 놓고 온 게 생각났어. 너 먼저 가."

은별이는 대답을 기다리지도 않고 다시 봉안당 안쪽으로 달려갔다.

"야, 같이 가."

은별이는 내 말을 듣지도 않고 먼저 가라고 손짓했다. 나는 출구에서 은별이를 기다렸다. 출구 옆 경비실 CCTV에 비친 은별이의 모습을 잠시 지켜봤다.

그 순간, CCTV 속 은별이가 의심스러운 행동을 했다. 우리 엄마 봉안당에 다가가더니 방금 내가 넣고 온 편지를 빼냈다. 쟤가 대체 뭘 하는 거지?

은별이는 나를 보지 못한 채 건물을 나와 후문 쪽으로 향했다. 그러고는 곧장 골목 안으로 들어가 모습을 감추었다.

이스트엑스

줄곧 동아리방에 머물렀다. 그림 실력이 없어서 순정만화 연구부 어시스턴트들의 어시스턴트 역할을 맡았다. 은별이는 며칠 모습을 보이지 않았다. 은별이를 기다리기 위해서이기도 했지만 사실 동아리방은 학교 안에서 유일하게 마음 편한 곳이었다.

듣고 싶지 않은 말이 학교 안팎에 너무 많아 시끄러운 음악으로 귀를 막았다. 끔찍한 일이 일어났지만 모두가 동일하게 상실감을 느낀 건 아니었다. 어수선해지는 말, 참을 수 없는 말, 무서워지는 말, 혼자 남았다는 걸 상기시키는 말이 계속 마음을 후벼 팠다. 잘 골라야 했다. 귀담아들을 말은 자주 흩어졌고 흘려들을 말은 참 끈덕지게 잊히지 않았다.

무심코 농담을 하거나 생각 없이 허술한 말을 뱉어도 안심할 만한 사람들 사이에 있어야 했다. 천사처럼 착하기만 한 사람들을 친구 삼으려던 건 아니었다. 쌍욕을 하며 논쟁을 해도, 누군가를 조롱하거나 증오하는 말을 해도 말뜻에 따라 다르게 들렸다. 똑같은 표현이어도 어떤 말은 참을 수 없었고 어떤 말은 용납할 수 있었다. 뭐가 달랐을까? 자기가 뱉은 말이 자신에게 되돌아올 수 있다고 염려하는 사람의 말은 다르게 들렸다. 무엇보다 약한 존재를 경멸하고 극도로 혐오하는 언행엔 동조할 수 없었다.

동아리 아이들과 함께 있으면 마음이 편했다. 궁금함이나 의구심이 싹트는 지점이 비슷했다. 아니, 왜? 그래서 어떻게 됐대? 그럼 어떻게 해야 하지? 질문을 던지고 닥쳐올 일을 상상하는 방식도 비슷했다.

각자 중학교 동창들을 폭넓게 인터뷰했다. 커뮤니티에서 감지되는 상황도 취합해 공유했다. 애들과 잡담처럼 떠들다 보면 꽤 예리한 추론이 떠오르기도 했다.

"우리 학교뿐 아니야. 사라진 애들은 전부 고등학교 2학년 애들이었어. 그것도 여자아이들만. 여학교 정원이 전보다 20퍼센트쯤 줄었어."

진희가 말했다.

"숭림고처럼 공학이었던 곳은 아예 남학교가 되었지."

"연도별 출생자 수를 찾아봤어."

수연이가 컴퓨터실에서 출력해온 종이를 내밀었다. 숫자가 빼곡한 표였다.

1989년 767,317명, 1990년 779,685명, 1991년 851,130명 …… 출생자 숫자였다.*

"91년 숫자가 튀어. 전년 대비 증감률 봐봐. 89년엔 1.0이고 90년엔 1.6인데 91년엔 무려 9.2야."

"그러네?"

통계에 일가견이 있는 수연이가 말했다.

"90년 이후로 출산율은 하락 일로야. 2001년을 봐. 적을 때는 전년 대비 12.5퍼센트나 줄었다고. 9.2퍼센트나 증가한 해는 없어."

"91년생 애들이 늘어난 거면 지금 사라진 애들하고 상관없잖아?"

"뭔가 부자연스럽지 않아? 짓눌려서 뭔가가 툭 삐져나온 것처럼."

"'옆구리 터진 김밥' 말하냐?"

진희가 농담했다. 나도 추리를 보탰다.

"91년에 출산이 장려된 건 아닐까?"

수연이가 가설을 하나 세웠다.

"90년에 태어날 예정이었던 애들이 밀렸다면?"

아이들이 숨을 죽였다. 90년생인 우리에겐 남 일이 아니었다. 우리는 생사의 갈림길에 놓였던 것이다.

"그때 단체로 7만 명쯤 사라졌다면?"

"말도 안 돼. 그런 일을 한꺼번에 조율하기도 힘들지. 집집이 찾아가 설득했을 리도 없잖아?"

미진이가 의문을 제기하자 수연이가 다시 추론했다.

"대대적인 출산 정책이 있었어. 1990년대 여자아이들을 키포인트로 삼은 정책……"

"무슨 정책? 둘만 낳아 잘 기르자?"

"그건 1970년대 표어지."

"아들딸 구별 말고 하나만 낳자. 그땐 그랬어."

안경을 올리며 미진이가 말했다.

"맞아. 산아제한 정책. 근데 아들딸 구별 말자는 건 구호뿐이었어. 사람들은 구별했거든. 90년 출생 성비를 봐. 116.5야. 자연 상태에선 통계상 여아 100명당 출생 남아 수가 106명이야. 10명 차이라고 하니 별거 아닌 것 같지? 다 세어보니 7만 명쯤 됐다면? 뭘 말하는 것 같아? 우리 또래 여자애들은 7만 명 정도가 태어나지도 못했다는 말이야."

"그런 게 어떻게 정책이 될 수 있어? 집단적 선별, 아니 차별이잖아? 그 정도면 제노사이드 아냐?"

"제노사이드가 뭐야?"

"집단 학살. 국민, 인종, 민족, 종교 따위의 차이로 집단을 박해하고 살해하는 행위."

그런 일이 있었다고? 처음 들어보는 얘기였다.

"낙태 자체를 문제 삼아선 안 된다고 봐. 낙태가 불법인 바람에 폐해가 더 크다고."

내 말에 진희가 논점을 정리했다.

"낙태는 연간 수십만 건 이상으로 추정돼. 제대로 집계되지도 않는다지만. 낙태를 말하는 게 아니야. 지금 우린 출생자 수를 얘기하는 거야. 사회 전체가 집단적으로 특정 성별의 출산을 회피했던 사건을 얘기하는 거라고."

진희가 이어서 말했다.

"우리 집 딸만 셋이거든? 전에 엄마한테 물어본 적 있어. 셋째도 딸인 거 알고 안 낳을까 생각한 적 없었냐고. 엄마도 솔직히 고민했다더라. 이스트엑스 먹을까 생각했다고."

"이스트엑스가 뭐야?"

"경구용 낙태약."

"그런 게 있어?"

"엄마가 임신했을 땐 약국에서 살 수 있었대. 지금은 판매 중단된 모양이지만."

"그 약이 판매된 게 90년이야?"

"응."

다시 미진이가 물었다.

"경구용 낙태약 때문에 우리 때 애들이 7만 명쯤 태어나지 못했다고 쳐. 근데 그게 이제 와 애들이 갑자기 사라진 거랑 무슨 관계지?"

우리는 말문이 막혔다.

이스트엑스, 이스트엑스…… 어디선가 들어본 이름이었다.

"어, 진리야. 어디 가?"

나는 컴퓨터실로 달려가 이스트엑스를 검색했다. 한때 시판되었다가 사회적 물의를 빚고 판매 중단된 경구용 낙태약. 제조사는 오센틱제네틱스. 아빠 회사였다.

아빠의 제빵용 효모가 떠올랐다. 젊었을 때 노카바이러스 퇴치에 기여한 공로로 받은 상패에 먼지가 두껍게 쌓여 있던 것도 생각났다. 약으로도 활용된 아빠의 특별한 효모 이름이 '이스트와이'였던 것까지 기억났다.

아빠의 직업이 바뀐 뒤 전에는 세상에 없던 약이 갑자기 나타났다면? 그래서 우리에게 영향을 준 거라면? 애들이 갑자기 사라진 일과 약의 등장 사이에 관련성이 있었다.

아빠가 이번에야말로 아득하게 멀어지는 것 같았다.

*

한밤에 아빠 서재 문을 두드렸다. 다짜고짜 아빠를 추궁했다.

"이스트엑스, 아빠가 개발한 거야?"

잠시 침묵을 지키던 아빠가 고개를 끄덕였다.

"20년 전쯤이었지. 노벨상을 받겠다는 포부에 청춘을 다 바치던 때였어."

아빠가 아련하게 추억했다. 달콤한 빵을 만들던 과거는 완전히 사라진 모양이었다.

"그 약에 혹시 윤리적인 문제가 있었어?"

인터넷 기사에 따르면 이스트엑스는 한시적으로 팔다가 판매가 금지되었다. 안전성에 문제가 있었던 걸까? 부작용이 컸던 걸까? 아빠는 벌컥 화를 냈다.

"전혀!"

"판매 중단됐잖아?"

아빠는 잠시 생각에 잠긴 듯하더니 설명을 시작했다.

"특정 염색체에 반응하는 효모를 우연히 발견했고, 우린 그걸 이스트엑스라 불렀어."

당시 아빠는 생식세포에 y염색체가 포함될 때 드러나는 특이 시그널을 포착했다고 했다. 그리고 이를 이용해 염색체를 구분해 반응하는 효모를 만들었다. y염색체가 발견되지 않는 수정란만 골라서 파괴하는 기술이었다.

"원래 암세포나 에이즈, 신형 바이러스 치료에 활용할 목적으로 개발했지. 특이 시그널을 보이는 이물질을 선택적으로 박멸하는 합성 효모였어. xx 수정란에만 반응해 영양 공급을 차단하는 발상을 했지. 당시 수요가 꽤 있었거든. 팔리겠다 싶었어."

"수정란이라고?"

"경구용 중절약을 만들었어."

염색체별로 달리 반응하는 중절약이라……

"xx 수정란? 그럼 여아일 경우에만 죽이는 낙태약인 거야?"

아빠가 고개를 끄덕였다.

성별 감별 낙태약이었다. 여자아이들의 미래만 골라서 없앨 수 있다니……

"수요가 꽤 있었다고? 팔리겠다 싶었다고?"

태연히 서 있을 수 없었다. 몸이 끓어오르고 손이 떨렸다. 피가 역류하고 몸이 뒤집히는 듯했다.

"악의적으로 알려진 것과 달리 약은 안전했어. 수술보다도 훨씬. 우리는 산모와 가족들의 선택을 도왔던 거야."

나는 아빠에게 소리쳤다.

"사람들이 선택한 거니까 책임이 없다는 거야? 그게 무슨 헛소리야!"

"이영이에게 새로운 세상을 보여주고 싶었어. 그런데 아무리 해봐도 이곳에선 이영이가 살아나지 못했어……"

아빠는 엄마를 핑계로 자신만의 이유를 둘러대고 있었다. 무슨 말로 변명한다 해도 들어주고 싶지 않았다. 나는 떨리는 목소리를 억누르고 물었다.

"그래서 약이 잘 팔린 뒤에 부자가 된 거야? 그렇게 대표 이사가 되고, 세상을 이렇게 바꾼 거야?"

"응. 너희가 태어나지 않았던 세계로 되돌렸어."

"그게 무슨 소리야? 우리가 태어나지 않은 세상이라고? 그런 세상으로 되돌렸다고? 그런 말도 안 되는 얘기가 어딨어?"

나는 힘없이 소리쳤다.

"왜 그래야 했어? 왜 그렇게까지 해야 했는데!"

대답 없는 아빠를 윽박질렀다.

"애들은! 도대체 왜 내 친구들을 사라지게 한 거야!"

아빠는 더욱 이상한 소리를 했다.

"이곳, 플랜 B의 세상이 필요했어. 하지만 모든 조건이 다 필요하진 않았지. 원래 세계와 맞추기 위해 조금 조율했다."

전에 훈우도 비슷한 말을 했다.

"원래 모습대로 돌아간 거야."

나는 서재 의자에 기대어 앉은 아빠를 내려다봤다. 이런 식으로 세상이 제멋대로 역행할 수도 있는 거야? 누가 정한 건데?

"조금 조율했다고? 원래 세계와 맞추느라?"

학기 초 교실 풍경이 떠올랐다. 너희들이 설칠 세계가 아니라고 말하던 애들이 생각났다. 우리를 이 세상에서 당당하게 배제한 애들은 모두 우리가 태어나지 않은 세계에서 살다 온 걸까? 그 애들이 말한 원래 세계가 그런 의미였어? 이곳이 자신들의 기억에 맞춰 조율될 거라 믿은 거였어?

원래 그랬어야 할 세계가, 응당 맞춰야 할 조건이, 자기들만의 세상이 있었던 거다. 그러니 우릴 보고 4차원이라고, 소수라고, 이질적인 존재라고 불렀던 거겠지. 그러니 우리가 사라진 뒤에도 마음 편히 잊고 살 수 있는 거겠지. 원래 없었으니까. 원래부터 태어나지도 않았으니까.

아빠 말대로라면 우리는 이스트엑스라는 성별 감별 중절약 따위가 등장하지 않았던 세계에서 태어나 살아왔다. 그런데 어떤 계기로 갑자기 과거가 바뀌었고 중절약이 생겼다. 그러면서 여자아이들이 사라지기 시작했다. 과거의 산모들이 동시에 약을 먹은 건 아닐 테니 현재에서 사라진 아이들도 시차를 두고 사라진 모양이었다.

아이들과 추려했던 7만 명이라는 숫자를 떠올려봤다. 사라진 숫자 중 한 명이 해라라면? 7만이라는 숫자 하나하나가 품었을 삶의 무게를 떠올리다 아득해졌다.

어떻게 바꾼 거지? 누가 한 건지도 알아야 했다. 방법을 알아낸다면 똑같은 방식으로 애들을 되돌릴 수 있을지도 몰랐다.

무책임하게만 들리는 말투로 아빠가 변명했다.

"아빠는 주어진 일에 늘 최선을 다해왔어. 끝까지 책임지려는 거야. 아빠는 지금도 그런 마음으로 일해."

이전에 아빠가 비슷한 말을 했다. 아니, 표현만 비슷했다. 자영업자로 살며 바닥을 치면서도 포기하지 않고 정점을 향해 가겠다고 했다. 그런데 이번에는 끝까지 책임지겠다면서 돈만 되면 무엇이든 팔겠다고 말하고 있었다. 아빠가 말하는 끝이 어딜지 두려웠다.

아빠는 세상을 엉망으로 만들었다. 그것도 이 일의 한복판에서.

오센틱제네틱스는 세계적으로 유명한 회사였다. 아빠는 삶이 극적으로 바뀐 뒤 자신의 과거를 도저히 부정할 수 없는 처지가 된 모양이었다.

"아빠, 내 친구들이 살던 곳으로 되돌리자."

한번 과거를 바꾸는 데 가담했고 그 방법을 알고 있다면

이 끔찍한 역사를 되돌리는 일도 할 수 있을 거야. 아빤 세상을 새로운 차원으로 바꿀 힘을 가진 셈이야.

아빠는 피곤한 얼굴로 내게 나가라고 손짓했다.

"다 같이 잘 먹고 잘 살자고 말해놓곤……"

고뇌에 빠진 듯한 아빠가 꼴 보기 싫어 나는 등을 돌렸다. 그리고 가장 차가운 어조로 말했다.

"아빠가 망친 세상이야. 어떻게든 책임져."

* 실제 한국의 출생자 수는 1989년 639,431명, 1990년 649,738명, 1991년 709,275명이었다.

사라졌으나 소멸하지 않는 것

집이 가장 불편하고 거북한 공간이 되었다. 모든 일은 아빠로부터 시작되었다. 그동안 나는 이 변화의 피해자이고 아빠 덕에 약간의 특혜를 누리는 것은 별개인 줄로만 알았는데, 나는 핵심 가해자에 속해 있었다. 이대로 가만있다간 공범이 되고 만다. 상의할 사람도 떠오르지 않았다.

은별이가 나를 추모공원으로 불러냈다.

"편지 내용, 너희 엄마에게 전했어."

엄마 봉안당에 놓인 편지를 힐끗 확인했다. 왜 네 맘대로? 나는 표정이 일그러지고 말았다. 오늘따라 은별이가 구사하는 감성 화법이 더욱 마음에 들지 않았다.

"유행가 가사처럼 말하지 말라니까……"

해명을 기다리는 나를 은별이가 누군가의 유골함 앞으로 이끌었다.

"여길 잘 보고 있어. 이제 곧 알게 될 거야."

점점 화가 났다. 팔짱을 끼고 기다리다가 도대체 무슨 꿍꿍이냐고 캐물으려던 순간이었다.

눈앞의 유골함이 서서히 투명해지더니 사라졌다. 유골함 주위에 있던 물품들까지 깨끗이 없어졌다.

"방금 뭐야? 사라졌어!"

은별이 내게 물었다.

"봉안당에서 사라졌다는 건 무슨 뜻이겠어?"

"설마……"

"다시 살아난 거야. 내가 되살렸어."

은별이 얼굴에 뿌듯함이 올라왔다.

"뭐라고?"

주위 친구들을 잃고 난 뒤로 사라지는 것은 모두 허무한 소멸이라고 생각했다. 존재가 말소되고 삭제되는 일을 보았다. 이슬처럼 바람처럼 구름처럼 연기처럼 사라지고 허망하게 지워지는 사람들을 보았다.

그런데 은별이는 이곳의 풍경을 지워 사람을 살렸다고 한다. 그럴 수 있다고? 어떻게 한 거야? 나는 은별이의 팔을 붙잡았다.

그동안 무력하게 당하기만 해왔다는 생각이 역전되었다. 구도가 전복되었다. 사라지는 건 소멸이 아니라 복원일 수도 있다. 딱 하나의 가능성을 지켜본 것만으로 나는 달라질 수 있었다. 이유도 모른 채 배제되었다고 생각했는데 회복을 꿈꿀 수도 있었다. 세계가 뒤집혔다.

다짜고짜 은별이를 끌어안았다. 은별이의 낙천적인 기운이 체온을 통해 느껴졌다.

"내 편지는? 어떻게 우리 엄마에게 전했다는 거야?"

"우리 엄마한테 연락했어. 우리 엄마, 산부인과 의사거든. 너희 엄마가 우리 엄마 병원에서 널 낳았대. 우리 엄마가 곧 너희 엄마를 만나러 갈 거야."

"거짓말하는 거 아니지?"

은별이 말을 이해할 수는 없었지만 묘한 기분이 들었다. 엄마와 이어져 있었다. 비유적인 표현이 아니었다. 은별이와 은별이 엄마를 통해 나와 엄마가 연결되었다.

"잠깐만, 그런데 어떻게 이분을 되살린 거야?"

나는 빈 봉안당을 가리키며 물었다. 그러자 은별이가 작고 네모난 기기를 내밀었다.

"삐삐. 음성메시지와 발신 번호만 수신할 수 있는 호출기야. 우리 엄마가 의사라 옛날부터 삐삐를 사용했는데 결혼

직후에 이상한 메시지를 받았대."

"이상한 메시지?"

"고등학생 딸이 보낸 연락이었대."

은별이는 최근에 엄마에게 삐삐를 물려받았다고 했다. 아무도 없는 봉안당에서 은별이가 목소리를 낮췄다.

"너희 아빠, 직업이 바뀌었다고 했지? 갑자기 제약회사 대표가 됐다며? 그렇다면 너희 집에도 분명히 있을 거야, 과거로 직접 메시지를 전할 수 있는 통신 채널이."

"그게 무슨 소리야?"

순간 매일 밤 누군가와 통화하던 아빠 목소리가 떠올랐다. 아빠는 전화로 끊임없이 호통을 쳤다. 일 처리 똑바로 하라고, 두 번 말하게 하지 말라고, 내 시간을 낭비하지 말라고, 이래서야 돈 받는 의미가 있냐고 호통을 쳤다. 상대가 대답할 순간을 잠시도 허락하지 않는 일방적인 말이었다.

설마 아빠도 명령을 내리고 있었나? 자신의 명령대로 움직일 만한 과거 사람에게 현재의 정보를 건네고 자신에게 유용한 미래를 만들어내도록? 혹시 과거의 아빠 자신에게 내린 명령이었을까?

"우리나라에선 1980년대 중후반부터 개인 무선호출기를 사용했어. 처음에는 의사, 군인, 정보기관 요원 등 특수 직종만 사용했대. 그런데 얼마 전 국가기밀관리국이 불법 감청을 시도하다 당시 통신망에 접촉하는 방법을 찾아냈어."

은별이가 엄마와 함께 알아낸 사실이라며 설명했다.

"과거 특수 계층에게 메시지를 전달할 수 있어. 그걸로 과거를 조작하고 있대. 자기들에게만 유리한 현재를 만들고 있다고."

그렇게 엄청난 채널을 손에 넣곤 무슨 짓을 저지른 거지? 말 그대로 과거 세력과 손잡았다고? 과거의 극소수 특권층을 호출할 수 있는 도구, 세상을 완전히 뒤흔들 수도 있는 특수한 사설망, 그걸로 어떤 이들은 사람을 제거했고, 어떤 이들은 되살렸다.

만약 내게도 채널이 있다면 누구에게 연락할까? 누가 내 목소리를 듣고 나 대신 친구들을 구해줄 수 있지? 딱 떠오르는 사람이 없어 초조했다.

나는 은별이에게 이스트엑스에 대해 알렸다.

"이스트엑스, 우리 아빠가 만든 약 때문에 애들이 모두 사라졌어. 아빠를 막아야 해."

"과거의 너희 아빠를 상상해봐. 그 시절 아빠는 믿을 만한 사람이야?"

나는 주저하지 않고 고개를 끄덕였다. 이전의 아빠라면 믿을 수 있었다.

"그럼 그때의 아빠에게 네 메시지를 전달해. 네 목소리를 들려드려."

나는 집을 향해 미친 듯이 달렸다. 집에 도착하자마자 엄마의 유품을 뒤져 일기를 찾았다. 엄마 수첩 속에서 빼곡히 적힌 연락처를 본 적 있었다.

012-100-5004

이거다. 아빠 이름 옆에 적힌 012로 시작하는 낯선 번호. 뒷자리는 아빠가 지금 사용하는 핸드폰 번호와 같았다. 아빠의 옛 삐삐 번호가 분명했다.

집에 아무도 없는 걸 확인한 뒤 나는 만약을 대비해 몰래 복사해두었던 열쇠로 아빠 서재를 열었다. 책상 서랍을 열자 낯선 디자인의 핸드폰이 보였다. 핸드폰을 켜자 통화 이력에 아빠의 옛 삐삐 번호와 같은 번호가 있었다. 아빠도 이 번호로 연락한 게 틀림없었다. 없는 번호라고 하면 어쩌나 걱정했는데 음성메시지를 녹음하라는 안내가 흘러나왔다. 나는 다짜고짜 소리쳤다.

"아빠! 나 진리야. 아빠! 나 좀 살려줘. 친구들이 다 사라졌어. 예준이가 죽었대. 해라도 눈앞에서 사라졌어. 근데 아무도 찾질 않아. 아빠가 거기서 제대로 되돌려줘. 이대로라면 나 미쳐서 죽어버릴 것 같아. 아빠, 제발!"

음성 녹음이 완료되었고 발신인 전화번호를 남기라는 음성 안내가 들렸다.

8282 505 505 505 505 505 505 505 505 505……

더 이상 입력할 수 없을 때까지 SOS를 남겼다. 은별이에게 전해 들은, 과거 사람들이라면 분명히 알아들을 암호였다.

*

전화를 끊은 뒤 나는 세상이 다시 한번 뒤흔들리기를 기다렸다. 아빠, 제발!

며칠을 기다렸지만 아무 일도 일어나지 않았다. 음성 녹음은 분명히 완료했다. 은별이 말이 사실이라면 메시지는 과거로 전달되었을 테다. 그런데 왜 변화가 없지? 혹시 내 목소리를 듣고서도 무시한 걸까? 다 알면서도 자신의 보장된 미래를 포기하지 못한 걸까?

과거의 아빠에게 연락한 거잖아. 분명 내가 누군지도 모르는 거야.

나는 여러 생각 사이를 배회했다. 과거로 통신 가능한 채널이 세상에 몇 개나 존재할까? 은밀하고 긴밀하게 과거와 결탁한 사람들이 앞으로도 계속 세상을 광포하게 휘저을 텐데, 나와 은별이가 아무리 목소리를 전한다 해도 나쁘게만 변해가는 미래를 막아내기엔 역부족이었다. 자신들의 채널을 우리가 무단으로 이용했다는 사실이 드러나는 일도 걱정이었다. 어떤 제재가 내려질지 알 수 없었다.

이런 식으로는 도저히 수습할 수 없다. 그 사람들이 몽땅 없어지지 않는 한 과거는 계속 바뀔 터였다. 지긋지긋하도록 익숙한 패배감이 또다시 나를 휘감았다.

며칠 전 서재에서 아빠는 여기가 플랜 B의 세계라고 했다. 내가 전혀 경험하지 못한 플랜 A의 세계는 어떤 곳일까? 내가 죽고 엄마가 살아남은 세상일까? 애초 내가 태어나지 않고 엄마가 살았다면? 나 대신 엄마가 아빠 곁에 있다면? 그렇게 생각하니 엄마와 나는 삶이라는 의자 뺏기 게임에서 한자리를 두고 피 터지게 싸우는 경쟁자인 것만 같았다.

내가 태어나지 않은 세상을 그려보았다. 그리고 그곳에서 해라와 예준이와 지연이와 다른 아이들이 평범하게 웃고 울며 살아가는 모습을 떠올려봤다. 그러자 머릿속이 환해지는 기분이었다.

아이들이 다 돌아오기만 한다면, 모두 무사하다면 기꺼이 감수할 수 있었다. 내가 지워진 세계를.

은별이를 찾아갔다.

"부탁이 있어. 중요한 얘기야."

우리는 독서실 옥상에 나란히 앉았다. 생각해온 말을 모두 털어놓았다.

"안 돼."

은별이는 단호하게 고개를 저었다.

"목소리를 남겼지만 아무 변화가 없어. 우리 아빠는 변하지 않을 거야. 지금도 완고하고 옛날에도 완고했어. 그러니 너희 엄마에게 연락해줘. 우리 아빠를 막아달라고."

은별이에게 사정했다. 은별이 엄마를 통해 우리 엄마에게 내 얘길 전해줬으면 했다. 나를 포기하고 엄마 삶을 이어가라고, 아빠가 잔인한 선택을 하지 못하게 곁에서 제지해달라고. 그래야 아빠와 내 친구들, 우리 모두가 제자리로 돌아올 수 있었다.

"아무리 생각해도 이 방법밖에 없어. 이스트엑스의 개발을 막아야 해. 과거의 우리 아빠를⋯⋯"

잠시 목이 메었다.

"우리 아빠를 죽여서라도⋯⋯"

은별이가 고개를 저었다. 살인에 가담해달라는 부탁이란 걸 알면서도 무턱대고 은별이에게 호소했다.

"원래 상태로 되돌리자."

말없이 다른 곳을 바라보던 은별이 고개를 돌렸다.

"진리야, 그런 식으로는 안 돼."

"난 진짜 괜찮아. 우리 엄마가 살아남고 내 친구들이 돌아온다면 그게 최선이야. 우리가 마땅히 도착했어야 할 원래 세상으로. 너도 알잖아. 여긴 희망이 없어."

그러자 은별이가 크게 한숨을 내쉬었다.

"난 이미 그 세계를 경험해봤어. 네가 없는 세상, 원래 세계라고 불리는 곳."

"뭐⋯⋯?"

"그 세계에서 너희 엄마는 살아남았어. 아이는 없었고."

은별이는 다 알고 있다는 듯 과거형으로 말했다.

"그래서 어떻게 됐어? 애들은 평범하게 살고 있겠지? 난 그거면 돼."

은별이가 고개를 떨궜다. 그 세계에도 뭔가 문제가 있었던 걸까?

"아무도 돌아오지 못했어."

"아빠가 약 개발을 포기했는데도?"

은별이가 고개를 끄덕이자 훈우가 했던 말이 떠올랐다.

변태는 거기서 자살했어. 그리고 너랑 다른 애들은 아예 존재하지도 않았어. 원래 세상이 그래 왔어. 너도 언젠가 이해할 날이 올 거야.

"왜? 도대체 왜!"

무릎에 힘이 빠져 털썩 무너졌다. 땅이 흔들리는 것 같아 도저히 제 발로 서 있을 수 없었다.

여아 불호 사상

내 눈으로 직접 확인해야 했다. 집으로 돌아와 곧장 지하실로 향했다. 지하실 냉장고에서 사람들이 쏟아져 나오던 장면을 떠올렸다. 사람들이 원래 세계란 곳에서 이곳 플랜 B의 세계로 넘어온 거라면……?

반대쪽으로 갈 수 있을지 알 수 없었지만 무작정 들어가 문을 닫았다. 내부는 텅 비어 있었고 특별할 게 없었다. 가만히 눕자 한기로 가득 찬 어둠이 몸을 감쌌다. 평소 나는 코믹한 호러 영화도 못 보는 겁쟁이인데 차가운 어둠 속에서는 의외로 덤덤했다. 영안실을 체험하는 기분이랄까. 여러 번 죽었던 처지라고 생각하니 틀린 말도 아닌 듯했다. 가장 무서운 곳은 다름 아닌 지금 나를 둘러싼 이 세상일지도 몰랐다.

원래 세계에 갈 수 있다면, 혹시라도 거기서 아빠를 만난다면 화를 낼 생각이었다. 과거의 자신에게 전할 말이 없냐고 따져야지. 원래 세계라는 그곳에서조차 우리가 지워진 이유도 알아봐야지. 점점 오슬오슬 추워졌고 잠이 쏟아졌다. 누군가의 손을 잡고 싶었다. 따뜻한 온기를 느끼고 싶었다.

*

한참 후, 누군가 내 팔을 잡아끄는 걸 느꼈다.

"괜찮아요?"

따뜻한 물병으로 연신 내 몸을 데우는 누군가의 손길을 느꼈다.

"구급차 불렀어요. 좀만 기다려요. 아니 근데, 어떻게 거기에 들어가 있었던 거예요?"

달콤하고 익숙한 냄새가 났다. 천천히 눈을 떴다. 그리웠던 아빠가 친절한 미소를 띠고 나를 내려다보고 있었다. 나는 아빠를 덥석 끌어안았다.

"아빠…… 아빠!"

아빠 옷에 묻어 있던 밀가루가 흩날렸다. 학교 앞 사거리, 진리베이커리의 냉장고로 이어진 통로를 빠져나왔다.

"아이코, 괜찮아요?"

아빠가 가출 청소년 대하듯 다정하게 다독이며 몸을 뺐다.

"내가 누구랑 닮았단 얘기 자주 듣잖아. 워낙 친근한 이미지라서 이렇다니까."

아빠가 내 등 뒤에 있는 누군가를 향해 변명했다. 고개를 들어 보니 한 여성이 날카로운 눈초리로 아빠를 보고 있었다.

"아……!"

나는 벌떡 일어나 다짜고짜 그녀를 끌어안았다.

"엄마! 엄마!"

무작정 화부터 내려고 했다. 세상이 엉망이 됐으니 수습하라며 따지려고 했다. 그런데 막상 두 사람을 직접 만나니 순식간에 무너져버렸다.

한참 우는 동안 두 사람이 곁에서 기다려줬다. 오랜만에 달콤한 슈크림크루아상을 먹었다. 몸과 마음을 추스르고 구급차를 돌려보냈다. 두 사람은 내게 다정하게 물었다. 집에 갈수 있겠냐고, 어쩌다 냉장고 속에 있었냐고, 돌아가는 길은 아느냐고. 나야말로 어디로, 어떻게 가야 할지 알고 싶었다.

"경찰을 불렀어요. 무슨 일이 있었는지 알리고, 그리고 우리가 도와줄 게 있다면……"

나는 벌떡 일어났다.

"친구들을 찾아야 해서요!"

꾸벅 인사를 하고 서둘러 진리베이커리를 나왔다.

나는 달렸다. 예준이 집에 들렀지만 전에 해라와 들렀을 때보다 더 황폐해 보였다. 인기척을 전혀 느낄 수 없는 풍경만이 남아 있었다. 곧장 해라네 곱창집으로 발길을 돌렸다. 무턱대고 해라가 있냐고 물었다. 해라 부모님으로 보이는 사장님 부부가 당황해하며 고개를 저었다. 지연이네 집을 찾아 현관문을 두드렸다. 역시나 그 집도 자녀가 없다고 했다.

피시방에 들러 오센틱제네틱스를 검색했다. 회사는 중소기업이었고 이스트엑스는 검색되지 않았다. 하지만 이곳에서 사람들은 약 없이도 아이들을 포기했다.

나는 기사와 블로그, 사람들이 남긴 기록을 읽으며 이곳, 원래 세계가 숨긴 이야기를 확인했다. 도무지 믿기지 않는 이야기가 줄줄이 쏟아졌다.

1990년 말띠 해, 대한민국에서 태어나는 아이들은 백말띠로 불렸다. 사주니 팔자니 얘기하지만 다른 나라에는 없는 개념이었다. 십이간지를 사용하는 동아시아 나라들 가운데서도 한국에만 존재하는 육십갑자라는 연도 표기법이 근거였다. 백말띠 여자는 팔자가 드세고 사납다고 여겨졌다. 그 바람에 그해 여아 출산이 기피되었다. 성 감별이 불법인 시절이었는데도 말이다.

만화 동아리 애들과 함께 봤던 출생자 통계를 떠올렸다. 1991년에 비해 7만 명이나 적었던 숫자. 1990년에는 여아를 낳을 바에야 안간힘을 써서 출산을 꺼린 거였다. 수연이의 추리가 맞았다. 억누른 숫자가 다음 해로 밀렸다. 그해에 태어난 여자는 모조리 드세다는 미신 때문이었다.

말도 안 돼. 그럼 1990년 12월 31일에 태어나면 죽어야 하고 1991년 1월 1일에 태어나면 살아도 되는 거야? 날짜 변경선 따위에 맞춰서? 백말띠라는 한국식 사주팔자 때문에 생사를 막 정해도 됐던 거야?

기사를 읽으며 아연실색했다. 당시에 사람들은 돌하르방 조각을 갈아 마시고 무당을 불러 굿을 했단다. 철, 인, 칼슘 복합제제, 그린젤리, 아들 낳는 팬티가 날개 돋친 듯 팔렸다. 딸만 낳은 며느리는 죄인처럼 구박받았다. 아빠와 훈우가 원래 세계라고 말한 곳에서 엄연히 자행된 현실이었다.

당시엔 성 감별이 불법이라 건강보험이 적용되지 않았다. 그 덕에 병원은 성 감별로 큰 수입을 올릴 수 있었다. 온갖 과학과 미신이 동원됐다. 정자를 알부민에 담가둔 뒤 y염색체 정자가 위에 뜨는 것을 이용해 정자를 분리했다. 그걸로 인공 수정이나 체외 수정을 시도했다. x염색체를 통해 유전되는 혈우병 같은 질환을 예방한다는 명목이었다. 사람들의 미신을 위해 과학이 복무했다. 일견 미개해 보이는 이야기지만 고학력 고소득 계층에서 더욱 심했다.

"말도 안 돼……"

당시 산모들은 임신했을 때 성별 검사를 하라는 주변의 강권에 시달렸다. 아들을 낳게 해준다는 비싼 한약을 지어 먹고, 과학적인지 아닌지 알 수 없지만 특별한 수정 착상을 위한 수태 방법을 상담받았다. 온갖 식이요법, 민간요법을 병행했다. 그렇게 돈과 시간과 열정을 들여 임신했고 병원에서 예쁜 아이가 태어날 거라는 말을 들으면 낙담했다. 잘생기고 듬직한 아이가 아니라 예쁜 아이. 그러면 계획은 중단되었다.

  왜 그렇게까지 해야 했을까? 기사와 블로그에서 답을 찾았다. 남아 선호 사상……

  그게 도대체 뭐지? 여아 불호 사상이랑 같은 말 아니야? 여자아이들만 골라서 제거하는 일에 사상 같은 말을 붙여도 되는 거야? 너무도 기괴했다.

  지금은 그렇진 않다고? 한때 미개했던 악습이었다고? 특정 연도에 태어날 여자아이들만 선택적으로 제거하는 방법을 사회 전체가 고안해냈다. 끔찍한 발상이었고 무지막지하게 집행되었다. 그런데 아무도 형식적인 사과조차 하지 않았다. 이 세계에서도, 우리 세계에서도.

  태어나기도 전에도 태어난 뒤에도 어떤 차원에 살든 이 나라에서 우리는 끊임없이 지워지는 존재였구나. 여기서도 거기서도. 이전에도 지금도.

은별이 말대로였다. 아빠의 약을 저지한다 해도, 혹은 아빠를 죽인다 해도 아이들은 돌아오지 못한다. 내 삶을 포기하고 내 세계를 전부 다 버려도 아무도 돌아오지 못한다.

밤이 깊어갔다. 돌아갈 데도 없었다. 나는 아파트 단지 입구에 멍하니 주저앉았다.

"친구들은 찾았니?"

목소리가 들리는 쪽으로 고개를 들었다. 엄마였다. 나는 고개를 저었다.

"네가 보낸 거지? 옛날 음성메시지."

과거로 보낸 메시지를 엄마는 기억하고 있었다.

"8282 505 505 505……"

"너였구나."

아빠는 답하지 않았지만 엄마는 기억하고 있었다. 나는 몸을 일으켜 엄마를 바라봤다.

"잘못 녹음된 음성이라고만 생각했어. 왜 하필 우리에게 남긴 건지, 왜 내 남편을 아빠라고 불렀는지 의아했어. 늘 궁금했어. 누군지는 몰라도 네가 잘 있는지…… 계속 마음에 걸렸어."

꽤 오랜 시간이 지났을 텐데도 기억해줬다.

"얼마 전에 누가 알려줘서 간신히 알아챘어."

나는 힘없이 웃어 보였다.

"세상은, 정말 꿈쩍도 하지 않을 작정인가 봐요."

나는 한숨을 쉬며 푸념했다. 적자생존이라고 생각했지만, 말뜻처럼 잘 적응한 사람이 살아남는 세상이 아니었다. 규칙조차 알 수 없는 게임에서 승자만 생존하는 세상이었다. 앞으로도 누군가 나의 생사를 두고 승패를 가를 거라 생각하니 아찔했다. 꿈쩍도 하지 않는 곳에서 언제까지 버텨야 할까?

엄마가 내 얼굴을 들여다보았다. 나도 엄마 얼굴을 마주 바라봤다. 앞으로 25년쯤 시간이 흐르면 엄마와 비슷한 얼굴이 되겠지? 마치 20~30년 후 미래의 내 얼굴을 보는 기분이었다.

"넌 정말, 나 열여덟 살 때 얼굴이랑 똑같이 생겼구나."

우리는 서로를 통해 자신의 과거와 미래를 보고 있었다.

"거기서 엄마 없이 산다고, 덤벙대는 아빠가 애를 제대로 챙기겠냐고 사람들한테 불쌍하다는 얘길 들으며 살진 않았니?"

나는 고개를 저었다. 아주 기특한 애였어요. 그런 말 따위 속으로 비웃을 만큼 독한 애였고요.

엄마가 위로했다.

"넌 아주 젊어. 그러니 열정만으로 버티라는 얘기를 하는 건 아니야. 너무 일찍 절망하면 멍든 마음으로 살 시간이 너무

길잖아?"

엄마는 엄마의 표현으로 나를 응원했다.

"너의 메시지를 한참 늦게 알아채고선 그 순간 내 마음이 어땠는지 아니? 지금이라도 너를 구할 수 있단 얘기잖아! 얼마나 기뻤다고."

엄마가 힘주어 말했다.

"사람들을 찾아내자."

누구를요? 어떻게요? 누가 우리 상황을 이해해줄 수 있을까요?

"누군가를 기다리는 사람이 더 있을 거야. 찾아낼 수 있을 거야. 어딘가에 있는 또 다른 우리를."

"아무도 없었어요. 있었던 친구도 모두 사라졌다고요."

나는 내 말에 울컥했다. 아무도 나서지 않았다고요.

"지금도 생각해. 딱 한 사람만 만나면 된다고. 그렇게 만나 둘이 되면 그땐 '우리'가 될 거니까."

딱 한 사람. 나는 해라를 떠올렸다. 엄마도 누군가를 떠올렸겠지. 어쩌면 이 이야기를 하는 사이, 나와 엄마도 서로를 우리라고 부르고 있었다. 엄마와 나는 삶이라는 의자 뺏기 게임에서 자리를 두고 싸우는 경쟁자가 아니었다. 정반대였다. 서로의 생명이 연결된 사이, 전혀 다른 차원에 살다 친구가 된 사이, 이 순간을 위해 그동안 버텨온 사이.

"내가 버틸 수 있을 만큼만 희망하려고 해. 우리가 비관하지 않은 만큼 세상은 잘못을 고쳐갈 가능성을 품게 될 거라고, 그렇게 믿어보려 해."

엄마는 친척들이 추억했던 것보다, 유품이 된 일기에 적힌 글보다 훨씬 더 강한 사람 같았다.

과거의 자신인 듯한 사람과 미래의 자신일 듯한 사람이 서로를 바라봤다. 핏줄로 이어져 있다거나 함께 살아왔기 때문이 아니었다. 처음 만난 엄마였지만 진짜 가족이라고 느꼈다.

"어떻게 할래? 여기서 우리와 함께 살겠니? 출생신고부터 해야 하려나."

나는 고개를 저었다. 애들이 돌아오지 못하는 곳에서 살고 싶진 않았다. 뒤늦게 엄마 아빠에게 양육의 책임을 안기고 싶지도 않았다. 어쨌거나 여기서 나는 그들이 선택한 결과가 아니었으니까.

엄마는 자신의 계획을 말해줬다. 사람들을 더 찾아내겠다고, 그 사람들을 호출하겠다고 했다. 나도 내 계획을 말했다. 내가 살던 세계로 돌아가 사람들을 더 많이 만나겠다고 했다.

"믿어보자. 어딘가에 누군가 있다는 걸."

아무도 없다고 생각했을 때 가장 절실하게 필요했던 딱 한 사람을 만났다. 아직 만나지 못한 다른 사람도 있을 터였다. 한 번 더 믿어보고 싶었다. 우리를 발견한 아빠가 멀리서 손을 흔들며 달려오고 있었다.

　두꺼운 겨울 이불을 뒤집어쓰고 핫팩과 보온병을 잔뜩 안
고 나는 가게 냉장고 안으로 들어갔다. 1분에 한 번씩 엄마
가 문을 열었다.
　"추우면 말해."
　사실 더워서 땀이 날 지경이었다. 이번엔 아빠가 문을 열
었다.
　"여기 누르고 문 열어요. 돌아오고 싶으면 또 와요. 이 칸
은 비워둘 테니."
　엄마가 아빠 등을 팡, 하고 쳤다.
　"그게 해결책이 아니라잖아."
　나는 아빠 목소리를 녹음한 핸드폰을 꼭 쥐었다. 아빠가
과거의 자신에게 전달할 말을 녹음해뒀다. 한숨 자려고 했는
데 두 사람이 자꾸만 번갈아가며 문을 열고 괜찮냐고 묻는
바람에 정신이 없었다.
　잠시 후 시끄럽던 주변이 조용해진 걸 느끼고 밖으로 나왔
다. 저택 지하실로 돌아와 있었다.

한 번도 해보지 않은 일

여름방학이 시작됐다. 너무 많은 것을 잃고 한 학기가 끝
났다. 8월에 보수정당의 대통령 후보가 선출되었다는 뉴스
를 본 직후 아빠가 더욱 분주해졌다. 아빠는 매일같이 서재
로 몰려드는 사람들을 맞았다.

시키는 대로 수행했을 뿐이라더니 이곳에서 아빠는 성실
하게 열성적으로 세상을 망치고 있었다.

나는 아무도 없는 틈을 타 조심스레 서재에 들어갔다. 내
방에서 전화를 걸어둔 핸드폰을 아빠 서랍 깊숙이 숨겨두었
다. 아빠 서재에서 무슨 모의를 하는 건지 알아야 했다.

잠시 후 시끌벅적해지며 아빠가 손님을 맞는 소리가 들렸
고 나는 신발을 숨기고 방으로 들어갔다.

"할 일이 많으십니다. 더욱 건강하셔야 합니다."

"암흑의 시대였어요. 10년이나 견디느라 모두 고생 많았습니다."

"새로운 시대를 준비합시다."

비자금 조성에 대한 지루한 이야기가 한참 이어진 뒤 기이한 대화가 오가기 시작했다.

"이곳 말이에요, 인구가 상당히 늘었던데 어떻게 한 거요?"

누군가 아빠에게 질문했다. 나도 호기심이 일었다. 귀가 아플 정도로 수화기를 가까이 댔다.

"몇 가지 조율을 했습니다. 생리를 없애는 동시에 가임 기간을 늘리는 약을 판매했습니다. 임신을 촉진하는 역할을 했지요."

"오, 생리를 없애는 약이라니 여성 소비자들이 아주 좋아했겠군."

"그뿐이 아닙니다. 가임 연령도 대폭 늘렸습니다."

"흠, 할머니도 출산할 수 있다니 여자들의 긍지를 아주 높이는 일이 되겠군. 폐경기를 늦췄단 얘긴가?"

"일반적인 폐경 시기가 지나도 출산할 수 있도록 혈장과 호르몬을 투여했습니다. 배란을 재활성화하는 조치였지요."

"오오."

"대한민국이 소멸하는 건 막아야지요. 어떻게 지킨 조국입니까."

장내의 또 다른 누군가가 질문했다.

"그런데 여기도 소멸하면 어떡하나? 젊은 여자들이 아이를 안 낳겠다고 버티면 이곳도 소멸할 텐데?"

"이번에야말로 제대로 이끌어야죠. 양육비도 주고, 임신한 여성을 위한 정책도 펼치고, 엄마가 되는 일이 얼마나 아름다운 일인지 영화도 만들고요."

"거참, 손이 많이 가는 애들이야."

"이기적이죠. 자기들 몸만 생각하느라 나라가 사라지는 건 신경조차 안 쓰는 애들이에요."

귀를 의심했다. 이곳이 인구를 늘려 대한민국의 소멸을 막아낸 곳이라고? 가임 여성을 애 낳는 기계쯤으로 간주하고 있었다.

"그래서 인공 자궁 제3상 시험은 언제 완료된다고요?"

"다음 달입니다."

놀라서 큰 소리를 낼까 봐 나는 입을 틀어막았다.

"인공 자궁에서 태어나는 애들은 수명을 한 마흔 살 정도로 설정하는 게 좋겠어. 나라를 위해 헌신하고 좀 퇴장해주는 게 좋지. 수명도 설정할 수 있겠나?"

"그건, 한번 검토해보겠습니다."

노쇠한 목소리가 계속 들려왔다.

"무슨 부귀영화를 얼마나 누리겠다고 그렇게들 아득바득 욕심부리나 몰라."

"그자들이 하는 일, 앞으로는 로봇이 얼마든 대체할 수 있다고 말해줘야지. 네가 하는 일, 그거 별거 아니라고 말이야."

"그래도 아예 없으면 곤란하잖아요?"

"그래서 이렇게 큰돈 들여 인공 자궁을 만들고 있지 않나."

회의실에 웃음소리가 흘렀다. 소름이 돋았다.

"근데 여기선 그 여자애들 중에 우리 세상을 크게 위협하는 애가 등장한다잖아요?"

"채 사장이 매만진 세상 아닙니까. 제대로 좀 조율해줘요."

아빠가 비굴한 목소리로 말했다.

"대한민국이 소멸하지 않을 세계가 필요했습니다. 그래서 인구를 늘린 거고요. 지금도 공들여 매만지고 있습니다. 종국에는 반드시 여러분이 원하는 사람들로만 선별하여 태어나도록 하겠습니다."

선별이라고? 자신들의 미래 권력에 위협이 될 거라서 태어나기도 전에 우리를 미리 제거했다고? 누군지 특정하지 못해 다 죽였단 말이야?

서재에서 열린 비밀 회의에 대해 은별이에게 알렸다.

"90년생 여자 중에 저들의 권력을 위협하는 사람이 있었대. 그 얘길 듣고 과거를 조율해 신약을 만들어 태어나기도 전에 애들을 죽인 거래."

기가 막혀 우리는 한동안 말을 잇지 못했다.

"비자금을 조성해 인공 자궁을 만드는 실험도 하고 있대. 시끄러운 여자들을 제거한 뒤에도 곤란하지 않도록……"

들은 얘기를 옮기는 것만으로 메스꺼웠다. 내 입까지 더러워지는 기분이었다.

"여자 몸을 자궁 정도로만 생각하는 거잖아? 열심히 일하며 사는 평범한 사람들을 로봇만 못하게 여기고."

"대한민국의 미래를 무척 걱정하시는 분들이라 발상과 행동력이 남다르시군. 근데 그 사람들은 언제든 세상을 버릴 사람들이야. 특권과 특혜를 독점할 수 없는 곳이라면 언제든."

나는 한숨을 쉬었다.

"저들은 과거 세력과 항상 닿아 있어. 이게 21세기에 일어난 일이 맞나 싶은 일들 있잖아. 기대했던 미래까지 과거 일로 만들어버리는 일 말이야. 두 눈 똑바로 뜨고 지켜봐야 해. 언제든 과거를 소환해낼 거야. 현재와 미래에 계속 영향을 미치려 들 거야."

그랬다. 퇴행은 언제든 있었다. 사람들의 미래지향적인 열망을 보란 듯 내팽개치고 이 나라는 거침없이 과거로 회귀하곤 했다.

이 좁은 나라가 뭘 궁리하고 어떤 미래를 꿈꾸는지 조금 지켜본 기분이 들었다. 이런 나라라면 지구에서 그냥 사라져도 되지 않을까? 국적이 다른 사람들이 이주해서 함께 사는 모습조차 떠올릴 줄 모르는 빈약한 상상력 하며, 우월한 자기 정자를 남겨야 한다는 추접스러운 선민의식에, 민족주의까지 끌어와 미화하는 번식욕까지. 부계 종족을 최우선으로 하는 인종주의자, 차별주의자 들의 설계 속에 수많은 사람의 생사가 결정되고 있었다.

"이제 어떻게 하지?"

"그 사람들은 얼마든지 여길 버릴 수 있을지 모르지만 우린 달라. 이곳은 우리가 다시 만난 세계야. 이제 이곳을 우리 세계로 만들자."

나는 은별이를 바라봤다.

"끔찍한 일들을 완전히 과거로 만들자. 여기가 우리의 원래 세계가 될 거야."

은별이가 웃으며 가볍게 주먹을 쥐어 보였다.

"다 불러 모아 복수하자."

은별이 말이 마치 웹툰 주인공 대사 같았다. 조금은 약하고 소심해 어딘가 허술해 보이지만 지구를 구하는 주인공.

우리는 각자 조사해온 명단을 펼쳤다.

*

1990년

"여보, 또 이상한 음성이 왔어."

퇴근 후 필립은 회사 삐삐에 남은 음성을 이영에게 들려줬다. 제약회사에서 필립은 성공 가도를 달리던 와중이었다.

이영과 필립은 녹음된 음성메시지를 함께 들었다. 지난번과 같은 목소리였다. 지난번보다는 훨씬 차분했다. 초연한 목소리였다.

"아빠, 나야 진리. 아빠 딸, 채진리. 거기선 날 아직 만나지 못한 거지? 그래서 내가 누군지 모르는 거지? 여기선 엄마가 날 낳은 뒤 돌아가셨고 아빠랑 나랑 둘이 살고 있어."

아이는 목이 멘 듯 잠시 쉬었다 다시 말했다.

"아빠가 정한 우리 집 가훈 기억나? 다 같이 잘 먹고 잘 살자는 가훈 말이야. 그래서 엄마의 애창곡인 변진섭의 「로라」를 아빤 싫어했어. 나 없이 너 혼자서 그 얼마나 외롭겠냐니, 가훈에 반한다고 말이야. 근데 엄마가 변진섭을 너무 좋아하니까 그냥 질투한 거지?"

그 목소리는 부부의 프러포즈 풍경까지 상세히 묘사했다.

"아빠는 진리베이커리 사장이었어. 자영업자로 사는 건

정기적으로 바닥을 치는 인생이라고 하면서도, 그래도 아빠 매일매일 인생의 최정점을 향해 가고 있다고 말했어. 슈크림 크루아상이 진짜 맛있었어. 버터 많이 써서 우리 가게 늘 적자였잖아."

목소리 톤이 강하게 바뀌었다.

"아빠, 출산 예정일보다 이틀 일찍 내가 세상에 나올 거야. 성질 급한 애라고 한숨 쉬어도 좋아. 그날 아빠는 회사 일이 너무 바빠서 엄마 연락을 받지 못하게 돼. 줄곧 그날을 후회하며 살 거야. 그러니 엄마 곁에 있어줘. 그리고 산모와 아이중에 산모를 선택해줘. 난 아빠와 함께 살았으니 이걸로 충분해.

오센틱제네틱스. 그 제약회사에서 계속 일하면 아빠 손으로 끔찍한 일을 저지르게 돼. 한 해에만 7만 명, 아니 어쩌면 그 이상이 사라질지도 몰라. 우리가 사라져도 누구도 죄책감을 느끼지 않는 세상을 아빠가 앞장서서 만들게 돼. 아빠, 난 포기해도 돼. 하지만 제발 애들만은 살려줘. 아빤 많은 걸 이뤘어. 그러니 아빠 손으로 다시 만들어줘. 건강하게 모두가 다 같이 잘 먹고 잘 사는 세상을……"

멍하니 전화기 스피커를 바라보던 이영과 필립은 서로를 바라봤다.

"여보, 지금 개발 중인 신약이 뭐라고 했지?"

"이스트엑스. 염색체에 반응하는 합성 효모."

"그 연구 포기할 수 없어?"

필림이 발끈했다. 노벨상까지 꿈꿔볼 만한 신약 개발이 완성을 앞두고 있었다.

"무슨 소리야. 막대한 자금이 투입됐어. 진행할지 말지 내가 결정할 사안도 아닌 거 알잖아."

"많은 사람이 죽게 된다잖아."

"여보, 극비라 말하지 않으려고 했는데 내가 개발 중인 건 경구용 중절약이야."

"그래서?"

"안전한 중절로 산모를 살리는 약이라고."

"염색체에 반응한다는 건 무슨 뜻이야?"

"말할 수 없어. 여보, 함부로 거부했다가 우리 어떻게 될지도 모른다고. 난 일개 연구원일 뿐이야."

"경영에도 참여할 수 있다고 좋아했잖아. 메시지에 따르면 당신 성공해서 오센틱제네틱스 대표가 된다잖아."

"와, 정말 그렇게 된다면 소원이 없겠다."

"좋아할 일이야? 자기가 벌인 일도 제대로 수습 못 하는 지경이 돼서 이런 메시지가 날아온 건 아니고?"

"나 참, 그깟 대표, 시켜만 달라고! 내가 아주 멋지게 해낼 테니까! 자기야, 나 책임감 하나는 최고인 거 알잖아? 채필림, 책임감 빼면 좀비야!"

이영은 남편의 허풍을 불안한 눈으로 바라봤다.

며칠 뒤 필립의 삐삐로 또 다른 기이한 메시지가 도착했다.

"이영아, 나 2007년에 사는 미래의 너야. 필립 씨 삐삐로 여자아이가 연락할 거야. 그건 잘못 걸려온 전화도 아니고 사기도 아니야. 그러니 그 애의 말을 들어줘. 그리고 그 애 말대로 해줘. 그게 이영이 너의 미래를 살리는 일이기도 해. 낯모를 이의 구조 신호를 잊고 살다가 평생 마음이 곪고 말았어."

필립은 누군가의 장난이 아닌지, 목소리 변조가 아닌지 줄곧 의심했다. 어색하기만 한 자신의 목소리를 들은 이영은 더는 무시하기 어려웠다.

다음 날 출근하려던 필립을 붙잡고 이영이 말했다.

"여보, 우리 다른 삶을 살아보면 어떨까."

"무슨 소리야? 나 회의 늦으면 안 돼."

필립이 무심하게 말했다. 이영은 목소리를 높였다.

"당신 때문에 끔찍한 일이 벌어진다잖아. 앞으로 그걸 어떻게 감당하면서 살아? 나, 당신 곁에 있을 수 없어."

필립이 한숨을 폭 내쉬며 말했다.

"자기야, 제정신으로 말하는 거야? 지금껏 계획했던 걸 다 포기하는 거야. 집은 어쩌고? 대출은? 자영업자로 사는 게 쉬울 것 같아? 여기서 멈췄다간 가난하고 비참하게 살게 될지도 모른다고."

"설령 가난하게 산다고 쳐. 그게 왜 비참해? 우리 딸이 젊었을 때 아빠에게 연락해서 날 죽여도 좋으니 제발 친구들을 살려달라고 빌게 만드는 삶이 더 비참하지 않아? 경고를 듣고도 제 발로 파국으로 들어가는 게 더 비참하지 않냐고."

필립은 입을 닫았다.

"여보, 우릴 지원하고 있는 사람들이 얼마나 무서운지 알아?"

이영은 남편의 불안한 눈을 똑바로 마주했다.

"지금까지의 우리라면 당연하게 선택했을 것들을 일부러 안 하면서 살아보자. 한 번도 해보지 않은 일을 골라서 하면서 살자. 그게 우리 미래를 바꿀 거야."

이영은 간절히 원했다. 어쩌다 선택했을 일들이라면 일부러라도 택하지 않으면서, 가본 적 없는 곳을 꿈꾸면서 살고 싶었다. 그렇게 만난 세상을 다음에 태어날 사람들에게 건네고 싶었다.

"시간이 흐르면 더 되돌릴 수 없게 돼. 그렇다면 지금 결정해야 해."

두 사람이 현관에 서 있는 동안 호출이 하나 더 왔다. 이번에는 2007년 미래의 필림, 진리베이커리 사장인 필림 자신의 목소리였다. 이영과 똑같은 이야기를 했다. 필림은 주저앉아 머리를 싸맸다.

그 순간, 현관문을 두드리는 소리가 들렸다.

"누구세요?"

이영이 현관문에 안전고리를 걸고 작은 틈새로 얼굴을 내보였다.

"최이영 씨 댁 맞나요?"

"누구시죠?"

"저는 A종합병원 부인과 담당의 임주영이라고 해요."

"산부인과요?"

"삐삐로 메시지를 받았어요. 제 딸이 여기로 가보라고 했어요. 이상한 얘기처럼 들리겠지만, 저 지금 임신 3개월이에요."

주영을 집 안으로 들이고 필림과 이영은 각각 회사에 결근을 알렸다. 주영의 삐삐에는 은별이라는 아이의 목소리가 담겨 있었다. 채진리라는 아이가 죽은 엄마에게 보내는 편지였다. 지금까지 수신한 메시지 내용과 일맥상통했다.

세 사람은 테이블 위에 삐삐를 올려놓고 화면에 흐르는 숫자를 조용히 바라보았다.

8282 505 505 505 505 505······

505, SOS, 구조 요청을 암시하는 숫자였다. 이영은 숫자를 바라보며 생각했다. 사건은 아직 발생하지 않았다. 이영과 필림의 선택을 통해 최악의 사태를 막을 수 있다고 한다. 필림이 대표 이사가 되어 성공하는 미래가 도무지 예상되진 않았다. 필림과 이영 부부는 평범한 사람들이었다. 일상의 최선이 모여 수습할 수 없는 일을 일으킬 리가 없었다. 그렇게 믿고 싶었다. 자신들의 평범함이 거대한 악이 될 가능성을 상상하기 어려웠다.

이영의 복잡한 표정을 보며 주영이 말했다.

"우리 별이가 태어나면 선물하려고 태교 일기를 쓰고 있었어요."

주영은 일기에 적었다. 딸 은별이와 함께 어떤 세상이 자신에게 다가올지 기대된다고.

"삐삐에 음성을 녹음한 아이가 그러더라고요. 또 다른 세상을 상상한 건 물려받은 엄마의 옛날 일기 덕분이라고요. 저의 태교 일기를 읽은 것 같았어요. 그러니 장난 전화라고 생각할 수가 없었지요."

이영과 주영은 서로를 바라보았다. 자신의 선택이 거대한 악을 만들어내지 않으려면 서로를 바라보고 점검해야 했다. 매 순간 선택을 통해 다른 이들에게까지 최선이 될 연속성을 상상해야 했다. 서로를 바라보며 각오한 사람들이 마음을 모아 만들어낼 또 다른 세계를 떠올려보았다.

이영은 고개를 끄덕였다. 이건 경고야. 후회하지 말라는 경고. 잊지 못해서 괴로워하기 전에, 지켜주지 못해 미안하다고 원통해하기 전에 해결하라는 경고. 어쩌면 기회야. 후회할 일을 시작하지 않을 기회, 누군가를 지켜줄 기회.

그 순간, 또다시 현관문을 두드리는 소리가 들렸다.

"누구세요?"

이영은 문을 열고 눈이 휘둥그레졌다.

"메시지를 받았어요. 친구들이 갑자기 사라졌다고요."

"제 딸이 여기로 가라고 했어요. 쉽게 포기하지 말아달라고 전해달래요."

한 명, 두 명, 네 명, 여섯 명…… 문 앞에 사람들이 서 있었다. 만삭의 산모도, 노년의 남성도 보였다.

"어떤 여자아이의 메시지를 받고 큰 사고를 피했어요. 아이가 저를 여기로 보냈습니다. 자신들이 흔적도 없이 사라지는 일을 막아달라고 제게 부탁하더군요."

"여자아이들만 간편하게 죽는 방법이 고안되어선 안 된다고 말하던데 그게 무슨 뜻입니까? 안락사 약이라도 생기는 건가요? 근데 여자아이들만 골라 죽이는 게 가능하기나 하나요? 누가 그런다는 거죠?"

얼굴도 모르는 누군가의 구조 메시지를 들은 사람들이었다. 늦지 않게 누군가를 지켜주려고 달려온 사람들이었다. 이상한 말을 단순히 이상하다고 치부하지 못한 사람들이 모두 같은 목소리를 내고 있었다. 누군가의 절규를 외면할 순 없다고. 사람들이 사라지는 일을 두고 볼 수 없다고. 예정된 파국이라면, 피할 수 있다면 어떻게든 수습해보자고. 아이들을 지켜주자고……

그리웠던 풍경

아빠에게 한 번 더 긴 메시지를 남기고 방으로 돌아왔다. 차분하게 설명했지만 제대로 전달되었을지 알 수 없었다.

이번에도 아무 일도 안 일어나면 어떡하지? 다른 기회가, 다른 채널이 생길까? 오셀로 게임처럼 뒤집고 뒤집히는 일들을 계속 반복해야 하는 걸까?

그 순간이었다. 이전에 느꼈던 것과 같은 거대한 진동을 느꼈다. 심장이 힘차게 뛰기 시작했다.

눈앞의 풍경이 바뀌고 있었다. 주마등처럼 이전 기억들이 머릿속을 스쳤다.

"아빠……!"

과거에서 우리에게 응답이 오고 있었다. 그토록 찾아왔던 누군가가, 또 다른 우리가……

주위 풍경이 완전히 바뀌었다. 나는 낯선 곳에 서 있었다. 곧장 학교 앞 사거리를 향해 달리기 시작했다. 진리베이커리 간판이 보였다.

"아빠!"

가게 문을 열고 뛰어 들어갔다. 작업실 안, 불 꺼진 냉장고 앞에 아빠가 망연자실하게 서 있었다. 세상이 무너진 듯한 얼굴이었다.

"다 망했어. 이제 끝이야."

나는 다가가 아빠를 꽉 끌어안았다.

"아빠! 난 아빠를 믿었어!"

아빠는 꺼질 듯 한숨을 푹 쉬더니 나를 바라봤다. 나는 아빠의 축 처진 등을 크게 한번 팡, 쳤다. 그러곤 슈크림크루아상을 몇 개 집어 들고 가게를 나섰다.

"어디 가?"

"친구들 만나러!"

너무도 그리웠던, 익숙한 풍경 속으로 걸어 들어갔다.

옆 동네 낮은 언덕에 올랐다. 보이지 않는 무수한 발걸음이 앞에서 나를 이끈 듯했다. 이 평범한 걸음을 걷게 해준 사람들이 있었다. 매일 아침 유성펜으로 손바닥에 꾹꾹 새기지 않아도 흐려지지 않을 이름들이 떠올랐다. 모든 게 선명했다.

나는 친구네 동네를 둘러봤다. 건빵을 샀던 슈퍼마켓과 세탁소와 문방구, 평생 그곳에 있을 것 같은 풍경이 버티고 있었다. 먹고 입고 공부하는 일이 간단히 끝날 리가 없을 테니 이 풍경들은 앞으로도 계속 여기서 버티고 있겠지? 모두의 소박한 믿음을 배반하고 갑자기 사라질지도 모를 일이지만. 어쩌면 영겁의 시간을 품고 있을지도, 아니면 시간의 끄트머리에 매달려 있는지도 모를 풍경을 바라보았다. 세탁소에서 땀 흘리며 작업에 집중하고 있는 아저씨는 전에 만난 지킴이 아저씨처럼 보였다.

대문 앞에서 한참 두리번거렸다. 담 안쪽에 늘어선 아기자기한 화분에 넌지시 시선을 던졌다. 꽤 오랜 시간을 들여 차곡히 축적된 듯한 풍경이었다. 전에 봤을 때와는 전혀 다른 느낌이었다. 현관문 위엔 깔끔하게 접힌 빨간 지붕이 보였다. 햇살이 강렬한 날엔 우산처럼 펼칠 수 있는 듯했다. 마당 한쪽엔 작은 캠핑 의자 세 개가 가지런히 놓여 있었다. 날씨 좋은 날 세 가족이 나란히 앉아 화분을 정리하며 도란도란 이야기를 나누는 모습이 그려졌다.

"누구니?"

나는 고개를 숙여 인사했다.

"예준이랑 같은 반 친구 채진리예요."

예준 엄마가 나를 반겼다.

"들어가서 음료수라도 마시고 가."

그 순간 현관문이 열렸다.

"엄마!"

목소리가 먼저 문밖으로 튀어나왔다. 현관문 높이보다 훌쩍 큰 키 때문에 예준이가 살짝 고개를 숙이며 나왔다.

"예준아……!"

"진리야, 어쩐 일이야?"

잠시 숨을 골랐다. 예준이를 끌어안고 눈물을 펑펑 쏟을 뻔했다. 그렇게 당부했는데 말도 없이 사라졌다고 세찬 펀치를 날릴 수도 있었다. 하지만 나는 예준이와 태연하게 재회하는 장면을 오래 연습해왔다. 목소리가 좀 떨려서 마음을 가다듬어야 했지만 줄곧 상상해왔던 장면 그대로였다. 연습만큼 완벽하진 못했지만 최선을 다해 태연하게 말했다.

"별일 없었어?"

예준이가 어이없다는 듯 웃었다.

"네가 우리 집에 온 게 별일이다."

나는 예준이네 작은 정원에 앉아 유자차를 마셨다.

"엄마, 너무 예쁘다."

화분을 보며 예준이가 감탄했다. 그러자 예준이 엄마가 대수롭지 않다는 듯 말했다.

"우리 아들은 아무래도 미학과 진학해야 할 것 같아."

예준이 엄마의 말이 꽤 긴 역사를 담고 있는 말처럼 들렸다.

이번에야말로 제대로 예준이에게 믿을 만한 친구로 남고 싶었다. 내 친구가 되고 싶은 모습을 찾기 위해 함께 고민하는 사람이 되고 싶었다. 자신이 원하는 모습이 되려는 친구에게 마음껏 찬사를 보내고 싶었다. 그리고 이제는 해라의 말에 기대지 않고도 나의 표현으로 예준이를 지지하고 싶었다.

화분에 흙을 넣으며 한참 수다를 떨었다. 예준이의 시간 위에 내 시간을 조금 얹는 기분이었다. 엄마와 함께 쇼핑 가는 예준이를 향해 손을 흔들어주고 곧장 해라네 집으로 향했다.

훌쩍 가을 날씨가 다가와 있었다. 날이 흐려서 조금 서늘했다. 나는 천천히 달리기 시작했다. 남들 눈에는 조금 빠른 걸음으로밖에 보이지 않을 아주 느긋한 달리기였다.

점점 숨이 차올랐다. 요사이 달리기가 좀 늘었다. 도망치기도 했고 쫓아가기도 했고, 예준이와 해라의 흔적을 찾아 뛰기도 했다. 답답할 때, 미칠 것 같을 때마다 달렸다.

의미 없이 달리고 있다는 생각에 주저앉고 싶기도 했다. 하지만 적어도 이 순간을 위해 달려왔다고 생각하니 조금 뿌듯했다. 여기까지 잘 왔다고 스스로 대견해할 수 있어서 벅 찼다. 앞으로 달릴 때마다 이 순간을 떠올릴지도 몰랐다. 다

의미 없다고, 차라리 주저앉는 게 속 편하다고 느낄 때마다 떠올릴 순간이었다. 숨이 차올라도 주저앉지 않았다고.

해라네 집 현관 앞에 도착해 천천히 숨을 골랐다.

"진짜 체대라도 진학하기로 한 거냐?"

어깨 뒤에서 해라 목소리가 들렸다. 내게 손수건을 건네주던 날과 똑같은 표정으로 해라가 서 있었다. 긴 시간을 돌고 돌아 해라와 재회했다. 변함없는 이 얼굴이 그리웠다. 영원히 그리워했던 것만 같다.

나는 소중하게 접어 주머니에 넣어 온 월드컵 기념 손수건을 해라에게 건넸다. 너무 흔해 싸구려 같지만 우리가 함께한 분명한 기억을 고이 내밀었다. 이로써 우리의 흔한 일상이 역사적인 순간이 되었다.

"삶았다. 두 번."

해라가 손수건에 코를 묻고 킁킁댔다.

"오, 좋은 냄새."

그러더니 따뜻하고 달콤한 냄새가 나는 검은 봉지를 들어 보이며 씩 웃었다.

"왠지 네가 올 것만 같아서 2인분 샀지. 올라가. 떡볶이에 라면 사리 넣어 먹자."

평소와 똑같은 모습을 보니 안도의 한숨이 터졌다. 그러자 조금 억울한 마음이 들어 쏘아댔다.

"왜 전화 안 했어? 무슨 일 있으면 전화하랬잖아!"

평소라면 해라가 닭살 돋는다고 푸념했을 말이었다. 해라가 투덜댔다.

"뭐야, 닭살 돋게."

평소라면이라는 전제가 어울릴 말이었다. 입은 활짝 웃고 있는데 갑자기 훌쩍 눈물이 흘렀다.

"왜 울어? 무슨 일 있었어? 뭔데?"

내 눈을 들여다보던 해라 눈까지 빨개졌다. 눈물 속엔 전염 성분이 있는 게 분명하다. 전염이 잘되는 사람끼리 있으면 번지는 속도도 빠르다.

"야! 별일 없어도 전화 좀 해!"

"절친이라고 매일 붙어 다니는 거 싫다며? 적당한 거리가 필요하대서 딱 맞춰줬더니만."

"적당한 거리라고! 반드시 거리 두는 게 무슨 적당한 거리야! 안 친한 거지!"

나는 울면서 타박했다.

"얘 오늘 왜 이렇게 찡얼거려?"

나는 해라의 손수건을 뺏어 다시 코를 풀었다.

"에이 씨, 그냥 너 가져!"

나는 해라를 꽉 끌어안았다.

"아파!"

네가 어서 가라고 손짓해도 이젠 먼저 가지 않을 거야. 네가 자꾸 괜찮다고 해도 절대 안심하지 않을 거야. 널 계속 귀찮게 할 거야. 아무 일 없는 날에도 창문을 두드릴 거야. 별사탕도 없는 퍽퍽한 건빵을 날릴 거야. 사는 게 씁쓸할 때마다 달콤한 슈크림빵을 내밀 거야. 그럭저럭 불순한 것들을 너와 함께 먹어치울 거야. 그러니까 너도 날 계속 귀찮게 해줘.

햇빛이 영롱하지 않았지만, 날이 포근하고 따듯하지도 않았지만, 달콤하고 매콤한 냄새가 작고 따끈한 기운과 함께 천천히 퍼졌다.

*

다음 날 아침, 신발을 신으며 현관에 놓인 '노카바이러스 퇴치 공로상' 상패를 바라봤다. 어쩐지 전보다 디자인이 더 화려해진 것 같았다.

전에 없던 시상식 사진도 현관에 자랑스럽게 걸려 있었다. 결핵, 수두, 폐렴, 뇌염처럼 필수 접종을 하면서 매년 2천 명이던 소아 사망자가 0명이 된 신형 대장염. 아빠가 소속된 연구팀은 의약품 특허를 취득하지 않고 무상으로 정보를 공개한 후 공로상을 받았다. 치료제를 사용한 가족들이 아이를 살려주어 고맙다고 적은 편지도 상자 속에 담겨 있었다. 상패에는 변함없이 먼지가 두껍게 덮여 있었다.

"어휴, 먼지 좀 봐. 이건 노벨상 탄 것처럼 온 동네에 자랑해도 되는 상이잖아? 매일 꺼내서 닦으라고."

나는 휴지로 먼지를 쓱쓱 닦고 집에 남아 있는 아빠에게 소리쳤다.

"갔다 올게!"

숭림고는 다시 남녀공학이 되었다. 학급 정원은 전보다 더 늘었다. 떠들썩하게 아이들과 함께 엘리베이터에 오르는 계수의 뒷모습이 보였다. 계수의 농담이 전보다 늘었고, 교내에 배리어프리 존도 늘어나 있었다.

그러나 돌아오지 못한 애들도 있었다. 종혁이는 전처럼 시끄러웠다. 교실 뒤에서 여자친구 외모의 마지노선 따위를 말하는 목소리는 훈우 같았다.

"야, 야, 여긴 너희가 설칠 세계가 아니……"

듣고 싶지 않은 말이 들려올 때마다 시끄러울 정도로 웃고 떠들어 무시했다. 종종 비웃는 말도 덧붙였다.

우리는 예준이와 함께 세계민족의상연구부를 만들기로 했다. 치마가 여자들의 전유물이라고 여기는 사람들에게 스코틀랜드의 오랜 전통, 그레이트 킬트에 대해 알려줄 참이었다. 예준이가 치마를 입은 모습이 평범하게 보일 장면을 애들이랑 다 같이 만들고 싶었다. 은별이가 새로운 룰을 만들고 다닌 것처럼.

남자애들은 우리를 기억했지만 정작 우리가 기억하지 못하는 애들이 있었다. 2학년 학기 초에 못 보았던 애들이 몇명 눈에 띄었다. 나는 다가가서 인사했다.

"안녕? 나는 채진리야."

"어이, 채쩐. 왜 갑자기 정색하고 인사를 해?"

사교적으로 보일 법한 웃음을 지으며 나는 상대의 눈을 바라봤다. 교복 재킷에 낯선 이름이 자수로 새겨 있었다. 김아연. 처음 보는 애였다. 아연이의 표정에서 천천히 웃음이 사라졌다. 아무런 의미를 담지 않은 내 표정이 상대에게 상처를 입혔음을 깨달았다. 허둥지둥 머릿속에서 기억을 떠올렸다. 처음 만나는 아이, 하지만 나를 이미 알고 있는 아이.

그 애들이 거쳐온 차원이 있을 거였다. 설령 내가 기억하지 못하더라도 그 애의 기억과 맞춰야 했다. 내가 경험하지 못한 차원을 거쳐온 애들에게서라면 듣고 싶은 이야기가 아주 많았다. 우리는 그 애들의 차원에 초대받아 온 건지도 몰랐다.

멍하게 서 있는 내게 아연이가 등을 보였다. 머리를 짚은 그 애의 굳은 어깨가 보였다. 아연이가 천천히 멀어졌다.

"잠깐만!"

나는 달려가 그 애의 손을 붙잡았다.

"미안해. 나 기억 지연증에 걸렸어."

찡그렸던 아연이의 얼굴이 의아한 표정으로 바뀌었다. 우리는 이전과 똑같은 곳으로 되돌아온 게 아니었다. 여기는 새로운 곳이었다. 이전처럼 살고 싶다고 외쳐왔지만 사실 이전보다 더 괜찮은 곳에 살고 싶었다. 복잡한 일들이 앞으로도 많을 테지만, 그래도 하나씩 수습하고 싶었다. 새로운 이야기가 필요하다면 내 삶으로 가장 먼저 시작하고 싶었다. 새로운 기억까지 내 삶으로 받아들이고 싶었다.

"아연아, 네 이야기가 필요해."

훈우와 지연이는 돌아오지 않았고 새로운 문제가 산재했다. 이전에 없던 문제가 더 나타날지도 몰랐다. 여기도 천국은 아니었다. 하지만 이 세계를 온전히 내 것으로 만들기 위해서라면 뭐든지 할 작정이었다.

두 사람

우리는 정기적으로 해라네 집에 모였다. 예준이를 캔버스 삼아 메이크업을 시도했다. 이러다 프로 메이크업아티스트가 되겠다 싶을 정도로 몰두했다. 이렇게 힘든 일인 줄 몰랐다. 어깨와 허리가 아프고 땀이 흘러 시작 전에 준비 운동부터 했다. 힘들긴 했지만 즐겁게 열중할 수 있는 일로 누군가를 행복하게 할 수 있다면, 게다가 돈까지 벌 수 있다면 직업으로 삼지 않을 이유도 없었다.

얼마 전까지는 인터넷에서 검색한 해외 크로스드레서를 모델로 삼았지만 요즘엔 방향을 바꿨다. 아예 우리가 롤 모델이 되기로 했다. 딱 맞는 전례가 없다면 앞서 나설 수밖에. 거창하지 않아도 좋았다. 예준이가 딱 자신을 사랑할 만큼,

우리가 함께 만족스러워할 만큼 선례를 만들고 싶었다.

메이크업이 끝나면 예쁜 각도를 찾아 사진을 찍고 미니홈 피에 올렸다. 악플도 꾸역꾸역 달렸다. 누군가에게 예뻐 보이고 싶은 게 아니야. 우리 존재를 숨기지 않으려는 거거든. 아무리 알려줘도 악플에 달뜬 사람들은 이해를 못 했다.

"조금 달라 보이는 사람에게 나대지 말라고 말하는 사람들에겐 입 좀 다물라고 행정명령을 내렸으면 좋겠어. 좁은 세계에 갇힌 것 같은데 왜 다른 사람들에게도 갇혀 살라고 강요를 하지?"

"자기만 갇힌 게 억울한가 봐."

작명에 성의조차 없어 보이는 아이디를 하나씩 하나씩 차단하며 우리는 지겨워했다.

"조금 지치긴 하지만 사실 아무 힘도 없는 말이야. 화장실 벽에 씌어진 저속한 낙서를 삶의 모토로 삼는 사람은 없잖아?"

마음을 움츠러들게 하는 말들이 예준이만 억압하는 건 아니었다. 우리도 늘 자신을 지우고 감추는 태도를 요구받아왔다. 옴짝달싹 못 하게 되는 말들을 들어왔다.

잘 웃으면 헤프다는 소리를 들었다. 편하게 앉아 있는 것만으로 칠칠치 못하다는 말을 듣고, 자유롭게 행동하면 단정치 못하다는 말을 들었다. 예쁘지 않으면 가치가 없다는 소리마저 들었다. 누군가가 정한 기준에서 조금이라도 멀어지면 경멸당했다. 무리해서 사회가 규정하는 조건에 맞추면 그제야 좀 평범해 보인다는 소리를 들었다. 앞으로도 똑같은 복장을 하고 똑같은 표정을 지으며 정숙하고 고분고분한 사람이 되라는 거겠지.

조선 시대나 참정권도 없던 시절처럼 여자들이 노골적으로 비인간적 대우를 받진 않는다곤 하지만, 어쩌면 그때보다 더 교묘하게 당하고 있는 건 아닐까?

인터넷 세상은 현실보다 더했다. 이곳에서 배제되지 않는 사람은 도대체 누굴까? 댓글에 상처받을 때마다 우리는 악플 속에 갇혀 자기 인생에 곰팡이를 피우고 있는 사람들을 동정하기로 했다. 새로운 룰을 만드는 일을 한 번도 꿈꿔보지 못한 채 빈약한 차원에 머무는 사람들을 연민했다.

"우리, 더 뻔뻔하면 좋겠어. 비겁하게 냉소하거나 무책임하게 쌍욕만 퍼붓는 사람들은 자기는 아무것도 안 한다는 걸 공개적으로 과시하는 것일 뿐이야."

해라와 예준이가 내 말에 감탄했다. 해라가 할 법한 말을 줄곧 떠올리며 지냈더니 요즘 내 표현이 조금 해라다워졌다.

예준이를 외롭게 내버려두는 세상은 내게도 외로운 세상이었다. 예준이가 절망하는 세상은 날 위해서라도 그냥 두어선 안 됐다. 내가 잘 먹고 잘 살기 위해서라도 남을 상관해야 했다.

우리에겐 더 많은 무기가 필요했다. 더 많은 목소리가 필요했다.

"아프다고 비명 지르는 사람에게 시끄럽다고 하는 건 조용히 죽으라는 얘기잖아. 무서운 말을 막 하네."

"악한 걸 강하다고, 선량한 걸 약하다고 착각하는 사람들이 너무 많아. 그런 사람들은 공식적으로 깔봐도 된다고 인증서라도 발급해주면 좋을 텐데."

"안 돼! 발급받으려다 무간지옥 맛보는 인증서!"

"크크크."

"야, 옆 학교 CD라고 연락이 왔어!"

종종 숨죽이고 있던 다른 목소리를 만나기도 했다. 용기를 낸 뒤에 만난 목소리는 아주아주 힘이 셌다.

해라와 함께 은별이와 동영고 만화 동아리 친구들을 만나기도 했다. 두 학교 교복을 입은 아이들이 한자리에 앉아 열심히 떡볶이를 먹었다. 아이들은 이전처럼 학급 정원이 늘었다고 했다. 하지만 4반 지연이처럼 돌아오지 못한 친구도 있었다.

"쟤 쌍둥이야?"

영리한 해라는 두세 번 함께 만난 뒤 은별이 캐릭터를 곧

바로 이해했다. 육상부 은별이와 만화 동아리 은별이는 다른 사람 같았으니까.

"나도 처음엔 개 다중 인격인 줄 알았는데, 재능이 너무 많은 팔방미인이더라고."

"생각해보니 팔방미인이라는 단어, 웃긴다. 다양한 재능이 있으면 아름답다는 얘긴가 봐?"

원숭이 혓바닥이라는 단어를 고안해냈던 애답게 해라가 이번엔 사자성어에 딴지를 걸었다.

"몰랐어? 네가 하품하듯 무심하게 위로할 때 네 말솜씨도 가히 예술의 경지야."

"그건 그렇지."

주말 저녁, 해라와 함께 가겠다고 연락하고 은별이네 집을 찾았다. 더는 아빠 핸드폰으로 옛 삐삐 번호에 연락이 되지 않았고 작업실 냉장고도 작동하지 않았다. 은별이네 집에선 지금도 통화가 가능한지 확인하고 싶었다.

은별이네 집 근처에 도착한 순간이었다. 가로등이 켜졌다. 앞서 걷던 사람의 그림자가 늘어지는 걸 느꼈다. 멀리서 은별이네 집 현관이 보였고 은별이가 서 있는 모습이 보였다.

"은별……"

나는 손을 들고 은별이의 이름을 부르려다 멈칫했다. 그림자라고 생각했던 형태가 슬며시 움직였다. 실루엣이 두 명으로 보였다.

"왜 그래?"

나는 해라에게 소리 내지 말라고 작게 손짓하곤 해라의 팔을 끌어 골목 안으로 몸을 숨겼다.

"쟤, 지금 대체하려는 거야!"

나는 골목 안을 둘러보곤 바닥에 놓인 벽돌을 손에 쥐었다.

"곧 살인이 일어날 거야! 내일부터 쟨 다른 사람이 될 거라고!"

해라가 메고 있던 가방을 내렸다. 가방끈을 칭칭 휘감아 손에 쥐더니 금방이라도 휘두를 듯 자세를 잡았다.

"지금이야!"

우리는 눈빛을 교환하고 골목 밖으로 달려 나갔다.

"너네 뭐 하냐?"

골목 바로 앞에 두 명의 은별이가 서 있었다.

"은별아! 얘가 널 죽일 거야!"

"응? 누가 누굴?"

두 사람이 똑같은 표정으로 웃고 있었다. 누가 누구인지 도무지 분간할 수 없었다. 나는 벽돌을 들고 있던 팔을 천천히 내렸다.

"치킨 두 마리 시켜놨어. 넷이서 충분하겠지?"

"넷이라고?"

우리는 두 명의 은별이를 따라 집 안으로 들어갔다.

"내가 쌍둥이냐고 물어봤잖아."

해라가 눈썰미 없는 나를 타박했다. 두 사람의 방은 너무도 달랐다. 육상부 은별이와 만화 동아리 은별이는 한 사람의 정체성을 공유하며 살고 있었다. 살인이 일어나지 않은 것에 안도한 직후 나는 크게 상심했다. 훈우는 이런 식으로 같이 공생할 수 없었던 걸까?

"누가 언니야?"

해라가 물었다.

"얘는 자기가 언니라고 하는데 사실은 내가 언니야."

"얘가 언니 노릇을 하고 싶대서 그러라고 하긴 했는데 순서 따지는 애가 동생이지, 뭐."

"크크. 쌍둥이인데 언니만 있네?"

해라가 웃었다.

두 개의 차원을 품고 한 사람으로 살아가는 사람. 살아 있는 사람과 같은 DNA를 가진 시체보다 도플갱어로 살아가는 사람이 더 많다면 좋을 텐데. 두 명의 은별이를 번갈아 바라보며 나는 바라고 또 바랐다.

"이제 치킨도 깔끔하게 해치웠으니 우리가 세운 계획을 발표할게. 너희가 함께해주면 좋겠어."

두 명의 은별이가 똑같은 얼굴로 우리를 바라봤다.

며칠 뒤 뉴스에서 '복제인간의 원본 살인 사건'이 보도되었다.

"신분이 명확한 사람과 DNA가 똑같은 시신이 발견된 의문의 사건, 기억하시죠? 얼마 전 배우 K 씨의 시신이 나온 뒤 K 씨가 자택에서 기자회견을 연 일도 있었는데요, 당사자가 살아 있는 것으로 밝혀져 미제로 남은 의문사를 두고 인터넷에서 제보가 잇따르고 있습니다."

인터넷 카페에 올라온 게시물에는 복제인간을 만들어내는 실험실이 있다는 음모론 같은 주장이 담겨 있었다. 이를 위해 비자금을 조성한 기업과 유명인 들의 명단이 공개되었는데, 이게 조금 현실성이 있었다. 분식회계와 상속세 회피 등으로 문제가 된 회사를 비롯해 검은 커넥션이라 지목받던 세력들이 명단에 올랐기 때문이다.

해당 게시글에는 살아 있는 사람과 같은 DNA를 가진 시신이 발견된 사람, 또는 같은 사람인데 극적으로 인격이 변한 지인들에 대한 수많은 제보가 댓글로 달렸다. 쌍둥이나 복제인간도 지문이 동일하지는 않다는 댓글, 복제인간도 DNA가 완벽하게 일치하지는 않는다는 지적도 간간이 눈에 띄었지만, 제보가 압도적이었다.

경찰이 집중 조사에 들어갔다. 복제인간 실험실은 어디에도 물증이 없을 테지만 적어도 당분간은 살인자들이 함부로 설치지 못할 것이다. 원본을 살인하고 살아남은 짝퉁이라는 낙인을 우리가 고안해냈으니까. 그건 우리가 올린 게시물이었다.

안심하며 살긴 아직 일러.

나는 훈우와 종혁이를 떠올렸다. 끝까지 밝혀낼 거야. 네가 내게서 소중한 것을 앗아간 일을, 너의 범죄 행위를. 너 따위가 원래 훈우의 자리를 편하게 이어받을 일은 없을 거야.

*

독서실에서 나와 해라와 밤길을 걸었다.

얼마 전 해라는 부모님에게 냉정하게 말했다고 했다.

"엄마랑 아빠한테 물었어. 셋째가 여자애라고 너무 쉽게 포기하려고 했던 건 아니냐고."

가장 가까운 사람들이 나를 부정했다는 사실은 너무 서글픈 일이었다. 울분을 드러내려다 어쩐지 민망해지는 형국이 되었다.

"다들 없었던 일인 척하잖아? 근데 그럴 수 없단 걸 좀 알려줘야 할 것 같아. 내가 돌아왔으니 한 소리 해줘야 하지 않겠어?"

나는 고개를 끄덕였다.

"우린 무려 7만 명이야."

구름인지 공해인지 어렴풋한 밤하늘을 올려다보았다. 그 너머로 분명 별이 빛나고 있을 거였다. 비록 지금 여기에선 보이지 않지만, 분명히.

이 순간, 수많은 차원을 건너 이 자리에 있는 듯했다. 가장 가까이에서 지켜보는 타인을 통해 그의 인생을 내 삶으로 경험하는 기분이었다. 각자의 차원을 품고 살다 서로를 만나 새로운 차원을 여행하는 것 같았다.

해라가 앞으로도 잘 사는 걸 가까이서 줄곧 흐뭇하게 지켜보고 싶었다. 가족들과 지지고 볶고 살다가 불쑥 만나러 오는 친구로 남고 싶었다. 그럴 수 있겠지? 우리 같이 살아갈 수 있겠지? 우리가 살아남은 한, 적어도 이 세계는 끝난 게 아닐 거야. 그렇겠지?

"학과 정했어?"

해라의 질문에 답하기 전에 나는 해라의 질문을 바꿔보았다.

"음......"

어디에 있어야 내가 가장 행복하고 안전할까? 누구와 있어야 신나게 모험할까? 어떤 미래 속에 있어야 내가 속한 세계를 마음껏 자부하며 살까? 나는 고민하다 답했다.

"너 따라갈래."

해라가 컥, 하고 콧소리를 내며 웃었다.

"야, 나 올해 전과할 거야. 너는 이과를 사수해. 만약 내가 예체능 계열로 간다면 넌 꿋꿋이 실용 노선을 선택하렴. 앞으로 어떤 세상이 올지 모르는데, 한쪽이 무너지면 다른 한쪽이 버텨줘야지. 우리끼리라도 균형 잡자고. 다 같이 죽으면 안 되잖아?"

어디도 무너지지 않고 다 같이 살아남으면 좋겠지만, 균형을 챙기면서 생사를 같이하는 사이도 괜찮을 것 같았다.

졸업 후 해라와 헤어질 일이 벌써 아쉬웠다. 오늘 이 귀갓길도 그리운 추억이 되겠지. 새로운 곳에서 마음 맞는 사람을 만난다면, 이렇게 마음 터놓고 지내는 사이는 해라 이후로 처음이라며 해라를 떠올리겠지. 해라 넌 줄곧 친구의 기준이 될 거야. 앞으로 만날 사람들은 너라는 기준을 통과해야 내 친구가 될 거야.

언제까지고 서로를 구하면서 줄곧 같이 살고 싶었다. 어떤 미래 속에서도 이어져 있고 싶었다. 이어져 있을 때 우리는 계속 우리일 수 있었다.

우리는 태어난 순간부터 집단적인 죽음을 통과했다. 일찍이 죽었을지도 모른다는 공포를 안고 삶을 시작했다. 해라와 재회한 이 순간까지 수많은 사람이 징검다리가 되어주었다.

은별이처럼 끔찍한 미래를 과거에 알린 사람이 있었고, 은별이 엄마나 우리 부모님처럼 미래의 이야기에 귀 기울인 사람들이 있었다. 모두 이어져 있었다. 그렇게 믿었고 앞으로도 믿을 거였다. 엄마처럼 먼저 떠난 사람들의 이야기까지 물려받았다. '우리'는 이토록 간절하게 다 같이 살고 있다.

여성의 몸을 두고 일어나는 일에 아무도 관심 없다는 건 거짓말이었다. 내 몸을 두고 세계는 줄곧 투쟁 중이었다.
우리가 지워진 이 나라에서.
이제는 아무도 잊히지 말자.
우리가 끝낼 때까지.

에필로그

아빠는 좀처럼 일상을 재개하지 못했다. 누군가에게 보복당할 것을 가장 두려워했고 잃은 것을 너무도 애통해했다. 나는 아빠 곁에서 슈크림크루아상의 컴백을 조금 더 기다려 보기로 했다.

겨울방학이 시작되었고 대통령 선거가 시작되었다. 세상이 바뀔 거란 징조가 영화 예고편처럼 흘렀다. 새로운 이 세계도 천국은 아니라 생각했지만 기묘하게도 희망 섞인 변화가 하나도 예감되지 않았다. 나빠지는 것도 변화는 변화일 테니까. 나는 각오하듯 혼잣말을 뱉었다.

2007년은 유난히도 다사다난했다. 내게도, 모두에게도.

올해 10월, 대통령이 육로로 북한을 방문했다. 역사 교과

서에 실릴 만한 일이라며 떠들썩하게 회자될 사건이었지만 어쩐 일인지 무미건조하게만 보도되었다. 시간이 지나면 그 일은 교과서에 실릴까? 건조한 뉴스를 눈이 빽빽하게 지켜보다 채널을 돌렸다. 나중에 누군가가 그 장면을 직접 본 감상을 물어본다면 뭐라고 답할까. 감흥 없이 답할 것만 같다.

"그냥 평범한 뉴스였어."

하나의 사건이 역사에 새겨지는 순간이 눈앞에서 담담히 흘렀다. 나의 일상이 역사적이듯 역사적인 순간도 일상이 되는 걸까.

그해 12월 충청도 앞바다에서 삼성 1호 크레인선이 충돌 사고를 일으켜 정박해 있던 유조선에서 원유가 유출되었다. 불행한 사고를 보면 섬뜩했다. 누군가의 계획이 있었던 건 아닐까? 혹시 지금도 비자금을 모으고 실험을 수행하는 작전이 계속되고 있는 건 아닐까? 검은 기름을 뒤집어쓰고 죽어가는 작은 새의 사진을 계속 보고 있을 수가 없어 오래 상상하지는 못했다.

연말엔 대통령 선거가 있었다. 가식 없이 욕망을 드러내는 모두의 간절한 기도가 공공연했다. 모두가 복을 받기를 기도하는데 나눠 줄 복이 한정되어 있다면 신은 어떻게 복을 나눠줄까? 교회 장로 출신 후보가 나라의 리더로 선출되었고 그는 신의 대리자를 자청하듯 대중을 향해 말했다. 기도하는 모든 자가 부자가 될 거라고. 그러니 기도하기 위해선 눈을 감으라고.

사람들의 환호가 불안하게만 느껴졌다. 재난 영화의 평화로운 오프닝 같았다. 인공 자궁을 만들려던 원로들은 모습을 감췄지만 저들에게만 유리한 미래를 만들려는 극비 프로젝트는 계속될 거였다. 지금도 과거 세력과 미래 세력이 어딘가에서 결탁해 계속 꿈틀대는 듯했다.

우리가 한번 죽었던 건 이제 끝난 일일까? 그렇지 않았다. 특정 성별, 특정 세력에게만 극단적으로 유리한 세계라면 대항할 수단이 전무한 사람들이 사라지는 일은 언제든 모습을 바꿔 계속될 테다.

2007년 한 해가 저물었다. 온난화의 영향으로 겨울이 예년보다 덜 추울 거라는 일기예보를 봤다. 겨울 기온이 30년 동안 약 2도 상승했다고 했다. 서울의 겨울철 평균 기온은 평년보다 0.5도 높아져 영하 0.4도로 예상된다고 했다. 그래도 영하잖아? 고3이 되는 겨울을 여전히 서늘하게 통과했다. 지구가 뜨겁게 타오르는 변화 속에서도 고지식하게 변치 않는 일이 주변에 많았다. 나는 여전히 소심하고 매 순간 후회하고 나조차 깜짝 놀랄 정도로 실수하고 허둥지둥댔다. 그런 순간을 줄지어 이어놓으면 곧 내 일상이 되었다. 나란 애는 정말 언제쯤 성장하려나 싶었다. 0.5도 변한 게 얼마나 큰 변화인지 끈기 있게 체감해야 했다.

오랜만에 방 밖으로 나온 아빠가 머리에 까치집을 얹고 새로 개발한 빵을 설명했다. 우리 집 부엌은 요즘 제빵 작업실인지 실험실인지 분간할 수 없었다.

"싸고 맛있고 보관 기간 길고 영양제도 듬뿍 넣은 거야."

아빠가 재료와 레시피를 아프리카에 보낸다는 등 인류를 구할 것처럼 흥분하기 시작했다. 나는 또 개그 만화의 한 컷처럼 실눈을 뜨고 아빠를 째려봤다.

갓 구운 빵을 맛보았다. 달콤하진 않았지만 조금 건강해지는 기분이 들었다. 천천히 꼭꼭 씹어 맛을 음미했다. 이번엔 다른 방식으로 세상일에 책임지겠다는 담백한 결심이겠지?

고3 새 학기가 시작됐다. 아직 봄이 왔다고 말할 수 없을 정도로 공기가 차가웠다. 학교 앞 사거리에서 아빠와 헤어져 각자의 하루를 시작했다.

"다녀오겠습니다."

차가운 기운을 뚫고 천천히 달리기 시작했다. 찬 공기에 섞인 먼지가 날아들었다. 눈을 질끈 감자 눈물이 흘렀다. 티끌을 몸 밖으로 흘려버리려는 반사적인 본능이었다. 울고 있다고 항상 슬픈 건 아니었다. 슬픈 시절에도 항상 울고 있지만은 않았다.

아침부터 숨차도록 달렸다. 수업 시작까지는 시간이 넉넉했지만 너끈히 뛸 수 있었기에 뛰었다. 조금씩 숨이 차오르자 적당히 힘에 부쳤다. 달리는 일만 생각했고 정말 아무 생각도 떠오르지 않았다. 이대로 계속 달릴 수 있을 것만 같았다.

아침 풍경이 시선 끝에 머물지 않고 속속 등 뒤로 밀려났다. 등 뒤로 밀려나는 풍경 속에서 세상의 존재들이 천천히 흘렀다. 각각의 차원을 품고. 내가 달린 속도만큼 바람을 만들어낸 것 같았다. 멈추기로 작정하기 전까진 시선 뒤로 흘러가는 풍경들을 언제까지고 떠나보낼 수 있을 것 같았다. 적어도 달리는 동안에는 이 풍경들이 나를 스치는 속도를 내가 정할 수 있을 것 같았다.

겨울에 태어난 아이는 추위에 강하다는 속설이 있던데, 속설은 속설일 뿐이었다. 나는 겨울답지 않은 날에도 지독하게 추위를 탔다. 그렇다고 더위를 잘 견디느냐면 그것도 아니었다. 추운 날엔 덜덜댔고 더운 날엔 헉헉댔다. 쨍한 날엔 이 순간이 짧아서 아쉬웠다. 흐린 날은 흐려서 아쉬웠다. 가뿐히 하루를 시작한 날이 없을 정도로 아침마다 찌뿌둥했고 별일 없었던 하루가 도무지 찬란하지 않아 밤마다 초라했다. 나로선 어쩔 수 없는 문제들에 이리저리 휘둘리며 쩔쩔맸다. 고백하자면 내가 마음 편하다 느낀 순간은 무척 짧았다. 실은 그 순간도 지나고 나서야 가까스로 짐작해낸 뒤 억울해하곤 했다.

올해는 미성년의 마지막 해다. 그동안 십대 여성으로 사는 일은 답답했다. 이십대, 삼십대엔 달라질까? 사십대, 오십대엔 나아질까? 육십대, 칠십대엔……? 언제가 되면 고스란히 나답게 무탈하게 행복하게 사는 방법을 깨닫게 될까? 깨우칠 방법조차 알 수 없을지도, 영원히 모르고 지나칠지도, 지나친 줄도 모르고 살아가겠지. 살아볼수록 암울함만 확인하는 게 인생은 아닐까?

질문조차 명확하지 않은 의문에 영원히 답이 없을 것 같아지질 때면, 나는 내가 지나쳐온 풍경 속의 일부였던 장면을 그려보았다. 가장 되고 싶은 모습이 되려고 분투하는 친구가 내 어깨를 툭 치며 웃던 순간. 내 몫까지 떠올리며 매콤달콤한 떡볶이를 까만 비닐봉지에 담아 들고 종종걸음을 치는 한 아이의 순간. 두 가지 차원을 품고 한 사람으로 살아가는 아이가 내 편지를 들고 내달린 순간. 내가 살고 싶다고 외쳤을 때 엄마 아빠와 친구들, 모르는 사람들까지 다 같이 살고 싶다고 함께 외쳤던 순간. 모두의 결심 속에 내가 있던 순간. 무수한 가능성 속에서 모두의 외침이 일치했던 단 하나의 세계. 그리고 그 세계 속의 나를 그렸다. 그런 풍경 속에서라면 명쾌한 답이 떠오르지 않더라도 조금은 견딜 수 있을 것 같았다. 이 세계의 일부가 되어 사는 일을 내 뜻으로 허락할 수 있을 것 같았다.

　해라와 함께 계산해본 숫자가 있다. 하루에도 5백 명 이상, 한 시간이면 적어도 스무 명 이상씩, 어딘가에서 재회 불가능한 이별이 발생한다. 세상을 떠난 어떤 한 사람의 지인이 1백 명이라면, 매시간 2천 명, 매일 5만 명이 이별하고 있다. 이 조그만 나라에서 사람들은 매일 누군가와 영원히 이별한다. 나는 엄마와 지연이와 친구들, 일찍 떠난 사람들을 가끔 떠올렸다. 가끔이지만 하루 중 어느 한 순간, 그 시간 슬퍼하는 2천 명 중의 한 명이 되어보곤 한다. 그런 다음 보이지 않는 바통을 넘겼다. 어디선가 내 마음을 받아 슬퍼할 다른 사람에게. 매 순간 슬픔에 잠겨 있긴 조금 벅차니까. 우리는 그렇게 함께 나누고 있다고 믿는다.

　우리는 다른 사람의 이야기를 그냥 넘기면 안 된다. 잘 넘겨야 한다. 잘 건네야 한다. 이야기를 다음 단계로 바통 터치하기 위해서라도.

　보이지 않는 누군가 꿈꾸었을 이야기 위에 내 꿈을 더해보았다. 한 사람이 미처 완결 짓지 못했던 이야기를 조금씩 이어가며 우리가 우리를 내버려두지 않는 곳으로 다 함께 도착하는 꿈을.

　아빠와 소박하게 살았던 세계, 엄마가 살아남았던 세계,

아빠가 갑자기 부자가 된 뒤 친구들을 놓쳤던 세계, 그리고 사람들과 함께 과거를 바꿔내 다시 만난 세계까지 네 개의 차원을 겪으며 나는 이해했다. 과거도 미래도 한 가지 모습으로 고정되어 있진 않다. 언제든 꿈틀댄다. 이 순간에도.

그러니 우리가 우리를 있는 그대로 사랑할 수 있는 최소한의 조건만 세상이 허락해주면 좋겠다. 우리가 제대로 미래에 닿을 때까지. 언제고 우리가 우리를 구원할 때까지.

그때가 되면 나도 조금 더 나은 인간, 전보단 다른 인간이 되어 있겠지? 세계가 고정되지 않은 것처럼 사람 역시 확정되지 않은 존재라 믿는다. 우리는 요동치는 존재이다. 조금씩 바뀌기도 하고 갑자기 바뀌기도 한다. 어떻게든 함께 사는 법을 조금씩 배워가고 있다. 무엇보다 혼자만의 세상이 아닐 때 이곳은 가능성만으로 이뤄진 세계가 아니라 진짜 세계가 될 거였다.

교문 앞에서 해라와 예준이가 손을 흔들었다. 친구들이 시야에 들어오자 나는 크게 숨을 들이쉬며 걸음을 늦추었다. 아이들이 서 있는 풍경을, 지금 이곳을 기억에 새겨 넣고 싶었다.

"진리야!"

해라가 손짓하며 나를 불렀다. 예준이가 곁에서 웃고 있었다. 해라의 얼굴을 바라보자 절로 웃음이 터졌다. 운명을 거슬러 널 만난 것만 같다, 해라야.

너를 향해 다가가는 사이, 나와 너를 잇는 하나의 선이 또렷하게 떠올랐다. 우리가 통과해온 시간을 상상했다. 너의 여행과 내 여행이 만나 드디어 우리의 여행이 되었어. 우리가 통과해온 세계가 드디어 하나가 되었어. 다 함께 만들어 낸 순간, 다시 만난 새로운 순간까지 모든 순간을 이어 붙여 우리만의 세계를 만들자. 처음 맞는 순간인 것처럼, 두 번 다시 오지 않을 것처럼 이 순간을 끌어안자.

우린 목격자이고 생존자이고 메신저야. 사람들이 가보지 못한 곳으로 걸음을 옮기고 있는 모험가이기도 해. 디스토피아가 엔딩이라고 믿지 않는 낙천주의자들이지. 우리, 앞으로는 또 어떤 사람들이 될지 너무 궁금해. 그러니 애들아, 앞으로도 나랑 함께 살아남자.

아직 미처 경험하지 못한 순간을 향해 걸어갔다. 땀을 닦고 숨을 고르며 걸었다. 큰 보폭으로 성큼, 너를 향해. 해라가 손수건을 내밀며 말했다.

"우리도 같이 뛰어야 하냐?"

우리라고 부르는 사람들이 있는 곳으로, 뒤돌아보며 환하게 웃는 친구들 곁으로 다가갔다. 터널은 깊고 어두웠지만 결국 반대편 빛으로 이어졌다.

꿈꿔온 차원, 다시 만난 이곳을 진짜 세계로 만들 사람들과 함께 나는 운동장을 가로질렀다.

　아직 차가운 바람에 봄 예감이 실려 왔다.

스스로 아무리 존엄을 지키려고 애쓰더라도 외부의 조건
이 나를 존중하지 않으면 버티기가 꽤 어려워진다. 살면서
여러 번 경험했다. 투명 인간이 된 기분. 이유 없이 취객에게
발길질을 당하는 동네 전봇대가 된 기분. 타인의 집단적인
무심함 속에서 오래 머물면 나조차 나를 존중하기 어렵게
됐다.

일본에 살며 편의점에서, 식당에서 일했을 때 그랬다. 방
문 청소 일을 할 때, 주말과 새벽에 일할 때 그랬다. 시급으
로 정산되는 일은 아무리 담당 시간을 채우고 야근을 늘려도
한 달 생활이 안 됐다. 누가 봐도 구매력이 없는 아우라를 두
르고 지하철 통로이자 지하 백화점을 통과할 때면 투명해졌

다. 빠듯한 조건 속에서 감히 창작자로 살겠다는 과욕을 부린 대가가 컸다. 일어가 어눌한 외국인이어서, 한국인이어서, 또는 젊은 여자여서, 혹은 허드렛일을 하고 있어서, 어쩌면 그 모두여서…… 존재감이 희미해지는 듯했다. 하지만 평계 대고 싶지 않았다. 그래서 마치 세상에 차별이 없는 것처럼 굴었다. 외국인 차별, 혐한, 성차별, 직업 귀천 차별(한국에서라면 학력 차별, 지역 차별, 출신 아파트 차별도 있었겠지)을 일부러라도 외면하려 애썼다. 있다고 해도 그걸 떠올리면 일상생활이 안 됐다. 뭔가 잘 안 될 땐 줄곧 나를 탓했다. 내가 미숙해서, 무식해서, 투박해서 이 모양이라고 생각했다. 환경을 탓하기보단 나를 탓했다. 내가 가진 한계 이상으로 가혹하게 나를 자학했다. 그러다 좀 무서워졌다. 내가 나를 포기하는 순간이 올까 봐…… 고비가 그때뿐만은 아니었지만 서른 중반쯤이 제일 아슬아슬했다. 함께 버텨준 가까운 사람들이 있어 간신히 넘겼다. 그때 구제받은 목숨값을 하는 심정으로 살고 있다.

  사람의 존재 가치는 그의 직업이나 실력, 성품, 인격, 성별, 학력, 국적 같은 것과도 상관없을 것이다. 정체성의 많은 부분은 그냥 우연이다. 내가 한국 사람으로, 여성으로 태어난 것도 우연이니까. 일본에 살면서 한국인이라는 이유로 반말을 듣는 것도 우연이다. 남성들이 주축인 권위적인 조직 속에서 외국인, 혹은 여성이라는 이유로, 또는 파벌에 소속되지 않았다는 이유로 비주류라 불리는 것도 그저 우연이다. 험한 일을 하며 최저임금을 받는 것도, '주 120시간'을 노동해도 인간답게 살 수 없는 현실도 마찬가지다. 우연히도 노동 가치가 낮고 노동자를 경멸하는 세상에 태어났기 때문이다. 슬프지만 사실이다. 나는 우연히 가난했고 아등바등 살수록 더 가난해졌다. 가난은 이상하게도 물심양면으로 사람을 고립시켰다. 그렇게 지워진 존재가 되어갔다. 아주 우연히도……

다른 이들이 순식간에 지워지고 사라지는 걸 보는 것도 너무 무섭다. 전 세계 코로나 사망자가 제대로 집계조차 되지 않는 일, 어린이와 청소년, 여성, 노인 들이 폭력과 자살에 내몰리는 일, 필요한 치료나 구제의 적기를 놓치는 일, 안전장치가 없는 노동 현장에서 외주라는 말이 내포한 위험까지 떠안는 일, '데이트폭력'처럼 피해자에게 책임을 돌리기 쉬운 표현 속에서 누군가가 처참하게 죽어가는 일, 기사 한 줄되지 못한 채 이 순간에도 누군가 사라지고 있는 일…… 남의 일이 아니다. 내가 겪을 수도 있었던 일들이라 더 무섭다. 내가 죽지 않고 살아남은 것 역시 우연일 뿐이다. 천만다행이지만 허탈하고 슬프다.

이 책을 출간하는 2022년, 한국의 대선 의제에서도 여성들은 사라졌다. 마치 사회에 처음부터 존재하지 않는 것처럼 여성 이슈는 깔끔하게 지워졌다. 초유의 일이다. 세상의 반을 지우고도 (아니 지워내야만) 표를 얻을 수 있다는 이들이 정책과 제도를 결정하는 자리에 포진해 있다. 누군가를 지워낸 의도된 기획, 애초에 문제 따위 없었던 것처럼 기이한 평화가 탄생하는 걸 본다. 불편해지지 않는 건 부도덕한 착시다. 그러니 귀찮고 버겁지만 스스로 존재감을 드러내지 않으면 안 된다. 나 여기 있다고. 당신들의 의도대로 조용히 죽어가진 않겠다고. 지금 삶이 너무 벅찬 사람들의 몫까지 대신하겠다고.

지워지고 사라진 수많은 존재에 대한 은유가 되길 바라며 이번 소설 속에서 어떤 '지워진 세계'를 재현했다.

사실 나와는 세대가 다른 주인공을 1인칭으로 쓰는 일이 조심스러웠다. 작가가 1990년대생이 아니란 점 때문에 편집부에서도 문장을 세심하게 살펴주었다. 걱정이 되면서도 한편으로는 어떤 문제를 논의하는 데 당사자성만을 강조하며 발언의 영역을 제한하는 태도는 피해자들을 고립시킨다고 생각했다. 당사자가 아닌 사람들도 타인의 상황을 내 문제로 치환해 상상해야 한다고 여겼다. 여러 세대, 입장의 사람들이 다양한 관점으로 한 문제를 볼 때 새롭게 손잡을 지점도 생길 거라 생각했다.

일상을 유지하는 것 자체가 벅차단 핑계로 나는 오랫동안 편협하게 살아왔다. 하지만 그동안 저마다의 어려움 속에서도 세상을 바꿔내기 위해 앞장서 싸워온 사람들이 있었다. 새로운 시대를 누리도록 먼저 용기를 낸 사람들에게, 특히 지금의 이삼십대 여성들에게 고마운 마음을 전한다. 앞선 세대인 내가 책임을 다하지 못했다는 부끄러움이 앞서는데, 이삼십대 여성들의 영향 덕분에 나도 소설을 쓰면서 작은 용기를 내보았다. 글과 창작물, 누군가의 삶을 통해 이전에 내가 받은 위로를 그 크기만큼 고스란히 되갚긴 어렵겠지만 나도 누군가에게 작은 용기와 위로를 건네게 되길 감히 꿈꿔본다.

지워지고 잊힐지언정 끝끝내 살아남은 존재들에게, 세상이 더 이상 나빠지지 않도록 저지선을 만들어온 사람들에게, 각자의 현장에서 분투하는 모든 분에게, 생각보다 많은 우리에게, 더 커질 우리에게, 나 역시 버티고 있는 자로서 안부를 기원한다. 먼 옛날의 구조 신호 '505'를 품속에서 꺼내 보며 기도한다. 부디 우리가 안녕하길. 언제 어디서든. 당신이 어떤 세계에 살고 있든.

첫 장편소설을 출간하기까지 모든 과정이 상당한 도전이

었다. 간신히 첫걸음을 시작했지만 실은 괴롭다. 어려운 시
도에 함께해주신 문학과지성사의 결단과 지원에도 감사드
린다.

2022년 새해

황모과

추천의 말

이 소설은 1990년에 사라진 여성들을 향한 응답이다. 채진리와 해라, 이영처럼 서로에게 너무나 중요하고 소중한 존재들뿐 아니라 한 번도 만난 적 없는 여성들이 만들어가는 연대의 서사다.

1990년은 백말띠의 해였다. 팔자가 사납고 드셀 것이라는 근거 없는 이유로 많은 여아가 성감별 기술에 의해 사라졌다. 나는 "남자아이 하나만 낳고 살라"는 할머니의 말에 사라질 뻔했지만 엄마의 결단으로 90년생 여성으로 태어날 수 있었다. 어떤 이는 이렇게 말한다. 당신 엄마가 임신중지를 하지 않았기에 내가 태어난 거라고, 그러니 임신중지는 나쁘고 잘못된 거라고. 남아 선호 사상에 의해 사라진 90년생 여

성들이 다시 태어난다는 설정을 가진 이 소설은 그런 납작한
오류에 빠지지 않는다. 그보다 더 멀리 나아간다.

사랑하는 사람들을 지키기 위해 종횡무진 뛰어다니는 주
인공 채진리와 자신의 삶을 살기 위해 아이를 낳지 않기로
한 주인공의 엄마 이영이 만나 새로운 세계를 만든다. 임신
중지를 했거나 혹은 하지 않았거나라는 두 개의 빈약한 선
택지에 머물지 않고 기꺼이 새로운 선택지를 만든다. 그것이
바로 우리가 다시 만날, 한 번도 만나보지 않은, 어쩌면 이미
도래한 우리의 세계다.

이길보라(영화감독, 작가)